Palmares
Um lugar de liberdade

Editora Appris Ltda.
1.ª Edição - Copyright© 2025 dos autores
Direitos de Edição Reservados à Editora Appris Ltda.

Nenhuma parte desta obra poderá ser utilizada indevidamente, sem estar de acordo com a Lei n° 9.610/98. Se incorreções forem encontradas, serão de exclusiva responsabilidade de seus organizadores. Foi realizado o Depósito Legal na Fundação Biblioteca Nacional, de acordo com as Leis n°s 10.994, de 14/12/2004, e 12.192, de 14/01/2010.

Catalogação na Fonte
Elaborado por: Dayanne Leal Souza
Bibliotecária CRB 9/2162

O488p
2025
	Oliveira, Sérgio F. de
	   Palmares, um lugar de liberdade / Sérgio F. de Oliveira. – 1. ed. – Curitiba: Appris, 2025.
	   305 p. ; 23 cm.
	
	   ISBN 978-65-250-7887-8
	
	   1. Amor. 2. Luta. 3. Felicidade. I. Oliveira, Sérgio F. de. II. Título.
	
	                                                           CDD – B869.93

Appris
editorial

Editora e Livraria Appris Ltda.
Av. Manoel Ribas, 2265 – Mercês
Curitiba/PR – CEP: 80810-002
Tel. (41) 3156 - 4731
www.editoraappris.com.br

Printed in Brazil
Impresso no Brasil

SÉRGIO F. DE OLIVEIRA

PALMARES
UM LUGAR DE LIBERDADE

artêra
editorial

CURITIBA, PR
2025

FICHA TÉCNICA

EDITORIAL	Augusto V. de A. Coelho
	Sara C. de Andrade Coelho
COMITÊ EDITORIAL	Ana El Achkar (Universo/RJ)
	Andréa Barbosa Gouveia (UFPR)
	Jacques de Lima Ferreira (UNOESC)
	Marília Andrade Torales Campos (UFPR)
	Patrícia L. Torres (PUCPR)
	Roberta Ecleide Kelly (NEPE)
	Toni Reis (UP)
CONSULTORES	Luiz Carlos Oliveira
	Maria Tereza R. Pahl
	Marli C. de Andrade
SUPERVISORA EDITORIAL	Renata C. Lopes
PRODUÇÃO EDITORIAL	Adrielli de Almeida
REVISÃO	Pâmela Isabel Oliveira
DIAGRAMAÇÃO	Amélia Lopes
CAPA	Lucielli Trevizan
REVISÃO DE PROVA	Alice Ramos

AGRADECIMENTOS

Quero agradecer a Deus em primeiro lugar e expressar minha profunda gratidão à minha esposa, Ana Lucia, que esteve ao meu lado desde o início desta jornada, acompanhando cada passo, desde o primeiro trabalho até a conclusão deste livro. Agradeço especialmente por sua paciência e dedicação ao examinar as cenas, oferecendo suas opiniões sinceras, mesmo sabendo que poderiam ser influenciadas pelo desejo de me agradar. Sua contribuição foi fundamental e inestimável.

Agradeço também aos meus filhos, Matheus e Milla, que dedicaram seu tempo para avaliar as cenas e, com entusiasmo, me incentivaram a continuar. Agradeço aos amigos que, com suas avaliações, ajudaram-me a manter o foco. Vocês foram uma fonte constante de motivação ao longo desses anos.

Por fim, deixo meu agradecimento à Editora Appris e a toda a equipe envolvida na realização deste projeto, especialmente Adrielli de Almeida e Eliane Andrade, pelo suporte e profissionalismo que tornaram este livro uma realidade.

SUMÁRIO

"congo 1637"... 9
Amor e destinos incertos 12
Na aldeia 18
A caçada.. 20
Destinos traçados... 22
Praia... 33
Aldeia... 35
Lago 45
Ida sem volta 64
Pernambuco Brasil... 88
Engenho Casa Forte... 92
Palácio Friburgo... 93
Casa forte 95
Primeira manhã..101
Engenho Capibaribe.. 102
Engenho Novo Horizonte 103
Taverna 107
Engenho Capibaribe.. 111
Primeira noite 112
O sono do anjo..113
Engenho Novo Horizonte 131
Prado verdejante.. 140
A chave.. 145
O quarto.. 147
O dia da festa 154
O tempo se arrasta 156
A chegada no palácio 158
A fuga 166
Beleza exótica 170
Cumplicidade..173
Peso nos ombros 191
Mercado.. 200
Engenho Girassol 202
A isca 204

Os batedores...206
A Liberdade nas Sombras 207
Sangue lavado.. 211
Verdade disfarçada 214
Doce vingança... 216
A busca continua.. 223
Desconfiança 226
Vergões na pele... 233
Águas amargas 241
A trilha 243
O bilhete 244
O cerco 246
A volta para casa 252
Ar de esperança 253
Tensão sombria na floresta 259
Alívio momentâneo.. 268
A batida 269
Acerto de conta 273
Frustração 276
Engenho Alvorada 281
Palácio.. 283
Engenho Capibaribe 286
Espadachim 290
Quilombo dos Palmares 302

"CONGO 1637"

Os pés negros corriam ligeiros, esmagando o capim dourado sob seus passos. O som da respiração ofegante sobressaía, enquanto avançavam pela savana. O ritmo dos passos era irregular, devido ao desespero da corrida. Cada movimento fazia com que a poeira se erguesse em pequenas nuvens que logo se dissipavam no vento. Apesar da clareza dos sons, a figura permanecia invisível, escondida pela vegetação alta e pela sombra das árvores esparsas. Somente os pés, ágeis, traíam a presença do corredor, deixando um rastro de inquietação no silêncio da manhã.

A vastidão da savana se revela em toda a sua majestade. Antílopes pastam tranquilamente entre as manchas de capim dourado, movendo-se graciosamente enquanto mordiscam a vegetação. No céu claro, bandos de pássaros voam em padrões coreografados, suas asas batendo em sincronia com o ritmo da natureza abaixo. Zebras galopam em um grupo coeso, suas listras pretas e brancas criam um efeito hipnótico ao se misturarem no movimento. Gnus pastam despreocupados, espalhados em pequenas manadas, com suas cabeças baixas enquanto se alimentam. Perto dali, o ciclo da vida se manifesta em sua forma mais crua. Uma alcateia de leões devora a carcaça de uma zebra, com suas cabeças abaixadas enquanto rasgam a carne com voracidade. O sangue fresco mancha a grama ao redor, atraindo os olhares curiosos de aves de rapina que aguardam sua vez para se alimentar. Um lembrete da beleza e brutalidade coexistentes na natureza, uma dança eterna entre predador e presa sob o sol implacável da savana.

A aldeia estava escondida entre colinas verdes, circundada por árvores altas que se erguiam como guardiãs. As cabanas, feitas de barro e cobertas com tetos de palha seca, formavam um círculo ao redor de uma grande clareira, onde se erguia um baobá, símbolo de vida e sabedoria. A luz do sol dourado iluminava o chão de terra batida, onde as crianças corriam descalças, enquanto as mulheres trabalhavam moendo grãos em grandes pilões de madeira.

O aroma de alimentos preparados em fogueiras a céu aberto se misturava ao cheiro fresco da vegetação ao redor. Nos limites da aldeia, havia uma paliçada feita de troncos, mais como marcação de território do que como defesa. Na da aldeia, o som de tambores ritmados ecoava com frequência, sinalizando celebrações, rituais ou a chegada de uma nova lua.

Os homens, com seus torsos nus e pintados para a guerra ou para festividades, e as mulheres, adornadas com contas coloridas e tecidos tingidos com cores vibrantes, moviam-se com graça e propósito, cuidando da vida diária da aldeia.

As mãos negras batiam nos tambores com força e precisão, criando um batuque intenso que parecia ressoar com o próprio coração da terra. Acompanhado por vozes profundas em cantoria, a melodia envolvia o ambiente em uma atmosfera festiva. O ritmo pulsante do batuque fazia os corpos se moverem em sincronia, enquanto homens e mulheres dançavam em uma roda coreografada, seus pés levantando poeira do chão seco.

Pessoas andavam de um lado para o outro, rindo e conversando, carregando cestas de frutas e jarras de bebida. As crianças corriam entre as pernas dos adultos, suas risadas misturando-se ao som dos tambores e da cantoria. Próximo a uma fogueira, o aroma delicioso de um antílope sendo assado subia no ar, atraindo olhares famintos e aguçando os sentidos.

A luz suave daquela manhã tingia a aldeia com tons dourados, e a energia contagiante daquela celebração preenchia todos os espaços, fazendo cada pessoa ali se sentir parte de um grande e vivo ritual de alegria.

O homem corpulento de pele negra, com braços fortes e uma expressão concentrada, mergulhava um feixe de ervas em um líquido espesso em um tacho de barro. Ele movia o feixe com destreza, encharcando-o, e depois aplicava o líquido cuidadosamente sobre a carne que estava sendo assada, espalhando o aroma forte e penetrante pelo ar. O fogo crepitava enquanto a gordura derretia, fazendo a carne brilhar à luz da fogueira.

Um pouco mais afastado, outro homem, nu da cintura para cima, com um colar cruzando o peito, esfolava um antílope com habilidade. Seu torso brilhava de suor enquanto suas mãos ágeis deslizavam pelo couro do animal, separando a pele com precisão. Os seus músculos tensos, enquanto ele trabalhava em silêncio, concentrado.

Ao lado, três mulheres, sentadas em bancos baixos de madeira, descascavam mandioca com facas afiadas. Suas mãos se moviam com rapidez e sincronia sobre a grande mesa rústica, feita de madeira robusta e já marcada por tantos anos de uso. O som das cascas caindo sobre a mesa e o chão se misturava ao borbulhar suave das panelas de barro que cozinhavam sobre fogueiras próximas. A fumaça subia lentamente no ar, trazendo com ela o cheiro forte dos alimentos que se preparavam.

Entre os homens e as mulheres, dois grandes tonéis de madeira se destacavam, cheios de uma bebida destilada, o famoso bibidi. O líquido fermentava, exalando um aroma agridoce. De tempos em tempos, alguém se aproximava, enchia um copo rústico de madeira e tomava um longo gole, limpando a boca com o antebraço, enquanto os preparativos continuavam.

Longe dali, cortando as planícies africanas, havia um grupo de setenta negros e negras caminhando em fila única, armados com arcos, flechas e lanças. Eles avançam pelo caminho árido, esmagando, um a um, os brotos de grama que casualmente apareciam sob seus pés descalços, o calor do sol refletido nas peles brilhantes de suor. Os semblantes são firmes, determinados e traziam marcas de grandes batalhas, enquanto o som dos passos ritmados e das armas balançando ao lado dos corpos ecoa pelo ambiente. O grupo se move com uma energia silenciosa, como uma força pronta para a batalha ou para a liberdade, unidos pela mesma causa.

No lago, a algumas centenas de metros da aldeia, gritos e risadas ecoam pelo ar quente, enquanto crianças correm e mergulham no lago com entusiasmo. O som do "tchibum" ressoa a cada salto, enquanto a água cristalina se agita em ondas suaves ao redor dos corpos enérgicos. Homens e mulheres de pele negra, sorridentes, refrescam-se nas águas, conversando e trocando brincadeiras. Jovens e adolescentes mergulham mais ao fundo, competindo para ver quem faz o maior *splash*. As crianças, acompanhadas por suas mães, chapinham nas partes mais rasas, rindo, enquanto as mães, com olhos vigilantes, ajudam a manter a alegria. O sol refletindo nas águas cintilantes, e o som da felicidade espalha-se pelo ambiente, transformando o lago em um refúgio de diversão e descontração. A sensação é de pura liberdade, com a natureza e a comunidade unida em um momento raro de paz e felicidade.

Há uma harmonia no caos leve das brincadeiras, e o riso contagiante preenche o ambiente.

AMOR E DESTINOS INCERTOS

Sabina e Nego estão no meio do lago, a água clara sobre seus corpos. Sabina, jovem e bonita, de pele negra, curvando os cantos dos lábios, como se a felicidade florescesse de dentro para fora. Os olhos se estreitaram ligeiramente, cintilando com um brilho caloroso, enquanto as maçãs do rosto se erguiam, revelando pequenas linhas ao redor dos olhos, marcas de alegria genuína. De olhos fechados, enquanto passa a mão delicadamente pelo rosto, tentando limpar a água que Nego, nu da cintura para cima, acabara de jogar nela. O seu colar, com dois dentes caninos cruzando o peito, e o bracelete de sisal em seu braço conferem a Nego uma aparência selvagem e galante ao mesmo tempo. Ele observa Sabina com um sorriso travesso, encantado pela sua beleza e pelo jeito dengoso com que ela fala:

— Ah, para! — diz Sabina, com uma mistura de charme e risos, tentando se esquivar dos jatos de água.

Nego se aproxima e, sem hesitar, abraça-a forte, envolvendo-a em seus braços musculosos, e a beija com ternura. Sabina, com um brilho de malícia nos olhos, retribui o beijo e, em um movimento súbito e brincalhão, empurra-o, jogando mais água nele antes de correr, rindo como uma criança travessa.

Nego, surpreso e divertido, passa a mão pelo rosto para limpar a água, e suas bochechas fazem duas covinhas com uma risada. Corre atrás dela. Eles correm pela margem do lago até que ele finalmente a alcança, pegando-a pela cintura. Caem juntos na areia macia, rolando em meio a risos. Sabina, agora por cima de Nego, inclina-se, e os dois trocam um beijo apaixonado, como se o tempo parasse ao redor.

— Eu te amo! — sussurra Nego, com suavidade nos olhos, sem desviar o olhar de Sabina.

— Também! — responde ela, com um sorriso sincero, enquanto seus olhos brilham de amor e cumplicidade.

Deitados lado a lado na areia, com os corações ainda acelerados e os corpos úmidos da água do lago, eles olham para o céu azul acima, compartilhando um momento de pura serenidade e paixão. O som do lago e das risadas distantes é a trilha sonora de um amor que, na simplicidade e no toque, não precisa de palavras para ser entendido.

Sabina ergueu o rosto para o céu, os olhos fixos no vasto azul que se espalhava acima dela, como se buscasse respostas nas nuvens dispersas. O vento suave balançava levemente seus cabelos, enquanto ela suspirava, em meio a um silêncio carregado de incerteza.

— Vamos até a sacerdotisa? — disse ela, com a voz hesitante, sem tirar os olhos do céu. — Para saber o que ela diz. Meu vô me prometeu para Bongolo. Ele está chegando. É um suspense. Ninguém diz nada. Perguntei à minha mãe, e ela me disse que ele não toca no assunto.

Ao seu lado, de repente, como se uma sombra tivesse passado por ele, o sorriso de Nego se desfez, murchando lentamente. Seus lábios, antes curvados em felicidade, apertaram-se em uma linha fina. As sobrancelhas se franziram, e o brilho nos olhos foi substituído por um olhar duro e distante. O queixo tencionou e toda a leveza desapareceu de seu semblante, dando lugar a uma seriedade súbita. O ar ao seu redor pareceu se encher de uma tensão silenciosa, enquanto o rosto, que momentos antes transbordava alegria, agora refletia preocupação e angústia. Ele observava Sabina, sentindo o peso do que estava por vir, mas sem querer demonstrar sua inquietação.

— Sei que você não acredita nos deuses — continuou Sabina, desviando o olhar do céu para encontrar os olhos de Nego. — Vamos só desta vez?

Ele se inclinou suavemente, estendeu a mão e acariciou o rosto dela. Seus olhos expressavam uma mistura de tristeza.

— Meu amor, não precisa — disse ele, com a voz firme, mas terna. — O meu coração me diz que ficarei contigo até o dia da minha morte — uma pequena pausa. — Mesmo que ela diga que seu avô manterá a palavra, o que me importa? Eu te digo: ficaremos juntos! Não preciso saber de nada, porque ninguém vai tirar você de mim, nem mesmo Manikongo, se ele mantiver a promessa.

Ele apertou as mãos dela com mais força, com convicção em sua voz.

— Eu te pego, vamos embora... Fugimos — diz Nego, com seus olhos brilhando. — Um homem só precisa de três coisas para ser feliz: a mulher que ama, um lugar para chamar de lar e muitos filhos. Você vem comigo?

Sabina sorriu, um sorriso doce e repleto de amor. Havia uma leveza na expressão dela, mesmo diante de toda a incerteza.

— Com certeza! Te amo muito! Quero viver tudo de bom ao seu lado. Mas... — ela hesitou, seu olhar vagando por um instante, como se houvesse algo que ainda a prendia. — Você não gostaria de saber o que a sacerdotisa dirá?

Nego balançou a cabeça. Seus lábios apertavam-se em uma linha fina, enquanto olhava para o horizonte distante.

— Não acredito que os deuses falam do futuro — disse ele, com amargura. — Se eles realmente dissessem algo, meus pais não teriam morrido. Eles acreditavam neles... e mesmo assim...

As palavras pairaram no ar, carregadas de uma dor antiga, enquanto o silêncio entre os dois se tornava mais denso. Sabina o observava, sentindo o peso da história que ele carregava, mas, ao mesmo tempo, encontrando consolo na força de seu amor.

Sabina olhou para o horizonte com uma expressão distante, como se sentisse algo que estava além do alcance de seus olhos. Sua voz saiu suave, quase como um sussurro.

— Há coisas que eu não posso ver, mas que estão acontecendo. Pessoas ligadas entre os dois mundos, o físico e o espiritual, elas veem...

Nego, que até então observava o céu, virou o rosto para ela. Seu olhar afiado e prático contrastava com a profundidade das palavras de Sabina.

— Eu vejo minha lança, meu arco, minha flecha e meu braço — disse ele, em um tom decidido, esticando o braço na direção dela. — E com ele, eu te agarro.

Com um sorriso que iluminou seu rosto, Nego avançou brincalhão para cima de Sabina. Sua expressão mudara completamente, agora sorridente e cheia de vida. Sabina, rindo, segurou seus ombros, tentando resistir à brincadeira.

— Só na sua habilidade, né? — provocou ela, com um brilho nos olhos.

— Sim, e no amor que sinto por você — respondeu Nego, com a voz carregada de ternura.

Ele a puxou para perto e, sem hesitar, beijou-a com paixão. O mundo ao redor parecia se afastar, deixando-os imersos naquele momento. Perto dali, no lago, as risadas de crianças brincando à beira da água ecoavam, mantendo o ambiente vivo e alegre. Do outro lado da margem, outro casal observava a cena.

Ninha, uma mulher bonita jovem, estava adornada como uma princesa, com traços de delicadeza que contrastavam com a força do homem ao seu lado. Gamba Zumba exibia dois colares feitos de dentes caninos, um deles cruzando o peito como uma marca de poder. Um bracelete de sisal enroscava seu braço forte, um símbolo de sua conexão com a terra e sua posição de líder. Ambos estavam sentados à beira do lago, com os corpos ainda molhados, como se tivessem acabado de sair da água, observando em silêncio a harmonia do momento.

Ninha sorriu radiante. Seus olhos brilhavam.

— Eu queria que hoje não terminasse nunca! — disse ela, com a voz cheia de entusiasmo. — Estar aqui contigo, vivendo este momento, é o máximo! Estou ansiosa para o dia do nosso casamento. Ah, que vida boa é estar ao seu lado!

Gamba Zumba curvou os cantos dos lábios estampando um sorriso, e o seu coração batia forte com as palavras dela.

— Amanhã vou lhe fazer mais feliz. Depois de amanhã, mais ainda... e depois, mais ainda! — prometeu ele, com a voz carregada de uma certeza contagiante. Ele fez uma pausa, olhando nos olhos dela, antes de continuar: — Você está condenada a viver uma vida de muitas felicidades comigo!

Ninha sorriu ainda mais. A crença nas palavras dele pulsava dentro dela.

— Acredito nisso! — com um impulso de alegria, Ninha pulou na água, emergindo e erguendo os punhos cerrados em um grito de guerra. — Eia! — sua voz ecoou, cheia de vivacidade.

Os outros ao redor a seguiram, levantando também os punhos cerrados, uníssono, em uma só voz.

Os pés negros corriam sobre a terra batida, pulsando com determinação. O grito de liberdade se misturava ao som da selva, e tudo parou por um instante, como se o mundo tivesse suspendido a respiração.

No centro daquela energia, um adolescente de quatorze anos, Júlio, destacou-se. Seus olhos brilhavam com fervor e coragem, e ele ergueu os punhos cerrados, um símbolo de resistência. O cordão que cruzava seu peito, feito de um dente canino, balançava levemente com seus movimentos, simbolizando não apenas sua bravura, mas também suas raízes e a luta de seu povo. Enquanto o eco do grito reverberava nas entranhas da floresta, Júlio volta a correr, e os pássaros sobrevoam a selva.

A planície se estendia como um vasto tapete de grama dourada, ondulando suavemente sob a brisa suave. Ao longe, uma tribo se destacava, com suas silhuetas se desenhando contra o céu amarelado. O brilho do sol refletia nas lanças e arcos, criando um espetáculo.

Em direção à primeira tribo, um grupo distante, formado por cerca de cinquenta pessoas, avançava em fila única. Os homens, vestidos apenas com tangas de pele, exalavam força e determinação, enquanto as mulheres, envoltas em cangas coloridas, exibiam uma beleza rústica, com seus rostos marcados por expressões de concentração e orgulho.

Os arcos estavam firmemente seguros em suas mãos; e as flechas, alinhadas em seus suportes, prontos para a ação. E o som dos pés descalços batendo na terra ecoava suavemente, como um chamado ancestral à união e à resistência.

Júlio atravessa a mata, os pés pisando nas folhas secas que estalam sob seus pés, o cheiro de terra úmida misturando-se com o ar fresco ao redor. Ao se aproximar do lago, ele avista Nego deitado na areia, os músculos relaxados, enquanto Sabina está ao lado dele, com o corpo curvado e os olhos semicerrados, como se ambos estivessem desfrutando de um raro momento de paz. As águas do lago refletem a alegria de um povo livre, e a brisa suave parece sussurrar entre as árvores. Júlio se detém por um instante, observando, antes de dar alguns passos em direção a eles.

Júlio aproxima-se de Nego e Sabina, que estão deitados na areia à beira do lago. Com o semblante sério, ele anuncia o recado:

— Maju mandou pegar impalas!

Nego, que estava relaxado ao lado de Sabina, troca um olhar com ela, sentindo o peso da responsabilidade. Ele sorri levemente antes de se inclinar para perto.

— Te amo.

Ele sela suas palavras com um beijo suave, e então, com um movimento ágil, se levanta. Pega o arco, as flechas e a lança que estavam ao seu lado, preparando-se para a caçada.

Nego vira o rosto para Gamba Zumba e chama-o:

— Vamos!

Gamba Zumba, que está no meio do lago, distraído enquanto troca beijos com Ninha, ergue a cabeça, e sorrindo diz:

— Já te alcanço!

Nego dá passos largos, deixando a margem do lago, enquanto Gamba Zumba volta a beijar Ninha. O silêncio da floresta ao redor é quebrado apenas pelo som das pegadas firmes de Nego.

Do outro lado do lago, risadas e gritos de alegria ecoam pelo ar. Meninos e meninas correm pela margem e pela água, espalhando gotas cintilantes sob o sol. Entre eles, Gana Zumba se destaca com seu colar, onde dois dentes caninos cruzam seu peito, balançando a cada movimento. Ele olha para o lago e avista Júlio.

— Vem para cá, Júlio!

Júlio, que estava mais afastado, sorri e sem hesitar, mergulha na água cristalina. Ele desaparece por um momento, nadando ágil como um peixe, seguindo o fundo do lago. Quando emerge com um salto repentino, um sorriso largo ilumina seu rosto enquanto ele joga água em todas as direções, atingindo Gana Zumba e os outros.

As crianças gritam e riem, mas Marta, de rosto molhado e expressão irritada, cruza os braços e ordena.

— Para, Júlio!

Ele apenas ri mais alto. A diversão estava claramente estampada em seu rosto, enquanto as ondas suaves do lago continuam a se mover ao redor, refletindo o céu ensolarado. Gana Zumba desafia os amigos.

— Vamos ver quem consegue prender a respiração por mais tempo debaixo d'água? —

Ele sorri desafiador, já se preparando mentalmente para mergulhar. As crianças ao redor olham com empolgação, prontas para aceitar o desafio, exceto Júlio, que balança a cabeça, ligeiramente impaciente.

— Não! Já ficou pronta a bibidi. Vamos logo?

Júlio parece mais ansioso por algo além da brincadeira no lago, e Gana Zumba franze a testa, intrigado com a mudança de assunto. Marta e Maria, que estavam próximas, fazem uma careta de desgosto ao ouvirem o nome "bibidi".

O rosto de Marta se contraiu instantaneamente. As sobrancelhas se uniram em uma linha, enquanto seu nariz franziu, como se tivesse acabado de sentir um cheiro desagradável. Ela torceu a boca para o lado, deixando visível a repulsa. Seus olhos semicerrados, quase fechados, lançavam um olhar de desdém:

— Eca!

Maria cospe no chão.

— Que nojo!

As duas trocam olhares, claramente nada animadas com a ideia, enquanto Júlio revirava os olhos, com um sorriso divertido escapando de seus lábios.

NA ALDEIA

Homens negros, de idades variando, trabalhavam intensamente, erguendo um palanque rústico. Suas mãos calejadas pegavam troncos empilhados ao lado, amarrando-os firmemente com cordas e cipós. Havia o som seco dos troncos batendo uns contra os outros e o ranger dos cipós enquanto eram esticados. Suas peles brilhavam sob o sol, refletindo o esforço da construção.

Ao lado, observando em silêncio, estava o Manikongo, o líder supremo das tribos Jargas, Congoleses e Kalangos. Seu corpo envelhecido sustentava-se com dificuldade sobre um galho grosso, usado como bengala. Seus olhos, cansados, mas ainda cheios de autoridade, acompanhavam cada movimento dos trabalhadores. Ao seu lado, sua filha Alquatune, uma mulher forte, mantinha uma postura altiva, enquanto seu esposo,

Maju, o líder da tribo dos Congoleses, observava com o semblante sério, atento aos preparativos.

Perto dali, as mulheres dançavam em uma coreografia graciosa. Seus corpos se moviam em sincronia com a batida rítmica dos tambores, e suas vozes se erguiam em um cântico ancestral, ecoando pela clareira. O aroma da carne de antílope assando na brasa misturava-se ao cheiro das panelas de água fervendo, onde outro antílope estava sendo cuidadosamente escalpelado. O calor da fogueira brilhava contra os rostos das mulheres e homens ao redor.

Alquatune, fitando os homens trabalhando, diz:

— Faz hoje mil luas que vivemos em paz, sem guerra.

A voz de Alquatune era firme, mas carregava o peso da memória. Seu olhar percorreu o horizonte, como se pudesse ver os fantasmas das batalhas passadas. O silêncio que se seguiu foi quebrado pela resposta de Maju, seu esposo:

— Que vivamos assim por mais dez mil.

Maju sorriu com serenidade, mas seus olhos revelavam a cautela de um líder que sabe que a paz é frágil. Ele se aproximou de Alquatune, segurando-lhe a mão, enquanto o vento suave balançava as folhas ao redor.

Manikongo, apoiado em sua bengala, pigarreou, chamando a atenção dos presentes:

— Bongolo, da tribo dos Jargas, receberá sua coroa. Eu, Kalon da tribo dos Kalangos, passo-lhe a coroa de seu pai, Gambal, o idealizador da união das tribos.

Ele fez uma pausa, o cansaço visível em sua postura, mas sua voz ainda carregava o peso da autoridade.

— Essa união nos fortaleceu, capazes de resistir aos ataques dos portugueses e angolanos até hoje — Manikongo vira o rosto. — Maju, nunca deixe que essa união se enfraqueça! É ela que garantirá o futuro das nossas tribos.

Manikongo ergueu a cabeça com dificuldade. Sua voz falhava.

— Fomos quase dizimados, mas foi essa união que nos fortaleceu. E agora sobrevivemos.

Ele respirou fundo, visivelmente exausto.

— Agora vou descansar.

Com passos lentos e pesados, Manikongo começou a se afastar, apoiando-se na bengala, enquanto Maju o acompanhava em silêncio, com expressão grave.

Alquatune permaneceu no lugar, com olhar fixo à frente, esperando Sabina, que se aproximava. O som distante das danças e cânticos ainda ecoava pela clareira.

A CAÇADA

Nego movia-se furtivamente pela savana, seus pés descalços mal faziam som sobre o chão seco, e os olhos estavam atentos ao antílope que pastava, a distância, despreocupado. Ele apertou o pingente de seu colar com os dentes, como se aquilo lhe desse foco, e seguiu em frente, abaixando-se entre os altos capins dourados.

De outro ponto de vista, o antílope também era observado, sem perceber a presença mortal que o caçava. Nego, como uma sombra, continuava sua aproximação, cada passo calculado.

A mão de Nego escorregou silenciosamente até a aljava em suas costas, retirando uma flecha com delicadeza. Seus músculos se retesaram ao encaixar a flecha no arco, e os dedos se firmavam ao puxar a corda. Ele prendeu a respiração, com os olhos fixos no alvo.

A flecha cortou o ar num sussurro mortal e acertou o antílope. O animal tombou quase de imediato. Sua vida estava se esvaindo rapidamente. Nego se levantou devagar, caminhando até a carcaça. Ele se agachou, retirou a flecha e a limpou no pelo do próprio antílope. Quando se preparava para carregar a presa, ouviu um rugido ao longe.

Uma leoa se aproxima, com os olhos famintos fixos em sua direção. Outra leoa surgiu na diagonal, com movimentos ágeis e fluidos, circulava Nego e sua caça. O coração de Nego batia forte, mas ele se manteve firme, empunhando a lança com as duas mãos.

— Vai atrás da tua, porque essa aqui é minha! — disse Nego consigo mesmo.

As leoas se moviam em sincronia, uma ameaçando pelo flanco esquerdo e a outra se aproximando pela direita. Nego recuava lentamente, até que, com uma estocada rápida, com a lança, acertou a leoa que avançava à sua esquerda. A fera saltou para o lado, sentindo a perna, a leoa ruge, mas a segunda leoa já estava sobre o antílope, abocanhando-o pelo pescoço e tentando arrastá-lo.

Nego se virou rapidamente e atacou a segunda leoa, entretanto ela, ainda agarrada à presa, saltou para longe, desvencilhando-se de sua investida. O animal largou o antílope, agora interessado apenas no caçador que o ameaçava. As duas leoas se aproximaram, cercando Nego, prontas para o ataque final.

Com um giro rápido, Nego acertou a primeira leoa no flanco, forçando-a a recuar. A segunda, ferida na perna, mancou para o lado, contudo o olhar predatório dizia que ela não desistiria tão fácil.

De repente, a primeira leoa saltou, com as garras à mostra. Nego, ágil como sempre, cravou a lança direto no peito da fera, jogando-a para o lado. O corpo caiu morto pesadamente no chão, entretanto o perigo não havia passado.

A segunda leoa rugiu, furiosa e mancando se aproximava. Seus olhos se estreitaram nele, querendo vingança. Nego retira a lança do corpo da leoa morta, mantendo-se em posição de guarda. Seus braços firmes, a lança pronta para o próximo ataque, com o corpo arcado prestes a enfrentar a fúria inimiga.

Antes dele agir, Gamba Zumba chegou, disparando duas flechas que atingiram a leoa no flanco. O animal rugiu, entretanto, determinado, continuou sua investida contra Nego. Mais duas flechas foram lançadas, porém, a leoa parecia não se abalar. Suas garras estavam prontas para o ataque.

A leoa saltou com toda a força sobre Nego, em um movimento preciso, ele desferiu o golpe fatal com a lança, cravando-a no peito da fera. O peso do animal o derrubou, suas costas bateram contra o chão, porém a leoa caiu ao seu lado, já sem vida.

Ofegante, Nego olhou para o céu, sentindo o gosto da vitória, mas também o peso da batalha. Gamba Zumba se aproximou, com passos firmes e o arco ainda em mãos, olhando para o corpo da leoa morta. Ergue os olhos inquietos e observa Nego, que estava de pé em meio à poeira e ao sangue das leoas. Sua respiração ainda era pesada. Ao perceber o companheiro em pé, perguntou, com a voz baixa, Gamba Zumba:

— Está ferido?

Nego, ainda com os músculos tensos do confronto, ergueu-se lentamente. Seu olhar vagou brevemente pelos corpos das leoas caídas antes de voltar para si. Com uma mão firme, começou a se examinar, deslizando os dedos pelo peito, braços e pernas, em busca de qualquer sinal de ferimento.

— Tudo bem — disse Nego.

Sua voz saiu firme, mas com um toque de alívio contido. Ele estalou o pescoço, como se estivesse soltando o peso da tensão, e deu um passo à frente, testando sua força. Gamba Zumba, percebendo que Nego realmente estava bem, assentiu com a cabeça, mas seus olhos foram atraídos por algo no horizonte.

Ao longe, o vento levantava levemente a grama alta da savana, revelando a silhueta de algumas impalas pastando tranquilamente, alheias à cena violenta que havia se desenrolado minutos antes.

— Olhe! Impalas! Ainda temos trabalho a fazer — disse Gamba Zumba.

Nego seguiu o olhar de Gamba Zumba e avistou os animais. Seu corpo parecia responder automaticamente, instintivamente se preparando para a próxima caçada. A lança, ainda manchada de sangue, estava firme em sua mão. Eles trocaram olhares, e ambos sabiam que o dia ainda não havia terminado.

DESTINOS TRAÇADOS

Sabina e Alquatune caminham lado a lado. Os pés tocavam firme o solo de terra batida. Os sons distantes dos tambores preenchiam o silêncio entre elas. Sabina olhava para frente, mas sua mente estava cheia de perguntas que ela ainda não tinha coragem de fazer.

— Mãe, meu avô... Ele disse alguma coisa para você que me permitirá casar com Nego? — a voz de Sabina saiu hesitante, cheia de expectativa. Ela finalmente ousava perguntar o que a vinha atormentando. Seus olhos buscaram o rosto da mãe, mas Alquatune manteve o olhar fixo no horizonte. Os traços de sua face permaneciam serenos, porém impenetráveis.

— Não, minha filha. Seu avô é um homem sensato. Fica tranquila.

Alquatune respondeu com a calma de quem já conhecia o coração de seu pai e a força de suas decisões. Havia um consolo em sua voz, mas também uma firmeza que Sabina reconhecia. As palavras, embora tranquilizadoras, não dissipavam completamente as preocupações da jovem.

Sabina baixou o olhar, mordendo o lábio inferior, hesitante em continuar. A dúvida sobre o pai ainda pesava em seu coração. Com um suspiro, ela ousou fazer a segunda pergunta.

— E meu pai? O que ele pensa?

Alquatune parou de caminhar por um momento, virando-se finalmente para olhar Sabina nos olhos. Um sorriso leve surgiu nos lábios da mãe, mas seus olhos carregavam um misto de compreensão e incerteza. Ela disse:

— Maju... também não tocou no assunto — ela pausou, avaliando a expressão da filha, como se procurasse as palavras certas. — Ele te ama, Sabina. E sei que, quando o momento chegar, ele fará o que for melhor para você.

Sabina sentiu um leve alívio, embora ainda restassem dúvidas. O silêncio voltou a preencher o espaço entre elas, mas agora era um silêncio menos denso, mais suave, como o vento que soprava gentilmente ao redor das duas. Alquatune continua, porém, Sabina para e diz:

— Vou à avó Bina — os olhos de Sabina estão carregados de ansiedades. Alquatune assentiu, acenando com a mão. Sabina se distancia percorrendo um labirinto de choças. Ao ver uma pequena e escondida cabana, seu coração pulsa acelerado, contudo, confiante, continua suas passadas largas.

Sabina se aproxima, ergue suas mãos e as pousa no portal. Talvez a resposta não seja o que espera, no entanto, voltar agora é improvável, está decidida. Sua mente borbulhava de pensamentos. Sente o ar pesado e denso à medida que a fumaça dos incensos se espalha como um véu, quase ocultando a estrutura de barro e palha. O cheiro adocicado e pungente invade suas narinas, provocando uma leve tontura. A luz fraca de uma lamparina tremula ao fundo, mal conseguindo perfurar a névoa sufocante que enche o ambiente. A pequena passagem se torna hesitante, e, ao adentrar, o calor abafado e a mistura de aromas intensos parecem engolir sua presença. Cada passo ecoa pelo chão de terra batida, enquanto a fumaça, espessa como neblina, serpenteia em torno dela, quase a cegando. Os contornos da cabana se desfazem em sombras distorcidas, e a sensação de estar isolada do mundo exterior cresce a cada segundo.

Sabina se aproximou lentamente. O coração estava pesado com o peso do que estava por vir. A luz fraca das velas projetava sombras que dançavam nas paredes de barro. Sentada em um banco baixo, uma senhora negra de aparência frágil, com olhos profundamente brilhantes, parecia carregar décadas de sabedoria. Sua pele estava enrugada, mas havia uma força silenciosa em sua presença. No canto, potes formavam o desenho de uma estrela no chão, com incensos acesos liberando uma fumaça espessa. Três outros potes, preenchidos com um líquido transparente, emanavam um leve aroma de ervas amargas.

— Sacerdotisa Bina? — Sabina murmurou, quase sem fôlego.

A velha ergueu a cabeça com esforço. Sua voz estava cansada, mas cheia de autoridade.

— Você demorou para vir aqui — disse Bina, com um tom de leve reprovação, enquanto seus olhos analisavam Sabina como se vissem além do físico.

Sabina deu um passo à frente, sentindo-se pequena diante da figura da sacerdotisa.

— Eu queria saber... — começou Sabina, hesitante, mas suas palavras foram interrompidas.

Com as mãos trêmulas, Bina estendeu uma cuia para Sabina. O líquido lá dentro refletia a luz suave. Sabina hesitou, mas tomou um gole. O sabor amargo descia lentamente, deixando um calor estranho em sua garganta.

— Bina sabe... o que você veio fazer aqui — uma pequena pausa e continuou a sacerdotisa. Sua voz era quase um sussurro, mas carregada de mistério. — O coração de você está apertado, né? O dia chegou — as palavras saíam com dificuldade, mas tinham um peso profético. — Nego ficará com você, mas uma grande nuvem negra já está sobre a aldeia. E ninguém... ninguém mais vai ficar de pé. Essa nuvem vai arrastar tudo... todos...

Sabina manteve os olhos fixos na sacerdotisa, sentindo o coração disparar enquanto as palavras ressoavam em sua mente. O ar ao redor parecia se tornar mais pesado, e o suor descia como um córrego pela sua testa.

— Vai embora agora com Nego — Bina disse, com sua voz mais fraca, porém firme. — O fim de Bina chegou também.

Sabina ficou ali, congelada por um momento, encarando os olhos brilhantes da sacerdotisa, que pareciam vê-la, não só por fora, mas por dentro. O destino que aguardava era claro, mas o medo e a incerteza ainda ecoavam em seu coração.

No barril, Gana Zumba mergulhou a concha de pau na bebida, enchendo duas cuias. Ele entregou uma a Júlio, mas o sorriso malandro de ambos desapareceu quando viram Alquatune se aproximar, com sua postura firme e olhar vigilante. Num gesto rápido, Júlio escondeu as cuias atrás das costas, com o coração batendo acelerado.

— O que vocês estão fazendo aqui?! — Alquatune esbravejou, com a voz grave e firme, atravessando o remanso como um trovão.

Gana Zumba engoliu em seco, tentando parecer despreocupado.

— Só estávamos... vendo as coisas por aqui — respondeu ele, dando de ombros, mas sem conseguir esconder a tensão na voz.

Alquatune ergueu uma sobrancelha, desconfiada.

— Se eu pegar vocês rondando esse lugar de novo — ela disse, pausando para que suas palavras pesassem ainda mais — eu meto a vara em vocês dois, entenderam?

Os garotos assentiram rapidamente, os olhares baixos, enquanto Alquatune os observava por um instante antes de se virar e partir, deixando-os aliviados, mas ainda nervosos.

Júlio disfarça e sai com a cuia escondida, e eles vão para um celeiro.

Gana Zumba e Júlio entraram furtivamente no celeiro, cada um com uma cuia nas mãos. O espaço estava mal iluminado, com a luz fraca de uma lamparina tremulando nas sombras. O cheiro de couro curtido misturava-se ao ar abafado, enquanto montes de sacos de grãos e tachos grandes ocupavam os cantos. Uma prateleira tosca, feita de troncos, dividia o espaço, criando um labirinto de sombras e objetos empilhados.

Os dois se jogaram sobre sacos de grãos, acomodando-se. Júlio, curioso, levou a cuia aos lábios e tomou um gole. Imediatamente, cuspiu a bebida no chão, ofegante.

— Que isso? Parece que está pegando fogo! — reclamou, com o rosto contorcido em uma careta.

Gana Zumba soltou uma gargalhada alta e despreocupada.

— Ha, ha, ha! É assim mesmo! — respondeu ele, divertido.

Prendendo o nariz, Gana Zumba tomou um grande gole da bebida, deixando escapar um "ufa" ao terminar. Ele bateu no peito como se estivesse queimando por dentro, os olhos lacrimejando.

— Desce queimando, mas depois... a gente se acostuma — disse ele, sorrindo travessamente.

De repente, um murmúrio interrompeu a risada. Passos apressados ecoaram pelo celeiro, fazendo os dois se sobressaltarem. Gana Zumba e Júlio se entreolharam e rapidamente buscaram uma brecha entre os troncos da prateleira.

Do outro lado, Edu e Morena entraram sem perceber os garotos. Eles pareciam absorvidos um pelo outro, os sussurros apaixonados enchiam o ar. Edu levantou a canga de Morena e os dois se preparavam para um momento íntimo, até que um leve ruído ecoou no celeiro, fazendo-os parar bruscamente.

Gana Zumba e Júlio prenderam a respiração, com os olhos arregalados, tentando não se mexer enquanto observavam, e o nervosismo ia crescendo.

Morena olhou para Edu, prestes a continuar, mas algo a fez parar. Havia um ruído ao fundo. Edu franziu o cenho e seguiu o som com o olhar, enquanto, no canto, Gana Zumba deixava cair a cuia no chão com um estrondo. Ele olhou assustado para Júlio, que mal conseguia segurar o riso, cobrindo a boca com a mão.

— Quem está aí? — Edu gritou, irritado, com seus olhos varrendo o local.

Ele deu a volta na prateleira, encontrando os dois garotos parados, tentando disfarçar.

— Vocês tão bisbilhotando o quê aqui? — Edu perguntou franzindo o cenho.

— Nada! Foram vocês que vieram para cá! — Gana Zumba respondeu, deu de ombro de volta, numa atitude defensiva.

Júlio, ainda rindo, ergueu as mãos em sinal de rendição.

— Já estamos saindo — disse Júlio, com um sorriso travesso.

Os garotos se apressaram para sair, ainda trocando olhares cúmplices. Edu balançou a cabeça, soltando um suspiro irritado, antes de voltar para Morena, com um sorriso maroto no rosto.

— Agora... onde a gente estava? — ele tentou, inclinando-se para beijá-la novamente.

Contudo, Morena recuou, com uma expressão séria.

— Não dá, Edu. Perdi o clima... e aqui pode entrar gente! — disse eia, afastando-se.

Ele tentou segurar sua mão, entretanto Morena sorriu de canto, puxando-a de volta.

— Mais tarde! — sussurrou, piscando para ele enquanto saía.

Edu a observou sair, frustrado, mas logo sua frustração aumentou quando duas figuras familiares entraram no celeiro: Izalu e Efigênia. Elas pararam ao vê-lo ali, e o sorriso de Edu desapareceu.

— Você é um infame mesmo! — gritou Efigênia, com os olhos faiscando de raiva.

— Tu é safado mesmo! Está com nós três? — Izalu acrescentou, com as mãos na cintura e a voz carregada de incredulidade.

Morena, ouvindo isso, parou na porta, virando-se com um olhar feroz.

— O quê?! Porrada nele! — exclamou ela, partindo para cima de Edu.

As três mulheres se uniram contra ele, dando tapas e empurrões, enquanto Edu tentava se afastar, defendendo-se desajeitadamente.

— Calma! Que isso? — gritava ele, enquanto se debatia para sair do armazém, seguido pelos tapas e insultos.

Edu saiu disparado do celeiro, ainda tentando desviar dos tapas, com a confusão ecoando atrás de si. Assim que alcançou a porta, parou ofegante, olhando ao redor e avistando Gana Zumba e Júlio caminhando despreocupadamente a alguns metros de distância.

Com a raiva ainda borbulhando, Edu apontou para os dois, furioso.

— Eu pego vocês! — gritou, com sua voz cheia de frustração e ameaça.

Os garotos se entreolharam por um instante, porém, ao invés de mostrar medo ou se apressar, Gana Zumba deu de ombros.

— Está bom, tenta aí — respondeu ele, com um sorriso de canto, desafiador, como se não levasse Edu a sério.

Júlio, segurando uma risada, apenas balançou a cabeça.

— Boa sorte, Edu — disse Júlio, dando uma tapa leve nas costas de Gana Zumba, enquanto continuavam a andar, como se nada tivesse acontecido.

Edu ficou parado, ainda sem fôlego, observando os dois se afastarem sem sequer se importar com sua ameaça. Ele olhou para trás, para o celeiro, onde as mulheres ainda discutiam, e soltou um suspiro exasperado.

— Moleques! — resmungou, antes de seguir na direção oposta, esfregando a cabeça, como quem já sabia que aquela não era uma briga que ele ganharia.

Nego e Gamba Zumba caminhavam lado a lado com passos apressados, as impalas pesando em seus ombros, o cheiro da selva ao redor se misturando com o suor da caçada. O silêncio entre eles era quebrado apenas pelo farfalhar das folhas e pelo som de seus pés apressados sobre o chão seco.

— Meu pai e meu avô sabem que vocês se amam — começou Gamba Zumba, virando-se ligeiramente para Nego, tentando suavizar o peso daquela conversa. — Eles vão dar um jeito de explicar tudo para Bongolo. Aquela palavra, dada há mais de vinte anos... Vão quebrar isso. Confie em mim.

Nego ergueu as sobrancelhas, os olhos focados no caminho à frente, mas a mente perdida em preocupações. Ele respirou fundo, hesitante.

— Eu não sei, meu amigo — murmurou Nego, com a voz pesada de incerteza. — Não sei qual vai ser a reação dele. Bongolo é imprevisível.

Gamba Zumba parou por um instante, forçando Nego a fazer o mesmo. Ele pousou a mão no ombro de Nego, com seus olhos cheios de uma confiança que ele esperava passar ao amigo.

— Olha, meu pai e meu avô são mestres em lidar com essas questões. Se decidirem que vocês dois vão ficar juntos, vocês vão ficar! Bongolo só tem duas opções: ou ele entende, ou ele aceita. Não há outra saída.

Nego fitou os olhos de Gamba Zumba, sentindo uma leve faísca de esperança, mas ainda lutando contra a maré de dúvidas que o dominava.

— E se ele não aceitar? — Nego perguntou, com a voz quase inaudível, como se temesse a própria resposta.

Gamba Zumba sorriu, um sorriso caloroso e seguro.

— Ele vai ter que aceitar, irmão. Vocês se amam, e isso é o que realmente importa. Não deixe essa sombra de vinte anos apagar o que vocês têm. Fica tranquilo.

Por um momento, o peso nos ombros de Nego parecia mais leve. Ele assentiu lentamente, e os dois voltaram a caminhar. O silêncio da floresta agora estava mais reconfortante.

Três mulheres trabalhavam com concentração e habilidade na bancada de madeira. Tereza, experiente e ágil, temperava com ervas e um líquido transparente um dos javalis com mãos firmes, enquanto Matilde cuidava do outro, e Francisca, de olhar atento, descascava mandioca ao lado. O aroma forte de especiarias e fumaça do fogão a lenha impregnava o ar, onde um cozido borbulhava preguiçosamente.

No centro do espaço, o palanque já estava montado, com três grandes cadeiras de madeira robusta. O antílope continuava assando lentamente, exalando um cheiro delicioso. Ao fundo, ouvia-se o som vibrante de berimbau, tambores, palmas e cantoria que davam ritmo à vida na aldeia.

Matilde, sempre atenta, avistou Gana Zumba e Júlio passando a alguns metros de distância.

— Júlio, vem cá! — chamou sorrindo, interrompendo o trabalho por um momento.

Júlio, intrigado e curioso, parou, trocando um olhar rápido com Gana Zumba, que continuou em direção à roda de capoeira. Ele se aproximou das mulheres, que trabalhavam com maestria na preparação do grande banquete. O aroma que vinha da bancada e do fogão a lenha fez seu estômago roncar discretamente, mas o sorriso das mulheres, todas de bom humor, fez com que ele relaxasse.

— Está um cheiro bom, né? — disse Matilde, piscando para Júlio, como se o cheiro fosse irresistível até para ela.

Tereza soltou uma risada curta, sem parar de temperar o javali.

— Você sabe que aqui a comida é coisa séria.

Júlio riu mais à vontade, contudo Matilde não perdeu tempo.

— Vai lá, Júlio — ela pediu, com um tom de cumplicidade. — Busca um pedaço do assado para a gente. A gente não pode sair daqui, e esse antílope está chamando.

Francisca, que até então descascava mandioca em silêncio, ergueu os olhos e acrescentou, com um sorriso malicioso:

— Só não demora, que a fome aqui está grande.

As três mulheres riram, e Júlio, percebendo que não havia como recusar, sorriu de volta.

— Deixa comigo! — respondeu ele, já virando para seguir em direção ao antílope, pronto para atender ao pedido.

Na roda de capoeira, o chão de terra batida vibrava ao som dos berimbaus, tambores e palmas ritmadas. Homens, mulheres e adolescentes formavam um círculo atento, enquanto os capoeiristas no centro moviam-se com graça e destreza. Seus corpos deslizavam e giravam como se fossem parte de uma coreografia fluida, misturando força e leveza ao ritmo pulsante da música. Os pés raspavam o solo com agilidade, os saltos e giros eram executados com precisão, e a plateia reagia a cada golpe ou esquiva com murmúrios de admiração e entusiasmo.

O som do berimbau guiava cada movimento, suas cordas vibravam como o coração daquela roda. Os tambores ecoavam como trovões, preenchendo o espaço com uma batida visceral, enquanto o coro de vozes, profundo e hipnótico, dava vida às canções ancestrais.

Gana Zumba chegou, procurando seu espaço no meio dos capoeiristas para assistir. Ele se espremeu entre os outros jovens, com seus olhos brilhando de excitação. A respiração dele estava acelerada, não apenas pelo ritmo contagiante da roda, mas pela admiração que sentia pelos mestres que se enfrentavam no centro.

O suor brilhava nos corpos dos capoeiristas, que trocavam golpes e esquivas com uma elegância feroz. Cada movimento parecia contar uma história, um duelo simbólico entre luta e dança, em que a força física era tão importante quanto a astúcia e a arte de enganar o adversário.

Gana Zumba se abaixou para ter uma melhor visão, com os olhos fixos em um dos capoeiristas mais habilidosos, que girava no ar como uma folha ao vento. O jovem não conseguia desviar o olhar, completamente absorvido pela dança-luta, sentindo que aquela energia o envolvia, quase como se ele mesmo estivesse no centro da roda.

A roda seguia com intensidade, e cada som, cada movimento, era uma celebração de força, resistência e liberdade.

Júlio se aproxima de Tião, com um sorriso travesso e um brilho de ironia nos olhos:

— Parece que Matilde está com desejo de um assado. O que você vai fazer a respeito?

Tião, sem se deixar abalar, lança um olhar divertido para as mulheres que riem à distância, enquanto segura sua adaga com destreza. Com um movimento ágil, ele começa a fatiar tiras suculentas do javali assado, com a carne ainda fumegante.

Tião, com um sorriso malicioso, diz:

— Aqui, garoto, pegue um pedaço antes que elas mudem de ideia!

Ele apresenta as fatias de carne com um gesto amplo, como se estivesse oferecendo um troféu. O aroma da carne grelhada misturava-se ao calor e à animação ao redor.

Tião, rindo, disse:

— Se não levar algo saboroso, Matilde pode te pôr de castigo!

Júlio sorri, pegando as tiras de carne com as mãos, sentindo a gordura escorregar pelos dedos. Ele dá uma última olhada para Tião, que observa as mulheres com um brilho de satisfação.

Júlio brincando olha para as mulheres:

— Com certeza vou fazer isso. Se eu não voltar, já sei quem culpar.

Júlio caminha, em direção às mulheres, enquanto Tião permanece, segurando a adaga e sorrindo para as mulheres, demostrando alegria com a leveza do momento.

Nego e Gamba Zumba apareceram na entrada da aldeia, com os ombros arqueados sob o peso dos antílopes que carregavam. O suor escorria por seus corpos, misturando-se com a poeira da caçada. A dupla caminhava com passos firmes, os músculos tensionados pelo esforço, mas seus olhos brilhavam com a satisfação da conquista. As cabeças dos antílopes balançavam de um lado para o outro, enquanto os corpos imóveis revelavam a precisão da caçada.

No centro da aldeia, junto à grande árvore, os homens estavam ocupados com o trabalho de esfolar outro antílope, suas lâminas afiadas, cortando com destreza as peles já ensanguentadas. Ao ver Nego e Gamba Zumba se aproximarem, eles ergueram os olhos e interromperam brevemente o trabalho, um reconhecimento silencioso do feito dos dois caçadores.

Nego foi o primeiro a se ajoelhar, com um movimento rápido e eficiente, pousando o antílope à frente dos outros homens, enquanto Gamba Zumba fez o mesmo ao seu lado. O cheiro forte da caça recém-abatida preenchia o ar, misturava-se ao aroma das fogueiras e do couro curtido. Um dos homens, ainda com as mãos sujas de sangue, olhou para os animais abatidos e assentiu com um sorriso de aprovação, antes de retornar à sua tarefa.

— Uma boa caçada — disse um deles, rompendo o silêncio com sua voz grave, enquanto outros faziam pequenos gestos de gratidão. — Essa carne vai alimentar muitos.

Nego limpou o suor da testa com o antebraço e sorriu de canto. Gamba Zumba, sem dizer uma palavra, abaixou-se para ajudar no trabalho. Sua expressão de concentração refletia-se na maneira como manejava a faca.

As mãos hábeis dos homens se moviam em sincronia, cortando a carne com precisão, enquanto os corpos dos antílopes se transformavam em sustento para a aldeia. Cada gesto era metódico, fruto de uma prática ancestral, passada de geração em geração. O cheiro forte do sangue misturava-se ao calor da tarde, e o som do deslizamento das lâminas pelas peles ressoava, acompanhando o ritmo do trabalho.

Ao longe, os tambores não davam trégua. O batucar constante parecia ecoar o coração da aldeia, como um chamado para a celebração que estava por vir. Cada batida reverberava no peito dos caçadores, reforçando a sensação de dever cumprido, de que a caça era mais do que alimento: era uma oferenda à liberdade.

Nego, com os músculos ainda tensionados pelo esforço da caçada, parou por um momento e enxugou o suor da testa. Seus olhos encontraram os de Gamba Zumba, e ambos compartilharam um breve olhar de cumplicidade. Sem dizer uma palavra, Nego pegou uma botija de barro próxima e a agitou levemente, e o som da água ressoava dentro dela. Ele a destampou e serviu ao amigo primeiro, um gesto silencioso de respeito entre caçadores. Gamba Zumba aceitou o oferecimento, bebendo com longos goles, com a água fresca escorrendo por seu queixo e manchando o chão de terra batida.

Em seguida, Nego levou a botija aos lábios e tomou uma golada generosa. O líquido desceu sua garganta como um alívio imediato, um pequeno refresco após o calor da caçada. O sabor da água parecia misturar-se com o aroma de terra e carne ao seu redor, criando um simples prazer de saciar a sede. Ele limpou a boca com o dorso da mão e, por um momento, fechou os olhos, sentindo a satisfação de uma boa caça.

O som dos tambores continuava a pulsar, cada vez mais alto, como se convidasse toda a floresta a participar da celebração que logo tomaria conta da aldeia. Gamba Zumba deixa o punhal enfincado na mesa tosca e sai com Nego em direção à roda da dança da capoeira.

PRAIA

Homens brancos desembarcavam dos barcos, com os pés afundando na areia quente da praia enquanto novas embarcações se aproximavam. Entre eles, o Capitão Cão, um homem que aparentava meia-idade.

Destacava-se com sua barba cerrada e grisalha, que parecia esconder segredos de muitas viagens. Ele vestia uma calça de tecido resistente e uma blusa de manga longa. Sua postura firme e autoritária refletia anos de experiência no mar. Estava em pé no barco, que deslizava cortando as pequenas ondas, enquanto dois marujos remavam. Sua silhueta era imponente contra o céu azul.

Ao seu lado, o Sr. Brasa, o contramestre. Era inconfundível com sua cabeça careca e a tatuagem de um dragão que serpenteava pelo seu antebraço até o pescoço, uma marca de bravura e lealdade. Seus olhos, frios e calculistas, observavam a movimentação na praia, enquanto os rostos dos marujos eram um mapa de dureza e desumanidade. Rugas profundas sulcavam suas testas, testemunhando anos de crueldade e violência, enquanto os olhos, frios e impenetráveis, brilhavam com uma frieza predatória, como se buscassem sempre a próxima presa. As mandíbulas, frequentemente cerradas, eram quadradas e musculosas.

Os lábios, finos e muitas vezes curvados em um sorriso cruel, revelavam dentes amarelados e desgastados, lembrança de batalhas e excessos. Algumas cicatrizes, como marcas de antigas lutas, cruzavam seus rostos, cada uma contando uma história de brutalidade e sobrevivência. Suas peles, queimadas pelo sol e marcadas pela dureza do mar.

Eles puxavam os barcos para a areia, ofegantes sob o peso dos equipamentos.

Caixas de madeira eram retiradas com urgência dos barcos, algumas se abrindo ao serem lançadas na areia, revelando mosquetes reluzentes, prontos para serem usados. O clangor dos ferros se misturava ao murmúrio do mar. No horizonte, um grande navio estava ancorado, suas velas desfraldadas ao vento, como um predador à espreita.

O Capitão Cão desceu do barco com os olhos cravados no trabalho em andamento. Cada movimento se desenrolava sob o olhar atento do contramestre Brasa.

Entre as vastas savanas, onde a grama alta dançava suavemente ao vento, um homem negro permanecia observando-os, como uma sombra contra o céu aberto. Seu corpo, esculpido pela vida ao ar livre, estava em alerta, músculos tensos e firmes, enquanto segurava um arco feito de madeira escura e polida. As flechas, finamente elaboradas, descansavam em um suporte nas costas. Os olhos do homem, intensos e focados, fixavam-se na linha do horizonte, onde os barcos se aproximavam da praia. Ele observava, imperturbável, a chegada dos marujos. O som do mar quebrando na areia era abafado pela batida de seu coração.

ALDEIA

A dança de capoeira tomava conta do espaço, com o som dos berimbaus ressoando como um coração pulsante, enquanto os movimentos ágeis e fluidos dos dançarinos criavam um espetáculo hipnotizante. Júlio, com os olhos brilhando de entusiasmo, aproximou-se de Gana Zumba. Juntos, eles se lançaram na dança, os corpos se movendo em perfeita harmonia, como se estivessem em uma conversa silenciosa, cheia de risos e desafios.

Gana Zumba girou e saltou, e suas pernas longas cortavam o ar com graça e precisão. Júlio, contagiado pela energia ao redor, imitou os movimentos, com sua técnica aprimorando-se a cada passo. Os que estavam à sua volta vibravam, e suas palmas batiam em um ritmo acelerado, criando uma onda sonora que pulsava com a dança.

Quando a energia estava no auge, Gamba Zumba e Nego se uniram, trocando de lugar com Júlio e Gana Zumba. A transição foi rápida, e o novo par se destacou com sua técnica refinada, os movimentos fluindo como água. Cada golpe e cada esquiva pareciam contar uma história, e o círculo que se formava ao redor deles se enchia de aplausos e gritos de incentivo. Os tambores estavam acelerados.

O suor escorria pelas testas dos homens. Os rostos ao redor refletiam alegria e admiração, todos conectados pela tradição e pela celebração. A dança continuava a acelerar os berimbaus e os aplausos.

Manikongo se aproximava do palanque com passos lentos, e sua presença fazia o murmúrio da multidão diminuir. Dois homens robustos o ajudaram a subir. Suas mãos seguravam os braços do líder tribal com respeito. Maju seguia logo atrás. Manikongo senta-se na cadeira do meio. Os homens que o acompanhavam se posicionaram de forma estratégica, um à direita e outro à esquerda do tablado, como sentinelas, segurando suas lanças com firmeza. O ar estava carregado de expectativa enquanto Maju, ereto ao lado de Manikongo, observava com atenção.

À medida que a tribo dos Jargas se aproximava, tornava-se mais vibrante. As mulheres, que antes dançavam com graciosidade, interromperam suas coreografias, virando-se para assistir ao desfile dos Jargas. Os dançarinos estavam enfileirados, com suas expressões sérias e olhos fixos no palanque.

Quando os Jargas finalmente se posicionaram, levantaram suas lanças e arcos com um movimento coordenado, criando uma impressionante muralha de madeira e metal que refletia a luz do sol. Um grito de guerra "Eia" ecoou pela aldeia, um coro poderoso que reverberou nas árvores e nas almas de todos os presentes, unindo os espíritos da tribo em um só. O som dos tambores, pulsante e envolvente, acompanhava cada movimento, criando uma sinfonia tribal que exaltava a força e a união do povo.

Na horta, mulheres se moviam com agilidade entre os cestos, colhendo mandioca com destreza. O cheiro terroso das raízes frescas. Ninha estava concentrada em sua tarefa, enquanto, mais distante, Joana encurvava-se para colocar a colheita em um cesto. Seu filho Teco, estava confortavelmente entrelaçado em seu pescoço. Uma cicatriz em sua testa era um traço de histórias.

Sabina, com seu jeito forte e decidido, puxava as plantas com cuidado, revelando as mandiocas escondidas sob a terra. O movimento era contínuo.

Bongolo se aproximava, com o dorso nu e seus colares cruzando o peito em um padrão tribal. Braceletes de corda de sisal adornavam seus pulsos, e dentes caninos atravessavam suas orelhas, simbolizando poder e bravura. Sua presença não passava despercebida.

De repente, ele agarrou Sabina por trás, puxando-a com um gesto firme. Ela se contorceu, tentando se desvencilhar, mas ele a segurou pelo braço, atraindo-a para perto de si.

Seus olhos se arregalaram em surpresa e confusão. O susto fez suas sobrancelhas se erguerem e a boca se abrir ligeiramente, como se uma pergunta silenciosa estivesse prestes a escapar. A pele em seu rosto se contraiu, revelando uma tensão instantânea, enquanto seu corpo enrijecia na tentativa de entender o que estava acontecendo.

Os lábios, antes relaxados, agora estavam pressionados em uma linha fina, e um leve tremor nas mãos denunciava a mistura de medo e indignação. Ela girou a cabeça, buscando encontrar o olhar do agressor, com os músculos do pescoço tensos. A respiração ficou entrecortada, como se cada instante se arrastasse, amplificando a intensidade, enquanto uma onda de adrenalina percorria seu corpo.

O murmúrio das outras mulheres cessou por um instante, misturando um toque de intimidação com um desafio silencioso.

Bongolo segurava Sabina com firmeza, sem lhe dar a opção de recuar.

Sabina disse com firmeza forçando os braços para se soltar:

— Me solta, Bongolo!

Bongolo permaneceu segurando firme:

— Que isso? Para que tanta força? Você não gosta mais de mim?

— Jamais gostei! — disse Sabina.

— Você sabe que será minha esposa, e acabará gostando. Não sabe? — disse com deboche Bongolo.

— Sou livre para querer. Não estarei nunca em seus braços.

Ela se esforçou para se soltar, mas ele a prendeu com mais firmeza, como se sua determinação fosse um desafio.

— Assim que gosto, arredia — disse Bongolo inclinando-se para beijá-la, mas ela virou o rosto, conseguindo se desvencilhar ao empurrá-lo. Nesse momento, Ninha chegou, percebendo a tensão.

Disse Ninha ao se aproximar, com seus olhos arregalados:

— O que está acontecendo, Sabina?

Sabina fitando Bongolo enfurecida.

— Não está acontecendo nada!

Bongolo a solta e sai irado, e Ninha rapidamente a abraçou.

— Tudo bem? — disse Ninha.

— Tudo... Só preciso de um tempo longe desse homem escroto! — murmurou Sabina.

Bongolo sobe ao tablado, e seus passos firmes reverberam sobre a madeira. Ao chegar diante de Manikongo, ele curva a cabeça saudando-o.

Ele ergue seu braço, e ambos se cumprimentam, segurando os antebraços um do outro com firmeza.

Manikongo diz, com uma voz grave e firme:

— É sempre uma honra, Bongolo, filho de uma linhagem nobre.

Bongolo, curvando levemente o rosto com suas sobrancelhas erguidas, diz:

— A honra é minha, Manikongo. O espírito dos Jargas saúda o teu povo.

Bongolo toma seu assento à esquerda, enquanto a tribo dos Kalongos começa sua entrada, erguendo as lanças, arcos e escudo em sincronismo preciso e intenso. Os Jargas formam um corredor para eles, respeitando o protocolo de apresentações.

Kalon, líder dos Kalongos, sobe ao tablado, e, diante de Manikongo, seus olhos se iluminaram no instante em que viu o amigo, e um sorriso largo e espontâneo tomou conta de seu rosto. As sobrancelhas relaxaram, e os cantos dos lábios se ergueram, formando pequenas rugas de alegria ao redor dos olhos. Ele deu um passo à frente, quase sem perceber, com o peito se enchendo de uma alegria calorosa. A tensão de momentos anteriores parecia desaparecer, substituída pela tranquilidade de estar diante do amigo.

Ele curva a cabeça. Eles se cumprimentam segurando os braços um do outro, com a reverência de quem reconhece a grandeza do momento. E diz:

— Ver-te de pé, meu velho amigo, enche meu coração de alegria.

Manikongo puxa o canto dos lábios e sorri, mas com um toque de melancolia:

— A alegria é minha, Kalon. Compartilhar este dia contigo é um presente.

Manikongo se vira para a multidão. Sua voz ecoa sobre as tribos reunidas, erguendo as mãos para as tribos:

— Hoje, meus irmãos, meu coração se enche de prazer ao ver uma nova geração diante de mim. Jovens que nasceram em tempos de paz — Manikongo faz uma pequena pausa. — Mas não se enganem. Para que essa paz fosse alcançada, os sangues de muitos foram derramados.

Seus olhos vasculhavam a plateia, e o peso das memórias estava claramente visível em seu semblante. E continua:

— Nossos antepassados lutaram com coragem, deram suas vidas para defenderem esta terra sagrada, rica não apenas em minerais valiosos, mas em algo muito mais precioso: nossa liberdade. Ouro e pedras podem brilhar, contudo, sua luz não se compara ao brilho da liberdade. E é isso, meus irmãos, que não tem preço. A nossa luta sempre foi e sempre será para defendê-la.

Enquanto Manikongo continuava sua fala, Nego observava com atenção, com seus olhos fixos no líder no tablado, absorvendo cada palavra como se fossem lições para o futuro.

Manikongo, com olhos fixos na multidão, voz grave e firme, diz:

— Eles não querem apenas tomar nossa terra, nosso ouro ou pedras preciosas. Não... Querem só nos acorrentar, nos quebrar. Querem roubar o que nos define como livres. Mas não conseguirão! — ergue a voz. — Morrer pela liberdade é morrer livre, mas viver acorrentado... é ser um morto que caminha! E é por isso que tantos andam como mortos vivos sobre a terra. Mas nós... Nós morreremos livres! E jamais tomarão nossa liberdade!

Um silêncio tenso paira no ar, até que Nego, com uma explosão de energia, ergue o punho cerrado e grita com força:

— Eia!

A multidão, contagiada pelo grito, ecoa com vigor em uníssono:

— Eia! Eia! Eia!

Suas lanças, seus arcos e seus escudos se erguem.

Manikongo observa com olhar penetrante, absorvendo a energia do povo. Ele então continua, com sua voz carregada de história e dor. Numa voz mais baixa, mas cheia de peso:

— Eu, Gambal e Kalon estivemos à beira da destruição. Entretanto, nos unimos, lutamos. E prevalecemos! Agora, o fim se aproxima para mim — pausa, respiração pesada. — Quando minha hora chegar, Maju passará a liderança a Gamba Zumba. E eu sei que, onde quer que esteja um homem com o nosso sangue correndo nas veias, ele gritará pela liberdade.

Com um pedaço de tronco que se escorava, Manikongo bate com força no braço, e o som ecoa como um trovão na multidão.

— Ele gritará por liberdade!

Ele ergue a mão lentamente, com solenidade, e chama Bongolo para se aproximar. Bongolo se ajoelha diante dele com reverência, enquanto Kalon se posiciona ao lado. Maju surge com uma bandeja, trazendo um feixe de galhos entrelaçados, simbolizando a união das tribos.

Manikongo, em um tom cerimonial, diz:

— A união será nossa força. Que a liberdade nunca deixe de viver em nossos corações.

Kalon se aproxima com voz solene, voltando-se para a multidão

— Hoje, meus irmãos, estamos aqui para prestar homenagem ao filho de um grande homem, um amigo, um guerreiro. Ele, assim como seu pai, será reconhecido como o líder da nossa união. A partir de hoje, ele — Kalon vira seu rosto para Bongolo e estende a mão — será o guia nestas terras, como fui antes dele, e como seu pai foi antes de nós. Que todos o respeitem como líder, como o pilar da nossa aliança!

Kalon faz uma pausa, com o olhar firme sobre a multidão. Com voz grave:

— Meu tempo entre os vivos está chegando ao fim, porém uma nova geração se ergue! Agora, o futuro está em suas mãos.

Um silêncio reverente paira no ar enquanto Manikongo pega o feixe de galhos. Ele ergue o símbolo da união e, com gesto firme e respeitoso, toca a cabeça e os ombros de Bongolo, que se ajoelha.

Manikongo, em tom cerimonial, diz para Bongolo:

— Hoje, nós te consagramos como o líder da União. As tribos dos Jargas, dos congoleses e dos Kalongos te reconhecerão como líder, abaixo de mim e de Kalon. E um dia, Bongolo, quando a hora chegar você será o líder de todos nós! Que a sabedoria dos céus e a humildade da terra guiem seus passos.

Manikongo baixa o feixe, selando o momento com uma força ancestral. Ele se vira para a multidão, com os olhos brilhando, e ergue o punho cerrado com intensidade.

Manikongo, com voz alta, firme, com poder, diz:

— Eia! Eia! Eia!

A multidão, tomada pela emoção do momento, responde com fervor, erguendo também os punhos cerrados:

— Eia! Eia! Eia!

Manikongo, ainda cheio de energia, volta-se novamente para o povo, agora com um tom de celebração.

— Hoje é um dia de festa! Festejaremos como nunca. Bongolo virá conosco ao salão de reunião, e depois ele será de vocês. Lembrem-se: ele será, um dia, o líder de todos vocês. Eia!

Com orgulho, Manikongo levanta o braço de Bongolo, apresentando-o como o futuro da aliança.

— Eia! Eia! Eia!

Os tambores começam a soar, num ritmo crescente, ecoando pela terra. A vibração está contagiosa, enquanto a multidão dança, canta, bebe e celebra o novo líder. O som dos tambores mistura-se com o calor da celebração, criando uma atmosfera pulsante, onde o passado e o futuro se encontram.

O salão da assembleia estava iluminado por lamparinas que lançavam sombras trêmulas nas paredes de barro. No centro, uma grande mesa de madeira tosca, cercada por cadeiras de aparência desgastada, ocupava o espaço. Tachos de barro espalhados ao redor exalavam o cheiro das ervas queimadas. Manikongo, Kalon, Alquatune, Maju e Bongolo adentram o salão e tomam assento à mesa.

Manikongo com voz firme, olhando diretamente para cada um dos líderes reunidos:

— O princípio da liberdade é o poder de escolher. Escolhemos nosso destino, seja ele certo ou errado, mas a escolha sempre será nossa. E hoje quero falar de união (pausa). Sabina se apaixonou por Nego. Eles querem se casar.

Um murmúrio atravessa a sala. Alquatune, com um olhar pensativo, interrompe.

Alquatune, em tom filosófico, diz:

— Perdão, meu pai, por interromper — Manikongo assentiu. — Nós não controlamos o coração. Ele faz suas escolhas, e, quando escolhe, somos apenas passageiros, à deriva no seu curso.

Maju inclina-se levemente para frente, tentando suavizar a tensão crescente.

Maju, com uma voz calma, diz:

— Nego é um guerreiro valoroso. Quando o conhecer melhor, verá que ele possui qualidades que vão além de ser um excelente guerreiro. A união entre eles pode ser mais do que pessoal. Pode ser estratégica.

Bongolo, impaciente, interrompe, com sua voz carregada de frustração. Erguendo a voz, diz:

— Vocês deveriam tê-la desencorajado! Meu pai me pediu, antes de morrer, que Sabina fosse minha primeira esposa. Honrei sua memória, esperei pelo momento de unir nossas tribos com laços de sangue, fortalecendo a aliança. Mas e agora? Agora, continuaremos divididos! Até quando vamos depender da sorte? — olha diretamente para Kalon. — Kalon, quantos anos tem sua filha?

Kalon, calmo, mas firme, responde sem hesitar:

— Tem quatorze — pausa erguendo as sobrancelhas. — Porém, você está sendo precipitado, meu rapaz. Não sei até quando a sorte estará do nosso lado, mas nossas tribos têm raízes profundas. Elas crescerão fortes por si só, se for a vontade dos deuses.

Manikongo assentiu.

Alquatune entra na conversa, tentando mediar com um tom ponderado.

— Meu povo sempre foi independente, assim como o seu, Bongolo, e o de Kalon. Forçar uma união contra a vontade deles não é o caminho.

Bongolo se inclina para frente. Seu rosto está endurecido pela frustração, entretanto, com veemência.

— Os tempos mudaram, Alquatune. A qualquer momento, podemos ser atacados. Como vamos nos unir rapidamente quando estamos há horas de distância uns dos outros? Vocês sabem que são os mais vulneráveis. Suas terras estão no meio da passagem dos minérios. Todos cobiçam essa riqueza. Quanto tempo até que sejamos engolidos por essa ameaça?

O salão se enche de um silêncio tenso.

Manikongo, com olhar severo, observa os presentes antes de falar. Com sua voz firme, mas cheia de sabedoria, diz:

— O que já foi resolvido, Bongolo, está resolvido. Quem sabe os seus filhos queiram unir-se e eu já deixo a minha benção. Que a sorte nos acompanhe. Mas saiba: a sorte favorece aqueles que estão prontos para abraçá-la.

Um silêncio pesado toma conta da mesa. Bongolo, com o rosto enraivecido e decepção, levanta-se bruscamente da mesa, olhando cada um, nos olhos, antes de falar com amargura:

— Espero que vocês não se arrependam disso.

Com essas palavras, Bongolo retira-se do salão, deixando um rastro de tensão.

Os tambores ecoavam pelo ambiente, ritmados e potentes, enquanto risadas e vozes se misturavam ao ar da noite. A festa estava em seu auge. Homens e mulheres rodopiavam em volta da fogueira, com suas cuias nas mãos, e o brilho das chamas refletindo nos olhos entusiasmados.

Bongolo inclinou-se discretamente ao ouvido de um homem. Sua expressão séria contrastava com a alegria ao redor. Algo foi dito, e o homem se afastou. Sua postura estava tensa enquanto se aproximava de outro. A mesma troca de palavras ocorreu inaudível, e logo um deles se dirigiu aos tachos onde a bebida fermentava.

O líquido escorreu devagar do odre, misturando-se à bebida nos tachos. Os dançarinos continuavam a rodopiar, alheios ao que acontecia, e suas cuias se enchiam à medida que a noite avançava.

Tião notou o homem, ainda com o odre em mãos, e se aproximou sorrindo:

— Essa aqui está ótima, hein? Não precisa mexer em nada. Deixa como está. Quando acabar, faremos mais.

O homem deu um sorriso forçado, mas logo se afastou, sumindo entre as sombras.

Perto dali, Sabina deslizou silenciosa entre os corpos que dançavam, seu olhar furtivo cruzando o de Nego. Ele percebeu o sinal. O olhar dela falava mais que mil palavras, e, sem hesitar, ele começou a segui-la, atravessando o mar de corpos e risos, cada passo aumentando o som dos tambores, mas para Nego tudo ao redor parecia se silenciar quando seus olhos encontraram os de Sabina. Ela movia-se entre as pessoas, seu corpo seguindo o ritmo da música, mas seu sorriso, leve e luminoso, era só para ele. A felicidade dela era contagiante, e ele não conseguiu evitar o sorriso que se formou em seu rosto, tão genuíno quanto a própria noite.

Sabina virou-se de leve, os cabelos negros ondulando sobre os ombros enquanto seus olhos brilhavam de alegria. O calor da fogueira iluminava seus traços, e Nego se sentiu como se estivesse flutuando em direção a ela, como se cada batida dos tambores guiasse seus passos.

Quando ela parou diante dele, ainda sorrindo, Nego deixou suas mãos tocarem as dela, a princípio de forma tímida, mas logo firmes e seguras, entrelaçando os dedos. Eles não precisavam de palavras naquele momento; o toque falava por eles. Sabina, rindo baixinho, disse:

— Eu sabia que você viria.

Nego com a voz suave:

— Como eu poderia ficar longe? Você é a luz em meio a tudo isso.

O sorriso de Sabina se alargou, e ela puxou-o levemente para mais perto. O mundo ao redor, com suas danças e risos, ficou distante. Tudo o que importava era o calor da mão dele na sua, o brilho nos olhos um do outro, e a certeza de que aquela alegria, por mais simples que fosse, era deles.

Sabina sussurrando em seu ouvido:

— Aqui, com você, tudo parece... tão certo.

Nego aproximando os lábios do ouvido dela:

— Porque você faz o mundo ser assim.

Ela riu de novo, dessa vez um riso que fez o coração dele acelerar. Sem soltar as mãos, começaram a girar juntos, lentamente, seguindo o compasso da música, como se fosse uma dança só deles. O olhar de Nego seguia cada movimento dela, encantado pela leveza e pela beleza que irradiava dela.

Sabina baixou o olhar por um instante e disse:

— E se amanhã tudo isso acabar? Se a vida nos separar?

Nego, erguendo o rosto dela com delicadeza, disse:

— Não pense no amanhã. Só me tenha agora. É isso que importa.

O silêncio que seguiu não era vazio, mas carregado de sentimentos não ditos. Com um leve toque no queixo dela, Nego aproximou os lábios dos dela, e naquele beijo todo o amor e a alegria que sentiam se entrelaçaram como seus dedos momentos antes. O mundo ao redor explodiu em cor e som, mas para eles só havia o momento, a paixão e a certeza de que aquele amor era real, mesmo que o amanhã fosse incerto. Eram observados por Bongolo, que não disfarçava sua cara fechada. No instante em que Bongolo pisca os olhos, o casal desaparece de suas vistas.

LAGO

A noite estava quente, e o som dos grilos se misturava ao estalar suave das tochas que os cercavam, lançando sombras tremulantes sobre as curvas de seus corpos. Nego e Sabina estavam deitados na areia, o cheiro da terra e do lago preenchendo o ar. Ele olhava para ela como se fosse a primeira vez, mas sabia que talvez fosse a última.

— Sabina... — a voz dele saiu rouca, carregada de desejo e algo mais profundo, um temor silencioso.

Ela sorriu, com os olhos brilhando na luz das tochas:

— Não diz nada, Nego — sua voz era suave, como um sussurro que o vento levava, e ela o puxou para mais perto. Suas mãos deslizaram pelo peito dele, sentindo cada músculo tenso sob sua pele.

Nego deixou sua mão percorrer o corpo de Sabina, desnudando-a com cuidado, como se estivesse desvendando um segredo sagrado. O mundo ao redor parecia parar. O brilho nos olhos dela refletia o mesmo desejo, o mesmo medo de que o futuro fosse incerto demais.

— É como se o tempo nos pertencesse agora — ela murmurou, levando as mãos ao rosto dele, acariciando suas bochechas ásperas. Em um movimento ágil, eles rolaram, invertendo a posição com uma força suave, mas firme, como se quisesse gravar aquele momento na eternidade.

Eles se beijaram intensamente. Suas respirações estavam entrelaçadas como uma dança. A urgência dos seus corpos era intensa, como se cada toque, cada movimento, fosse o último. O mundo ao redor desapareceu, restando apenas a areia sob eles, o calor dos corpos e a batida ritmada dos corações, sincronizada com o eco distante dos grilos.

— Se eu te perder amanhã... — Nego sussurrou, quase sem fôlego, com a voz carregada.

— Não pense nisso, Nego. Esta noite é nossa — Sabina respondeu, e seus lábios encontraram os dele novamente, silenciando quaisquer palavras com a força do desejo.

Distante dali, o capitão Cão e seus marujos se moviam em silêncio, ocultos pela escuridão da floresta. Suas respirações eram contidas, e os olhos atentos observavam cada movimento à frente, enquanto se escondiam por entre as árvores. De onde estavam, podiam ver o brilho das tochas e fogueiras iluminando a aldeia ao longe, lançando sombras dançantes nas copas das árvores.

O som rítmico do batuque ecoava pela noite, ressoando no ar quente, como o pulsar de um coração antigo que fazia a terra vibrar sob seus pés. Cada batida trazia consigo uma sensação de mistério, como se a própria floresta estivesse viva, observando-os em segredo.

Um dos marujos, com o rosto parcialmente coberto pela sombra de seu chapéu, deu um passo à frente e estreitou os olhos. A luz distante cintilava nos reflexos de suas pupilas, como se pudesse sentir a energia da aldeia ao longe.

— Estão celebrando algo... — murmurou ele, com sua voz quase inaudível, carregada de curiosidade.

Outro homem, mais velho e de feições marcadas pelo tempo, mantinha-se agachado, com as mãos tocando o chão como se estivesse em comunhão com o ambiente ao redor.

— Seja o que for, é poderoso — respondeu ele, com o som do batuque penetrando profundamente em seus pensamentos.

Movimentaram-se furtivamente por entre os galhos.

Os tambores pareciam mais próximos agora, cada golpe ressoando em seus corpos, alimentando uma inquietação que se instalava no peito de cada um deles.

O clarão das fogueiras tornava-se mais intenso conforme as chamas subiam em espirais que se perdiam na escuridão. Na aldeia, os cânticos se misturavam ao batuque, criando uma atmosfera quase hipnótica. Eles param.

— Devemos esperar ou avançar? — sussurrou o mais jovem do grupo, seus olhos arregalados de medo e excitação ao ver o movimento de silhuetas ao longe, sombras que dançavam à luz das chamas.

O capitão Cão levantou a mão, pedindo silêncio. Seus olhos estavam fixos na aldeia; o corpo, tenso.

— Ainda não. Vamos observar mais um pouco.

Edu e Morena entraram no celeiro silenciosamente. O rangido da porta soou pelo espaço vazio e impregnado com o cheiro de feno envelhecido. Morena, com a cuia de bebida firmemente entre as mãos, lançou um olhar furtivo ao redor, os olhos escuros brilhando na penumbra, enquanto seus passos hesitantes levantavam a poeira que dançava à luz fraca de uma lamparina pendurada no canto.

Edu, ao seu lado, tomou um gole da bebida, sentindo o calor do líquido descer pela garganta. Ele se aproximou de Morena, o rosto relaxado em um sorriso, mas os olhos revelando algo mais. Uma mistura de desejo e inquietação.

— Acho que ninguém vai nos incomodar aqui — disse ele, com a voz baixa, carregada de intenções.

Morena riu suavemente, nervosa, olhando para as sombras que se alongavam ao redor.

— Você sempre diz isso, mas nunca se sabe.

Ela lhe ofereceu uma das cuias, enquanto seus dedos roçavam os dele, um toque que fez seu coração acelerar um pouco mais.

O silêncio no celeiro era quebrado somente pelo som distante das risadas e música vindo de fora, que fazia o contraste com a tranquilidade quase proibida daquele lugar. Edu deu um passo à frente.

— Aqui estamos sozinhos... por enquanto — sussurrou ele, enquanto colocava a cuia de lado, os olhos fixos nela.

Homens e mulheres dançavam em frenesi ao som ensurdecedor dos batuques. Os corpos suados balançavam ao ritmo primal, as cuias de bebida passavam de mão em mão, e o líquido amarelado escorria por seus queixos, misturando-se à poeira e ao calor da noite. O cheiro forte da terra, misturado ao suor e à fumaça das tochas.

Alguns dos dançarinos já estavam caídos no chão, rendidos pela exaustão ou pela bebida, mas a batucada seguia, inabalável, como um coração pulsante no meio daquela celebração selvagem. Um dos homens que golpeava o tambor, com os braços firmes e o olhar vidrado, vacilou. Seu corpo cedeu repentinamente para o lado, caindo ao chão com um baque seco, com a cuia ainda entre seus dedos. Por um momento, a batida de seu tambor cessou, mas os outros continuaram, sem notar a queda.

Os passos vacilantes começaram a aumentar. Homens e mulheres, antes tomados pela euforia, tropeçavam, cambaleavam, e logo arriavam sobre a terra dura, como folhas mortas. O som da cuia de barro se quebrando contra o chão misturava-se com as risadas que murchavam gradualmente em gemidos abafados.

No meio daquele caos, sombras surgiram. Homens, antes ocultos na escuridão da selva, começaram a caminhar entre os dançarinos, movendo-se com cuidado, os olhares atentos, sem serem percebidos. Eles passavam pelos corpos caídos e pelos que ainda lutavam para se manter de pé. Seus movimentos eram silenciosos, como predadores entre presas indefesas.

O som dos batuques continuava, quase hipnótico, agora mais irregular à medida que os tambores perdiam seus ritmistas, um a um. As tochas lançavam sombras longas e inquietas, enquanto os homens escondidos continuavam a transitar pela multidão, seus olhos atentos a tudo, sem pressa, mas com uma missão clara em suas mentes.

Uma tensão invisível começava a se espalhar pelo ar pesado. Algo estava prestes a acontecer, e quem ainda estivesse de pé em breve descobriria o quê.

A chama da fogueira crepitava, lançando faíscas no ar e iluminando as sombras que dançavam ao redor. Um dos homens passou silenciosamente por trás da fogueira. Sua silhueta era banhada pela luz laranja e tremeluzente. Os olhos de Bongolo se estreitaram. Ele fixou o olhar naquele vulto estranho, sentindo uma pontada de alerta em seu peito. Sem perder tempo, ele se inclinou discretamente e sussurrou algo no ouvido do homem ao seu lado. As palavras eram rápidas e abafadas pelo som distante dos tambores.

O homem assentiu imperceptivelmente. O olhar ficou imediatamente atento. Bongolo se levantou devagar, mantendo a calma nos gestos, para não chamar atenção. Com um movimento sutil, ele desapareceu nas sombras, como se fosse parte delas. Os olhos atentos da tribo, no entanto, perceberam sua saída. Homens e mulheres da tribo começaram a se afastar, um a um, cada qual agindo como se estivesse simplesmente cansado da festa. Mas seus olhares traíam o verdadeiro motivo: algo estava errado.

O brilho da fogueira cintilava em seus rostos enquanto eles se esgueiravam para longe, usando a escuridão ao redor como um manto. Bongolo, já, mais adiante, parou brevemente e observou, certificando-se de que seus companheiros se dispersavam com cuidado, como sombras esvanecendo na noite.

Enquanto os membros da tribo desapareciam um a um na escuridão, o som distante dos tambores parecia soar de uma maneira diferente, como um prenúncio do que estava por vir. Bongolo sabia que algo estava se movendo nas sombras, algo que precisava ser evitado a todo custo. Agora, não havia mais volta.

Manikongo, Kalon e Alquatune adentraram o terreno em passos firmes, com seus olhos varrendo o local com a tranquilidade de líderes experientes. As tochas ainda crepitavam ao redor, lançando sombras longas e vacilantes no chão de terra batida, mas algo no ar estava estranho. Manikongo franziu o cenho, os lábios se comprimindo em uma linha tensa. Ao invés da habitual celebração vibrante, o que se via era desolador: quase todos estavam caídos; seus corpos estavam espalhados como folhas derrubadas por uma tempestade.

Kalon parou ao lado de Manikongo. Seu olhar agudo capturava os detalhes. Os tambores, que ainda retumbavam em batidas lentas, soavam distantes e descompassados, quase como o eco de um ritual que havia perdido seu ritmo. Um mal-estar percorreu a espinha de Alquatune, que deu um passo à frente. O rosto estava endurecido pela preocupação.

— Algo está errado — sussurrou Manikongo, com a voz grave mal passando de um murmúrio.

Antes que qualquer um deles pudesse reagir, o estalo frio de metal ecoou no ar. Homens armados com mosquetes emergiram das sombras. Seus movimentos eram rápidos e calculados. Eles cercaram Manikongo, Kalon e Alquatune de todos os lados, os canos dos mosquetes brilhando sob a luz das tochas. O clique de engatilhamento das armas foi um som afiado que cortou a noite, fazendo com que Alquatune congelasse por um instante.

Kalon puxou o braço de Alquatune, tentando instintivamente se mover, mas era tarde demais. O cerco estava fechado. Manikongo, de olhar feroz e orgulhoso, ergueu as mãos lentamente, com um controle calculado, tentando não demonstrar o medo que sentia crescer em seu peito. Seus olhos varreram o ambiente mais uma vez, percebendo que a situação havia mudado de uma forma irreversível.

Um dos homens armados avançou um passo. A expressão no rosto era implacável.

A tensão pairava como uma nuvem pesada. Manikongo, sentindo o peso do momento, lançou um último olhar para seus companheiros. Ele sabia que, a partir daquele instante, nada seria como antes. O silêncio se instalou no terreiro, exceto pelos tambores, que ainda pulsavam fracamente ao longe, como o último vestígio de uma resistência que havia sido esmagada.

Os homens avançavam pelas sombras da noite. Seus passos eram leves e calculados como predadores prestes a atacar. As tochas que iluminavam a aldeia lançavam um brilho tênue sobre suas figuras, enquanto eles se moviam furtivamente, passando entre as cabanas, atentos a cada movimento ao redor. Aqueles que ainda estavam de pé, homens e mulheres, exaustos da celebração, mal perceberam o perigo iminente. Sem força para reagir, eles eram rapidamente rendidos, com as mãos amarradas ou presas por golpes certeiros e silenciosos.

Os homens que batiam os tambores continuavam em transe, com os olhos pesados pela bebida e cansaço. Os tambores, que antes ecoava pela aldeia com um som quase hipnótico que dominava a atmosfera, foram se esvaindo. Então, de repente, um silêncio brutal se instalou. Os tambores pararam. Um a um, os percussionistas foram derrubados, os tambores rolaram pelo chão, abafando o último soar das batidas.

No instante seguinte, o silêncio foi rompido por algo muito mais aterrorizante: os gritos das mulheres e crianças. O som agudo e desesperado cortou o ar, substituindo a música que antes preenchia o ambiente. Mulheres corriam tentando proteger seus filhos, mas eram rapidamente capturadas. Seus rostos estavam marcados pelo medo e desespero. As crianças, chorando, agarravam-se às saias das mães, mas os invasores não demonstravam piedade. As sombras que antes dançavam à luz das tochas agora se moviam com violência, cada movimento marcado pela brutalidade.

O cheiro de suor e medo se misturava ao ar quente da noite, tornando o ambiente sufocante. Os invasores, movidos por uma calma cruel, não encontravam resistência. A aldeia, que minutos antes era tomada pela celebração, agora estava dominada pelo caos e pela dor.

Os olhos dos rendidos se encontravam com os dos invasores, mas não havia troca de palavras, apenas o som das cordas amarradas com força e os soluços abafados de quem sabia que a noite traria apenas destruição.

Maju estava de costas para entrada do salão de reunião. Os dedos ligeiros e cuidadosos mexem no cântaro, ajustando-o entre as mãos. Até então, o som abafado da festa e das conversas ao fundo preenchia o salão, no entanto, seus pensamentos estavam em outro lugar, perdidos nas tarefas simples do momento em que não percebeu o batuque parar. O ambiente ao seu redor parecia seguro, como tantas outras noites de celebração.

De repente, uma sensação estranha percorreu sua espinha. Um frio súbito no ar, como se o calor do salão tivesse sido sugado. Maju levantou a cabeça, ainda de costas para a entrada. Os sentidos alertavam para algo fora do normal. Ele virou-se devagar, e seus olhos se arregalaram no instante em que homens armados com mosquetes invadiram o salão. As armas pesadas e brilhantes eram seguradas firmemente em suas mãos.

Seu coração disparou. Por um segundo, o mundo ao seu redor pareceu parar. As vozes que antes ecoavam no salão pareciam distantes, quase irreais. Sem pensar, Maju tentou reagir. Os músculos se preparavam para uma fuga ou um ataque. Mas sua tentativa foi rápida demais, instintiva, e os invasores já estavam à frente.

Antes que pudesse dar o primeiro passo, sentiu o impacto feroz de uma coronha de mosquete contra sua têmpora. O golpe foi brutal, o som oco em sua cabeça, e a dor explodiu como uma onda violenta que percorreu todo o corpo. Sua visão turvou-se no mesmo instante. O salão ao seu redor se desfez em sombras e luzes dançantes, enquanto suas pernas falhavam. Maju tentou manter-se de pé, mas seu corpo já não obedecia.

Com um último suspiro entrecortado, Maju desabou no chão, desfalecendo, os sentidos escapando dele como areia entre os dedos. O cântaro escorregou de suas mãos, quebrando-se em pedaços ao tocar o chão de terra batida. Tudo ao seu redor desapareceu no silêncio opressor da inconsciência, e o salão, antes uma cena de vida, agora era tomado pela presença sombria dos invasores.

O capitão Cão permanecia em pé, as pernas firmes e a postura rígida, observando em silêncio o que se desenrolava à sua frente. Seus olhos frios varriam o terreno, onde seus homens trabalhavam com precisão militar. O brilho das tochas lançava sombras longas e deformadas nas figuras dos negros, caídos ao chão como corpos sem vida, misturados à terra suja. Alguns estavam desacordados, com os rostos mergulhados na lama, enquanto outros, ainda conscientes, tentavam reagir. Mas a tentativa era em vão. Embriagados e fracos, seus corpos traíam qualquer esforço de resistência.

Os escravagistas amarraram sem hesitação. As cordas apertadas cortavam a carne escura com crueldade. Havia uma eficiência sombria em seus movimentos, como se fizessem parte de uma rotina bem ensaiada, já insensíveis ao sofrimento ao seu redor. O capitão assistia com uma expressão inabalável, os braços cruzados sobre o peito, sem se permitir sequer um lampejo de emoção. Para ele, aquilo era apenas mais um dia de controle, mais uma demonstração de poder.

Um dos homens tentou se levantar, com os olhos vidrados e a respiração entrecortada, mas logo caiu de joelhos. O corpo oscilava como uma folha ao vento. Um soldado aproximou-se rapidamente e, com um movimento seco, empurrou-o de volta ao chão, prendendo-lhe os braços com cordas ásperas e firmes. O grito abafado do homem se perdeu no ar pesado da noite, mal audível diante da quietude opressora que reinava no terreno.

O capitão Cão respirou fundo e o cheiro de suor, terra e bibidi invadiu suas narinas. Ele sabia que aqueles negros, tão exaustos e derrotados, não representavam mais ameaça alguma. Alguns ainda olhavam para ele com olhos cheios de raiva e desespero, mas suas forças haviam sido drenadas, restando apenas o amargo gosto da derrota.

Ele passou a língua pelos lábios ressecados, inclinando a cabeça ligeiramente enquanto observava um dos homens amarrar com mais força um prisioneiro que ainda se debatia no chão. O som da corda apertando os pulsos e o murmúrio baixo dos gemidos eram tudo o que se ouvia. Entretanto, o capitão Cão não se comovia — para ele, aquilo era uma vitória, mais uma em sua carreira e o brilho do fogo refletia em seu rosto como se ele fosse uma figura esculpida em pedra, imperturbável, enquanto assistia seus homens subjugarem os negros, um a um.

O alvoroço era generalizado. Mulheres e crianças eram arrastadas de suas choças aos gritos desesperados, enquanto o soar de suas vozes perfurava a noite. A brutalidade dos escravagistas do capitão Cão era implacável, uma força de destruição que não fazia distinção entre inocentes ou indefesos. Izalu e Efigênia eram puxadas brutalmente pelos cabelos. Seus olhares estavam esbugalhados de puro terror. O chão irregular da aldeia rasgava suas vestes e machucava seus pés descalços enquanto eram arrastadas. O corpo ia sendo jogado de um lado para o outro, sem controle. A dor do puxão nos cabelos irradiava pelo couro cabeludo, mas o terror dominava qualquer outra sensação.

Izalu gritava, com a voz entrecortada pela dor:

— Me solta! Me solta, por favor!

Ela se debatia, suas pernas tentavam se mover em outra direção, mas eram traídas pelo cansaço e pela força superior dos homens. Seu corpo, já exausto, simplesmente não obedecia.

Efigênia chorando, com o rosto sujo de lama, dizia:

— Não... não... por favor, não...!

Os gritos desesperados ecoavam, mas se perdiam no tumulto e no caos. O terror estava estampado em seus rostos, enquanto seus corpos fracos eram forçados a acompanhar a brutalidade dos captores. Elas tentavam se soltar, mas suas forças eram insignificantes frente ao poder dos homens que as prendiam.

Foram lançadas violentamente ao chão. Suas costas chocavam-se com a terra dura e fria do terreiro, onde outros já estavam amarrados, olhos baixos, corpos subjugados. Os captores as empurraram com as botas sujas de lama, arrastando-as para junto do grupo. Izalu caiu de joelhos, ofegante, sentindo a terra fria em suas mãos trêmulas, enquanto Efigênia tremia, com os olhos arregalados e fixos na cena ao redor, como se sua mente rejeitasse aquele horror. Seus lábios murmuravam orações entrecortadas, sem força.

O olhar esbugalhado de Efigênia encontrava apenas dor ao redor. Mulheres choravam baixinho. Algumas crianças soluçavam entre os braços de suas mães, incapazes de entender completamente o horror que estava acontecendo, mas sentindo o pavor vibrar no ar. A tensão era sufocante, e o som dos gritos misturava-se ao silêncio dos rendidos.

Um dos captores ergue a voz para as mulheres.

— Fiquem quietas! Não têm para onde correr!

Ele deu um chute na direção de Izalu, que encolheu o corpo para proteger-se, com o coração batendo descontroladamente. Seus olhos marejados procuraram ajuda ao redor, mas só encontravam o mesmo desespero refletido em outros rostos.

Izalu sussurrou para si mesma, entre soluços.

— Não pode ser, não pode ser...

Aquela noite, que antes parecia tão comum, agora se transformava em um pesadelo do qual não havia escapatória.

Antes dos tambores pararem, Tião estava sentado, com as costas encostadas no tablado, tentando controlar a respiração pesada, ao lado de João. O som abafado dos tambores e o murmúrio distante de vozes festivas se misturavam à escuridão ao redor deles. De repente, dois homens do capitão Cão se aproximaram, espiando com olhos atentos, na tentativa de verificar se estavam desacordados.

Tião, com um movimento rápido e preciso, puxou o primeiro homem pelo mosquete, aproximando-o o suficiente para cravar o punhal na barriga dele. O homem soltou um grunhido abafado, arregalando os olhos antes de desfalecer, caindo de joelhos no chão de terra.

Num instante, João não hesitou. Com um movimento ágil, deu uma rasteira no segundo homem, que cambaleou para trás. Aproveitando o momento de desequilíbrio, João golpeou-o com o cotovelo e, num piscar de olhos, arrancou o mosquete das mãos. A tensão no ar era palpável. O som do disparo ecoou pela noite, quando João atirou no homem caído à sua frente. Entretanto, antes que pudesse reagir, sentiu o impacto brutal de uma coronhada vinda de outros dois homens que haviam surgido das sombras.

O mundo girou por um momento. Tião, vendo o amigo ser atacado, tentou uma investida furiosa contra os recém-chegados, atirando-se. Seu grito de batalha cortou o silêncio, mas foi interrompido por um tiro seco. O projétil acertou-lhe o peito, e Tião caiu pesadamente no chão. Seus olhos arregalados encararam o céu noturno por um instante antes de se apagarem para sempre.

João, atordoado pelo impacto e pela perda, lutava para manter-se de pé, enquanto o peso dos eventos da noite o envolvia como uma onda implacável.

Não muito longe, Júlio lutava para erguer Gana Zumba, que cambaleava, com os olhos vidrados e o corpo pesado, como se cada músculo estivesse cedendo. O suor escorria pelo rosto de Júlio, misturado à poeira do chão, enquanto ele puxava o amigo com todas as forças. Gana Zumba mal conseguia se manter em pé. Eles tropeçavam, tentando fugir, mas, antes que pudessem dar mais um passo, foram cercados.

Captores surgiram das sombras com passos rápidos e decididos. Gana Zumba, ainda grogue, tentava reagir, mas suas pernas fraquejavam. Os sons da respiração pesada dos dois estavam abafados.

De repente, uma figura veloz atravessou a escuridão. Gamba Zumba, determinado, viu-os em apuros e partiu para ajudá-los. Com movimentos rápidos e precisos, sua perna cortou o ar em meia-lua. Ele desarmou um dos homens com outro golpe, rodopiou e, com a perna rasteira, fez outro homem tombar no chão com um baque surdo. Gamba girava com agilidade, desferindo chutes e desviando dos ataques com destreza, seu corpo uma dança de pura resistência.

Mas o número de inimigos crescia. Outros homens avançaram, cercando-o. Um deles, rápido e impiedoso, acertou Gamba Zumba com uma coronhada brutal. O som do impacto foi seco e abafado, e ele caiu ao chão, atordoado. A visão de Gamba Zumba turvou-se por um momento, indo ao chão.

Antes que pudesse tentar levantar-se, espadas afiadas foram colocadas contra seu pescoço, pressionando sua pele com ameaça. Ofegante, ele olhou para os homens que o cercavam. Os olhos de predadores ansiosos por sangue. Sem escolha, com o peito subindo e descendo de forma errática, Gamba Zumba ergueu lentamente as mãos em rendição. A luta havia terminado, mas a sensação de derrota pesava como chumbo.

Edu e Morena estavam caídos no chão, seminus, os corpos entrelaçados. As cuias vazias estavam tombadas ao lado deles, refletindo fracamente a luz tênue que entrava pelas frestas das paredes de madeira do celeiro.

De repente, o silêncio foi quebrado pelo som de passos pesados. Dois homens do capitão Cão entraram no celeiro, vasculhando com olhares atentos e desconfiados. Suas botas ecoavam pelo chão de terra batida, e suas sombras se estendiam pelas paredes, parecendo predadores à espreita.

No fundo do celeiro, seus olhos se fixaram em Edu e Morena, caídos e aparentemente desacordados. Eles trocaram olhares rápidos, como se não estivessem esperando encontrar aquilo: dois corpos seminus em meio a um esconderijo. A cena, porém, não diminuiu a cautela deles.

Um dos homens segurava o mosquete com firmeza, aproximando-se dos dois lentamente, com o rosto endurecido, como se estivesse pronto para qualquer sinal de movimento. Quando chegou perto, ele estendeu o cano do mosquete e, com um toque firme e rude, cutucou o corpo de Edu, esperando uma reação. O frio metal encostou-se à pele suada de Edu, mas ele não se mexeu.

O homem olhou para o parceiro, franzindo as sobrancelhas, incerto. Eles permaneciam imóveis. O segundo homem deu alguns passos para se aproximar, examinando a cena mais de perto. A tensão entre eles era grande, o suor descia pelas testas dos captores. Seria uma armadilha ou realmente estavam inconscientes? A respiração lenta e pesada de Edu e Morena indicava estarem vivos, mas seus corpos não reagiam ao toque. A insistência dos homens fez com que eles fossem abrindo os olhos, ainda grogues, foram conduzidos para o terreiro.

O som dos tambores, que há pouco ecoava por todo o vale, criando um ritmo ancestral e constante, cessou. A ausência desse som tão característico era quase ensurdecedora. O silêncio que se instalou era profundo, carregado de um peso que tornava o ar mais denso. Os observadores, ocultos entre a vegetação, sentiam a tensão em cada fibra de seus corpos. Algo estava por vir, ou algo já havia mudado.

A brisa suave que antes carregava o som das celebrações agora trazia apenas o farfalhar das folhas e o ocasional estalo das fogueiras. Não havia vozes, não havia passos. O vazio sonoro era perturbador, como se a própria aldeia estivesse em suspenso, presa em um momento de incerteza. Os olhos dos observadores fixaram-se no brilho distante, atentos a qualquer movimento, qualquer sinal de vida ou perigo iminente. O calor das chamas mal chegava até onde estavam, entretanto, o clarão das fogueiras era suficiente para revelar que algo havia quebrado o fluxo natural da noite. Eles não sabiam o que viria a seguir, mas a quietude da aldeia, antes pulsante de vida, agora estava envolta em um silêncio que parecia anunciar o começo de algo grande — ou o fim de tudo.

Nego e Sabina tinham os corpos entrelaçados sob o céu noturno. O calor do beijo deles fazia o mundo ao redor desaparecer, como se apenas eles existissem naquele momento. Sabina, de olhos fechados, sentia o calor da pele de Nego e o ritmo acelerado de seus corações, enquanto a brisa noturna acariciava seus rostos. De repente, Nego ficou vigilante, o semblante resistido. Sua respiração antes ofegante agora parecia travada, e ele franziu o cenho.

— Ouve! — murmurou ele, os olhos atentos vasculhando a escuridão. — Os batuques... pararam.

Sabina, confusa, ergue a cabeça, tentando captar qualquer som que quebrasse o silêncio. Porém, tudo o que ela ouvia era o sussurro do vento entre as árvores e o silêncio na aldeia que parecia sufocar a noite. Os tambores, que repercutiam ao longe, estavam agora estranhamente ausentes, como se o próprio coração da aldeia tivesse parado de pulsar.

A quietude, antes quase imperceptível, agora parecia um grito de alerta.

Antes que Sabina pudesse dizer qualquer coisa, sombras se moveram rapidamente ao redor deles. De dentro da escuridão, surgiram seis homens armados, seus rostos sombrios iluminados apenas pelo brilho fraco das tochas ao redor. As armas que empunhavam reluziam com uma ameaça mortal.

Sabina ficou petrificada ao sentir o frio metálico de uma espada encostada em seu pescoço. Seu coração disparou em puro terror, mas, antes que pudesse gritar ou reagir, ela olhou para Nego. Ele estava imóvel, com seus olhos fixos nos dela. Ele não esboçava nenhuma reação — nenhum movimento, nenhum gesto.

O tempo parecia congelado entre eles, e Sabina sentia o desespero crescendo em sua garganta. Entretanto, Nego, apesar de ver a arma apontada para sua amada, não se moveu. Seus olhos, no entanto, transmitiam uma determinação silenciosa, uma força que ele guardava dentro de si. Não era covardia, mas uma estratégia. Ele sabia que qualquer movimento brusco poderia significar o fim para Sabina.

O silêncio entre eles, agora carregado de pavor. As chamas das tochas projetavam as sombras dos homens armados que dançavam ameaçadoras, enquanto Sabina sentia o peso da arma contra sua têmpora. O que seguiria estava fora do controle deles, porém Nego mesmo diante da ameaça, mantinha uma calma assustadora. Ele esperava o momento certo.

A aldeia, que horas antes ressoava com o som festivo dos tambores e gargalhadas, agora estava mergulhada no silêncio da desolação. As fogueiras ainda ardiam, lançando sombras tremulantes sobre os rostos cobertos de lágrimas. Mulheres abraçavam seus filhos, chorando baixinho, enquanto crianças soluçavam, apertando-se contra os corpos de suas mães. O ar estava pesado, carregado de fumaça e dor.

Nego entrou amarrado, com os pulsos doloridos pelas cordas apertadas. Seus olhos vagavam pela aldeia em ruínas, observando cada rosto com uma intensidade desesperada, como se estivesse memorizando cada detalhe daquele lugar pela última vez. Ele sentia o peso do olhar de Sabina atrás de si, e o medo em seu coração se misturava à impotência. Com empurrões, eles sentaram-se ao lado de Alquatune, Manikongo, Maju e Kalon, com suas mãos amarradas, entrelaçadas nas pernas, em uma tentativa de se firmarem na dor que viria.

O silêncio foi interrompido pelo som de passos pesados. Dois homens arrastaram Manikongo e Maju, forçando-os a se ajoelhar. Suas cabeças foram colocadas sobre um toco de madeira. Sendo arrastado no chão de terra seca, o som do machado soou pela aldeia. Crescia o pavor silencioso, sufocando os que observavam.

Um homem corpulento, com olhos sem alma, ergueu o machado acima da cabeça de Manikongo. O velho rei manteve a dignidade, com seus olhos fitando o chão de terra batida, como se já estivesse se despedindo deste mundo. O silêncio era absoluto, como se até a própria noite estivesse segurando a respiração.

— Não! Não! — gritos ecoaram por entre os prisioneiros, vozes cheias de desespero.

Gamba Zumba tentou se levantar, mas foi contido brutalmente com uma coronhada. Sabina tentou avançar, porém, uma espada foi pressionada contra sua garganta. Sua pele sentiu o frio cortante do aço.

— Não! Não! — implorou Sabina, com a voz carregada de agonia.

O homem desferiu uma coronhada na cabeça dela, fazendo-a cair de lado. O sangue começou a escorrer por sua testa, misturando-se com a poeira do chão. Nego, amarrado, lutava contra as cordas. O ódio crescente em seu peito como um fogo incontrolável. Seus olhos eram como brasas, fixos nos homens que executavam seu líder.

O machado desceu, e o corpo de Manikongo ficou imóvel, enquanto sua cabeça rolava para o lado. O sangue encharcou a terra ao redor do toco. Logo em seguida, foi a vez de Maju. O mesmo destino brutal o aguardava, e, em um instante, ele também estava sem a cabeça e o sangue esguichava do pescoço.

Alquatune e Kalon foram arrastados pelos homens, com os rostos cobertos de sujeira e cansaço. A cabeça dele foi posta sobre o toco, e o machado cortou o ar com um som agudo, decapitando-o sem piedade. Sua cabeça tombou no chão. Seus olhos ainda estavam abertos, como se a vida tivesse sido arrancada sem aviso.

Quando chegou a vez de Alquatune, o machado foi levantado, mas ela não demonstrou nenhuma emoção. Seu rosto estava sereno, como se ela já tivesse partido, sua alma distante da violência que a cercava. O Capitão Cão levantou a mão, e uma ordem interrompeu o golpe mortal:

— Essa, não — disse ele, com um sorriso cínico. — Ela ainda nos será útil. Um bom lucro. Vocês entenderam?

O silêncio da aldeia foi quebrado por murmúrios de medo. Capitão Cão caminhou ao redor dos prisioneiros. Seus olhos frios observavam-nos como mercadoria. Ele falou com uma calma arrepiante, com a voz cheia de autoridade sombria:

— A partir de agora, não há mais rei nem rainha. Vocês agora têm senhores. E, se resistirem, o fim de vocês será como o deles.

Ele fez uma pausa, observando o rosto de cada um com desprezo.

— Eu não quero suas mulheres. Eu não desejo seus filhos. Não quero suas forças de trabalho. O que quero é o lucro que vocês me darão. E meus homens querem rum... e mulheres.

Dois dos seus captores começaram a rir. O som ecoava cruelmente entre as ruínas da aldeia.

— Toda rebeldia será punida — Capitão Cão continuou. A voz agora é um sussurro mortal. — E punida com a morte. Quem se recusar a obedecer... vai desejar nunca ter nascido.

Uma criança pequena, de apenas dois anos, chamada Taco, cortou com seus passos curtos o terreiro em lágrimas. Ele correu em direção à mãe, Joana, que estava sentada entre os prisioneiros com as mãos amarradas, e se entrelaçou em seu pescoço. Joana, com as lágrimas silenciosas escorrendo por seu rosto, abraçou o filho, enquanto seu olhar de ódio fixava-se em Capitão Cão.

Ao lado do Capitão Cão, dois de seus homens seguravam tochas, iluminando a destruição que eles haviam causado. Suas silhuetas grotescas dançavam ao ritmo das chamas.

Por entre os galhos das árvores, labaredas ferozes dançavam, devorando tudo o que encontravam pelo caminho. O céu, antes estrelado, agora era tomado por uma nuvem densa de fumaça negra que se erguia como uma cortina de morte. Gritos ecoavam entre as cabanas, abafados pelo crepitar impiedoso do fogo que consumia os telhados de palha.

O sol implacável da savana castigava as costas nuas dos homens, mulheres e crianças acorrentadas. Suas pernas tremiam sob o peso da exaustão. Os pés, rachados, afundavam na poeira quente enquanto caminhavam, tropeçando. A cada tropeço, o som cortante do chicote ressoava, seguido de gritos abafados de dor. Alguns tentavam manter a cabeça erguida, mas a maioria andava com os olhos fixos no chão, sufocados pelo calor e pela brutalidade.

Quatro homens a cavalo acompanhavam a marcha. Eles observavam com expressões indiferentes, alguns rindo entre si, como se fosse apenas mais um dia de trabalho. O capitão Cão, à frente, erguia o braço sem esforço, e o chicote estalava no ar com um som que parecia partir o céu.

— Vamos, negrada! — gritou um dos captores, com sua voz áspera como a terra sob seus pés. — Temos o dia todo não!

O chicote estalou de novo, mais alto dessa vez, e um homem à frente caiu de joelhos, arquejando. Outro golpe cortou o ar e ele foi forçado a se levantar. As correntes tintilavam a cada movimento.

— Se cair de novo, vai ser pior — murmurou outro captor, com um sorriso perverso nos lábios.

O estalar contínuo do chicote, como um trovão seco, marcava o ritmo cruel daquela travessia. Cada estalo era seguido pelo eco abafado, enquanto o grupo seguia adiante, e a savana se estendia infinitamente à frente.

A porta engradeada rangeu nas dobradiças enferrujadas, soltando um som agudo e desesperador que ecoou pelas paredes escuras do barracão. Júlio e Gana Zumba foram jogados para dentro com força, tropeçando no chão sujo e úmido. A madeira velha do piso gemeu sob o peso deles. As correntes penduradas no teto tilintaram com o movimento. Os olhos de Júlio percorreram o ambiente com rapidez. O coração batia acelerado. Era um lugar de pesadelos. As paredes, manchadas com sangue seco e envelhecidas pelo tempo, contavam histórias silenciosas de dor. Uma mão ensanguentada estava marcada na parede como se alguém, em seus últimos momentos de desespero, tivesse tentado se apoiar, deixando um rastro de sofrimento gravado na pedra.

O cheiro de ferro corroído pela maresia enchia o ar, tão denso que parecia se prender à garganta deles. O sangue seco, impregnado no chão e nas correntes que pendiam das vigas, ainda brilhava em alguns pontos, como se a violência ali tivesse ocorrido não muito tempo antes. Gritos fantasmas pareciam ressoar nas paredes.

— O que é este lugar? — murmurou Gana Zumba, com a voz mal saindo, trêmula, enquanto seus olhos passavam pelos instrumentos pendurados nas paredes, antigos e cobertos de ferrugem. Martelos, ganchos, alavancas... Todas as testemunhas silenciosas da tortura que aquele lugar já havia visto.

Júlio sentiu um calafrio percorrer sua espinha. Ele tentou controlar a respiração, mas era inútil. Cada batida do coração soava como um tambor em seus ouvidos. Suas mãos suavam, e ele deu um passo para trás, tropeçando em algo metálico. O som soou pelo barracão, e ambos olharam para o chão: mais correntes, entrelaçadas, manchadas com o sangue daqueles que jamais saíram dali.

O medo rastejava em seus corpos como uma sombra viva, sufocante, e o barracão parecia apertar-se ao redor deles, um lugar onde a esperança perecia lentamente.

Os gritos e choros das crianças e mulheres se misturavam em um som de puro desespero, soando pelo local abafado. O pânico estampado em seus rostos era como uma onda que se espalhava entre elas, sem chance de escapar. Seus captores, indiferentes à agonia, empurravam-nos brutalmente para o interior do barracão, usando os punhos e chutes como se estivessem lidando com gado, e não com pessoas.

O barracão se encheu rapidamente. As pessoas iam se amontoando, comprimidas umas contra as outras, como se o ar estivesse sendo espremido para fora daquele lugar. Braços magros tentavam proteger os mais jovens, mas os corpos frágeis eram empurrados sem misericórdia, caindo uns sobre os outros.

As grades se fecharam com um estrondo metálico, e o som ressoou como o fim de qualquer esperança. Do outro lado, os captores giraram a chave sem olhar para trás, enquanto as mulheres, com lágrimas nos olhos, agarravam-se às barras de ferro enferrujadas, como se fossem sua última âncora à realidade. Seus dedos trêmulos apertavam as grades, os olhos lacrimejados fixos no vazio, incapazes de entender o horror do que viria.

Atrás delas, na tulha, estava escuro. Os soluços sufocados de crianças e o murmúrio angustiado das mães criavam uma sinfonia de sofrimento. Do lado de fora, o sol passava por entre as barras, mas já não havia salvação à vista. Olhos perdidos e confusos olhavam por entre as grades, tentando encontrar alguma esperança no horizonte.

Bongolo e seus companheiros caminhavam lentamente pelos destroços da aldeia, com os passos pesados ressoando entre as ruínas que ainda soltavam fumaça. O cheiro da madeira queimada se misturava ao sangue seco que manchava o chão, e o silêncio que restava parecia ainda mais pesado diante do que haviam conquistado. O vento soprava levemente, levantando a poeira e as cinzas sobre eles.

Caixas de mosquetes, as mesmas que ele, o guerreiro solitário, havia visto na praia, estavam agora aos pés de outros guerreiros da tribo, que observavam com expressões de triunfo e cansaço. O brilho da vitória reluzia em seus olhos.

Bongolo parou, respirando fundo, com seu peito subindo e descendo pesadamente. Com um movimento firme, ele ergueu sua lança aos céus, e o metal brilhou à luz do sol. O grito que saiu de sua garganta era profundo, o eco de uma vitória pela qual ele e seus homens não haviam lutado.

— É nossaaaaa! Bongolo gritou, com sua voz cortando o ar como o próprio vento da savana.

Seus companheiros ergueram os arcos e flechas ao alto em uníssono, com um grito tão poderoso que fez até as árvores distantes balançarem em resposta. Era um coro de triunfo, de vingança.

— É nossaaaaa! — ecoaram todos, com suas vozes fortes e cheias de orgulho, reverberando pelas colinas e pelas cinzas do que um dia foi a aldeia de alegria e liberdade.

O som de suas vozes parecia invadir o horizonte, como se naquele momento o próprio mundo reconhecesse a sua vitória. Cada guerreiro, com os olhos brilhando, sentia o peso de tudo que haviam conquistado, e agora o território e as armas estavam em suas mãos.

As lanças, os arcos, as flechas, todos erguidos como um símbolo de resistência e poder, enquanto os corpos exaustos de cada homem e mulher se mantinham firmes, sabendo que aquele momento não seria lembrado.

IDA SEM VOLTA

Os barcos se aproximavam lentamente do tumbeiro, seus cascos de madeira rangendo contra o atrito do mar. Sob o céu cinzento e pesado, homens e mulheres, acorrentados e famintos, eram forçados a subir, empurrados sem piedade pelos marujos. O cheiro de suor, sal e desespero impregnava o ar, misturando-se ao fedor das correntes de ferro e à podridão acumulada. Olhos aterrorizados varriam o horizonte, buscando uma esperança impossível de encontrar.

Um homem, alto e de olhar feroz, resistiu em subir no navio, quando suas correntes foram puxadas. Seus músculos estavam tensos; e a respiração, ofegante.

— Não! — gritou em uma língua desconhecida, em quimbundo, para os marinheiros. Sua voz ecoou, como o rugido de um animal encurralado.

Um dos marujos, irritado com a resistência, puxou sua pistola do cinturão. O som metálico do cão da arma sendo engatilhado fez o tempo parecer parar. Por um momento, todos prenderam a respiração. O disparo ressoou como um trovão, e o homem, com os olhos arregalados, caiu ao mar. O corpo mergulhou nas profundezas escuras e turvas.

Os gritos aumentaram em intensidade, como se a dor e o medo de todos os prisioneiros se unissem naquele momento de horror. Mulheres soluçavam e homens cerravam os dentes, alguns tentando se libertar em desespero, mas as correntes eram implacáveis. A água embaixo se agitava levemente, como se o oceano testemunhasse, indiferente, mais uma alma devorada pela escuridão.

Os gritos abafados e os gemidos de dor se misturavam ao som seco das correntes, enquanto homens e mulheres eram empurrados sem piedade em direção à escuridão do porão do tumbeiro. Seus corpos debilitados tropeçavam no convés escorregadio, e os chicotes estalavam no ar a cada movimento mais lento. A luz do sol, que mal penetrava as nuvens, parecia se despedir deles, deixando para trás o último vestígio de esperança.

A escada de madeira rangeu sob o peso daqueles que desciam, um de cada vez, com as mãos atadas e os tornozelos machucados pelas algemas. O ar, pesado e denso, ficava mais difícil de respirar a cada passo em direção ao fundo. Lá embaixo, a escuridão os engolia, um lugar que não prometia nada além de sufocamento, dor e medo.

O cheiro fétido do porão invadia as narinas, uma mistura de suor e maresia impregnada nas tábuas envelhecidas. A umidade impregnava a pele, fazendo com que seus corpos colassem às roupas rasgadas. O som constante das ondas batendo no casco do navio parecia zombar deles, como uma lembrança distante de liberdade.

No porão, o espaço era mínimo, sufocante. Eles eram jogados uns sobre os outros, amontoados como mercadoria, sem qualquer dignidade. O chão de madeira áspero feria seus pés descalços, e as correntes, firmemente presas às paredes do navio, não deixavam espaço para movimento. O ar estava repleto de gemidos e respirações pesadas, enquanto alguns lutavam para encontrar um lugar onde se sentar, encolhidos como podiam, enquanto outros já não tinham forças para isso.

Olhos arregalados e cheios de pavor tentavam se ajustar à escuridão, mas tudo ao redor parecia um pesadelo sem fim. Uma criança chorava nos braços da mãe, seus soluços sendo rapidamente silenciados por medo de atrair atenção. Do fundo do porão, alguém tossia violentamente, e o som reverberava pelo espaço como um prenúncio da morte que se aproximava.

O navio balançava, e os corpos, comprimidos, eram jogados de um lado para o outro, como se o próprio mar quisesse despedaçar o que restava de suas almas. No convés, o vento assobiava, no porão só havia escuridão e desespero.

O interior era um pesadelo vivo. As paredes suavam com a umidade, e o cheiro de madeira velha e sal misturava-se ao odor do medo. A luz fraca das poucas lamparinas balançava, lançando sombras ameaçadoras nos rostos transtornados dos marujos, como se o próprio inferno estivesse iluminando a cena.

Os escravos desciam as escadas uma a uma, empurrados com brutalidade. Os passos eram pesados, e o som constante do estalar dos chicotes fazia o coração acelerar de puro terror. Cada batida do chicote no ar soava como um grito que nunca acabava.

Sr. Brasa, uma figura impaciente e cruel, já estava no degrau da escada. Os braços cruzados, o olhar frio e calculista observando cada movimento. Ele distribuía ordens com gestos bruscos, sem falar uma palavra, como se tudo fosse um processo rotineiro.

Marujo, com a voz áspera, gritava:

— Vamos, seus animais! Andem, andem logo! — gritou ele, enquanto os escravos tropeçavam escada abaixo, pressionados pelos golpes e gritos que vinham de todos os lados. O som do chicote cortando o ar e se chocando contra a pele soava como um trovão no espaço fechado.

Homens e mulheres foram arrastados pelo porão como mercadorias descartáveis. Sr. Brasa, com um movimento brusco da mão, indicou os lugares onde deveriam ficar.

Sr. Brasa autoritário, frio, disse:

— Homens nas prateleiras. Mulheres e crianças para o canto! — disse ele, com a voz dura como aço, sem qualquer traço de emoção.

As prateleiras de madeira, toscamente esculpidas, eram mais semelhantes a jaulas verticais. Os homens eram atirados ali como se fossem nada, amontoados uns sobre os outros. Algemas e correntes os prendiam, fazendo-os parecer livros empilhados, esmagados pelo peso da crueldade.

No outro canto, as mulheres e crianças eram forçadas a se sentar, amontoadas umas sobre as outras. Elas eram empurradas com violência, como se fossem animais. Os choros e gritos se misturavam em uma cacofonia de desespero, enquanto os corpos tremiam de medo e dor.

— Vamos, negrada! Mexam-se! — gritou o marujo, com os olhos ardendo de ódio, enquanto empurrava os escravos com o cabo do chicote.

Um homem, exausto e ferido, tropeçou e caiu com força no assoalho. O som surdo de seu corpo batendo contra a madeira soou pelo porão. Seus lábios se cortaram no impacto, e o sangue escorreu devagar, pintando a sujeira do convés.

Sr. Brasa olhou para o homem caído com desprezo, frio, e sem emoção:

— Levanta — suas palavras eram afiadas como lâminas. Mas ele não se moveu para o ajudar.

O homem tentou se levantar, os joelhos tremiam, o sangue pingava no chão, mas o chicote de outro marujo cortou o ar e o atingiu nas costas, arrancando um grito abafado de dor. O porão ficou ainda mais sombrio.

Na praia, centenas de negros acorrentados formavam uma massa silenciosa de corpos exaustos. Os cavaleiros, impassíveis, cercavam-nos como predadores observando sua presa. As correntes tilintavam a cada passo dos escravos que eram arrastados em grupos para os barcos.

Um marujo, com as sobrancelhas franzidas e impaciência no olhar, gritou:

— Vamos, andem logo! — sua voz cortava o silêncio pesado como o chicote nas costas de um infeliz.

Barnabé, um homem com o corpo marcado, trocou um olhar rápido com Silas, seu companheiro de jornada. Havia desespero em seus olhos. Sem aviso, os dois se lançaram em uma corrida desesperada pela praia. As correntes que ainda prendiam seus pulsos balançavam no ritmo frenético de seus passos.

Nego, observando a tentativa de fuga, meneou a cabeça lentamente, com pesar. Ele sabia que não havia saída fácil.

O capitão Cão, em alerta, levantou a mão em um gesto seco.

— Peguem-nos.

Dois cavaleiros negros com um manto preto que cobriam seus rostos, experientes e impiedosos, partiram em perseguição. A areia voava sob os cascos dos cavalos. Os escravos corriam, mas as forças os abandonavam. Não demorou para que os cavaleiros se aproximassem. Em um movimento sincronizado, lançaram redes sobre os fugitivos, que caíram na areia sem resistência.

Um dos cavaleiros, com uma expressão de frieza no olhar, desceu do cavalo. Com calma, ele pegou uma corda e se aproximou de Barnabé.

— Um verdadeiro guerreiro sabe quando é derrotado — disse o cavaleiro, com sua voz baixa e firme, enquanto amarrava os pulsos do homem caído.

Barnabé, ofegante, levantou os olhos para o cavaleiro. Não disse nada, mas seu olhar carregava um misto de ódio e resignação. As correntes foram apertadas novamente, e o destino continuava implacável.

Barnabé e Silas foram colocados junto ao grupo em que estava Joana. Eles seriam levados ao navio. Não havia palavras entre eles, apenas o som das correntes que balançavam levemente enquanto o barco os esperava para um destino incerto.

Dois homens brutais aproximaram-se do grupo de escravos, com os olhos fixos no menino, Joana estava ajoelhada no chão. Seu corpo tremia de medo. Seu filho estava entrelaçado ao seu pescoço, e ela o apertava contra o peito como se fosse sua última âncora de esperança.

— Não! Não! Não! — Joana gritou desesperada, com as lágrimas escorrendo pelo rosto. — Meu filho! Não levem meu filho! — a voz de Joana era carregada de um terror primitivo, o grito de uma mãe em pânico.

Os homens não demonstraram piedade. Um deles, o mais robusto, tentou arrancar o menino dos braços de Joana, mas ela lutou. Seus braços tremiam de esforço. Suas unhas cravavam-se na pele de seu algoz enquanto gritava.

— Solta! — vociferou o homem, contudo, Joana se recusava a ceder.

Com um gesto rápido e brutal, ele a golpeou com a coronha do mosquete. O som surdo da madeira encontrando a carne soou no ar. Joana caiu para trás, sua cabeça rodopiou de dor, e seu filho foi arrancado dos seus braços. O choro estridente do menino rasgava o silêncio pesado.

Enquanto o menino era entregue a um dos cavaleiros, Joana tentou se levantar, mas seus movimentos eram descoordenados. Sangue escorria de um corte em sua testa, misturando-se às lágrimas que manchavam seu rosto. Seus olhos arregalados buscaram, com desespero, o cavaleiro que levava seu filho, mas suas forças se esvaíam.

— Não... meu filho... — murmurou ela, quase sem voz, enquanto os cabelos dela eram agarrados por outro homem, que a arrastava pela areia como se fosse um fardo.

Joana foi jogada como um saco de mantimentos no barco, com seu corpo se chocando contra o chão de madeira. Com as escoriações no rosto e o corpo enfraquecido, ela ainda conseguiu levantar a cabeça. Do convés, seus olhos desesperados encontraram o cavaleiro que carregava seu filho para longe.

O choro da criança ainda tangia na praia enquanto as amarras do navio eram preparadas. E o silêncio de Joana, agora rendida, era tão doloroso quanto seus gritos.

Os negros e negras eram empurrados para o interior do navio. Suas pernas estavam pesadas pela exaustão e pelo peso das correntes que os prendiam. A madeira do convés rangia sob o peso dos corpos amontoados, olhares vazios se cruzavam, cada alma tentando encontrar algum resquício de esperança em meio à escuridão do destino que os aguardava.

O capitão Cão observava tudo de seu posto elevado, os olhos estreitos, como se cada escravo fosse apenas uma mercadoria a ser avaliada. Seu semblante era duro, impassível, mas os dedos, que seguravam a borda da amurada do navio, apertavam-se levemente, revelando a tensão controlada. Aquele era o fim de mais uma operação. Um sucesso.

Na praia, o vento levantava a areia em pequenos redemoinhos. Três cavaleiros, que haviam participado da caçada implacável, montavam seus cavalos de maneira relaxada. O trabalho estava concluído. Suas silhuetas eram distantes, pequenas contra o vasto horizonte de mar e areia, enquanto seguiam seu caminho de volta, deixando o cenário de destruição para trás.

Os últimos barcos, carregados até o limite, balançavam levemente nas ondas enquanto se aproximavam do tumbeiro. A água batia contra seu casco em um ritmo monótono, mas para aqueles a bordo, a sensação de proximidade com o navio trazia um peso de desespero. O barco parecia um último suspiro da praia, carregando as últimas vidas que seriam arrancadas daquele lugar.

Capitão Cão deu um último olhar para a costa, agora quase deserta. Apenas pegadas, restos de cordas e correntes quebradas eram as testemunhas silenciosas do que acontecera ali. Ele virou o corpo, dando as costas para o litoral, e voltou a olhar para o vasto oceano à sua frente.

O navio começou a se mover lentamente. Suas velas inflavam com o vento que soprava firme. A praia, assim como os gritos e lamentos que ali ficaram, desaparecia no horizonte, engolida pelo silêncio do mar.

O capitão Cão caminhava pelo convés com passos firmes. Os olhos observavam cada detalhe com frieza. Seus homens se moviam rapidamente, empurrando os escravos em direção ao porão do navio. De repente, seus olhos se fixaram nos dois fujões que, até então, estavam escondidos no meio da multidão de corpos exaustos.

— Amarra esses dois no mastro! — ordenou ele, sem um traço de piedade em sua voz.

Os fujões, Barnabé e Silas, foram arrancados do meio dos outros escravos com brutalidade, seus corpos ainda marcados pelas tentativas fracassadas de fuga. Os dois tentaram resistir, mas estavam fracos, sem forças para lutar. Suas mãos foram atadas com cordas ásperas enquanto o som do chicote cortava o ar, estalando com força, como um aviso.

Do outro lado, Joana, com o rosto banhado em lágrimas, foi puxada com violência. Seus pés tropeçavam no assoalho do convés enquanto ela tentava se agarrar a qualquer coisa, resistindo aos puxões impiedosos. Sua voz se elevava, desesperada:

— Meu filho! Meu filho, por favor! — gritava ela, com o pranto rasgando sua garganta enquanto se debatia. — Devolvam meu filho!

O capitão Cão, sem sequer se virar, gesticulou com desprezo:

— Essa daí também! — disse ele, como se Joana não fosse mais do que um peso a ser controlado.

Joana foi arrancada da multidão com a mesma brutalidade que os fujões. Seus cabelos estavam desarrumados, o rosto manchado de lágrimas e sangue seco. Ela foi amarrada ao mastro, ao lado de Barnabé e Silas. Suas pernas fraquejavam, mas as cordas apertadas a mantinham erguida, forçando-a a encarar o horror à sua volta.

O convés, antes um palco de caos, parecia afundar em um silêncio pesado, quebrado apenas pelos soluços de Joana e o ranger das cordas que a prendiam.

A escada estreita do navio rangia sob os pés descalços dos escravos enquanto jovens e adultos eram forçados a descer para o porão em fila, amarrados mutuamente como animais. Entre eles, Sabina, Alquatune, Efigênia, Izalu, Morena, Edu, Nego e Gamba Zumba eram empurrados com brutalidade pelos marujos. Os passos hesitantes tropeçavam, e cada empurrão parecia um golpe que não só feria o corpo, mas esmagava a alma.

A luz do sol que ainda entrava pelas escotilhas logo desapareceu, à medida que o grupo era levado para o fundo escuro e abafado do porão. As prateleiras de madeira, onde corpos seriam empilhados como mercadorias, já estavam lotadas.

Com um gesto brusco, os homens foram arrancados das mulheres, suas correntes tilintando com força. Nego e Edu foram separados de Sabina e Morena. Sabina tentou olhar para Nego uma última vez, entretanto, o caos ao redor a envolveu antes que seus olhos pudessem se encontrar.

As mãos dos marujos eram rápidas, insensíveis, e o couro do chicote cortava a quietude opressora com um som que fazia o corpo estremecer. Mulheres choravam enquanto eram arrancadas de seus maridos, filhos e irmãos. Os soluços de Efigênia e Izalu se misturavam aos gritos angustiados de outras mulheres, cujas vozes já estavam roucas de tanto implorar.

Sabina, com os olhos arregalados, sentiu o coração disparar no peito. O som do choro e dos gritos ao seu redor tornava tudo ainda mais aterrorizante. Ela tentou segurar a mão de Morena, no entanto, foi empurrada com força, caindo de joelhos no paineiro frio e úmido do navio. A separação era definitiva, e a dor de perder Nego parecia maior do que qualquer ferimento físico.

Do outro lado, os homens foram obrigados a se deitar no assoalho, onde o espaço era tão apertado que mal conseguiam se mover. Alguns conseguiram se sentar, encostando-se uns nos outros, tentando respirar no ar rarefeito e úmido daquele inferno flutuante. Nego olhava em volta, mas não havia nada além de escuridão e dor ao seu redor.

O navio balançava ritmicamente, cortando as ondas escuras como uma fera deslizando pelas águas. O som monótono do oceano era quebrado apenas pelo ranger ocasional das velas e do madeirame. A luz fraca das lamparinas mal iluminava o convés, criando sombras inquietantes que se moviam a cada balanço do navio.

Ao lado do mastro, os dois fujões estavam amarrados. Um deles, Barnabé, mantinha a expressão fechada, os punhos apertados com força, como se estivesse lutando contra o desespero que o corroía por dentro. Silas tinha o olhar distante, perdido em algum ponto no horizonte invisível, como se sua mente já tivesse se retirado para um lugar onde a dor não podia alcançá-lo.

Joana estava ao lado deles, com o corpo frágil tremendo de exaustão e medo. Seus olhos estavam vermelhos, inundados de lágrimas, e ela soluçava baixinho, como se qualquer som mais alto pudesse atrair ainda mais punição. Seus lábios murmuravam palavras desconexas, orações talvez, ou súplicas desesperadas que o vento do mar logo apagava.

Dois marinheiros surgiram das sombras, seus passos pesados ecoando no convés silencioso. Sem qualquer palavra, um deles se abaixou e soltou as cordas que prendiam Joana ao mastro. Suas mãos ásperas agarraram os braços dela, forçando-a a se levantar, apesar de o corpo frágil mal conseguir se manter em pé. Joana tentou resistir por um momento, mas a força dos marujos era implacável. Eles a arrastaram sem esforço. Seus pés descalços raspavam no paineiro.

O caminho até a cabine do capitão Cão parecia uma eternidade. Cada passo ecoava em sua mente, e o peso do que seguiria enchia seu coração de terror. Ao chegarem à porta pesada da cabine, um dos marujos a abriu com um rangido sinistro, que parecia mais um presságio do que um som comum.

A cabine era envolta em uma penumbra opressiva, iluminada apenas por uma única lamparina que pendia de um gancho no teto, lançando uma luz fraca e trêmula sobre a mesa do capitão. O cheiro forte de madeira velha e tabaco pairava no ar.

Joana foi conduzida para dentro pelos marujos. Suas pernas fracas mal conseguiam acompanhar os passos. Ao entrar, ela sentiu o olhar frio do capitão Cão sobre si, um peso invisível que a fazia sentir ainda mais pequena e indefesa.

A cabine mal iluminada exalava o cheiro forte de rum e maresia. Sobre a mesa, uma carta náutica estava aberta, com marcas de dedos sujos de gordura nas bordas, ao lado de uma taça de bronze parcialmente cheia de rum e uma garrafa repousada negligentemente. O ambiente era opressor, com as paredes de madeira do navio rangendo levemente a cada movimento nas águas agitadas.

Capitão Cão, com seu porte cruel, estava sentado atrás da mesa, a luz trêmula da lamparina desenhando sombras profundas em seu rosto marcado pela vida no mar. Seu olhar frio fixava-se nos objetos à sua frente, como se fosse um predador paciente, esperando o momento exato para atacar.

Os marujos entram na cabine e os olhos do capitão encontram os dela. Joana foi brutalmente jogada no chão de madeira, caindo com um baque seco. Ela demorou alguns segundos para se recompor, o corpo dolorido e a alma exausta pelas mazelas. Mesmo assim, seus olhos ardiam com uma raiva que parecia desafiá-lo, apesar de sua vulnerabilidade. Ela olhou para cima, encarando o capitão com uma mistura de ódio e desprezo, como uma leoa ferida, mas ainda cheia de coragem.

Capitão Cão ergueu-se lentamente de sua cadeira. A madeira rangia sob o peso de suas botas. Ele caminhou até a beira da mesa, apoiando uma das mãos no tampo de madeira enquanto a outra segurava a taça de rum. Seu olhar caiu sobre Joana; seus olhos eram como gelo, sem nenhum traço de compaixão. A lamparina balançou levemente, fazendo as sombras dançarem no rosto de Cão, ressaltando sua expressão cruel e predatória.

Os dois marinheiros que haviam arrastado Joana trocaram sorrisos sarcásticos, como se já soubessem o destino que aguardava a mulher. Sem dizer uma palavra, eles saíram da cabine, deixando Joana sozinha com o capitão. A porta se fechou com um estrondo, e o silêncio que se seguiu era pesado como chumbo, interrompido apenas pelo tilintar suave da corrente de lamparina e pelo som distante das ondas quebrando no casco do navio.

Capitão Cão ficou em silêncio por um longo momento, com seus olhos fixos em Joana. Ele deu um gole lento na taça de rum, e o líquido âmbar escorria pela borda de seus lábios antes de ele a colocar de volta na mesa com um estalo. O som reverberou na cabine como uma sentença, e o ar parecia ficar mais denso, quase sufocante.

Joana, ainda no chão, sentiu uma onda de humilhação e impotência, mas sua raiva era maior. Ela se forçou a não desviar o olhar, mesmo sabendo que isso poderia atrair ainda mais a ira do capitão. Seu corpo tremia, não de medo, mas de ódio. A quietude entre eles era carregada, como se uma tempestade estivesse prestes a se formar.

Em seguida, um raio rasga o céu negro, iluminando brevemente o convés molhado, e o rugido de um trovão logo explodiu. O som ecoou pelo navio, fazendo até mesmo os marinheiros mais endurecidos olharem para cima com superstição. Um dos marujos, com as mãos trêmulas, fez o sinal da cruz, murmurando uma prece rápida sob a respiração.

Na cabine, o clarão do raio cortava a penumbra, projetando sombras monstruosas nas paredes de madeira. Os olhos de Joana, inchados, não se desviaram do capitão Cão, que a segurou brutalmente pelo braço e a atirou na cama como se fosse um saco de areia.

O capitão começou a desabotoar a calça, com o rosto marcado pelo suor, e cada gesto estava carregado de ódio. Joana, mesmo esgotada e enfraquecida, encontrou forças. Com um grito de fúria, ela ergueu a perna e desferiu um chute certeiro na virilha dele. Capitão Cão se curvou, com o rosto se retorcendo em agonia, e deixou escapar um grito rouco, gemendo de dor:

— Ai! Sua cadela!

Sua resposta foi rápida e brutal. Ele a agarrou pelas pernas, arrastando-a de volta para a borda da cama. Com uma explosão de violência, desferiu um soco pesado no rosto de Joana. O impacto foi forte o suficiente para fazê-la perder a consciência. O corpo dela caiu mole sobre os lençóis, e o sangue escorreu de um corte em sua testa.

Capitão Cão, fervendo de raiva, vociferou:

— Sua maldita!

Ele olhou para sua própria mão, ainda latejando pelo soco, os dedos cerrados, como se sentisse o eco do golpe. Seus lábios tremiam de raiva, mas o cansaço começou a tomar conta. Ele cambaleou até a mesa, pegou a garrafa de rum e uma taça, despejando o líquido com mãos trêmulas. O rum transbordou da taça, escorrendo pelo tampo de madeira, mas ele não se importou. Levantou a taça e a bebeu um grande gole de uma só vez, como se o álcool pudesse acalmar a besta dentro dele.

Capitão Cão caiu pesadamente no beliche ao lado, com o corpo exausto pelo esforço e pelo excesso de bebida. A tempestade lá fora parecia espelhar a fúria que ainda borbulhava em seu interior. Outro trovão ribombou, tão alto e violento que parecia que o próprio céu havia se partido ao meio. Os raios atravessavam o vitrô, pintando a cabine em flashes de luz branca.

Joana permanecia inerte na outra cama, com o corpo magro quase coberto pelas sombras trêmulas da lamparina. Seu rosto estava marcado por hematomas, e o sangue seco começava a manchar sua pele.

Capitão Cão, meio adormecido e embriagado, esticou o braço fora da cama, segurando a taça vazia. O balanço do navio atirou o objeto para fora de sua mão, e ela caiu no chão com um estrondo, rolando de um lado para o outro. O som parecia ter ecoado no espaço pequeno da cabine, mas o capitão não se mexeu, apenas gemeu.

Com um esforço lento, ele se levantou, com os olhos semicerrados pela bebida. Cambaleando até a porta, ele abriu-a bruscamente, lançando um olhar para os marujos que estavam de vigia sob a chuva torrencial.

Capitão Cão, com voz rouca e amarga, disse:

— Tirem aqueles dois merdas de lá!

O trovão ribomba com força, estremecendo o porão escuro do navio, e os olhos dos escravos acorrentados brilham de pavor a cada clarão de relâmpago. As lamparinas tremulam em resposta ao vento que entra pelas frestas, mas os relâmpagos iluminam mais que o fogo fraco. A cada lampejo, o suor brilha em seus rostos aterrorizados. Os grilhões tilintam, e o cheiro de sal e medo permeia o ar abafado.

Com brutalidade, os marujos descem pelas escadas, empurrando os fujões amarrados a pesados grilhões que rangem com o peso das correntes. Os prisioneiros lutam para manter o equilíbrio, mas seus tornozelos e pulsos estão presos de forma tão cruel que tropeçam e caem com estardalhaço no chão de madeira.

Marujo grita com desdém:

— Vamos, seus vermes imundos! Não temos a noite toda!

A voz do marujo ecoa com crueldade pelo porão, sendo quase abafada por outro estrondo de trovão. Os fugitivos são acorrentados aos outros, e os ferros tilintam ao redor de seus pulsos e tornozelos. Os marujos, indiferentes ao desespero, sobem a escada, com passos pesados.

De repente, um clarão ofuscante atravessa o porão, muito mais intenso do que os anteriores. Por um instante, parece que o dia invadiu a noite através da escotilha, e o som do trovão ressoa tão forte que o próprio navio parece gemer sob sua força.

Barnabé, com os olhos voltados para o alto, começa a murmurar baixinho em sua língua de origem. Suas palavras fluem como uma prece ancestral.

Barnabé sussurra em quimbundo:

— "O jinzambi, a fidisa o menha ku tunda, o kitembu ki jibha, a langa o mundu uê".

— Ó, deuses, afastem essas águas traiçoeiras, dissipem os ventos furiosos, protejam o seu povo...

A voz de Barnabé é firme, mas cheia de súplica, enquanto outros escravos, em silêncio, escutam, com os olhares ainda cravados na escuridão lá fora. O trovão continua rugindo, mas sua prece se mistura ao som da tempestade, um apelo silencioso às forças que vão além do que qualquer grilhão poderia controlar.

Nego estava na parte escura do porão, acorrentado, enquanto o cheiro rançoso de suor e fezes permeava o ar sufocante. Apenas os clarões dos raios que rasgavam o céu lá fora iluminavam brevemente aquele inferno, como um lembrete cruel de que a vida ainda pulsava além daquela prisão flutuante. A corrente pesada prendia seus tornozelos, mas era o peso das memórias que realmente o esmagava. Seus olhos brilhavam na penumbra, revisitando imagens de um passado que parecia tão distante quanto inalcançável. Ele se viu menino novamente, com sete anos, agarrado às pernas de sua mãe. Ela estava junto ao fogo, assando uma lebre com mãos hábeis e pacientes. Ele sentia o calor da chama, ouvia o crepitar da gordura escorrendo na lenha e via a ternura em seus olhos quando ela arrancava lascas de carne macia e as entregava a ele com um sorriso que aquecia mais que o fogo. As lembranças eram doces e dolorosas, uma fagulha de humanidade em meio à escuridão implacável. Lá fora, o trovão rugia, como se o céu estivesse em guerra, e Nego apertava os olhos, tentando proteger aquela imagem de ser levada pela tempestade. Ele não podia se permitir esquecer. Lembrança era a única coisa que o mantinha vivo.

Seu pai apontava ao longe, e o coração de todos se enchia de expectativa. Ele e sua mãe entreolharam-se, trocando um sorriso carregado de esperança ao avistá-lo. Lá estava ele, surgindo entre as sombras da savana, com um antílope sobre os ombros. A silhueta firme contra o pôr do sol era como uma promessa cumprida — vida trazida de volta para o fogo da aldeia. Os passos do caçador eram lentos, mas determinados, e cada movimento carregava o peso do que ele havia enfrentado. A mãe apertou as mãos contra o peito, como se segurasse o alívio que brotava de dentro. Sabiam bem que nem todos os que saíam para caçar voltavam. Era um jogo cruel contra a natureza, e perder era ceder à terra, ao silêncio eterno. Enquanto ele se aproximava, o cheiro distante da poeira levantada por seus passos alcançava o ar ao redor, misturando-se ao calor do dia que lentamente se dissipava. A visão do antílope, pendendo dos ombros fortes, não era apenas um sinal de sucesso, mas de sobrevivência. E naquele instante renovaram suas esperanças. Por mais dura que fosse a vida, ainda havia momentos em que ela devolvia mais do que tomava.

Na escuridão, logo os olhos de Nego buscavam Sabina a cada clarão que cruzava o céu. Os raios iluminavam brevemente os rostos ao seu redor, mas nunca o dela. O desespero crescia a cada lampejo inútil, como se a própria tempestade zombasse de sua impotência. Ele precisava encontrá-la, vê-la, saber que ela estava viva.

O coração pesava como as correntes que prendiam seus tornozelos, implacáveis em sua frieza. A única certeza que o mantinha respirando era que Sabina precisava dele. Ele sentia isso tão fortemente quanto o aço contra sua pele. Mas como poderia ajudá-la, protegê-la, quando ele mesmo estava preso, impotente? A culpa e a angústia lutavam dentro dele, uma tempestade tão furiosa quanto a que ocorre lá fora.

Ele fechou os olhos por um instante, tentando afastar o medo que o consumia. A lembrança do sorriso de Sabina, de seus olhos brilhando sob a luz do sol, era a única chama que o mantinha vivo naquela escuridão. Ele sabia que precisava ser forte. Não por ele, mas por ela. De alguma forma, encontraria um jeito de alcançá-la, de libertá-los ou morrer tentando.

O navio inclina perigosamente para o lado. As ondas colossais quebram com fúria contra o casco. A madeira range como se estivesse prestes a ceder, e a tripulação, de olhos arregalados, agarra-se às cordas e mastros enquanto a embarcação luta contra a força esmagadora do mar. O vento uiva, empurrando as velas ao extremo, enquanto o oceano parece querer engolir tudo.

Sabina tremia da cabeça aos pés. Os olhos arregalados e cheios de medo refletiam o vazio de um mundo que ela não reconhecia. A embarcação balançava violentamente, como se as ondas em fúria quisessem engoli-la. O som ensurdecedor do mar contra o casco misturava-se aos gritos dos marinheiros e ao ranger das cordas molhadas. Mesmo cercada por uma multidão, ela se sentia terrivelmente sozinha, como se cada rosto ao seu redor fosse somente uma sombra indiferente.

Seu coração acelerava a cada estalo mais forte da madeira da embarcação, a cada balanço brusco que quase a fazia perder o equilíbrio. Sem Nego por perto, era como se o chão lhe fosse arrancado, deixando-a à deriva, não apenas no mar, mas em um mundo desconhecido e cruel. Ele era o único capaz de lhe oferecer o conforto de um olhar firme, a proteção de uma presença sólida em meio ao caos.

Sabina fechou os olhos por um instante, tentando encontrar nele a coragem que sabia estar faltando dentro de si. Porém, tudo que conseguia sentir era o frio gélido da maresia e o desespero de uma jornada que parecia não ter fim.

— Preciso dele — sussurrou para si, abraçando o próprio corpo como se isso pudesse conter o desespero crescente. Ela ergueu o olhar para o assoalho acima da cabeça, quase implorando que trouxesse alguma resposta. A multidão se movia ao seu redor, mas Sabina não via rostos, apenas borrões. Seu único desejo era avistar Nego. Ele era a âncora que a impedia de ser tragada pelo oceano de medo dentro dela mesma.

Capitão Cão, segurando-se no fixador do mastro, esforça-se para manter o equilíbrio. Seu corpo estava tenso com o balanço violento do navio. O som das ondas que se quebram contra o costado se mistura ao grito desesperado dos homens.

Sr. Brasa, com seus quarenta e oito anos, careca, barba ruiva encharcada pela chuva, e uma tatuagem que serpenteia do braço até o pescoço, aproxima-se, lutando contra o vento. Ele segura firme nas cordas, com o olhar fixo no capitão.

Sr. Brasa grita para ser ouvido acima do rugido da tempestade:

— Capitão, temos que aliviar o navio! Está muito pesado!

Capitão Cão olha para o alto, vendo as velas infladas como se fossem rasgar a qualquer momento. Seus olhos, frios, voltam-se rapidamente para Sr. Brasa.

— Vai lá em cima! Enrola a lona antes que o vento parta o mastro!

Sr. Brasa observa as velas, esticadas ao limite pelo vento implacável. Ele hesita por um segundo, mas o olhar firme do capitão Cão diz:

— Leva mais seis homens contigo! Vocês conseguem!

Sem perder tempo, Sr. Brasa acena com a cabeça e parte em direção ao mastro, chamando alguns dos homens enquanto o navio balança violentamente. O som das ondas se chocando contra o convés é ensurdecedor.

Capitão Cão se move em direção ao timoneiro, que está preso ao timão por uma corda enrolada em seu corpo como um laço. Ele agarra a corda com firmeza e a transfere para si, assumindo o timão. Seus olhos estão fixos na proa, onde as ondas explodem contra o casco, tentando virar o navio.

Capitão Cão rugindo por cima da tempestade:

— Sr. Brasa, já fechou essa vela?

Sr. Brasa e os marujos lutam contra o vento e a chuva, puxando a vela com todas as forças. Seus corpos estão inclinados contra o peso do tecido encharcado e inflado pela tempestade. A corda que eles seguram range e treme, ameaçando escapar de suas mãos a qualquer momento. O rugido do vento e o estrondo das ondas batendo no casco tornam quase impossível ouvir qualquer coisa, mas o grito do capitão corta o caos.

— Quando terminar, soltem o drogue para diminuir a velocidade!

Do rosto do Sr. Brasa descia água como uma cachoeira sob a chuva que despenca sem piedade. Ele lança um olhar de reprovação para um dos marujos ao lado. O que o capitão ordenara não fazia sentido para ele. Era uma escolha arriscada, contudo, rugindo sobre a tempestade.

— Capitão! Vai tirar a estabilidade do navio!

Capitão Cão, com os olhos fixos na proa, onde as ondas se chocam com força, permanece inabalável. A água da chuva escorre pelo seu rosto, misturando-se com o sal e o suor. Ele não desvia o olhar. Sua confiança é inquebrável, apesar do caos que ameaça engolir o navio.

— Vai dar certo, Sr. Brasa! — sua voz forte, mas abafada.

Uma pausa, enquanto outro relâmpago ilumina o céu e um estrondoso trovão.

— Eu disse que vai dar certo!

O som da tempestade parece crescer, quase abafando as palavras do capitão, mas Sr. Brasa sabe que ele não vai ceder. Ele balança a cabeça em frustração, mas continua a puxar a vela com os outros, lutando contra o vento implacável.

    A chuva castiga o rosto do capitão Cão, mas ele permanece imóvel, como uma estátua esculpida ao timão. Seu olhar está fixo na proa enquanto o navio corta as ondas gigantescas. A cada impacto, o navio geme, mas segue em frente, teimoso, assim como seu capitão.

    O clarão do relâmpago corta o céu, iluminando o porão escuro por um instante. No breve segundo de luz, Barnabé aparece. Seu rosto é esculpido pela tristeza, com os olhos perdidos na escuridão que se segue. O trovão ruge logo em seguida, vibrando pelo navio como um tambor de guerra, mas Barnabé permanece imóvel, como se não estivesse mais ali.

    Seus lábios se movem em uma prece silenciosa, ritmada, mas as palavras se perdem no barulho da tempestade. Ele fala com seus deuses, pedindo por um consolo que parece nunca vir. Cada sílaba dita é marcada por um movimento leve de sua boca, mas ninguém mais o ouve. A tempestade é ensurdecedora, como se o mundo ao redor quisesse apagar sua voz.

    Outro relâmpago risca o céu, e Barnabé fecha os olhos, sentindo a força do trovão reverberar em seus ossos. Sua oração continua, muda aos ouvidos dos outros, mas clara como o dia em seu coração. Ele ora não pela sua própria sobrevivência, mas pela alma dos seus irmãos, acorrentados ao seu lado, das terras de onde veio. Aquela noite parecia nunca ter fim.

    O sol nascia no horizonte, uma bola de fogo acendendo lentamente sobre o vasto oceano, tingindo o céu com tons de laranja e púrpura. As águas agitadas refletiam a luz do amanhecer como lâminas douradas que dançavam ao redor do navio, cujo casco rangia a cada avanço contra as ondas. O som surdo do mar quebrando contra a madeira soou pelo convés.

    Um grupo de trinta negros marchava em fileiras cerradas pelo convés, com os corpos curvados pela dor e pela exaustão. As algemas de ferro em seus pulsos e tornozelos faziam um som metálico perturbador, cada movimento gerando um rangido áspero e impiedoso. O vento do oceano chicoteava suas faces suadas, todavia, não trazia alívio, apenas lembrava a todos da dureza do mundo que agora os prendia.

    Seus pés descalços arranhavam o chão áspero do navio, que, saturado de sal e desespero, parecia pulsar sob eles como uma criatura viva. O brilho do sol nascente iluminava seus corpos magros e cansados, revelando as cicatrizes em suas peles e os olhos apagados, onde outrora existira a chama da liberdade.

Um dos homens tropeçou e os joelhos tocaram a madeira com um baque surdo. O guarda mais próximo, de feição dura e mãos calejadas, avançou imediatamente com chicote em punho, pronto para corrigir qualquer fraqueza.

— Levanta! — rosnou ele, com a voz carregada de desprezo.

Sem escolha, o homem se ergueu com dificuldade. As correntes em seus tornozelos tilintavam em protesto. Os outros escravos ao seu redor mantinham a cabeça baixa, o olhar fixo no chão e os corpos curvados pelo peso das correntes e do destino cruel que os aguardava em terras estrangeiras.

O cheiro do mar misturava-se ao odor acre do suor e do medo. Ao longe, uma gaivota solitária cruzava o céu, livre e alheia à tragédia que se desenrolava abaixo. A cada passo arrastado, os negros sentiam o sol cada vez mais quente em suas costas, o suor escorrendo por suas testas e misturando-se ao sal de suas lágrimas silenciosas.

Os fujões e Joana estavam amarrados, expostos diante dos outros escravos, que se mantinham imóveis. O silêncio do pátio era quebrado apenas pelo leve tinido das correntes e pelo som do vento.

Capitão Cão se adiantou. O peso da sua presença era quase sufocante. Seus olhos percorriam o grupo com desdém, cada palavra saindo de sua boca carregada de crueldade.

— Esses aí — disse ele, com a voz áspera e fria, erguendo o queixo na direção dos prisioneiros amarrados — serão punidos para que todos saibam... que os rebeldes nunca escapam da disciplina.

Ele se virou para Brasa, que observava a cena em silêncio ao seu lado.

— Estica eles aí. Que todos vejam bem o que acontece com quem desafia as correntes! — ordenou o capitão, sem emoção.

Os escravos no convés estremeceram. Alguns desviaram o olhar, enquanto outros não podiam deixar de fitar os condenados com olhares mistos de compaixão e terror.

Capitão Cão se aproximou de Joana, inclinando-se ao lado dela, e com sua voz baixa e inesperadamente suave, quase inaudível para os outros, disse:

— Seu filho... — sussurrou ele, perto de seu ouvido. — Ele não está morto.

Os olhos de Joana se arregalaram e as lágrimas desceram silenciosamente por seu rosto. Era como se, por um instante, a brutalidade do momento tivesse sido suspensa, apenas para ser esmagada novamente pela realidade opressiva. Capitão Cão endireitou-se, com o olhar impassível, enquanto observava o desespero de Joana se desenrolar.

— Agora, marche! — bradou ele, o tom novamente endurecido. — Vamos, seus molambos! Marchem!

Dois marujos, impiedosos, puxaram as correntes, forçando os escravos a darem voltas pelo convés. O som metálico das correntes se misturava com os gritos ríspidos dos marujos e o estalo do chicote cortando o ar, obrigando os prisioneiros a apressarem o passo.

— Mais rápido! — gritava um dos marujos, com a voz se sobrepondo ao som das ondas e ao choro abafado dos que marchavam.

— Vamos! Não parem!

Enquanto o grupo de escravos marchava, quatro guardas armados com mosquetes mantinham seus olhos vigilantes, prontos para qualquer sinal de resistência. Outros escravos subiam do porão, substituindo os que já haviam sido forçados a marchar. Seus rostos estavam marcados pela exaustão e pelo medo.

Naquela noite, capitão Cão estava sentado à mesa, com o olhar perdido nas ondas do vinho que girava lentamente na taça em sua mão. A garrafa, quase vazia, repousava sobre a madeira rústica, e a luz bruxuleante da vela refletia em seus olhos impassíveis. A porta rangeu ao se abrir, e dois marujos arrastaram Joana para dentro. Com brutalidade, jogaram-na aos pés do capitão. Ela caiu de joelhos, ainda com as mãos e os pés amarrados.

Os marujos saíram, fechando a porta com um estrondo. O silêncio que se seguiu era pesado, carregado de tensão. Joana ergueu a cabeça lentamente, com o rosto sujo de lágrimas e raiva. Seus olhos, marejados, encontraram os de Cão. A voz dela, inicialmente fraca, tremeu com a dor que a consumia.

— O que você fez com o meu filho? — sussurrou ela, como se ainda esperasse uma resposta compassiva. — Onde ele está? Me dá o meu filho! Cadê o meu neném?

Capitão Cão, com uma calma perturbadora, levantou-se. Seu olhar penetrante não desviava dos dela, enquanto ele se aproximava, cada passo ecoando no chão de madeira. Ele permaneceu em silêncio, observando-a.

O choro de Joana logo foi substituído por uma explosão. Seus olhos brilharam com uma fúria visceral, e ela rugiu como uma mãe que perdeu tudo.

— Seu diabo maldito! — gritou ela, com uma força que desafiava seu corpo exausto. — Filho de satanás, por que você tirou o meu filho de mim? Miserável!

Ela se lançou para cima dele, tentando agarrá-lo. Suas mãos amarradas se esforçaram para alcançá-lo, como uma fera acuada que não se importa, com as consequências. Cão recuou com um movimento rápido e preciso, observando-a com frieza. Joana, desequilibrada pelo impulso da própria fúria, tropeçou. Cão a segurou pelo braço, com seu toque firme e impiedoso, antes de jogá-la com força sobre a cama. O colchão rangeu sob o impacto.

Sem dizer uma palavra, ele se abaixou e começou a retirar os grilhões dos tornozelos dela. O metal frio arranhava a pele de Joana. A cada gesto, sua autoridade era imposta.

— Ele não está morto — murmurou Cão. De repente, suas palavras cortaram o ar como lâminas. — Ainda.

Joana, que até então tentava lutar, congelou. O silêncio caiu novamente sobre a sala, quebrado apenas pela respiração ofegante dela e pelo leve tinir das correntes ao chão. O terror começava lentamente a se infiltrar por trás de sua fúria.

Os escravos marchavam no convés, com seus pés descalços arrastando-se em um ritmo lento e agonizante. Mesmo com as mãos amarradas, seus corpos moviam-se como se dançassem, num ritual doloroso, enquanto orações em quimbundo escapavam de seus lábios secos. A melodia triste e ancestral se misturava ao som do mar, ecoando nas almas perdidas.

Ao redor deles, oito marujos assistiam, garrafas em punho, e suas risadas macabras enchendo o ar. Embriagados, seus rostos haviam se transformado em máscaras grotescas, distorcidas por uma espécie de loucura. Pareciam possuídos por algo muito além do álcool. Suas bocas formavam sorrisos diabólicos enquanto observavam a marcha forçada.

Seis marujos se desprenderam do grupo e, em um ato de pura selvageria, avançaram sobre as escravas. Como bestas, libertaram-nas de suas correntes, mas apenas para arrastá-las ao chão. O convés tornou-se um palco de horrores, onde gritos abafados se mesclavam com o estalar do chicote e o murmúrio de preces. Enquanto isso, dois marujos continuavam a forçar os outros escravos a marchar. Seus olhares vazios refletiam o tormento incessante.

Os escravos arquejavam. Seus corpos caíam ao chão. O chicote estalava sobre suas costas já dilaceradas, como se estivesse cravando ainda mais o peso da escravidão em suas peles. Os marujos gritavam e riam. Seus olhos estavam esbugalhados, consumidos pela embriaguez e pelo sadismo.

No meio de tudo isso, na cabine do capitão Cão, Joana estava deitada, imóvel. Seu olhar, antes tão feroz, agora estava vazio, como se sua alma tivesse fugido para longe, incapaz de suportar o que acontecia. O capitão Cão estava sobre ela, seu corpo um peso morto contra o dela, e ainda assim ela não resistia mais. As lágrimas rolavam silenciosamente pelo rosto sujo, enquanto seus olhos fitavam o nada.

No convés, outro grito rasgou o ar. Uma das escravas, desesperada, lutava para não ser violentada. Seus braços tentavam empurrar o marujo que a atacava, entretanto, ele, furioso por sua resistência, puxou um punhal da cintura. Em um movimento rápido e brutal, ele desferiu três estocadas no ventre dela. Ela soltou um último gemido e seu corpo flácido desabou no chão. Mesmo assim, o marujo continuou seu ato bárbaro, com o rosto distorcido pela fúria. A cada movimento, parecia menos humano. Seu corpo era tomado por uma força maligna, com os olhos vazios de compaixão ou arrependimento.

O convés estava tomado pelo caos. O tinir das correntes e o estalar dos chicotes formavam uma melodia cruel, enquanto as palavras se misturavam ao som dos corpos caindo e das risadas estridentes desumanas.

A imagem era um pesadelo vivo. As vozes em quimbundo, agora quase inaudíveis, continuavam como uma súplica desesperada, enquanto o horror se desenrolava ao redor deles. A cada estocada, a cada chicotada, a cada riso grotesco, o inferno se manifestava naquele navio, transformando o convés em uma arena de tortura e morte.

No porão, os escravos amontoados, as correntes rangem com o movimento dos corpos enfraquecidos. O ar denso e úmido pesa sobre eles. A melancolia se espalha como uma praga silenciosa. Um escravo tomba contra o outro, provocando uma sequência de quedas, como dominós caindo um a um. Gamba Zumba está encolhido, observando o cenário desolador ao seu redor. Olhos vermelhos e inchados são comuns entre os que ainda permanecem de pé. O som do vômito ecoa no porão, e uma escrava desmaia ao lado de outra. Gritos rompem o silêncio pesado.

— Socorro! Socorro! Estou morrendo!

Dois marujos descem a escada rapidamente. Com as mãos cobrindo os narizes, seus olhares percorrem o porão escuro, e o cheiro da doença é quase insuportável. Eles observam os corpos prostrados no chão.

Um dos marujos, com os olhos arregalados, sobe correndo de volta.

Nego, preso em correntes, lança um olhar para Gamba Zumba. Seus olhos brilham, e sua testa flexiona no meio do caos. Baixinho, ele diz:

— É agora, irmão. A hora chegou.

Os dois tentam se libertar, mas a corrente é pesada e cruel. Os outros ao redor observam, balançando a cabeça em desespero, cientes da futilidade da tentativa.

Quatro marujos descem novamente, acompanhados por Sr. Brasa, todos com panos amarrados sobre o rosto para se proteger do odor. Eles começam a separar os escravos com olhos avermelhados, homens e mulheres, cerca de dez ao todo. Sr. Brasa, fecha o cenho e ordena:

— Limpem essa imundície! Vocês são mais sujos que ratos!

Um dos marujos estala o chicote no ar, apressando. Diz com suas sobrancelhas erguidas:

— Vamos, seus malditos! Mexam-se, antes que eu faça pior!

Os escravos sobem as escadas, arrastando os pés e as correntes.

Capitão Cão permanece em pé, com as mãos atrás das costas, com o olhar fixo no vitrô manchado pela névoa do mar. Sua postura é rígida, transmitindo controle, mas seus olhos revelam uma inquietação contida. A cabine está mal iluminada. No canto, Joana está encolhida, os joelhos abraçados ao peito, seus olhos arregalados de medo, mal ousando respirar. A porta range, quebrando o silêncio tenso.

O Sr. Brasa entra, com sua expressão fria e impassível. Ele lança um olhar breve e incisivo para Joana antes de se voltar para o capitão Cão. A voz grave diz:

— A peste está atacando o navio, Capitão. As peças caem um por um.

Capitão Cão permanece imóvel por um instante, com o silêncio pesando como chumbo. Ele inspira fundo, sem desviar o olhar do vitrô, onde o reflexo das velas tremula. Em tom baixo, quase para si, diz:

— Que essa peste encontre seu caminho para as profundezas.

Sem esperar resposta, o Sr. Brasa inclina a cabeça em reconhecimento e sai da cabine. A porta se fecha com um estalido seco. O capitão Cão finalmente se vira para Joana, com o olhar severo, mas sem pressa de falar. A calmaria entre eles é uma sentença que ela teme ouvir.

O fedor da morte impregnava o ar pesado e úmido no porão. Os corpos empilhados, vítimas da peste, exalavam um cheiro pútrido de carne em decomposição, misturado ao sal do oceano que invadia pelas frestas das tábuas. Cada movimento dos escravos era acompanhado pelo rangido da madeira velha, enquanto eles, com as mãos amarradas, lutavam contra o destino inevitável que se aproximava.

Um a um, os corpos — alguns ainda respirando, com olhos vidrados e corpos frágeis — eram arrastados até a amurada. Seus suspiros fracos e gemidos baixos mal conseguiam romper o som das ondas quebrando contra o casco. Os escravos, exaustos e debilitados pela doença, tentavam resistir, mas não tinham forças para lutar contra os homens que os puxavam para o abismo frio e salgado do mar.

Entre eles, um escravo mais jovem, com o olhar ainda firme e resistente, recusava-se a aceitar seu fim. Seus músculos tremiam de esforço enquanto ele se debatia com todas as forças que lhe restavam, as amarras cortando seus pulsos. Seus gritos, desesperados e roucos, ecoavam no convés, enquanto seus companheiros de infortúnio apenas observavam com olhares vazios.

Sr. Brasa, com sua expressão impassível e fria, cansado da luta, sacou uma pistola da cintura. O metal reluziu à luz do sol, e, sem hesitar, ele apontou para a testa do escravo. Um disparo seco ecoou pelo convés, seguido de um silêncio mortal. O corpo caiu sem vida, jogado no mar como os outros, enquanto o som das ondas engolindo-o era a única coisa que restava.

O convés ardia sob o sol inclemente, e o ar, seco e sufocante, parecia roubar o fôlego dos pulmões. Os escravos, enfileirados e acorrentados, tinham os rostos marcados pela sede desesperadora. Suas bocas rachadas e seus lábios cinzentos imploravam por um único gole de água, enquanto seus olhos, fundos e sem esperança, seguiam cada movimento do marujo que se aproximava.

Com um cântaro de metal nas mãos, o marujo caminhava lentamente entre eles, derramando pequenos goles de água para alguns, escolhendo com indiferença quem poderia beber. Os poucos sortudos estendiam os rostos magros, as bocas abertas como de animais à beira da morte, tentando capturar cada gota preciosa que escorria pelos cantos dos lábios. A água, no entanto, era escassa, e para muitos não havia nem mesmo a promessa de um alívio momentâneo.

Uma gota de água escapou do cântaro e caiu no braço ossudo de um dos escravos. O reflexo foi instantâneo e desesperado. Ele se inclinou rapidamente, como um cão faminto, lambendo a gota de água que brilhava em sua pele suja. O gesto, instintivo e animalesco, revelava o quanto a sede havia apagado qualquer resquício de dignidade humana.

Os outros escravos, impotentes, assistiam, com seus olhos ardendo de inveja e frustração, enquanto suas línguas secas roçavam os lábios rachados, esperando por um milagre que jamais chegaria. O marujo, indiferente ao desespero, continuou sua marcha, com o cântaro quase vazio, sem olhar para trás, deixando apenas a crueldade do gesto que soa no silêncio abafado quebrado por uma voz que ecoou:

— Terra à vista!

PERNAMBUCO BRASIL

Sr. Brasa ergueu a luneta com as mãos firmes, e seus olhos semicerrados estavam focados no horizonte distante. O vento salgado soprava com força, e o som das ondas que quebravam contra as rochas da enseada mal abafava o silêncio tenso que tomava o convés. Lá estava ela, inconfundível: a bandeira tricolor da Holanda balançava ao sabor do vento, à medida que o navio se aproximava cada vez mais.

Ele respirou fundo, sentindo o coração acelerar, e passou a luneta para o capitão Cão, que já estava ao seu lado. O capitão levou a luneta aos olhos, observando com cautela.

— Está vendo, Sr. Brasa? — murmurou capitão Cão, com a voz rouca de experiência e preocupação. — Estão vindo.

O capitão Cão baixou a luneta. Seus olhos faiscaram com o alerta. O mar, que sempre fora o palco de suas vitórias e derrotas, agora trazia uma ameaça crescente.

— Fica atento, Sr. Brasa — disse ele, com a voz grave e cheia de comando, sem desviar o olhar do horizonte. — Isso pode ser mais do que uma simples aproximação. Prepara os homens. Se der ruim, não vamos ter como escapar dessa enseada.

Sr. Brasa assentiu, com o cenho franzido, antes de se apressar para alertar a tripulação. O vento soprava mais forte, e o navio, que fazia sua ronda pelo litoral, continuava sua marcha lenta e ameaçadora, aproximando-se como uma sombra prestes a engolir a enseada.

Dois barcos holandeses avançavam lentamente. Seus cascos cortavam as águas tranquilas. Os soldados a bordo, armados com mosquetes, observavam o navio com olhos atentos. A bandeira holandesa tremulava ao vento, e o som de remos quebrava a superfície da água.

Um dos soldados ergueu um megafone de cobre à boca, com sua voz áspera ecoando pelo mar:

— O que traz aí? — perguntou ele, com seu tom carregado de suspeita.

Na amurada do navio, o capitão Cão e o Sr. Brasa observavam em silêncio a aproximação. O olhar de Sr. Brasa vagava entre os barcos e a tripulação atrás de si, cada movimento sendo calculado com cuidado. Capitão Cão, com um semblante impassível, deu um passo à frente, inclinando-se sobre o parapeito para responder, a voz carregada de falsa calma.

— Peças para o trabalho na lavoura. Somos mercadores — disse ele, com um sorriso contido que não alcançava seus olhos. Ele sabia que cada palavra poderia significar vida ou morte para sua tripulação.

O soldado holandês apertou os olhos, desconfiado, antes de responder com firmeza:

— Podemos inspecionar o navio?

Houve um instante de silêncio, e Sr. Brasa trocou um olhar rápido com o capitão Cão. O coração de ambos batia forte, mas mantinham a postura de controle.

— Podem, sim — respondeu capitão Cão, com um aceno lento, tentando esconder a tensão.

Cinco soldados, sem esperar por outra palavra, subiram rapidamente ao convés. O som das botas pesadas batendo na madeira do navio, enquanto os homens holandeses, de mosquetes em punho, olhavam ao redor com olhares predatórios.

Os soldados desciam as escadas de madeira rangendo sob suas botas pesadas, com suas expressões já endurecidas pelo desconforto. O cheiro pútrido que emanava do porão do navio era quase insuportável. Um deles, franzindo o rosto, levou a mão ao nariz, tentando em vão evitar o odor nauseante que tomava o ar abafado.

— Que diabo de cheiro é esse? — murmurou um dos soldados, com a voz abafada atrás da mão. Seus olhos se estreitaram em repulsa.

Ao descerem mais alguns degraus, o líder do grupo, ainda segurando o nariz, virou-se para os companheiros, com uma expressão de nojo e desprezo, e disse:

— Isso aqui está podre! — declarou ele, cuspindo no chão com asco. O cheiro de podridão misturado à umidade do porão parecia impregnar tudo. Os soldados trocaram olhares rápidos de descontentamento. O líder balançou a cabeça, o nojo era evidente em seu semblante, e fez sinal para os outros subirem. O ambiente claustrofóbico e malcheiroso estava longe de qualquer coisa que eles quisessem investigar mais a fundo.

De volta ao convés, o ar fresco do mar foi como uma lufada de alívio. Os soldados saíram do navio rapidamente, ainda lançando olhares desconfiados para a tripulação, mas aliviados por abandonarem aquele fedor infernal. Capitão Cão e Sr. Brasa, que observavam cada movimento com atenção, mantiveram-se impassíveis, apesar da tensão que fervia por dentro. Os soldados, relutantes em dizer mais alguma coisa, desapareceram nos barcos de inspeção, levando consigo apenas a desconfiança e o cheiro de morte impregnado nas narinas.

Capitão Cão e Sr. Brasa permaneciam no convés, observando em silêncio os barcos holandeses se afastarem em direção à praia. O sol dava seu brilho, anunciando um dia de calor abrasador típico do nordeste brasileiro, tingindo o céu de um laranja ameaçador. O silêncio entre os dois homens era apenas quebrado pelo som das ondas batendo no casco do navio.

Capitão Cão estreitou os olhos, com seus dedos tamborilando no parapeito. Ele sabia que não tinham muito tempo. Os soldados poderiam não ter encontrado nada comprometedor, mas o cheiro no porão havia levantado suspeitas. Eles precisavam agir rápido.

— Limpa as peças — ordenou ele, com a voz firme e baixa, sem desviar o olhar dos barcos que agora pareciam pequenos pontos na água. — E dá uma boa higienização no porão. Não quero rastros de nada.

Sr. Brasa assentiu rapidamente, com seu rosto duro, ciente da gravidade. O capitão virou-se para ele, com seus olhos fixos com intensidade:

— Vamos para o mercado, o mais rápido possível, vender o que temos. E sair logo daqui, antes que alguém resolva voltar com mais perguntas — sua voz carregava uma urgência controlada, mas a tensão não escapava.

Sr. Brasa não hesitou. Sabia que qualquer atraso poderia significar o fim de todos eles. O tempo era seu inimigo agora, e o cheiro da morte no porão não seria a única ameaça pairando sobre aquele navio.

Na baía, três grandes navios mercantes balançavam suavemente ao sabor das ondas. Suas velas dobradas e mastros imponentes recortavam o céu. Barcos iam e vinham, carregados com mercadorias que os homens descarregavam com rapidez e precisão. Ao longe, grupos de escravos, exaustos e maltrapilhos, desciam em fileira pelos escorregadios tablados de madeira que ligavam o navio aos barcos, enquanto o som áspero de correntes e ordens gritadas pelos capatazes soava pela água.

Mais perto da praia, um barco menor se destacava. Nele, em pé, estava o capitão Cão, com seu olhar duro e severo varrendo a costa à frente. O barco cortava as águas, levantando leves borrifos salgados enquanto se aproximava da areia, onde a espuma das ondas pequenas lambia a margem. O capitão, firme, não se abalava com o balanço do bote. Seus pés estavam bem plantados no convés enquanto se preparava para desembarcar. A brisa marítima trazia consigo o cheiro de sal e madeira úmida, misturado ao farfalhar distante de coqueiros e às vozes abafadas dos marinheiros ao longe.

O mercado ao ar livre de Pernambuco fervilhava de vida sob o sol abrasador, uma mistura de cheiros intensos de especiarias, frutas tropicais e peixe recém-pescado. O murmúrio constante de vozes preenchia o espaço, com vendedores gritando suas ofertas e compradores negociando animadamente, enquanto pessoas iam e vinham por entre as barracas de palha e madeira, criando um fluxo caótico, mas vibrante. Quatro escravos avançavam lentamente, suas costas curvadas sob o peso de uma grande saca de grãos, equilibradas nos ombros suados, suas faces endurecidas pelo esforço. Não muito distante, um homem puxava com dificuldade uma carroça abarrotada de sacas. O alarido das rodas de madeira sobre as pedras soava pelo mercado.

À margem da praia, um grupo de mulheres, com vestidos de linho desbotados, observava atentamente a chegada dos barcos que cortavam as águas turvas. O movimento no porto era constante. Três homens, com os pés enterrados na areia molhada, puxavam com força as cordas de um barco carregado que se aproximava da costa. O cenário era emoldurado ao fundo pela imponência do forte e pela silhueta majestosa do Palácio de Friburgo. Suas muralhas e torres vigiavam a cidade como sentinelas eternos.

Capitão Cão e Sr. Brasa caminhavam lado a lado, com seus passos decididos pelo movimentado mercado ao ar livre. As barracas improvisadas formavam corredores estreitos, abarrotadas de mercadorias de todos os tipos — frutas tropicais, grãos, peças de metal e tecidos coloridos pendurados ao vento. O cheiro de especiarias e peixe fresco pairava no ar, misturado ao alvoroço incessante dos comerciantes gritando suas ofertas. Atrás deles, dois marujos os seguiam de perto, atentos ao movimento.

Capitão Cão olhou para o lado, com os olhos sempre atentos às multidões que se apertavam nas vielas. Sua expressão era tensa e séria, refletindo a pressa que sentia.

— Escolha um lugar para deixá-los — murmurou em voz baixa, mas firme. — Não podemos demorar.

Sr. Brasa assentiu brevemente. Seus olhos varriam o mercado à procura de um local adequado para o armazenamento das peças. O calor e a agitação deixavam tudo ainda mais sufocante, e ele sabia que qualquer atraso poderia custar caro.

De repente, o som metálico de espadas e botas pesadas ressoou no ar. Uma tropa de vinte soldados irlandeses, liderada pelo Tenente Padilha, surgiu à frente, rompendo a multidão com autoridade. Os soldados marchavam em fila organizada, com suas fardas sujas de poeira, abrindo caminho entre os compradores apressados, que se afastavam com olhares de temor e curiosidade. A figura de Padilha, à frente, lançava olhares rápidos para todos os lados, como se procurasse alguém ou algo.

Capitão Cão e Sr. Brasa pararam por um instante, deixando a tropa cruzar sua frente, enquanto os dois marujos, atrás deles, trocavam olhares tensos.

— Vamos logo — disse Cão em um sussurro grave. — Quanto mais tempo ficarmos aqui, mais riscos corremos.

Sr. Brasa olhou ao redor mais uma vez, antes de acenar com a cabeça e seguir o capitão por entre as barracas, desaparecendo na confusão do mercado.

ENGENHO CASA FORTE

O som de cascos galopando se aproximava pela estrada de terra, ecoando por entre as árvores que cercavam a propriedade isolada. Um homem montado em um cavalo castanho parou bruscamente diante da grande porta de madeira da casa-grande. Ele estava coberto de poeira, com o rosto sério, os olhos fixos na casa. Uma escrava surgiu rapidamente, apressada e silenciosa, e estendeu as mãos em sua direção. Sem dizer uma palavra, o cavaleiro retirou uma carta de sua bolsa de couro e a entregou a ela. Seus dedos se tocaram brevemente no processo. A escrava fez uma breve reverência e desapareceu para o interior da casa, enquanto o cavaleiro puxava as rédeas e partia, cavalgando rapidamente pelo mesmo caminho de onde viera, deixando apenas a poeira flutuando no ar atrás de si.

No interior, a casa estava mergulhada em uma quietude opressiva. No quarto, uma jovem mulher branca, vestida com um pesado vestido preto de luto, estava sentada na beira da cama. Seu rosto, outrora belo, estava marcado pelo sofrimento, com as linhas da angústia começando a se formar em sua pele pálida. Seus ombros curvados carregavam o peso de uma dor silenciosa. Com a cabeça baixa, o longo cabelo castanho escorria, ocultando parte de seu rosto como um véu involuntário. Em suas mãos trêmulas, ela segurava uma carta já aberta, o papel ligeiramente amassado de tanto ser manuseado.

Ao lado dela, sobre a cama, repousava um chapéu negro de aba larga, e, ao lado dele, o envelope que antes continha as palavras que agora pareciam apertar seu peito. A luz fraca que entrava pela janela mal iluminava o quarto, criando sombras que se misturavam aos pensamentos sombrios que a envolviam. Ela não conseguia desviar os olhos da carta, mas também não tinha forças para lê-la novamente. A dor que ela carregava era silenciosa, mas gritava dentro dela, sufocando-a a cada segundo que passava.

PALÁCIO FRIBURGO

Sentado por detrás de sua imponente mesa de madeira escura, o capitão Charles Tourlon, um homem de presença marcante, com a pele clara e o porte alto e elegante, inclinava-se levemente enquanto redigia um bilhete. Seus dedos firmes seguravam a pena, que deslizava com precisão sobre o papel amarelado. A luz suave de uma lamparina tremulava no canto do escritório, projetando sombras dançantes nas paredes de pedra. Alguns papéis estavam espalhados pela mesa, revelando o caos ordenado de quem lidava com negócios importantes. O silêncio da sala só era quebrado pelo sutil som da pena riscando o papel. Do lado de fora, o vento balançava as folhas das palmeiras, como se o destino se contorcesse com os pensamentos de Charles. Ele pausou por um instante, com os olhos estreitos fixos na janela amarelada pelo sol, refletindo uma preocupação profunda.

O que quer que estivesse escrevendo, não era apenas um simples bilhete. Seus ombros estavam tensos, e o leve ranger da cadeira de couro indicava o peso das decisões que ele carregava naquele momento.

Cortando o corredor com um ar de absoluta confiança, Lia, uma mulher de beleza estonteante, exalava poder e sofisticação. Sua pele pálida contrastava com o longo vestido escarlate que fluía como uma onda atrás de si, arrastando suavemente pelo piso de pedra. Cada passo era calculado, como se desfilasse para um público invisível. O grande chapéu adornado de penas escondia parcialmente seus cabelos loiros, mas realçava o brilho nos seus olhos azuis. Um colar de pérolas delicadamente pousava sobre seu pescoço esguio, como o de um flamingo, enquanto seu leque se movia graciosamente entre os dedos.

A luz do sol, entrando pelas janelas altas, parecia escolhê-la como sua musa, iluminando seus passos naquele momento. Ela não anda, ela desfila como se o destino colaborasse com sua entrada. A porta do escritório do capitão Charles Tourlon se abriu suavemente com um rangido, e, em um impulso, Lia correu em direção a ele. Charles, que momentos antes estava concentrado por detrás da mesa, levantou-se rapidamente, com seu olhar fixo nela. Quando finalmente se encontraram, ela o abraçou com uma paixão febril. Seus braços envolviam seu pescoço com intensidade. Os lábios de ambos se encontraram num beijo ardente, de desejo. A respiração de Lia estava ofegante, e ela sussurrou entre beijos, com uma voz sedutora:

— Ah, Charles, sinto como se tivesse esperado uma eternidade para sentir seu toque novamente — sua voz era envolvente, cheia de promessas não ditas.

Charles, ainda a segurando firme, respondeu, com um sorriso discreto:

— Lia... Sempre tão impetuosa. Mas saiba que o tempo nos molda, e há coisas que mudam, mesmo quando não percebemos — sua voz tinha um tom enigmático, como se houvesse algo mais a ser dito, algo escondido entre suas palavras.

Lia ria suavemente, sem perceber o subtexto.

— O que poderia mudar entre nós, meu amor? Sou sua, como sempre fui — ela o encarou com seus olhos cintilantes, confiante de seu lugar no coração dele.

Charles, no entanto, desviou o olhar por um breve instante, um gesto quase imperceptível, mas carregado de significado.

CASA FORTE

A porta do quarto se abriu lentamente, e Ana Paes saiu, com a cabeça baixa e o coração pesado. Seu chapelão negro cobria quase todo o rosto, mas os lábios apertados e os olhos ocultos revelavam o conflito interno. Os passos curtos e hesitantes ecoavam pelo corredor vazio, como se ela carregasse o peso do mundo em seus ombros.

Ao alcançar a escada, desceu cada degrau com cuidado, sentindo como se cada um fosse uma pequena batalha vencida. No penúltimo degrau, parou. Lentamente, ergueu a cabeça, e, por um momento, seus olhos se voltaram para o teto do grande salão. Ela inspirou-se fundo, sentindo o ar preencher seus pulmões enquanto estufava o peito, buscando força nas profundezas de sua alma.

O olhar de Ana se moveu pela sala, como se procurasse algo invisível, um símbolo, um amuleto que lhe desse a coragem para seguir adiante. Cada passo até a porta era uma travessia, uma barreira a ser rompida. Ela sabia que, naquele momento, decidiria seu futuro.

Finalmente, com uma expressão decidida, ela desceu o último degrau e caminhou até a porta com a cabeça erguida, porém inconstante. Do lado de fora, um grupo de cerca de vinte escravos aguardava, ao lado de dois feitores segurando chicotes. Ana Paes se aproximou deles, retirou o chapelão com um gesto firme e o jogou de lado, revelando um rosto de pura determinação.

Com a voz firme, Ana Paes começou:

— Hoje se inicia uma nova era no Engenho Casa Forte.

Ela começou a caminhar de um lado para o outro, com os olhos fixos nos escravos. Sua voz crescia à medida que tomava o controle da situação.

— No ano passado, a doença levou meu marido. Que Deus o tenha! — ela fez uma breve pausa, e o ar pesado parecia acompanhar seu pesar. — E a peste devastou nossas plantações. Foi um tempo sombrio e, sim, adquirimos uma dívida que parecia impossível de pagar. Mas tudo isso agora é passado.

Ela fez uma pausa dramática, deixando que as suas palavras soassem por um instante, enquanto os escravos, antes cabisbaixos, agora levantavam a cabeça, atentos ao que ela dizia.

— Hoje, renascemos! O sol brilhará novamente sobre o Engenho Casa Forte! Mas saibam, haverá chuva, sim, mas apenas para regar a terra fértil. Os dias de escuridão e de céu nublado terminaram. A partir de agora, vivemos sob o sol. E todos aqui têm um papel a cumprir nesta nova era! O luto também acabou.

Com um olhar intenso, ela se virou para o feitor Bambina e, com autoridade, ordenou:

— Prepare meu cavalo. Hoje não é dia de perder um engenho para o Dom Augusto — ela vira-se e entra na casa-grande.

O sol brilha intensamente no céu azul, iluminando o campo ao redor. Ana Paes volta, agora em um vestido claro que rompe com o luto, ajeita o grande chapelão de abas largas, onde um laço vermelho balança ao vento. Com um suspiro leve, guarda o saquitel junto ao peito, sinalizando que está pronta para seguir em frente.

Com um gesto decidido, monta em seu cavalo, que relincha, impaciente. Ao seu lado, Bambina já a aguarda montado, observando-a com admiração e certa surpresa pela transformação de Ana. Os dois trocam um breve olhar e então, juntos, galopam, levantando poeira pela estrada enquanto o vento varre os últimos vestígios de seu passado.

Ana Paes e Bambina se aproximam da casa grande do Engenho Capibaribe em um galope decidido. O som dos cascos reverbera pelo terreiro. Ao chegarem, o cavalo de Ana trota em círculos, inquieto, como se refletisse a própria urgência da dona. Um escravo, com as mãos cruzadas sobre o corpo e a cabeça inclinada, aproxima-se sem ousar levantar o olhar.

Ana Paes, com voz firme, diz:

— Onde está Dom Augusto?

O escravo hesita por um instante. A voz sai quase num sussurro.

— No... no mercado, senhora.

Ana, sem responder, puxa com firmeza as rédeas. Seus olhos estão determinados. Em um rápido movimento, espora o cavalo, que dispara em galope, com Bambina seguindo logo atrás, sem uma palavra, mas com a expressão atenta. A poeira se levanta e os escravos, a distância, observam, trocando olhares cautelosos enquanto o eco dos cascos se esvai pela estrada.

Enquanto o leilão tem início, os senhores de engenho formam pequenos grupos, conversando e observando com olhos calculistas os escravizados que são trazidos para a exibição. Dom Augusto, homem de idade avançada, alto, forte e com uma barriga que marca sua postura altiva, mantém a expressão fechada enquanto analisa a cena ao lado de Emiliano, um homem que as marcas do tempo denunciam ter a idade semelhante, magro, baixo e calvo, proprietário do Engenho Girassol. Seus olhares convergem para Joana e outros escravizados, trazidos em correntes para o leilão. Dom Augusto puxa o ar pelo nariz com um sorriso contido:

— Hoje, enfim, trouxeram algo que vale a pena.

Emiliano esboça um sorriso sarcástico, mexendo os ombros em falsa despreocupação com seus olhos encontrando Joana.

— Da última vez, não tínhamos nada de bom. Quero uma negrinha... para os serviços domésticos.

Dom Augusto, com um olhar malicioso, diz:

— Só uma? Você está pegando leve, Emiliano!

Emiliano, com risada baixa, diz:

— A colheita foi boa este ano. Quem sabe eu leve dois lotes.

A conversa deles é interrompida quando o leiloeiro, um homem de cerca de cinquenta anos, extrovertido e com um olhar perscrutador, sobe no palanque. Seu sorriso é cínico enquanto acena para o público. Apontando os braços abertos para o grupo, diz:

— Aproximem-se, senhores. Aproximem-se! O que temos hoje são peças de primeira!

Ele caminha com passos largos e seguros, exibindo escravizados com gestos rudes, apalpando braços e ombros, inspecionando cada um, homens e mulheres. Ao alcançar uma mulher, ele para e olha para o público com um sorriso de canto de boca.

— Mulheres para o serviço doméstico... ou para a lavoura. Elas servem para tudo. Sei que os senhores me entendem.

Um murmúrio de risadas percorre o público. Alguns olhares cúmplices se cruzam. Ana Paes, montada em seu cavalo, passa pelos homens sem desviar o olhar, mas Dom Augusto a observa com um sorriso.

Dom Augusto, provocador, diz:

— Parece que a colheita vai render bons frutos para todos nós, hein?

Outros senhores de engenho se juntam ao redor, entre eles Bartolomeu, do Engenho Favo de Mel; Sr. Gonçalves, do Água Branca; Sr. Silva, do Cana Longa; e Sr. Costa, do Novo Horizonte, todos em idade aproximada. Bartolomeu levanta a mão e, aproximando-se do leiloeiro, firmemente diz:

— Quero que separem os meus.

O leiloeiro dá uma risada áspera, acenando para ele. Em tom zombeteiro, diz:

— Calma, calma, senhores! Há peças para todos, sem pressa. Vamos começar com grupos de vinte, uma melhor que a outra.

Com um sorriso astuto, ele indica uma área ao lado.

— Levem suas aquisições para lá, inspecionem bem. Todos saem satisfeitos, não é mesmo?

Emiliano, ansioso, também levanta a mão, separando alguns dos escravizados, incluindo Joana e Edu. À medida que mais compradores erguem as mãos, o leiloeiro percebe que o estoque está diminuindo rápido e faz um sinal para trazer mais escravizados. A tensão aumenta enquanto ele aguarda, e os senhores de engenho, já impacientes, mantêm os olhos atentos, aguardando suas aquisições.

O galpão está abafado e repleto de escravizados. O cheiro de suor e medo está impregnando o ar. Os marujos passam entre os cativos, puxando correntes com brutalidade, examinando e arrastando os homens e mulheres, marcados pela fadiga e pela sujeira. Cada saída reduz a multidão silenciosa e tensa, enquanto os que restam lançam olhares desesperados.

Uma longa fila começa a se formar do lado de fora. No meio, Sabina luta para se soltar, com os olhos febris e o corpo trêmulo de exaustão. Seus lábios se movem num grito: — Nego! — e ela olha de relance para o interior do galpão, procurando desesperadamente por ele.

No galpão, Nego, ao perceber que Sabina é levada, contorce-se contra as amarras, com os músculos se retesando a cada movimento. Em um surto de fúria, ele se joga sobre o vigia que o segurava, derrubando-o ao chão com a força de um tronco caindo. Outro vigia se aproxima, mas Nego o empurra com uma cabeçada feroz, arrancando gritos de alerta dos marujos ao redor.

Dois homens mais fortes, com mosquetes firmes nas mãos, avançam contra ele. Um deles desfere uma coronhada certeira em suas costas, derrubando-o de joelhos. Outro golpe atinge sua cabeça, e Nego é forçado ao chão, com o olhar febril de luta cedendo gradualmente à exaustão.

Sabina é levada e sua figura, cada vez mais distante, desaparece entre as filas, enquanto Nego, contido e enfraquecido, ainda tenta erguer a cabeça, determinado, mas impotente.

A praça do mercado está vazia, com apenas algumas carroças ao longe, levando os últimos escravizados. Grupos de senhores de engenho se afastam a cavalo, conduzindo suas peças a pé pelas estradas de terra, deixando uma nuvem de poeira no ar. Agora, apenas Ana Paes e Dom Augusto permanecem.

Dom Augusto, com um sorriso sombrio e olhar carregado, aproxima-se de Ana, que mantém uma expressão séria e resoluta.

— As peças já estão acabando. Veio só olhar, ou pensa em negociar?

Ana Paes, firme, olha-o nos olhos e diz:

— Não te devo satisfação, Augusto.

Dom Augusto, puxando um pequeno riso cínico, responde:

— Me deve, sim. Um engenho. O prazo está se esgotando, e eu sei que você não vai conseguir pagar. O tempo corre, Ana.

Ana Paes aproxima-se um passo e diz com a voz firme:

— Hoje mesmo fui ao seu engenho. Enquanto o dia não chegar, mantenha seus capangas longe das minhas terras. Não quero eles rondando o meu engenho como urubus.

Enquanto Ana mantém o queixo erguido, desafiando o olhar de Dom Augusto, nesse instante, a voz do leiloeiro soa ao longe, carregada pela brisa. Voz distante, mas clara:

— Senhores, estamos chegando ao final... mas parece que ainda temos os últimos lotes de peças.

As peças restantes são levadas à frente do tablado, com olhares cansados e corpos marcados pela desnutrição. Homens, mulheres, três crianças e um idoso compõem o último grupo. Entre eles, Nego, que tenta manter o queixo erguido, apesar do cansaço evidente.

O leiloeiro ergue a mão, anunciando com uma voz arrastada e sádica, e as palavras gotejam com ironia:

— As melhores peças ficaram para o final, meus senhores. Homens e mulheres, com a mesma... qualidade.

Dom Augusto caminha entre eles, com seu olhar avaliando cada um. Ele levanta os queixos de alguns com a ponta dos dedos, separando homens, mulheres e uma das crianças para si, incluindo Nego. Os demais, doze figuras esqueléticas, permanecem de lado, aguardando seus destinos incertos. Entre elas estão Morena e Francisca, um homem idoso, e as pequenas Maria e Marta, todas com olhos fundos e pele amarelada pela fome.

Dom Augusto entrega ao financeiro um saquitel que, ao cair na mão do homem, revela seu peso pelo som abafado das moedas. Ele se vira para Ana Paes com um sorriso sarcástico, um brilho de desafio no olhar, antes de levar suas peças embora, desaparecendo entre a poeira levantada pelos cavalos.

Ana Paes avança para o leiloeiro. Sem hesitar, declara firme, decidida:

— Levo todos eles.

Ela abre um saquitel desbotado e deposita-o na mesa, sacudindo-o até que as moedas escassas caiam, espalhando-se em um som fino e metálico. O financeiro, com um olhar impassível, conta rapidamente e ergue os olhos, impassível, frio e distante:

— Com isso, senhora, não leva nem a metade.

Ana Paes observa os rostos exaustos e abatidos dos escravizados. Em silêncio, retira a aliança do dedo e a coloca na mesa, a única coisa de valor que lhe restava. O financeiro olha para o objeto, hesita, mas a recolhe, abaixando a cabeça em um gesto de aceitação.

Ao longe, a figura imponente de Dom Augusto e seus feitores avançava, conduzindo suas novas peças como se fossem meros gados. Nego seguia entre elas, algemado e com os pulsos machucados pelo ferro, o corpo firme, mas os olhos carregados de cansaço e revolta. Os feitores, com chicotes em mãos, mantinham o grupo alinhado, a ponta do látego pronta para corrigir qualquer hesitação.

A cada passo, as correntes balançavam, soando pelo caminho poeirento, e o olhar de Nego se perdia no horizonte, onde o Engenho Capibaribe se erguia como uma sombra de desespero.

PRIMEIRA MANHÃ

Os primeiros raios de sol brilham sobre as copas das árvores, e o dia, para uns, deveria ser esquecido; para outros, só mais um dia qualquer. Um quarteto de homens a cavalo se aproxima na estrada de chão, trazendo, puxados e amarrados na sela de um dos cavaleiros, uns seis escravos presos a correntes.

Homens, com rostos cobertos, armados com espadas e pistolas, apeiaram-se de seus cavalos no Engenho Alvorada. Com eles, uns poucos negros acorrentados. Cabisbaixos, olham para o chão, com olhares vazios.

Os seus algozes, porém, têm a arrogância típica dos capitães-do-mato, os violentos caçadores de escravos fugitivos. Os capitães-do-mato entregam os seis escravos acorrentados a João Fernandes, homem alto, de um metro e oitenta de altura e de quarenta e cinco anos, de aparência serena, que chega com duas vigias. Eles os recebem, ele ergue o queixo, arqueia a sobrancelha e joga uma sacola de moeda ao capitão-do-mato. Um deles recebe a saquitel com seu olhar firme. Da mesma forma que chegaram, sem falar nada, ambos montaram de volta em seus cavalos e, dando esporadas em seus animais, partiram a galope, indo embora.

João Fernandes meneia a cabeça e manda que os seguranças levem os escravos capturados para a senzala de homens magros e raquíticos. Ele, com seus passos largos, caminha para a casa-grande.

Com a mesa posta para um café da manhã, João Fernandes senta-se e uma escrava entra para servi-lo. Ele pega um pedaço de bolo na travessa. A escrava põe leite em um copo que logo passa a mão e leva à boca, bebendo de uma só vez. Após se alimentar, levanta e vai à janela, acende um cigarro de palha e, com olhar fixo e pensativo, vê seus escravos na lida. Naquele momento, os pensamentos de João Fernandes poderiam ser diversos, inclusive nos bons tempos, quando os portugueses estavam no controle da capitania.

ENGENHO CAPIBARIBE

Os escravos no canavial trabalham cortando e limpando as canas como máquinas. Não param nem para respirar sob os olhos dos feitores. Um deslize qualquer e o chicote cantava, para mostrar a realidade agora. Fazendo os molhos, e entre eles estava Nego, que carregava os feixes e empilhava nas carroças. Vigiados por cinco vigias e pelos feitores, que aceleravam os serviços chicoteando quem eles achavam que estava de corpo mole. Um escravo de avançada idade, com um feixe na mão, desequilibra e cai. Recebe a punição do feitor, sendo chicoteado:

— Deixa de preguiça, velho maldito! Não aguenta nada, então morre!

Nego entrou na frente, recebendo o castigo em umas das chibatadas, segurou o chicote e puxou, derrubando-o. Seus olhos se encheram de ódio, e ele franziu a testa, querendo avançar sobre ele e esmagá-lo com as suas mãos. Porém, os vigias chegaram, dando coronhada e rendendo-o, e de repente, ele percebe que nada podia fazer senão deitar-se no chão de braços abertos, pronto para ser castigado pelo feitor, que se levantou transtornado e desferiu algumas chicotadas, marcando suas costas. Dom Augusto se aproxima com dois seguranças, e o feitor para de castigá-lo. Dom Augusto anda ao seu redor com o chicote na mão. Apontando para o seu rosto, mandou levantá-lo:

— Aqui ninguém recebe o castigo destinado a outro. Leva-o, coloca o boi para descansar e aparelha esse negro para arar a terra.

Foi levado para uma área de equivalência há dois mil e quinhentos metros quadrados. Retirando o aparelho do boi, é posto nele.

Lia sempre gostou de assistir aos castigos dos escravos e talvez já quisesse ver os negros serem castigados porque ela ainda é pior do que o seu pai. Crueldade para ela é pouco. E puseram o jugo nele para arar a terra.

Lia anda pela propriedade, viu o escravo arar a terra e se aproximou, entretanto, dois vigias armados a interceptam.

— Senhora Lia, ele é novo aqui, não é de confiança.

Lia franze a testa e diz:

— Ah, tá.

Ela olha de lado e volta para casa, interrompendo sua caminhada na propriedade.

ENGENHO NOVO HORIZONTE

O sol ardia alto no céu, lançando uma luz impiedosa sobre o pátio do engenho, onde todos os escravos estavam alinhados em fileiras silenciosas. O som abafado de murmúrios nervosos se dissipava rapidamente no ar pesado, à medida que cada um sentia o peso da nova realidade que se instalava ali. Entre as fileiras, o senhor Costa, com uma expressão severa e impenetrável, caminhava lentamente. Seu olhar frio examinava cada rosto. Os escravos, com os ombros curvados e os olhos fixos no chão, sentiam a tensão crescente. Sabiam que as coisas estavam mudando, mas a incerteza do que estava por vir era mais aterrorizante do que o que conheciam antes. O silêncio do pátio era interrompido apenas pelo som ritmado das botas de couro do senhor Costa, que pareciam marcar um compasso de autoridade e controle. Quando seus olhos encontraram Sabina, ele parou, como se estivesse avaliando uma mercadoria de valor.

Uma jovem de olhar firme, mas ansioso. Com um gesto brusco, ele a separou das fileiras e a colocou à parte.

— Você vai para o trabalho doméstico — disse ele, com sua voz grave cortando o ar como uma lâmina. Sabina ergueu os olhos por um instante, tentando compreender o que aquilo significava para ela, enquanto os outros escravos trocavam olhares rápidos, sentindo que algo estava prestes a mudar.

O senhor Costa voltou-se novamente para os demais. Sua presença dominava o espaço, e a sensação de que uma nova ordem se instaurava ali tomou conta de todos. Era como se um novo capítulo estivesse sendo escrito naquele momento, um capítulo no qual o poder e o controle eram mais densos, e as incertezas, mais profundas. No fundo da fileira, Afonso assistia a tudo em silêncio, com as mãos cerradas ao lado do corpo. Enquanto Sabina dava os primeiros passos para fora da fileira, os olhos dela encontraram os de Afonso. Havia um misto de medo e resignação em seu olhar, mas algo mais profundo passou despercebido aos outros. Afonso, porém, captou aquela mensagem silenciosa e sentiu uma onda de emoções conflituosas. O desejo que o despertava, oculto sob o véu da convivência.

Afonso continuou observando enquanto Sabina se afastava. O peito estava apertado pelo que poderia seguir. Ele sabia que agora, mais do que nunca, precisaria ser cuidadoso.

Juraci, uma mulher branca de quarenta e oito anos, aproximou-se ao lado de Noemi, a escrava de confiança da casa, enquanto observava a escolha do marido. Seus olhos, atentos a cada movimento, refletiam a reprovação que sentia, mas que não ousava expressar em voz alta.

Ela suspirou profundamente, com a mão pousada sobre o ventre num gesto automático de nervosismo.

— Não muda nunca — murmurou para si mesma, balançando a cabeça em um gesto de desaprovação. Sabia que questionar a decisão de seu marido era inútil, uma batalha perdida antes mesmo de ser iniciada. Sabina, com sua beleza singela, sempre despertara um leve ciúme em Juraci, mas era uma jovem simpática, alguém que não nutria malícia. Juraci conhecia bem o homem com quem havia se casado e as tentações que poderiam passar por seus olhos. Sua maior preocupação, no entanto, não era com o marido, mas com o filho. Com um movimento decidido, Juraci pegou Sabina pelo braço e, sem dizer mais nada, conduziu-a para o interior da casa-grande. Seus pensamentos já estavam ocupados com os próximos passos para proteger aquilo que mais lhe importava.

Na casa-grande, o ambiente estava impregnado com o cheiro de cera e madeira polida, contrastando com o peso das palavras de Juraci.

Juraci ordenou Noemi que lhe desse roupas limpas e pediu à escrava que mostrasse o serviço da casa.

E alertou Sabina.

Juraci enruga a testa e diz:

— Qualquer coisa que lhe acontecer, me passa. Não me esconde nada!

Juraci sabia o porquê das recomendações, mas não iria se expor antecipando-se.

Sabina mantinha o olhar fixo no chão. O coração acelerava enquanto ouvia as instruções da senhora. A cada palavra, ela apenas mexia a cabeça positivamente, aceitando seu destino com a resignação que lhe restava. Seus olhos, entretanto, não conseguiam esconder a emoção; o brilho das lágrimas ameaçava escapar, mas ela se esforçava para mantê-las contidas.

Quando Juraci terminou, Noemi, que observava tudo em silêncio, aproximou-se e, com um gesto delicado, conduziu Sabina pelo corredor escuro até um pequeno cômodo. A única iluminação vinha de uma lamparina, cujo pavio liberava uma fumaça negra e densa que subia em espirais lentas pelo ar. No canto, uma cama de solteiro, e algumas esteiras de palha estavam amontoadas ao lado de um baú de madeira. Noemi passava algumas noites naquele lugar para fazer tarefas em dias especiais, mas seu verdadeiro descanso seria, como sempre, na senzala.

Sabina, ainda com os olhos marejados, olhou ao redor do quarto, sentindo o peso do que estava por vir. Noemi soltou um leve suspiro.

Sabina permanecia imóvel. Suas mãos trêmulas pendiam ao lado do corpo, enquanto observava Noemi remexer em um baú desgastado, em busca de algo que lhe servisse. O som do atrito das mãos da escrava mais velha com o tecido envelhecido. A cada peça que Noemi puxava, Sabina sentia o peso de sua realidade. Estava em um mundo que parecia mais cruel do que qualquer pesadelo que já tivesse ousado imaginar. Era como se a vida que conhecia estivesse sendo arrancada dela, fio por fio.

Seus pensamentos corriam em turbilhão.

"Eu poderia fugir", ela ponderou, com suas mãos se fechando. Uma ideia sombria atravessou sua mente como um trovão: "E se eu estrangulasse Noemi? Aproveitaria o momento e correria...".

Mas logo veio a racionalidade, sufocando as faíscas de esperança.

"Não. Não tenho força. E mesmo se conseguisse chegar à porta da casa-grande, alguém me alcançaria. Eu seria pega".

As lágrimas brotaram em seus olhos, traindo sua tentativa de parecer forte. Ela piscou rápido, tentando afastá-las, mas o peito doía com a certeza de sua impotência. Lentamente, ela respirou fundo e descartou as ideias desesperadas.

Noemi ergueu uma blusa de linho branco amarelada pelo tempo e olhou para Sabina.

— Essa deve servir — disse com a voz firme, mas cansada.

Sabina não respondeu. Apenas assentiu, com o olhar fixo no chão.

Noemi se aproximou, estendendo a roupa.

— Ponha isso e enxugue essas lágrimas, menina. Aqui, ninguém tem tempo para fraquezas.

Sabina pegou a blusa com dedos hesitantes. Noemi deu-lhe as costas, voltando a mexer no baú.

— E, se eu fosse você, tiraria essas ideias de fuga da cabeça — completou Noemi, sem olhar para trás. — O engenho é maior do que você imagina. Não há como sair daqui sem ser vista.

O peito de Sabina apertou, como se suas próprias intenções tivessem sido lidas. Mas, ao invés de negar, ela permaneceu em silêncio, deixando suas lágrimas caírem silenciosamente enquanto segurava a blusa contra o peito.

Noemi, com a serenidade de quem já testemunhou muito na vida, estendeu o braço, segurando um vestido. O tecido, mesmo desgastado e remendado, parecia uma relíquia diante dos trapos que ela vestia. Para Sabina, porém, aquele vestido representava muito mais que um simples pedaço de pano; era um símbolo da liberdade perdida, um fragmento de uma vida que há muito deixara para trás. Hesitou por um instante. Com um meneio de cabeça, Noemi incentivou-a a pegar o vestido.

— Pega, vamos — disse sabendo que aquela nova fase seria marcada por espinhos e dificuldades.

Sabina, com os movimentos lentos, começou a levantar o vestido que vestia. À medida que o tecido saía e seu corpo ficava exposto, uma lembrança dolorosa lhe atravessou a mente. A última vez que se sentira verdadeiramente livre. Suas memórias a levaram de volta ao Kongo, ao dia fatídico em que tudo mudara.

Flashes de sua vida anterior surgiram em sua mente: ela correndo ao lado de Nego, o calor do sol em sua pele, o riso compartilhado entre seu povo. Logo essas imagens foram substituídas por cenas brutais — a captura, as correntes apertando seus pulsos, o grito desesperado de sua gente sendo arrastada, o som cruel do chicote do capataz cortando o ar. A dor a trouxe de volta à realidade com um sobressalto.

TAVERNA

O ar da taverna era preenchido pelo burburinho das conversas e pelo tilintar das canecas sobre as mesas de madeira gastas. Entre os frequentadores, duas mulheres deslizavam com destreza, equilibrando bandejas e desviando-se uma da outra em uma dança ensaiada pelo hábito. Por vezes, um quase tropeço arrancava risos ou olhares cúmplices, mas logo retomavam o ritmo no alvoroço de atender a todos. Por trás do balcão rústico, tingido no tom esverdeado de umbu, o Sr. Hinho as observava com atenção. Baixo, franzino e calvo, seus olhos experientes percorriam o salão, atento a cada detalhe, como um maestro conduzindo sua orquestra de vozes, cheiros e movimentos. Tenente Padilha, sozinho e sentado em uma mesa, toma um longo gole da cerveja e descansa a caneca sobre ela e continua a segurá-lo pela alça; com seus olhos fixos na borda dela, desliza seu dedo indicador, dando voltas. Percebe se aproximando Bernadete, branca, altura mediana, de trinta anos, com um jarro na mão, para servi-lo. Diante dele, com trocas de olhares, ela abre um sorriso. Sua boca avermelhada, combina com seu cabelo ruivo e seus olhos cor turquesa. Tenente Padilha ergue o queixo e retribui o sorriso.

— Vamos para sua casa hoje? — disse para ela. — Vou te levar para casa.

Bernadete leva o dedo no copo de cerveja e o coloca em sua boca.

Bernadete, sorrindo, diz:

— Que horas você chega? Porque me levar para casa, você nunca tem tempo. Então, eu não vou te esperar.

Ten. Padilha, sorrindo para ela, diz:

— Antes que a lua se coloque no meio do céu, eu chego.

Capitão Charles adentra no estabelecimento para beber com o Tenente e se senta à mesa, e logo observa o comportamento deles, que também não há nada a esconder. Em outra mesa, João Fernandes e Filipe Camarão estão bebendo em uma mesa mais para o fundo da taverna. Capitão Charles acena, convidando para juntar-se a eles.

Eles se aproximam, puxam as cadeiras, sentam-se à mesa e estendem as mãos para se cumprimentarem.

— Como vão os negócios? — disse o capitão Charles para João Fernandes. — Fiquei sabendo que você capturou uns negros fugitivos.

— Eles fogem, e eu os capturo, para a roda continuar seu giro. A coisa não está fácil. Tem que entrar a moeda de algum lugar.

João mexe os dedos indicador e o polegar e franze o lado dos lábios.

— Você já é um dos homens mais afortunados da região. Vai ficar chorando? É ou não é, Filipe Camarão? — disse capitão Charles.

Tenente Padilha arqueia as sobrancelhas.

— Às vezes o tempo não é ocupado por falta de uma mulher — disse Tenente Padilha para João Fernandes.

Filipe Camarão diz:

— Concordo contigo — ele pega o copo e ergue. — Vamos fazer um brinde à mulher.

— Três solteiros e só um casado. Está faltando mulher? — pergunta João Fernandes, arqueando a sobrancelha.

— Talvez esteja faltando é coragem — disse Filipe Camarão. Ele ergue a mão e mexe em sua aliança para cima e para baixo. — Vocês não têm coragem de colocar o bambolê no dedo.

Capitão Charles ergue o copo e diz:

— Então vamos brindar à mulher, à coragem e ao bambolê de palhaço.

Tenente Padilha pega seu copo com um sorriso largo no rosto já avermelhado e diz.

— À mulher, à coragem, ao bambolê de palhaço e ao sexo!

— Antes vamos fazer uma aposta: quem coloca o bambolê de palhaço primeiro no dedo? — disse João Fernandes erguendo as sobrancelhas.

Os três vão puxando algumas moedas do bolso e colocando sobre a mesa.

Juntos, eles levantam seus copos para brindar e dizem:

— À mulher — diz o capitão Charles. — À coragem — diz o João Fernandes.

Eles levantam o dedo médio e dizem com um sorriso sarcástico juntos.

— Bambolê de palhaço.

— E o sexo! — diz em tom alto o Tenente Padilha.

Bernadete se aproxima com um jarro na mão e seu sorriso estampado nos seus lábios avermelhados.

Tenente Padilha se vira para ela e descansa sua mão na cintura dela e diz:

— A mulher já chegou. Falta só a coragem e o sexo!

João Fernandes ergue o queixo, encontra o olhar de Bernadete e esboça um sorriso.

— Enche os nossos copos. É que às vezes a coragem só vem depois do copo cheio — diz Tenente Padilha.

Bernadete retira o braço do Tenente Padilha da sua cintura e enche os copos de cerveja que estavam sobre a mesa. Em seguida, ela segue para o balcão.

Do lado de fora, inicia-se um falatório, e os clientes que estão na taverna começam a ouvir os gritos de uma mulher no pelourinho.

— Socorro, socorro... Não, não, por favor! Me ajudem!

Todos saem para ver. Aproximam-se da roda de curiosos que estão observando João Fernandes, capitão Charles, ten. Padilha e Filipe Camarão.

Oliva, mulher de Bartolomeu, está sendo severamente punida por adulterar com um escravo na fazenda. Transtornado, a cada vez que levanta o chicote, a sua expressão de raiva aumenta.

No meio da multidão que está assistindo, Bernadete se infiltra buscando um lugar para ver o que está ocorrendo. Com olhar de reprovação, se pudesse dizer em voz alta, todos iriam ouvir o que seu pensamento repudiava naquele momento: "Até quando isso continuará a acontecer?". Um rosto belo e alegre estava perplexo com o que estava acontecendo. Poucos os momentos em que Bernadete ficou tão enraivecida. A última vez foi quando seu marido foi morto pelos holandeses que o degolou. Mesmo após ter se rendido o puseram no meio da praça. Suas lágrimas, que se misturam com a tintura que torneia seus olhos, borram seu rosto por tamanha crueldade.

Presa no tronco, sua pele alva é marcada pela correia do chicote. Suas costas à mostra vão revelando os vergões avermelhados à medida que o chicote corta o ar e a encontra estalando na pele. Suas pernas vão perdendo as forças, desfalecendo, ficando apenas presas às mãos.

Capitão Charles se aproxima, franze a testa e intervém, segurando o braço do Bartolomeu.

Bartolomeu, espumando pelo canto da boca, ergue as sobrancelhas, virando-se para o capitão Charles desmedido. Força o braço tentando soltá-lo.

— É meu direito! — diz Bartolomeu.

— Se continuar, você vai matá-la. Se acontecer, vai preso. É a lei. Ela já foi punida — diz capitão Charles. — Leve-a para casa. Dentro de sete dias, eu irei lá. Se algo a mais acontecer com ela, eu cumprirei a lei. Tu serás responsabilizado.

Ten. Padilha se aproxima e dá a palavra de ordem para todos se retirarem.

— Vamos, vamos todos! Acabou!

Todos vão se dispersando. Ele vai ao ouvido do Bartolomeu:

— Cadê o negro?

Bartolomeu vira o rosto erguendo a sobrancelha e o fita o Tenente Padilha. Seu pensamento vai ao longe: "Onde está o negro?". O escravo amante está esticado no chão amarrado pelos pés e mãos, todo lanhado pelo coro do chicote e amarrado em cima de um formigueiro de formigas vermelhas que o estão devorando.

Bartolomeu volta do seu pensamento e diz:

— O negro está recebendo seu castigo.

Tenente Padilha completa:

— Depois de sete dias, você pode colocá-la para fora de casa.

ENGENHO CAPIBARIBE

Nego é trazido por dois capatazes e um segurança com mosquete em punho. Acorrentado, com o queixo baixo e ouvindo o tilintar das correntes umas nas outras. Nunca passou pela sua cabeça viver uma vida de escravidão e, pior, longe da mulher que sempre amou. Seu desejo sempre foi de ter um lar e filhos com ela, mas agora o que planejar para fugir? E ir para onde? Entranhar-se por dentro dos matos? E depois, viver sem saber por onde Sabina se encontra. "Não, tenho de tentar encontrá-la". Sua mente fervilhava de pensamentos. Sem que Nego perceba, o ranger das dobradiças enferrujadas faz com que ele erga a cabeça, e um grande portão de madeira se abre diante dele, e, conduzido até o fundo da senzala, é preso em um dos dois ferrolhos, que estão fixados no chão como uma cruz.

Nego é posto sentado pelos capatazes com uma das mãos presas. O segurança estava com o mosquete ainda em punho na entrada. A porta se fecha, e entre as frestas das tábuas os últimos raios de sol insistem em entrar, e logo se ouve o ranger das dobradiças. É o portão se abrindo. Lia adentra a senzala com sua mucama, e ambas se aproximam de Nego. Ela ordena a mucama:

— Levanta ele!

Uma jovem negra de aparência de vinte e dois anos o ajuda. As correntes correm por entre o ferrolho, e Nego fica de pé.

Lia o rodeia examinando-o de cima a baixo. Nego fita o chão. Ela passa a unha de um lado a outro nos ombros pelas suas costas.

— Tu serás um bom negro aqui. Basta não ser rebelde. Precisa aprender onde é o seu lugar — ela o olha de cima a baixo outra vez e ordena sua mucama que deixe a senzala.

PRIMEIRA NOITE

Bernadete está completando as canecas de cerveja. O capitão Charles levanta sua caneca e diz:

— O palácio vai oferecer uma grande festa para comemorar a grande colheita deste ano. E eu faço questão da presença dos senhores. Sem desculpa. Aliás, eu estou convocando vocês a comparecerem. Meu amigo João Fernandes — capitão Charles dá um sorriso de canto da boca —, você continua capturando negros fujões?

— Ainda existem quilombos ativos lá pelos Palmares? — questiona Tenente Padilha.

— Não. Alguns negrinhos chegam até lá, mas o local está em ruína. Fica fácil de prendê-los — diz João Fernandes.

Filipe Camarão assentiu com a cabeça.

Tenente Padilha franze a testa e diz:

— Estou ouvindo rumores de que senhores de engenho estão insatisfeitos com a companhia ocidental, que está cobrando juros altos.

João Fernandes arqueia as sobrancelhas.

— Quem fica satisfeito?

Capitão Charles pega o copo na mesa.

— Oh, vamos deixar de bafafá. Viemos aqui para beber e não para trabalhar. Outro dia faremos um encontro para o trabalho.

Naquela noite abafada no Engenho Novo Horizonte, Sabina entrou na senzala com um pano fino nas mãos. A luz fraca das lamparinas, e a sensação de aprisionamento. Ela deitou-se entre os outros escravos, mas sabia que o descanso não viria fácil. A noite seria longa.

Seus olhos permaneciam abertos, fixos no teto escuro, enquanto tentava controlar a respiração acelerada. O som monótono dos grilos de repente foi abafado pelo rangido da corrente que fechava o portão. Em seguida, ouviu-se o clique seco do cadeado trancando a saída.

Logo, soluços baixos começaram a ecoar ao seu redor. Sabina reconheceu que não estava sozinha naquela angústia. Outros, assim como ela, enfrentavam a primeira noite naquele lugar sombrio. Ao se virar na esteira, sentiu uma mão fria pousar com firmeza em seu ombro. Seu coração disparou e seus olhos se arregalaram no escuro.

— Se acalme, minha filha — disse uma voz rouca, mas gentil, que Sabina logo reconheceu. Era Noemi. — Você precisa dormir. Amanhã será outro dia.

O tom materno de Noemi trouxe um breve alívio ao medo que apertava o peito de Sabina. Lentamente, ela fechou os olhos, mas o sono ainda era um visitante distante.

O SONO DO ANJO

Na casa de Bernadete, o silêncio da noite foi rompido por batidas firmes e apressadas na porta de madeira. Ela segurava a lamparina com uma mão trêmula e, ao abrir a porta, o brilho amarelado da chama iluminou a figura do Tenente Padilha.

— Mas o que é isso? — murmurou Bernadete, mantendo a voz baixa. — Vai acabar acordando o meu filho.

Sem hesitar, o tenente entrou na casa, com o olhar intenso fixo nela. A simplicidade do lar era compensada pela ordem e limpeza. Bernadete colocou a lamparina sobre a mesa.

— Achei que já estivesse dormindo — disse ele, com a voz rouca de cansaço e desejo.

— Você disse que viria. Fiquei esperando — ela, com o olhar desafiador suavizado por um sorriso discreto.

— Na próxima vez, entre sem bater.

Antes que Bernadete completasse a frase, Padilha a puxou para perto. Seus corpos colaram em um movimento rápido. Beijou-a ardentemente, uma explosão de desejo contido. As mãos dele logo percorriam seu corpo com avidez, sentindo cada curva, cada centímetro da pele dela, como se quisesse memorizar cada detalhe. A respiração de ambos acelerou enquanto tropeçavam pelos poucos móveis da sala. O som abafado dos passos ecoava pelo chão de madeira.

A luz bruxuleante da lamparina lançava sombras dançantes nas paredes enquanto eles se aproximavam do quarto. Ao entrarem, Bernadete sussurrou apressada, com o olhar se voltando para o canto onde seu filho de dois anos dormia tranquilo.

— Devagar, Padilha! — ela o segurou pelo braço, tentando controlar os movimentos dele. — Você vai acordar o menino.

Padilha riu baixinho, os lábios ainda próximos dos dela, e então suavizou o toque, os olhos brilhando, mas agora com um cuidado que misturava desejo e paixão.

Na senzala, a luz fraca de uma única vela tremulava no canto, lançando sombras alongadas nas paredes de barro. Babu se levantou de sua esteira. Seus passos eram curtos e silenciosos no chão de terra batida, e, ao se aproximar de Nego, estendeu a mão com uma cuia com água.

— Toma. Bebe — disse com sua voz baixa.

Nego virou lentamente o rosto na direção de Babu. A exaustão nos olhos do guerreiro refletia o peso de mais um dia nas correntes. Em silêncio, ele aceitou a cuia, mas hesitou antes de beber. Ao redor deles, outros escravos começaram a se aproximar, formando um círculo de olhares silenciosos. Um deles colocou um prato com pão e tutu de farinha diante de Nego, um gesto humilde de solidariedade.

Uma negra idosa rompeu o círculo e parou à frente de Nego. Seus olhos, pequenos e brilhantes sob as rugas marcadas pelo tempo, carregavam uma compaixão ancestral.

— Beba água e coma o pão. Vai te dar força, meu filho — suas palavras, suaves, pareciam carregar todo o peso do mundo.

Nego, ainda sem dizer uma palavra, pegou a cuia e o prato, sentindo o olhar dos demais sobre si. Ele levou o pão à boca, mas seu olhar permanecia distante. Depois de alguns instantes, ele falou:

— E o velho? — a pergunta saiu quase como um sussurro, carregada de uma dor que ele tentava esconder.

A idosa baixou os olhos por um momento antes de responder. Sua voz era calma, porém triste.

— Os deuses o levaram. Está em um lugar melhor agora.

Os escravos ao redor assentiram com os olhos. Suas expressões refletiam a dor compartilhada. Sem mais palavras, um a um, começaram a se afastar em silêncio, voltando para suas esteiras, deixando Nego e Babu quase sozinhos na luz vacilante.

Babu observou Nego por um momento. O peso das palavras que ainda não haviam sido ditas parecia aumentar. Ele se aproximou mais, com sua voz carregada de uma tristeza profunda:

— Chicotearam até ele desfalecer. Não voltou mais — Babu fitou o chão, com sua expressão endurecida, como se estivesse tentando conter as emoções. — Vi você olhando as colinas hoje. Atrás delas, está o quilombo dos Palmares, onde homens vivem livres. Se você fugir, vai direto para lá. Esqueça o resto. Se um dia eu escapar, é para lá que vou.

Nego não respondeu, mas sua mente vagava. Lentamente, começou a mastigar o pão, mas, a cada mordida, sua raiva e frustração cresciam. O pensamento em Sabina não lhe dava paz. Onde ela estaria? Por que ele não conseguiu proteger aqueles que amava? Sua expressão foi se tornando dura, seus olhos apertados, cheios de fúria contida. De repente, pegou o tutu de farinha com violência, levando-o à boca de uma vez, engasgando-se enquanto tentava engolir. Tossiu forte, bebendo a água para desobstruir a garganta.

Ele sentia o peso da culpa esmagando seu peito. Um guerreiro... Como ele não percebeu que algo estava errado? Em seu íntimo, sabia que a culpa não era dele, mas a dor de não ter feito nada o corroía.

Do lado de fora, o som dos passos pesados de um feitor ecoou. O portão rangeu, seguido de uma batida seca.

— Apaguem essa luz! — o feitor deu a ordem com voz firme, sem se preocupar em verificar se foi cumprida.

A vela foi apagada, mergulhando a senzala na escuridão. No silêncio, uma voz feminina e idosa ergueu-se do meio do breu, cantando um lamento triste. As notas do canto, suaves e dolorosas, penetraram o ar pesado da senzala e, um a um, os escravos começaram a fechar os olhos, embalados pelo canto melancólico, entregando-se ao descanso forçado da noite.

Nego é conduzido ao campo, algemado e agrilhoado do pescoço até os tornozelos, e dois dos capangas do engenho, um de cada lado, com seus mosquetes nas mãos, acompanham-no. Nego, com seus passos curtos devido à dificuldade de andar com as correntes, e seus olhos fixos no caminho, sua face fechada e sua testa franzida, conta cada passo dado. E da sacada da casa-grande, Lia, com sua roupa ainda de dormir, observa-o sendo conduzido.

Nego é aparelhado e começa a arar o campo. Sua visão percorre o horizonte e as montanhas com mata fechada a alguns milhares de metros dali. Por um instante, seus passos diminuem e logo ele ouve o capataz gritar:

— Vamos, negro!

A aparelha topa com uma pedra e ele tenta desviar, mas o chicote do capataz desce e encontrando o aparelha resvala nele, que de imediato franze a testa, furioso e com dois solavancos puxa e a aparelha, que se solta e continua o trabalho. O capataz, abespinhado, desfere mais duas chicotadas em Nego, que acelera os passos para evitar outras.

Noite no Engenho Novo Horizonte, Sabina corta a senzala de um lado a outro e se deita ao lado de Noemi, de bruços, cabisbaixa e com os olhos lacrimejados. Suas mãos estão debaixo da cabeça, e uma fraca lamparina clareia seu rosto. Afonso, alcoolizado, adentra a senzala pisoteando as escravas que estão deitadas, que vão se levantando uma a uma. Ele vai até Sabina e a pega pelo braço, levantando-a bruscamente.

— Vem comigo, negrinha!

Sabina arqueia as sobrancelhas e reage medindo força com Afonso.

— Não, não, não!

E puxa o braço, onde se solta da sua mão.

— Quem você é para dizer não para mim?! — Afonso dá um bofetão em Sabina.

Noemi entra na sua frente.

— O que é isso, Afonso? Você não vai tirar a menina daqui! Para!

Ele dá um murro em Noemi, que cai desacordada. Uma das escravas vai acudi-la, e as outras formam uma barreira com os braços entrelaçados para Afonso não pegar Sabina.

— Vocês estão de brincadeira comigo! — diz Afonso. — Vou colocar uma a uma no Pelourinho, começando por essa escrava abusada aí.

Afonso fita Noemi. As escravas, com a cara fechada, juntam-se mais ainda e, no mesmo instante, no portão, o Senhor Costa e Juraci e dois capatazes com eles, com seus mosquetes nas mãos.

— O que você está fazendo? Vai para o seu quarto dormir. Você está bêbado — disse Senhor Costa. — Amanhã a gente conversa — o Senhor Costa pega-o pelo braço e o conduz para casa-grande. Juraci o acompanha, deixando a senzala.

Ele sai resmungando:

— Essa negrinha vai ser minha.

No Engenho Capibaribe, na senzala, Nego, como se previsse que Sabina estava correndo perigo, desperta do sono espantado com o movimento brusco de seus braços, levando para o lado e rangendo as correntes. Babu desperta e se aproxima dele, perguntando-lhe:

— Está sentindo alguma coisa?

Nego se vira para o lado oposto e não responde à pergunta. Babu volta a dormir. O vento bate com ímpeto sobre a senzala, fazendo com que algumas tábuas batessem umas nas outras, e ele fala consigo mesmo:

117

"Sabina, eu vou buscar você, nem que seja a última coisa que eu faça nesta vida, meu amor".

Alguns segundos depois, a chuva vem logo forte, transformando-se em tempestade, que cai sobre a senzala. Os raios cortam o céu, e o ruído estrondoso do trovão invade-a. E sobre Nego há um gotejamento, que busca sua face. Ele tenta se afastar, mas as correntes não deixam. Na manhã seguinte, Nego é levado para o campo e aparelhado, e a terra molhada dificulta o trabalho de arar. Impaciente, o capataz vai para cima chicoteá-lo. Inesperadamente, Nego puxa o chicote e acerta uma cotovelada que o joga no chão, pega o mosquete do outro ao lado, e o rende. Ambos estão com as mãos erguidas. O que recebeu a cotovelada está com o nariz sangrando ainda no chão.

O capataz caído diz:

— Nego, não faz besteira. Você não tem para onde ir e logo vão te pegar, e vão matá-lo. Com o mosquete apontado e o dedo no gatilho, Nego ameaça atirar e ordena que o segundo homem o amarre. — Amarra ele! — ordenou ao capataz, que foi desarmado. — Vamos, logo! — Nego ordena que pegue a corda na aparelha e amarre o homem pelos pulsos e tornozelos. Ele continua: — Agora, pega a ponta da corda e amarra seus próprios pés.

Um vigia patrulha o engenho a certa distância, seguido por dois cães. O segundo homem rendido senta-se ao lado do primeiro e amarra os próprios pés.

— Solta o cinto e põe as mãos para trás! — exige Nego.

Após amarrá-los, ele recolhe os punhais dos dois e usa suas próprias camisas para amordaçá-los. Com os dois mosquetes nas costas, Nego corre em direção à mata fechada. O vigia avista os homens presos e o Nego fugindo. Saltam os cães e alertam outros vigias a cavalos. Latidos dos cães começam a ser ouvidos cada vez mais próximos, os seguranças e outros capatazes estão na sua perseguição, e não demora muito para Nego ser alcançado pelos cachorros, que o rodeiam, latem e avançam sobre ele, que aperta o gatilho do mosquete, que falha. Os cães saltam nele tentando mordê-lo. Os capatazes se aproximam com seus cavalos e dão um tiro de advertência, afastando os cães. Prendam-no, pois ele não resiste e se entrega. Nego é amarrado e levado para a casa-grande. No caminho, o capataz que recebeu a cotovelada interrompe, fazendo-o parar:

— Achou que ia longe, seu merda?

Um dos vigias diz:

— Vamos levá-lo para o Dom Augusto.

O capataz, irado, diz:

— Não! Vou devolver a cotovelada que recebi — o capataz desfere dois socos na face de Nego, que não reage e que fica com o nariz sangrando. Nego é posto no tronco à espera da chegada de Dom Augusto, para definir a sua punição.

O capataz que desferiu os socos em Nego vai até o estábulo e pega um ferro de marcar boi. Ele o põe no fogão a lenha, que está aceso.

No Engenho Cana Longa, do Sr. Silva, no canavial, os escravos estão colhendo as canas de açúcar e amarrando os feixes para serem colocados nos carros de boi. Entre elas, Ninha, que vai pegando os amarrados e colocando no carro. O capataz, olhando para ela, aproxima-se e diz:

— Tem mais ali. Vai buscar — aponta para alguns metros de distância dali.

Júlio, com uma foice, vai limpando as canas para que outros as juntem. Ele vê Ninha sendo arrastada para trás dos pés de cana por um dos capatazes, que lhe tampa a boca. Ela tenta se soltar, ele é mais forte e vai para trás das touceiras de cana-de-açúcar, começa a tirar as suas roupas. Júlio chega perto com seus olhos arregalados e sua testa franzida! Coloca a foice no pescoço dele.

— Solta! — ordena o capataz.

Ele se levanta lentamente, dizendo:

— Calma, calma! Alguém pode se ferir.

O homem que estava de costas para Júlio se afastou um pouco de Ninha, que o encarava com um olhar de repugnância, medo e ódio. Outro homem se aproximou furtivamente por trás de Júlio. Quando Ninha o viu, ele já estava com o cano do mosquete encostado na cabeça dele, que não reagiu:

— Solta devagar no chão, negrinho — os olhos de Júlio arregalados de raiva brotavam lágrimas, e ele não consegue resistir. Naquele instante, ele tem um vulcão dentro de si que ameaçava explodir. Entre tantas decisões que precisa tomar em poucos segundos, ainda não está maduro o bastante para tomá-las. Mas não poderia ver uma congolesa em perigo e não ter nenhuma atitude. Logo em seguida, o capataz diz outra vez:

— Negrinho, é só soltar que tudo acaba bem.

Ninha intervém; levanta e retira a foice das mãos de Júlio, que continua presa ao pescoço do capataz, e a joga no chão. O feitor vira-se e dá um soco em Júlio, que cai.

— Quem é você, negrinho, para você me ameaçar?

O vigia que o livrou diz:

— Ei, leve-o para senzala, coloque-o no tronco e só. Você! — olhando para Ninha. — Volte ao trabalho.

Ninha, com olhos arregalados, percebe que sua vida mudou: antes princesa, agora escrava. Com suas mãos trêmulas, volta a catar os feixes de cana-de-açúcar e levar para os carros de boi.

No Palácio Friburgo, o Tenente Padilha atravessa o corredor do palácio com passadas largas e seu rosto carrancudo. Fala consigo mesmo, palavras inaudíveis e entra direto sem bater no escritório adentro e se senta na frente do capitão Charles, que está lendo alguns documentos.

— O que houve, Tenente Padilha? — pergunta o capitão Charles com a testa franzida. — Parece que o mundo está acabando.

— Homens de minha confiança me disseram que estão ouvindo burburinho de que Portugal vai voltar e... — disse Tenente Padilha. Ele ergue as sobrancelhas. — Recebemos informações sobre uma possível conspiração para um ataque. Precisamos agir com cautela e prontidão.

Capitão Charles arregala os olhos e diz:

— Esses seus homens são de confiança? Mande-os investigarem!

O Tenente Padilha assentiu:

— Entendido, capitão. Vamos aumentar a vigilância em nossas fronteiras e pontos estratégicos. Também devemos intensificar os patrulhamentos e fortalecer nossas defesas.

Capitão Charles ergue uma das sobrancelhas e diz:

— Faça isso, tenente. Coloque batedores para vasculhar todo o território para não virem nos pegar de surpresa. Além disso, vamos pedir a Bahia e exigir que mais homens venham. Os nossos soldados estão reduzidos. E prepare um plano de contingência caso o ataque se concretize. A segurança do império está em jogo.

Tenente Padilha assentiu:

— Estarei pronto para executar as ordens, capitão. Vamos garantir que estejamos um passo à frente do inimigo em todos os momentos — Tenente Padilha puxa o canto da boca quase em um sorriso. — Deixarei os meus ouvidos atentos e no meio deles.

Capitão Charles retrucou:

— Tenente, há rumores de uma conspiração para uma possível invasão por parte do império inimigo. Precisamos avaliar essa ameaça com seriedade!

Tenente Padilha assentiu:

— Sim, capitão, é que uma pessoa me ajuda a pegar essas informações. Entendo, capitão. Desculpa. Devemos aumentar mesmo a segurança em nossas fronteiras e pontos estratégicos imediatamente. Além disso, podemos tentar obter mais informações sobre os planos do império português por meio de nossa rede de investigações.

Capitão Charles diz:

— Concordo! Também devemos reforçar a prontidão de nossas tropas e realizar exercícios de treinamento para garantir que estejamos preparados para qualquer eventualidade. Vamos manter nosso governador informado sobre a situação.

Tenente Padilha, firme, diz:

— Estou pronto para tomar todas as medidas necessárias, capitão. Vamos garantir que nossa defesa esteja bem organizada e que possamos proteger nosso território de qualquer ameaça externa e interna.

Tenente levanta-se e vai saindo pela porta, quando recebe uma ordem do capitão Charles, que erguendo a sobrancelha diz:

— Mandem batedores percorrerem o perímetro — afirma outra vez. Seus olhos voltam-se aos papéis sobre a mesa.

Ana Paes, está em seu quarto, diante de um espelho de bronze polido. Penteia o cabelo, fazendo um coque no alto da cabeça, deixando duas mechas de um lado e de outro. Abaixa o chapéu e se vira para um lado e outro, admirando-se, diante do espelho, uma beleza oculta, que ela não quer revelar, mas que é visível aos olhos.

Com um vestido de cor salmão, ela se olha mais uma vez diante do espelho. Desce os degraus segurando o corrimão. Sabe que não pode perder a viagem.

Do lado de fora da casa, Bambina a espera para subir na charrete. Ele estende a mão para ela se apoiar. Na charrete, Bambina ergue a sobrancelha, vira o rosto para ela e admira sua elegância, que há muito tempo não via.

— Dona Ana Paes, com todo o respeito, que a senhora perdoe o que vou falar: a senhora está muito bonita!

Ana Paes, com olhar no horizonte, meio que vira os olhos na direção de Bambina e diz:

— Tenho que estar. Tenho que estar!

E volta a olhar a paisagem.

O vento bate no rosto de Ana Paes, que sabe que precisa de uma ajuda imediata, e recorrer ao império é para ela a última saída.

Enquanto seguia o caminho de paralelepípedos em direção ao imponente Palácio Friburgo, as palmeiras balançavam suavemente ao vento tropical, suas folhas verde-esmeralda criavam sombras dançantes no chão de terra batida. A visão do palácio surgia majestosa diante dela. Suas paredes de pedra branca refletiam os raios dourados do sol. As torres pontiagudas se destacavam contra o céu cor-de-rosa, enquanto o som distante das ondas quebrando na costa acrescentava uma serenidade. Com o coração batendo rápido de antecipação, Ana Paes cruzou os portões de ferro maciço ornamentados, que se abria lentamente, revelando um pátio pavimentado de paralelepípedos e estátuas de mármore esculpidas à mão. Pronta para enfrentar os desafios e mistérios que aguardavam nas muralhas. À medida que se aproximava do majestoso palácio, as torres gêmeas, adornadas com intricados entalhes e bandeiras tremulando ao vento, dominavam a paisagem circundante.

O sentinela, com a mão firme no cabo da espada, à frente de Ana Paes, estava bloqueando a passagem. Seus olhos analisaram-na de cima a baixo, a expressão rígida como a pedra das muralhas ao redor.

— Onde a senhora pensa que vai? E com quem pretende falar? — perguntou com sua voz dura.

Ana Paes parou, engolindo em seco, o coração disparado no peito. Por um instante, pensou em recuar, mas algo dentro dela se recusou a ceder. Ela não podia mais ser a mulher frágil que todos conheciam. Levantou o queixo, tentando esconder a hesitação que ameaçava traí-la.

— Com o capitão Charles — respondeu, sua voz saiu mais firme do que esperava.

O sentinela estreitou os olhos, estudando-a com desconfiança. Ana sentiu suas mãos tremerem ligeiramente ao lado do corpo, mas cruzou os dedos discretamente, apertando-os contra a saia para conter o nervosismo. Seus olhos, que haviam caído brevemente ao chão, subiram devagar, encontrando os do homem.

Ela o fitou, desafiando a si mesma tanto quanto a ele. Havia vulnerabilidade naquele olhar, mas também uma centelha de determinação que não estava ali antes.

— Ele está esperando por você? — insistiu o sentinela com a voz carregada de desdém.

Ana hesitou por um instante, o suficiente para sentir o peso da dúvida. Mas, em seguida, deu um passo à frente, ignorando a barreira imposta pelo soldado.

— Talvez não. Mas ele vai me receber — declarou com sua voz ganhando força à medida que as palavras saíam.

O homem arqueou uma sobrancelha, surpreso com a ousadia. Por um momento, parecia prestes a mandá-la embora, mas algo na postura dela o fez reconsiderar. Com um suspiro exasperado, ele abriu caminho. Ana passou por ele com passos firmes, embora ainda sentisse o coração agitado no peito. Cada passo que dava parecia uma pequena vitória, um lembrete de que estava aprendendo a ser a mulher que precisava ser. Entrar no palácio significa mudança, e é o que ela precisa. Com a cabeça aplumada, passos largos e acompanhada pelo soldado, seus olhos percorrem os salões. Uma sensação de reverência a envolveu enquanto adentrava os salões ricamente decorados, imersos na grandiosidade.

Percorre o corredor que leva ao escritório do capitão Charles. Seus passos são apressados, porém, elegantes. Os raios de sol que adentram pela extensa vidraça iluminavam seu caminho.

Buscou ajuda de uma pessoa que não tem um relacionamento formal; só o conhece porque é o administrador da cidade. Se trocaram algumas poucas palavras, foi em relação aos negócios do engenho, como o pagamento de tributo. Entretanto, já ouviu a seu respeito, que é um homem íntegro e gosta de manter relação com os proprietários de engenhos e de ouvir suas demandas.

Com a mão no leque e seus questionamentos, entende que é questão de sobrevivência entrar naquele escritório. Talvez nunca tivesse que estar ali, mas naquele momento era o lugar que mudaria sua história ou começaria uma nova.

Em certo momento, cruza com o Tenente Padilha no longo corredor, que não tira os olhos dela, a ponto de virar o rosto para trás. Ao perceber, ela manteve o olhar para baixo. O soldado abre a porta e diz:

— Capitão! Dona Ana Paes.

A porta gira sobre as dobradiças, e um rosto singelo e meigo aparece na porta. O capitão Charles esperava uma mulher madura e de idade mais avançada, porém fita uma jovem mulher bela na porta com olhar triste, entretanto determinada.

— Entre — disse o capitão Charles. — Sente-se. No que posso lhe ajudar?

Ela entra e se senta diante dele, e os seus olhares se cruzam por algum instante, antes que Ana Paes abrisse a boca, e tomar o controle da situação que a levou a esse momento. Diante do capitão Charles, precisa expor sua real condição. Para ela, está sendo tudo novo. Nunca precisou administrar o engenho, tomar decisões... Antes era o pai, depois o marido, e nesse momento ambos estão mortos. Está prestes a perder sua propriedade. O único bem deixado pelos seus pais outrora, o maior engenho da região, pode ir parar nas mãos de outras pessoas que sempre o cobiçaram.

Seus olhares se cruzam e um encontra o outro. Abrem a boca para falar ao mesmo tempo. Ambos se calam e um dá a vez ao outro para falar. Ela estende a mão, dando a oportunidade ao capitão Charles, que assentiu:

— Bem-vinda!

Ele estende a mão para cumprimentá-la, segurando as pontas dos seus dedos e solta um sorriso. Ela responde com um sorriso no canto da boca.

— Fala. O que te trouxe aqui? — indagou capitão Charles.

Seus pensamentos se organizaram.

— Ah, tá. Durante dois anos tratei o meu marido, que a guerra colocou num leito. Como o senhor bem sabe, foi obrigado a fugir da coroa holandesa, e os seus ferimentos pioraram.

Capitão Charles, fitando a jovem bela, pouco se importava com a história, mas sim com os lábios avermelhados que se moviam.

— Aham, aham.

— Você é Ana Paes, que há algum tempo teve seu marido ferido em batalha, levado para ser tratado. Como ele está?

Ela, com os olhos fixos nele, diz:

— Ele faleceu!

— Meus sentimentos. Como posso ajudar?

— Então, nesses anos, o tratamento dele foi bastante custoso para mim, e nós não tivemos dias favoráveis na lavoura...

— Com a colheita fraca nos anos anteriores, estive sem recursos para mantê-lo com os médicos e os remédios, e busquei um empréstimo e outro... e outro. E dei o engenho como garantia, e estamos às vésperas de ter que cumprir com nosso compromisso e quitá-lo, senão perderemos o Engenho Casa Forte. Gostaria que a coroa me emprestasse a quantia para quitar o penhor.

— No caso, você ficará devedora com a coroa e, no caso de não pagamento, a coroa pegará o engenho?

— Sim, a nossa colheita esse ano é superior ao esperado, mas não pagamos quarenta por cento dela. Já tentei um...

O capitão Charles interrompe:

— É, a lavoura foi ruim para todos.

— Pior foi para mim, levada a buscar empréstimo para despesas médicas e para o engenho, e não tive retorno. E agora o credor está na minha porta querendo receber ou pegar o engenho para ele. Não tenho como pagar. A colheita até vai ser boa, mas não o suficiente. Preciso da sua ajuda junto à companhia ocidental, para eu adquirir um empréstimo e quitar a dívida.

— Para quem a senhora deve?

Ana Paes, com o olhar caído, diz:

— Dom Augusto! Ele está me ameaçando. Já tentei um acordo, porém, para ele não tem acordo. Ou eu pago tudo, ou ele pega o engenho.

— Ele é carne de pescoço mesmo.

Ana Paes ergue as sobrancelhas, franze a testa.

— Ele é arrogante e de mau-caráter!

— A companhia ocidental tem os juros muito altos.

Ana Paes corta o capitão Charles:

— Mas eu...

Ele não a deixa completar:

— Calma, deixa eu terminar. Vou ajudá-la.

Ela suspira aliviada.

— Vou falar com um homem que está se revelando um amigo, João Fernandes. Você conhece?

— Já ouvi falar dele.

— Então, ele, além de caçar escravos fugitivos, também empresta dinheiro. Tem juros menores e eu vou fazer um pedido a ele para diminuir mais e dar um prazo melhor para você.

Ana Paes ameaça um sorriso.

— Pode sorrir. Você não perderá o engenho. Fica tranquila.

Ela franze o canto da boca e abre um sorriso timidamente, acompanhada pelo sorriso do capitão Charles, que diz:

— Você fica muito mais bonita com esse sorriso, mesmo ainda tímido.

Ana Paes abaixa os olhos e, depois de alguns segundos de silêncio, volta a perguntar como se não acreditasse:

— O capitão vai me ajudar?

— Sim! Claro! Você sabe da festa da colheita que fazemos todos os anos? Você é minha convidada, e lá lhe darei a resposta. Não vai ficar decepcionada. Pode acreditar na minha palavra.

Ana Paes ergue os olhos, que se encontram com os do capitão Charles. Ela, ainda com um sorriso de canto da boca, suspira, se apoia na mesa e se levanta dizendo:

— Estarei aqui.

Ela estende a mão, se despedindo. Ele segura com as pontas dos dedos sua mão. Os seus olhos brilham e estão fixos nela. O silêncio toma conta do espaço por alguns segundos. Ana Paes com o coração acelerado, tímida e sem jeito, vai puxando a mão que ele insiste em não soltar por um instante.

Ela, de relance, puxa a mão e vai se virando para sair, quando, meio sem jeito, o capitão diz:

— Vou te acompanhar até a saída.

Os dois vão andando pelo corredor lado a lado, com passos curtos. Ele oferece o braço, ela o pega e abre um tímido sorriso. Caminham juntos até a saída do palácio.

Bambina para a charrete diante deles, ela sobe e partem.

No tronco, lugar de castigo de escravos fugitivos e disciplinar, Nego, em pé, com os braços presos sobre a cabeça, algemados nos punhos, com corte no supercílio sangrando, busca entre os braços uma brecha para ver Dom Augusto se aproximar com os capatazes. São seis ao todo. Nego sabe que só um milagre para fazê-lo sair daquele tronco vivo. Suas costas já se encontram lanhadas das chicotadas recebidas anteriormente. Agora vai receber a punição mais severa. Foi tentativa de fuga. Com seus antecedentes, não sairá possivelmente com vida dali. O tronco, posto na frente da senzala, serve para que os escravos tomem como exemplo nas disciplinas e não tentem fugir. O castigo é tão exemplar que, mesmo quem apenas olha, sente na pele a dor. Nego não se importava com o castigo que iria receber. Seu pensamento estava em Sabina, em como salvá-la, e, se não conseguisse sobreviver a tudo aquilo que irá passar, sua amada ficará desprotegida. Tem que aguentar firme e ter outra oportunidade. A aproximação de Dom Augusto com um chicote de três pontas nas mãos era de fazer repensar os erros cometidos e se arrepender. À sua volta, um grupo de escravos também o aguardava. Eram obrigados a estarem ali para ver a punição do escravo fujão, ao lado do fogão a lenha com uma pequena fogueira com ferros em brasas, de marcar boi, só que dessa vez é para o Nego ser marcado como escravo fugitivo. Um escravo comum teria desmoronado, mas ele está erguido, determinado a suportar o castigo. Dom Augusto se aproxima, rodeia-o com os olhos fixos nele e se encontra com o olhar firme de Nego.

— Você sabe o que vai acontecer agora, negro?

O olhar fixo de Nego cruza com o de Dom Augusto e não esboça nenhuma reação. Seu lábio continua imóvel. A parte esclera do olho sobressai. Na segunda volta em torno de Nego, ele diz:

— Vamos ver o quanto você aguenta?

Da sacada do seu quarto, Lia observa o que está acontecendo e sabe que não é a primeira vez, nem será a última, que um escravo tenta fugir. Ela hesita em ir até o local. Há muito já acompanhou serem castigados e marcados com ferro em brasa, sendo a punição mais severa, porém comum nos engenhos.

Dom Augusto meneia a cabeça para um dos capatazes, que se aproxima e desenrola cerca de dois metros de chicote com três pontas.

— Cinquenta chibatadas. Quero ver se, depois de hoje, ele vai ter coragem de enfrentar qualquer um de vocês e tentar fugir de novo.

O capataz estica o chicote, lançando-o para trás, e, quando o puxa, ele levanta cortando o ar. As pontas se abrem e, ao acertar as costas de Nego, abrem-se vergões, deixando expostas suas feridas. Cada vez que ocorria o cantar do chicote na pele dele, as escravas colocavam suas mãos no rosto de nervoso ou medo, e as vozes de lamentos eram ouvidas da parte dos escravos. O ar pesado de tensão os envolvia. O sol abrasador parecia amplificar o silêncio que pairava sobre o campo. À sombra de uma árvore antiga, o feitor ergueu o chicote outra vez e outra vez, com sua expressão impassível. Os olhos do escravo refletiam uma mistura de dor física e resiliente, enquanto ele aguardava seu castigo. O estalo do chicote cortou o ar, seguido pelo gemido abafado dos escravos que assistiam e pelo som sibilante das folhas. À medida que as marcas da punição se inscreviam em sua pele, ecoavam as injustiças e crueldades de um sistema impiedoso. Mas, apesar da dor, a chama da liberdade continuava a arder em seu coração, alimentando sua coragem para resistir, mesmo diante das mais terríveis adversidades.

Nego, disposto a continuar sem esmorecer até que suas pernas cederam, bambeia e arreia o corpo, ficando preso pelos punhos no tronco. Tentando se erguer, busca força para continuar erguido. Ouve o capataz dizer em voz alta:

— Trinta!

Dom Augusto, com o rosto transtornado, diz:

— Mais força! Vocês batem como mocinhas! Quero força!

O capataz passa o chicote para outro, e a intensidade aumenta. A expressão do capataz indica que ele está perdendo as forças a cada golpe de chicote que dispara.

— Quarenta.

Sem fôlego, passa para outro capataz. Nego se apruma no tronco. Não havia mais lugar em suas costas, para vergões. Porém, o capataz imprimia mais potência nas chibatadas. Nego trancava os dentes para suportar, as lágrimas desciam dos seus olhos. Após o término das chibatadas, Dom Augusto vai para o braseiro e pega o ferro de marcar boi, que está em brasa.

Lia se aproxima, pousa a mão sobre seus ombros e o traz à razão:

— Meu pai, se o senhor o marcar na fronte, vai perder o valor de mercado, e se o senhor quiser vender, não terá o dinheiro que pagou. Na região, ninguém compra escravos fujões, que dão trabalho. Já o disciplinou o suficiente.

Dom Augusto, como uma besta feroz, acalma-se com as palavras de sua filha. Pousa sua mão sobre a dela e a acompanha até a casa-grande, deixando uma ordem:

— Deixem-no aí até o fim do dia e levem essa cambada para a lavoura.

Na sala de estar, sentado, com as mãos sobre o encosto da sua confortável poltrona, Dom Augusto recebe de Lia uma xícara de chá.

— Para o senhor se acalmar e nós retornarmos ao assunto Casa Forte e Ana Paes.

Lia se senta diante de Dom Augusto e cruza as pernas. Com alguns segundos de silêncio, ele começa:

— Então, logo após a festa da colheita, vence a nota promissória e nós tomamos a propriedade? Casa Forte será nossa?

Lia franze o canto da boca, puxa um sorriso e diz:

— Posso contar os dias nos dedos.

— Sim, minha filha. As nossas produções vão triplicar. Não vejo a hora de colocar as mãos naquela terra e tirar todo o potencial que ela tem.

Os olhos de Dom Augusto brilham, e um sorriso de satisfação aparece em seus lábios.

Nego é tirado do tronco desfalecido e preso a grilhões na senzala, estirado no chão batido de barriga para baixo, fixadas no piso as argolas, por entre elas passam as correntes. Durante a noite, agonizava de dor, que pareciam facas penetrando em seu corpo. Babu e duas escravas passavam unguento em suas feridas e davam chá de ervas para passar a febre. Entre eles, diziam:

— A febre está muito alta — exclamou uma das escravas.

— Ele não passa dessa noite — complementou a outra.

— Aquilo é troço ruim. Só parou porque a filha veio buscar — disse Babu, que meneia a cabeça negativamente, fitando-o.

Durante a noite, os três reversam nos cuidados com Nego.

Às vezes, tinham que segurar sua cabeça para ele beber o chá. Seu rosto era virado para o lado, mas era inevitável respirar a poeira; por outro lado, suas costas ficavam para cima para que todos os escravos vissem as feridas e se amedrontassem. Isso fazia com que o medo da punição garantisse total controle dos escravos antes que eles pensassem em quaisquer indisciplinas.

Aquela noite para Nego seria crucial, passar por ela garantiria alguma chance de sobrevivência. Os cuidados das escravas e Babu durante toda noite foram fundamentais para ele conseguir chegar pela manhã. Todos os escravos vão para o canavial. Entregue à própria sorte, ele ficou esticado no chão batido, preso a grilhões.

ENGENHO NOVO HORIZONTE

Afonso, um homem arrogante e prepotente, observava com um olhar malicioso a escrava Sabina, que trabalhava na cozinha. Ela percebia as reais intenções dele através de seu olhar de desejo e luxúria. Enquanto ela lavava cuidadosamente a louça, podia sentir o peso da sua presença na porta, como se estivesse sendo vigiada por um predador. A escrava mantinha-se firme em sua postura, mesmo diante dos assédios constantes do filho do dono do engenho, sabendo que a dignidade e o autorrespeito eram as únicas coisas que ele não poderia roubar dela.

Afonso, escorado na porta da cozinha, fica a observar. Ela vira os olhos discretamente para se certificar de que é ele mesmo que está ali. Nesse momento, ele adentra e pega uma goiaba que está num cesto sobre a mesa, e começa a comê-la já posicionado ao lado dela, com uma das mãos pousada sobre a mesa. Ele oferece um pedaço para Sabina, que com a cabeça baixa faz um sinal de negativo. Ele insiste:

— Está gostosa. Prove um pedacinho.

Ele leva a goiaba próximo à sua boca.

Ao rostir com mais intensidade a panela, Sabina o ignora e ele se aproxima, ficando do seu lado na pia de frente para ela. Juraci, sua mãe, adentra a cozinha e, ao lado da mesa, para e finge que não está havendo nada:

— Afonso, você não ia para a cidade? O que está fazendo aqui ainda?

— Vim comer alguma coisa! — disse com um sorriso sarcástico fixo em Sabina. — Mas peguei só uma goiaba — e seus olhos continuam em cima dela.

— Sua noiva não vem para a festa da colheita?

— Não! E não dá para comer mais nada hoje! Por enquanto!

Afonso deixa a cozinha com passadas largas. Os olhos de Sabina lacrimejam. Juraci se senta à mesa quando logo adentra a cozinha Noemi, nervosa, com a mão no peito:

— Ah, eu vi seu Afonso saindo correndo!

— Parece que você viu um fantasma. Que nervosismo é esse?

— É que ele saiu como uma lebre que eu me assustei.

Juraci sai da cozinha. Noemi se aproxima de Sabina:

— Tudo bem?

— Tudo! Por que as coisas não acontecem do jeito que planejamos? Eu não sei nem onde estou!

As lágrimas afogam os olhos de Sabina. As mãos de Noemi pousam sobre os seus ombros e ela sente o afago de um abraço. Tudo que ela precisava era que Nego entrasse pela porta e a tirasse daquele lugar. Sabina entra numa crise de choro e não consegue parar.

— Oh, minha filha, não fique assim — Noemi tenta consolar abraçando-a. — Não fique assim. As coisas vão se ajeitar. Confie. Acredite.

— O meu amado está morto. Minha mãe e meus irmãos, eu não sei onde estão e se continuam vivos — Sabina ainda no seu corpo frágil, temeroso e insegura. Suas mãos trêmulas buscam abrigo nos braços de Noemi. — Não me deixe só nesta casa. Tenho medo!

Noemi franze a testa e a aperta contra seu peito, passando-se por uma leoa que protege seus filhotes, dando-lhes proteção e segurança.

— Não, filha. Vou sempre estar por perto.

Elas voltam para os afazeres domésticos. Como de costume, Sabina cuida da arrumação da casa; e Noemi, da alimentação.

Na manhã quente de verão do interior, o engenho de açúcar se erguia imponente contra o horizonte verdejante da plantação. Seus imensos moinhos de pedra giravam incessantemente, triturando a cana-de-açúcar colhida dos campos ao redor. O ar estava impregnado com o doce aroma da cana fervendo nos enormes caldeirões de cobre sobre as chamas crepitantes. Escravos suados moviam-se com diligência entre os equipamentos rudimentares, enquanto o som ritmado de correntes e engrenagens ecoava pela propriedade. O engenho era uma visão de atividade frenética e brutalidade silenciosa, simbolizando a cruel economia colonial que sustentava os luxos distantes da metrópole.

Três cavalos trotam em direção a uma grande casa que vai surgindo com belíssima sacada. João Fernandes chega ao Engenho Água Branca trazendo seis escravos acorrentados, e dois dos seus capatazes o acompanham. Ao apear do seu cavalo, diante da casa-grande, Sr. Gonçalves vai ao seu encontro trazendo um saquitel com moedas, e ao cumprimentar, lhe passa o saco.

— Obrigado por recapturar esses fujões para mim.

— Ultimamente, os escravos estão muito insurgentes.

Por eles passam um grupo de escravos sendo conduzidos por quatro capatazes, levando-os para a lavoura, entre eles Gamba Zumba e Efigênia. Sr. Gonçalves franze a testa, arqueia as sobrancelhas e diz:

— Está vendo? Tenho que dobrar a segurança. Qualquer descuido, eu fico sem peças para o trabalho. E sem produção, como posso pagar a companhia com os juros altíssimos que eles cobram? Não está nada fácil manter um engenho.

— Se precisar, pode contar comigo.

Sr. Gonçalves franze o canto da boca e meneia a cabeça positivamente.

João Fernandes monta em seu cavalo e diz:

— Preciso ir à cidade, me encontrar com o capitão Charles. Ele quer falar comigo, mas vou remarcar, surgiu outro encontro urgente. Se precisar de alguma coisa, é só chamar.

João Fernandes puxa a rédea virando o cavalo na direção da saída e sai trotando seguido dos seus dois capatazes.

No sombrio da senzala, o escravo Nego está desamparado, com sua figura encolhida e frágil em meio a correntes de grilhões que lhe aprisionam com crueldade. Seu corpo, uma tela marcada por cicatrizes e marcas de sofrimento, carrega as marcas indeléveis da brutalidade da vida em cativeiro. O açoite, instrumento de tortura impiedoso, lançou-se como um predador voraz sobre a pele já pálida e enrugada do escravo. A mão impiedosa do algoz, brandindo o instrumento com força e ódio, marcou cada centímetro quadrado de sua carne. E agora, os resultados cruéis desse castigo são visíveis — seus ferimentos abertos expõem sua dor e fragilidade. Sua postura, esticada e enrijecida, reflete a sujeição e a derrota que assolaram sua alma. Cada respiração é uma batalha contra a dor lancinante, cada movimento é uma afronta à exaustão de seu corpo já debilitado. O cheiro ferroso e metálico do sangue mistura-se ao ar, criando uma atmosfera sufocante de desespero e agonia. Enquanto suas mãos apertam as correntes frias e imploram por liberdade, seus olhos outrora cheios de esperança e vida estão agora nublados pela tristeza e pela resignação do sofrimento. Seu olhar distante, perdido em pensamentos obscuros, revela as memórias torturantes dos dias infernais de escravidão. É um retrato cru e angustiante de um ser humano dilacerado, aprisionado tanto em grilhões de ferro quanto em correntes invisíveis de injustiça. A dor da alma é mais terrível que a dor das chibatas recebidas e não tem fim. O ranger das dobradiças do portão da senzala quebra o silêncio, e os primeiros escravos voltam da lavoura. E logo se aproximam dele as escravas da noite anterior com unguento. Logo em seguida, Babu, com sua cara de miserabilidade, diz:

— Você vai passar por essa.

A respiração de Nego era tão frágil quanto uma teia de aranha soprada pelo vento. Seus olhos sem vida, obscuros por uma fina névoa, fitavam o vazio acima. Seu corpo, outrora robusto e cheio de vigor, agora jazia quebrado e contorcido sobre o chão de terra batida.

Ao seu lado, Babu, que se inclinava para segurar sua mão trêmula, sentia a frieza da pele que outrora fora quente e acolhedora. A expressão de desespero marcava cada linha do rosto de Nego, como se cada ruga contasse a história da dor que ele sentia naquele momento. As poucas velas lançavam uma luz dourada sobre as mãos amigas, tingindo o ambiente com tons de melancolia. O ar estava carregado de um silêncio solene, quebrado somente pelo som abafado dos soluços de Nego e pelo sussurro do vento, que parecia lamentar com ele. A presença da morte pairava sobre Nego, como se os abutres estivessem ao lado prontos para se banquetear com sua alma agonizante. Cada respiração parecia ser a última, cada batida do coração, um sussurro de dor. E ali, naquele momento sombrio entre a vida e a morte, Babu sentiu-se impotente, como se o mundo inteiro tivesse desabado sobre seu amigo. Ele rezava em silêncio, implorando aos céus por um milagre que talvez nunca viesse. Mas, apesar da escuridão que o cercava, uma chama de esperança ainda brilhava nos olhos de Babu. Uma promessa silenciosa de que, mesmo diante da mais profunda dor, ele nunca o abandonaria. Para ele, Nego era enviado dos deuses e aumentava sua esperança de ficar livre.

Depois de alguns dias, Nego começa a se recuperar do flagelo sofrido e recebe a visita de dois capatazes, que com passadas curtas se aproximam em instante. Estirado no chão batido, recebe do capataz mais uma sessão de tortura com o cabo do chicote, que comprimia as feridas ainda não curadas. No rosto do algoz, não havia vestígios de piedade, apenas a indiferença gélida de quem via seus semelhantes como meras mercadorias. A luz tremeluzente do sol insistia em passar pelas frestas das tábuas da senzala, que dançava nas feições douradas pelo tempo e pela crueldade, lançando sombras distorcidas que só amplificavam a sensação de dor do subjugado. Nego, apesar de todas as torturas infligidas, sustentava seu olhar com uma determinação silenciosa, como se buscasse encontrar nos olhos do algoz uma centelha de misericórdia perdida. Mas ali, naquele instante de confronto silencioso, ele só encontrou o vazio desolador de uma alma corrompida pela brutalidade. Mesmo diante da opressão avassaladora, havia uma chama de guerreiro que se recusava a se extinguir completamente nos olhos do escravo. Era um desafio calado, uma declaração silenciosa de que, apesar de tudo, sua valentia era inquebrável. Naquele momento efêmero de conexão entre opressor e oprimido, havia uma verdade indomável que transcendia o sofrimento físico: a veracidade de que, por mais que tentassem, nunca poderia subjugar completamente o espírito de um homem livre, muito menos o de Nego.

O capataz calcava as feridas cada vez mais com o cabo do chicote enquanto dizia:

— É, negro, já pode voltar para o trabalho.

O escravo extrai os olhos, pesados de dor e desespero, para enfrentar seu algoz. Seu olhar agora refletia somente a sombra da agonia que havia suportado. As correntes que o prendiam ao piso batido rangiam com cada movimento mínimo, ecoando a sinfonia cruel que corre por dentro dos anéis, deixando-o em pé. Um dos capatazes prende-o de novo agora de forma que se locomovesse, e assim ele é levado para a lavoura a grilhões, como uma fera acorrentada.

Nego é posto junto a outros escravos para encher os carros de boi com feixe de cana-de-açúcar.

O crepúsculo lançava seus últimos raios dourados sobre a plantação, pintando o cenário com tons de melancolia e resignação. Nego, cujo corpo já estava marcado pelas cicatrizes da opressão e da fuga anterior, agora estava diante de uma nova provação. Ele cumprira sua jornada diária de trabalho sob o sol inclemente, esperando, talvez ingenuamente, por um momento de alívio. Mas a liberdade continuava sendo um sonho fugaz para ele, uma promessa jamais cumprida. Enquanto o cansaço pesava em seus músculos exauridos, ele viu-se cercado pelos capatazes cruéis, suas expressões rígidas anunciando o destino implacável que aguardava. Sem cerimônias, as algemas frias foram trazidas, seu metal reluzindo com a promessa de mais uma noite na senzala, longe da esperança e da luz do dia. Ele não ofereceu resistência, resignado à sua sorte como um peão em um jogo macabro. As correntes rangiam com cada movimento, ecoando como uma sinfonia sinistra de subjugação aos olhos dos capatazes com sorrisos estridentes de triunfo enquanto eram fixadas em seus pulsos e tornozelos. Seus olhos, que já haviam visto tanto sofrimento, agora refletiam uma mistura de resignação e desafio, uma chama fraca de rebelião queimando em seu interior, apesar das adversidades. Enquanto ele era conduzido de volta à senzala, cercado pelos olhares curiosos e indiferentes dos outros escravos, ele carregava consigo não somente as correntes físicas que o aprisionavam, mas também a carga pesada de sua própria história de resistência e dor. E assim, enquanto o sol se punha sobre a plantação, levando consigo as últimas esperanças de liberdade, o escravo desapareceu na escuridão da noite, com sua jornada marcada por uma nova cicatriz. Nego é deixado preso e esticado como antes na senzala. O jeito irônico de deixá-lo e o sorriso sarcástico dos capatazes.

Na penumbra da senzala, onde as sombras dançavam em meio à fraca luz das velas, um silêncio solene envolvia o ambiente. As escravas, mulheres marcadas pelo peso da servidão e da dor, reuniam-se em torno de Nego ferido, cujo corpo exibia as marcas cruéis da opressão. Com mãos hábeis e corações compassivos, elas cuidavam dos ferimentos do companheiro de sofrimento, com suas expressões carregadas de empatia e determinação. O calor do fogo crepitante de algumas velas lançava uma luz suave sobre o local, iluminando os rostos cansados, mas decididos das mulheres que se recusavam a se curvar diante da crueldade do destino. Enquanto aplicavam unguentos e panos limpos sobre as feridas, suas vozes sussurravam antigas preces de cura, como um eco distante de um passado ancestral. Cada toque era uma promessa silenciosa de solidariedade e resistência, uma demonstração humilde de que, mesmo na escuridão da escravidão, a luz da compaixão ainda podia brilhar. O escravo, por sua vez, suportava o tratamento com uma dignidade silenciosa. Seus olhos expressavam uma gratidão silenciosa por aqueles que estendiam a mão em meio à adversidade. Seu corpo cansado relaxava gradualmente sob os cuidados gentis das mulheres, enquanto a dor cedia lugar a uma sensação breve de alívio e esperança. E assim, na quietude da noite, uma pequena chama de humanidade ardia na senzala, alimentada pelo calor do amor. Era um lembrete humilde de que, mesmo nas circunstâncias mais sombrias, o espírito de compaixão ainda podia encontrar refúgio na solidariedade e na bondade mútua. E na manhã o renovo de esperança estava aceso em Nego.

A jovem viúva Ana Paes debruçava-se sobre a balaustrada de sua sacada, com os olhos fixos no engenho, que se erguia imponente ao longe. O sol da manhã iluminava seu rosto pálido, revelando a tristeza e a solidão que habitavam sua alma. Ela observava atentamente cada detalhe da estrutura, como se buscasse respostas para as inúmeras perguntas que a assombravam. O vento soprava suavemente, fazendo com que seus cabelos escuros dançassem ao ritmo da brisa. O silêncio da manhã era quebrado apenas pelo som dos pássaros cantando e o murmúrio distante das águas do rio que alimentava o engenho. A jovem viúva sentia o coração apertado de angústia, lembrando-se dos dias felizes que passara ao lado de seu falecido marido, trabalhando juntos para manter o engenho prosperando. Na verdade, ela às vezes só o acompanhava sem intervir. Uma lágrima solitária escapou de seus olhos, rolando por suas bochechas e se perdendo no vazio. Ela suspirou profundamente, resignando-se ao seu destino e prometendo a si mesma que lutaria para manter viva a memória de seu amado marido, honrando o legado que ele deixara para trás. Com um último olhar melancólico para o engenho, a jovem viúva se afastou da sacada, determinada a enfrentar os desafios que a aguardavam.

João Fernandes estava sentado à mesa na sala de estar, com as mãos sobre o tampo polido. As janelas estavam fechadas para manter o ambiente privado. Uma lamparina emitia uma luz quente que tremeluzia sobre as paredes.

O Sr. Costa e o Sr. Gonçalves adentraram com alguma reserva, ambos cientes de que estavam ali por necessidade, mas o peso do orgulho ainda lhes amarrava as palavras. João Fernandes, por outro lado, parecia à vontade, inclinando-se sobre a mesa com um ar calculado, com os dedos tamborilando ritmicamente no tampo de madeira. Ele diz:

— Imagino que não seja fácil manter os engenhos ativos nestes tempos, com tantas... obrigações. Digo, aquelas impostas por quem está longe do calor dos canaviais.

João acenou para que os homens se acomodassem nas cadeiras à sua frente. Ele sabia que estarem ali era um peso, e isso lhe dava vantagem. Com um gesto, ofereceu uma bebida, que ambos aceitaram em silêncio. João Fernandes diz:

— Imagino que o caminho até aqui tenha sido... desgastante. Mas é um esforço que valerá a pena, não acham?

Sr. Costa baixou o olhar, como quem engole um orgulho ferido:

— Sim, de fato. Os tempos são difíceis, João. Espero que possamos encontrar um acordo justo.

Sr. Gonçalves, apertando os dedos ao redor da bolsa, diz:

— Viemos com a intenção de uma parceria, algo que beneficie ambos os lados.

João Fernandes, sorrindo com um misto de confiança e frieza, responde:

— Ora, sempre há um benefício para ambos. Contudo, como sabem, segurança tem seu preço, e a minha é tão sólida quanto o ouro.

Sr. Costa deixou escapar um suspiro: "Claro... e os juros?"

João Fernandes se ajeita na cadeira, medindo as palavras — "taxas justas" para amigos de longa data.

— Digamos... quinze por cento sobre o montante principal.

Sr. Gonçalves, com uma expressão tensa, diz:

— É um pouco... alto, não acha?

João Fernandes, com um sorriso seguro, responde:

— É o preço da confiança. Há outros que ofereçam os recursos e a discrição que necessitam?

Sr. Costa responde inquieto, porém contido:

— De fato. A Companhia das Índias Ocidentais sempre encontra uma forma de lucrar. Parece que o suor dos nossos homens não basta.

Sr. Gonçalves diz, com um olhar severo:

— E o ouro branco que produzimos desaparece mais rápido que a colheita. Esses juros exorbitantes nos sufocam, João.

João Fernandes, assentindo lentamente:

— Exorbitantes, é verdade. A Companhia parece ter um apetite insaciável, mas sempre há uma escolha. Estou aqui para ajudar... como um amigo.

Sr. Costa, resignado, diz:

— Parece que dependemos de sua ajuda, João. Contudo, precisamos de condições que nos permitam sobreviver... e resistir.

João Fernandes, encarando-os com seriedade, diz:

— Resistir, sim. Chegará o momento em que os senhores de engenho precisarão ver além de suas próprias terras e entender que estão lidando com algo maior. A Companhia não se sacia, e, se continuarmos isolados, perderemos o pouco que ainda temos.

Sr. Gonçalves olha de esguelha para Costa:

— Está sugerindo que unamos forças contra... contra a Companhia?

João Fernandes, com um meio sorriso, diz:

— Eu não estou sugerindo nada, apenas apresentando fatos. Enquanto eles lucram com nosso suor, poderíamos fazer o mesmo... sem eles.

Sr. Costa, em um tom firme:

— Mas como? As forças deles são imensas, e nós somos... apenas engenhos.

João Fernandes responde:

— Engenhos que, juntos, são a verdadeira força destas terras. Mas isso requer mais do que palavras. Requer uma união sólida — faz uma pausa. — E a decisão cabe a cada um de nós.

O silêncio recaiu sobre o grupo, cada um refletindo sobre as palavras de João. As paredes pareciam ter absorvido a tensão, e o leve chiar da lamparina pontuava o ambiente com uma inquietação.

PRADO VERDEJANTE

Aquela manhã ensolarada encontrava-se em seu auge quando três homens montados em seus cavalos emergiram dos portões do Engenho Alvorada. João Fernandes guiava o trio. Suas roupas escuras, desgastadas pelo árduo trabalho nos canaviais, contrastavam com a vivacidade das cores naturais ao seu redor.

Os sons dos cascos dos cavalos ecoavam pela estrada de terra batida, sendo engolidos pelo silêncio do campo. Prado verdejante se estendia dos dois lados, e os brotos da cana-de-açúcar já começavam a despontar, um sinal de futuro promissor.

As montarias, orgulhosas e imponentes, pareciam dançar graciosamente sob os cavaleiros. Cada galope era um eco da liberdade; os animais respondiam aos comandos com uma simbiose única. Juntas, as três figuras montadas pareciam expressar uma união indissolúvel. Os homens cavalgavam lado a lado, com seus rostos ocultos por chapéus de abas largas, que anunciavam suas origens sertanejas e protegiam-nos do sol inclemente. As sombras que os chapéus projetavam nos semblantes conferiam certo mistério e um ar de masculinidade indomável.

Um odor sutil de terra e cana-de-açúcar pairava no ar, misturando-se aos suspiros dos ventos suaves. Ao redor, revelava a beleza simples e majestosa da terra, o céu límpido, a vastidão interminável dos canaviais, pontuada aqui e ali por pequenas construções rústicas.

Enquanto os três cavaleiros seguiam em frente, quase se fundindo com a natureza ao seu redor, uma sensação de respeito e coragem irradiava de suas figuras.

Após passar a porta pesada de carvalho da taverna, João Fernandes foi imediatamente envolvido por uma cacofonia de vozes animadas e risadas estridentes. O ambiente era escuro e defumado, decorado com lanternas de óleo oscilantes e tapeçarias desbotadas que pendiam das paredes de pedra. Mesas de madeira gastas estavam repletas de homens com chapéus de aba larga, suas gargantas envoltas em lenços sujos de linho, brindando copos de cerâmica cheios de cerveja amarga, os temíveis capatazes, vigias, capitães-do-mato entre alguns dos senhores dos engenhos. Mulheres com vestidos coloridos e cabelos soltos circulavam entre as mesas. O aroma de sopa de lentilhas e pão fresco pairava no ar, misturando-se com o cheiro acre de tabaco e suor. Mesas estavam decoradas com velas trêmulas, lançando sombras dançantes sobre os rostos sorridentes e embriagados dos frequentadores da taverna. Na porta, os olhos de João Fernandes procuram pelo capitão Charles, mas não o encontra. Em seguida, Bernadete para diante dele, alegre, segura no seu braço e o leva para uma mesa dizendo:

— Vem comigo. Vou te servir a melhor cerveja da região!

O brilho no olhar fita a bela mulher diante dele. Tentando esconder o interesse por ela, deixa ser guiado.

João Fernandes estava sentado sozinho em uma mesa rústica de madeira à espera do capitão Charles, com seu copo de cerveja. Observava atentamente a movimentação ao seu redor. Seus olhos encontraram os de Bernadete, a bela mulher com seus longos cabelos ruivos e olhos vivos, que servia as mesas com agilidade e simpatia.

A Bernadete passou por ele sorrindo discretamente. Ele sentiu uma faísca de interesse acender em seu peito. Ele a observou enquanto ela se movia pela taverna, com seu corpo esguio e gracioso em movimento.

Decidido, chamou-a para perto de sua mesa com um aceno:

— Você disse que não iria faltar cerveja no meu copo.

Com a jarra na mão, vira de imediato no copo. João Fernandes faz elogios à sua gentileza e habilidade no trabalho.

— Uau! — Bernadete correspondeu com um sorriso tímido.

Capitão Charles entra na movimentada taverna e se assenta diante de João Fernandes.

— Meu amigo, preciso falar com você um assunto importante. E preciso de descrição — disse capitão Charles.

— E existe lugar melhor para conversar serenamente? — o capitão Charles assentiu. E os amigos brindam com as cervejas para uma noite de conversas animadas e boa companhia. Sentados à mesa desgastada pela passagem do tempo, são servidos por Bernadete com um sorriso cativante.

Enquanto saboreiam suas bebidas, os laços de amizade se estreitavam, e compartilham histórias de suas aventuras passadas. O ambiente é aconchegante. A Bernadete, que os atende, parece estar sempre um passo à frente, trazendo novas bebidas antes mesmo que eles peçam. Seus olhos brilham com uma mistura de curiosidade e simpatia, e sua presença acrescenta um charme especial à atmosfera da taverna.

Enquanto a noite avança, os amigos se entregam às risadas e à descontração do momento, desfrutando da companhia um do outro e da hospitalidade da bela servente. É um momento de descontração e cumplicidade, em que as preocupações do mundo exterior parecem distantes e irrelevantes. É nesses pequenos instantes de amizade e boas lembranças que encontramos refúgio e conforto, mesmo em meio ao caos do mundo que nos rodeia.

Tenente Padilha está na porta. Ninguém poderia dizer se ele estava ali há um minuto ou vinte observando a alegria dos amigos à mesa, e Bernadete, que está contagiada. Por alguns instantes, ele permanece parado. O Tenente Padilha observava o capitão Charles com um olhar carregado de desconfiança. A sombra de um irmão perdido pairava sobre seus pensamentos, lançando dúvidas obscuras sobre a figura outrora respeitada. Ele cerrava os punhos ao recordar o fatídico dia da batalha, quando as ordens do capitão Charles levaram seu irmão e mais um batalhão diretamente para a linha de frente, para um encontro mortal com o inimigo.

Até que Bernadete o vê e vai até ele. Leva-o à mesa do capitão Charles e João Fernandes:

— Posso me sentar com vocês? — disse desconfiado o Tenente Padilha.

— Deve, tenente! Deixa Bernadete te servir, porque ela tem a melhor cerveja da região! O sorriso largo do capitão Charles é um convite para qualquer um sentar-se à mesa. Tenente Padilha leva a caneca na boca para beber um gole, mas é interrompido pela firmeza de João Fernandes, que diz:

— Não!

Os olhos surpreendidos se encontram e se voltam para João Fernandes, que continua:

— Antes, vamos brindar com a melhor cerveja da região!

E todos levantam os copos.

Ao longo da noite, o ambiente se encheu com o som de gargalhadas e o tilintar de moedas trocadas em apostas amigáveis. Eles, maravilhados, não percebiam as horas passarem, e a atmosfera festiva da taverna parecia nunca diminuir. Entre um gole de cerveja e outro, eles se viram envolvidos pela energia vibrante e calorosa do local, sentindo-se parte de um mundo repleto de segredos. O Tenente Padilha não entendia tamanha cumplicidade dos dois, nunca os viu tão próximos assim, e tentava entender sem sucesso. Ele se entregou ao encanto da taverna, onde as pessoas buscavam refúgio da brutalidade do mundo exterior, encontrando consolo e companhia em meio à alegria e ao caos da noite. Porém, ao sair, seus questionamentos aumentaram.

Cada gesto do capitão Charles agora parecia calculado, cada palavra, uma mentira disfarçada de autoridade. Tenente Padilha mal conseguia esconder o desagrado quando o capitão falava. Sua voz ecoava como um lembrete constante da traição que ele estava convencido de que havia ocorrido. Sozinho em sua volta, os pensamentos conspiratórios tomavam conta de sua mente. Ele revisava os acontecimentos repetidamente, com cada detalhe se tornando mais suspeito a cada recordação. O sussurro da brisa noturna parecia carregar as vozes do passado, e ele ouvia, quase podia jurar, o grito desesperado de seu irmão no campo de batalha. Lentamente, uma ideia começou a tomar forma. O tenente sabia que precisava de provas, algo concreto que pudesse confrontar capitão Charles, possivelmente, levá-lo à justiça. Mas onde procurar? Quem mais poderia ter notado os mesmos padrões, as mesmas decisões questionáveis? Os olhos do Tenente Padilha brilharam com uma nova determinação. A conspiração, se existisse, não ficaria impune. Ele encontraria a verdade, custasse o que custasse. O sacrifício de seu irmão não seria em vão.

No silêncio da madrugada, as primeiras luzes do sol começavam a iluminar o céu, criando tons de laranja e dourado que contrastavam com o azul profundo da noite que se despede. O interior do grande engenho, com suas imponentes estruturas de madeira e pedra, começava a ganhar vida aos poucos, enquanto os primeiros raios de sol brilhavam sobre as fileiras de cana-de-açúcar, transformando-as em um mar dourado que se estendia. O som dos animais despertando ecoava pelo ar, misturando-se com o canto dos pássaros e o suave murmúrio das águas do rio que serpenteava ao redor do engenho. Ar fresco da manhã era perfumado com o aroma do café recém-torrado e do açúcar que começava a ser produzido nas imensas moendas movidas pela força das águas. Cansados do trabalho árduo da véspera, os escravos começavam a se levantar lentamente das camas de palhas simples que ocupavam, preparando-se para mais um dia de labuta sob o olhar atento dos feitores. Enquanto isso, os senhores de engenho, em suas amplas casas senhoriais, começavam a despertar para mais um dia de negócios e administração das vastas plantações de cana-de-açúcar que garantiam sua riqueza e poder. O céu ia clareando aos poucos, revelando um mundo em que se misturavam a beleza da natureza exuberante e a dureza das relações de poder e opressão que marcavam a vida nos engenhos. Mas, naquele momento, tudo parecia em harmonia, como se a luz do novo dia pudesse trazer consigo a promessa de um futuro melhor para todos que habitavam naquele lugar. E assim, o amanhecer se transformava em um espetáculo de beleza e esperança.

Os escravos trabalhavam incansavelmente no vasto canavial, sob o olhar vigilante de seus algozes enfurecidos. Os chicotes estalavam sobre suas costas nuas, enquanto eles se curvavam sob o peso das pesadas cargas de cana-de-açúcar. O suor escorria por seus rostos angustiados, misturando-se com as lágrimas que teimavam em escapar de seus olhos. Alquatune, movida por compaixão e solidariedade, tenta auxiliar um escravo que está passando por uma convulsão. Ao testemunhar a cena, o feitor da fazenda reage com fúria e brutalidade, punindo a escrava de maneira cruel e desumana. Os chicotes cortam o ar, os gritos de dor ecoam pelo campo, e a cena de violência injustificada deixa todos os escravos chocados e impotentes diante do poder opressor.

Os feitores observavam atentamente, com expressões de desdém e crueldade, prontos para punir qualquer deslize dos escravos.

Gana Zumba observa escondido entre as folhagens do canavial, com seu coração apertado de tristeza e impotência. A mãe está ajoelhada no chão, com o rosto contorcido. O feitor, impiedoso, segura um chicote e desfere golpes violentos em suas costas nuas, fazendo com que ela grite de dor a cada golpe. O filho sente as lágrimas escorrerem por seu rosto enquanto testemunha a injustiça e a brutalidade. Seu coração se enche de raiva e desejo de vingança, e num ato de amor fraternal pula sobre o capataz e desfere alguns murros para fazê-lo parar; porém, sem força o suficiente, é contido por outros, que o seguram. Quando vão castigá-lo, Alquatune, como uma leoa enfurecida, avança sobre o feitor para livrá-lo de suas mãos:

— Solta meu filho! Solta o meu filho! — ela dizia com os olhos lacrimejando e um desejo incontrolável de fazer justiça com as próprias mãos. O capataz dá-lhe uma coronhada, e ambos são contidos, e em seguida dispara um tiro de alerta para o alto, afugentando qualquer intenção de rebelião entre os escravos. Os medos pairavam sobre o canavial, como uma sombra sinistra que envolvia a todos. E assim, sob os olhares dos seus algozes enfurecidos, os escravos voltam ao trabalho. Alquatune é levada para o tronco para ser disciplinada com seu filho Gana Zumba.

A CHAVE

O sol queimava a pele ferida pelas chibatadas que Nego havia sofrido, enquanto se movimentava com destreza entre as fileiras de cana-de-açúcar. Suas mãos, acorrentadas e sujas, trabalhavam freneticamente para amarrar os feixes e os colocar no carro de boi, sem jamais perder o ritmo. Seu corpo fraco parecia se esforçar ao máximo para atender às exigências do feitor, que observava de longe, indiferente ao sofrimento alheio. Mesmo sob o peso das correntes, o escravo continuava a tarefa com determinação, enxergando nos feixes de cana-de-açúcar uma pequena esperança de liberdade. Seus olhos cansados e tristes, no entanto, refletiam a resignação e a dor de uma vida marcada por injustiças e brutalidade, porém não deixavam de observar as copas das árvores no alto das colinas no horizonte.

Enquanto isso, Babu, curvado sob o peso do trabalho árduo, amarrava feixes da colheita com mãos calejadas. Cada movimento era uma dança monótona de esforço e exaustão, enquanto ele se esforçava para cumprir as ordens dos capatazes cruéis. No entanto, em meio ao ritmo repetitivo da tarefa, seus sentidos aguçados captaram um detalhe fora do lugar. Seus olhos, treinados pela vigilância constante da sobrevivência, detectaram o leve movimento de um prego solto no carro de boi que bamboleava. Um sinal sutil, quase imperceptível, mas suficiente para acender o alerta em sua mente. Sem hesitação, ele abandonou momentaneamente sua tarefa, deixando os feixes de cana temporariamente desamarrados, enquanto se aproximava do carro de boi com uma determinação silenciosa. Com mãos habilidosas e movimentos rápidos, ele agarrou o prego antes que ele caísse. Seus olhos procuram por qualquer um que tivesse visto o feito, para que não caísse em represálias cruéis por parte dos capatazes. Por um instante, enquanto ele trabalhava rapidamente, esconde o prego em sua calça para garantir uma sensação fugaz de triunfo que aqueceu seu coração escravizado. Então, com o prego firmemente seguro, ele voltou sua atenção para a tarefa inacabada, determinado a completá-la com a mesma perseverança e coragem que o haviam guiado naquele momento de perigo despercebido.

O sol poente tingia o céu de tons alaranjados, lançando seus últimos raios sobre o canavial interminável. Os escravos, esgotados após horas de trabalho árduo, finalmente chegavam ao fim de mais um dia de labuta. Suas mãos estavam calejadas e sujas de terra. Seus corpos, curvados pelo peso das cargas que carregavam e seus rostos marcados pelo cansaço, refletiam toda a brutalidade e desumanidade da escravidão. À medida que o dia chegava ao seu fim, um silêncio pesado pairava sobre o canavial, que se estendia até onde os olhos podiam alcançar. O único som que quebrava a quietude era o eco das correntes do escravo Nego, arrastando-se pelo chão árido. Ali, naquele lugar de sofrimento e opressão, os escravos encontravam um instante de descanso antes de retornarem às suas senzalas precárias, onde dormiriam em esteiras de palha no chão de terra batida. Mas, apesar de todo o cansaço e a desesperança que os assolavam, havia ainda uma chama de resistência acesa em seus corações. Uma esperança de liberdade que os mantinha vivos, mesmo nos momentos mais sombrios. E assim, sob o olhar indiferente das estrelas que começavam a pontilhar o céu noturno, os escravos encerravam sua interminável jornada de dor e sofrimento, alimentando a esperança de que um dia, finalmente, a liberdade seria alcançada.

Em meio às correntes que o aprisionavam, os olhos vazios de Nego fitavam o chão de terra batida, perdidos em pensamentos profundos. Sua mente vagueava para longe dali, para tempos mais felizes em que sua amada estava ao seu lado, aquecendo seu coração com amor e conforto. Agora, ela estava longe, separada dele por quilômetros de sofrimento e solidão. As lembranças de seu sorriso doce e olhos repletos de ternura o consumiam, trazendo-lhe um misto de dor e saudade. Ele fechava os olhos com força, tentando imaginar seu rosto angelical, mas apenas encontrava trevas e desespero. Seus punhos se cerravam involuntariamente, com a raiva e impotência crescendo dentro de si. Como poderia viver sem ela, sem a luz que iluminava seus dias de escuridão? A dor da separação era insuportável, uma ferida aberta que jamais cicatrizaria. Enquanto os outros escravos ao redor gemiam e choravam em silêncio, ele mantinha-se quieto, perdido em seus pensamentos de saudade e desespero. Até que, finalmente, uma promessa silenciosa surgia em seu coração: ele lutaria com todas as suas forças para encontrá-la, para trazê-la de volta aos seus braços, onde ela sempre pertencera. Mesmo que isso significasse desafiar o destino e os grilhões que o prendiam, ele faria qualquer sacrifício por seu amor. Nego, ainda com unguento em suas feridas, contorce o rosto e, no alto, por uma brecha entre as tábuas de apoio das telhas mais aberta, vê o brilho da estrela penetrar pela senzala adentro.

O QUARTO

Na penumbra do quarto, as luzes das lamparinas dançavam suavemente nas paredes, criando sombras que se moviam de maneira hipnotizante. Seus movimentos eram graciosos e cuidadosos, revelando a delicadeza e a elegância de sua postura. Ao soltar os laços do vestido de linho, deixou que ele deslizasse suavemente por seu corpo, revelando a pele alva e reluzente à luz suave do ambiente. E assim, naquela noite, ela se banhava na tranquilidade de seu quarto, de rara beleza e elegância que ficaria gravada na memória de quem as testemunhou para sempre. Lia, uma bela mulher de longos cabelos, deslizava suavemente na água quente de sua banheira. Seu corpo nu resplandecia à luz das chamas, revelando curvas perfeitas e pele macia como seda. Os vapores perfumados do incenso impregnavam o ar, criando uma atmosfera de tranquilidade e sensualidade. A mulher fechou os olhos e suspirou, deixando que a água suave acariciasse sua pele. Ela parecia estar em comunhão com a essência da feminilidade, um ser de beleza intemporal. O farfalhar das cortinas ao vento pareciam sumir, deixando apenas o eco suave da água se movendo suavemente. A mulher sorriu, um sorriso de pura felicidade e entrega ao momento presente. Com gestos lentos e deliberados, mergulhou um pano de linho na água perfumada e começou a lavar-se, da nuca até os tornozelos. Cada movimento era uma dança de sensibilidade e precisão, refletindo a pureza e o ritualismo. Os cabelos, longos e ondulados, pendiam sobre os ombros como um manto de seda. Após o banho, Lia pegou um pano macio e seco, começando a se enxugar com delicadeza. Seus dedos deslizavam pela pele, secando cada gota que se evaporava lentamente ao contato com o ar fresco do aposento. O corpo, revigorado pela água e pelo cuidado, reluzia sob a tênue iluminação. Em seguida, caminhou até o armário de carvalho entalhado, de onde retirou uma camisola de algodão branco fino, adornada com rendas nas mangas e no decote. A peça deslizava pelo corpo como um sussurro, cobrindo-lhe a pele com suavidade e elegância. Lia fechou os olhos por um momento, apreciando a sensação do tecido contra a pele fresca. Ao terminar, sentou-se na beira da cama de dossel, observando o brilho das velas refletido nas sombras do aposento, levantou-se, voltou ao armário e pegou um robe de linho e se vestiu e caminhou até a sacada, onde seus olhos encontraram a senzala ao longe. Por alguns instantes, observou-a e retornou para sua cama, sentindo-se renovada e serena, pronta para o repouso que a noite lhe prometia.

    Tenente Padilha, em seu cavalo, aproxima-se da singela e humilde casa de Bernadete. A casa, modesta, está mergulhada na calmaria da noite.

Suas paredes de adobe e telhado com telhas de argila refletiam uma suave luminosidade da lua. Ao avançar em direção à porta da casa, cautelosamente ele empurra a porta que se abre com um ranger. Adentrando o ambiente, ele é envolvido por um perfume delicado de flores campestres — um cheiro que remete à simplicidade e à beleza da natureza. Seus olhos se ajustam à penumbra, uma lamparina mal iluminava revelando móveis rústicos e familiares. Atravessando a sala, o Tenente Padilha caminha em direção ao quarto, onde sua amada repousa serenamente. Ele sente o coração bater descontroladamente, a expectativa se transformando em euforia. À medida que se aproxima da cama, ele pode ver Bernadete adormecida, envolta em lençóis delicados e cabelos espalhados pelo travesseiro ao lado de seu filho, que goza de um sono profundo. O amante observa, com um misto de êxtase e gratidão, sua amada em um sono profundo e pacífico. Ele se aproxima da cama e acaricia seus cabelos, beija sua testa suavemente, com a ternura de quem cuida de seu bem mais precioso. Ela vai abrindo os olhos calmamente e virando o rosto na direção dele, e as bocas se tocam. As carícias vão se intensificando, e ela percebe que tem que tirar o filho da cama e levá-lo para sua própria. Por um instante, os mundos dos dois amantes se encontram e se tornam um só, onde palavras não são necessárias para expressar o desejo que sentem um pelo outro. A presença de um ao lado do outro é o suficiente para preencher suas almas e alimentar um sentimento que transcende as palavras.

Naquela manhã, ele a observava atentamente enquanto ela se vestia para mais um dia de trabalho na taverna. Seus olhos percorriam cada curva de seu corpo, sabendo que estaria em breve em perigo, mas era um risco que estava disposto a correr. Uma cena de ciúme do Tenente Padilha surge. Levantando o queixo e franzindo a testa, ele diz:

— O que foi aquilo na taverna?

— O quê? — questionou Bernadete, desentendida.

— Você estava contagiada de alegria. Parecia ter uma intimidade de anos com o capitão Charles e João Fernandes.

— Você precisa de informação, não?! — arqueou as sobrancelhas. — Preciso me aproximar — concluiu ela. O silêncio tomou conta do quarto por um instante enquanto ela terminava de se vestir.

— Você sabe o que fazer, meu amor? — ele perguntou com um sorriso malicioso. Ela virou-se para encará-lo, com uma expressão determinada no rosto.

— Sim, eu sei. Vou fazer o que for necessário para obter as informações que você precisa — disse ela incisiva.

— Se eu não visse, não acreditaria. Tamanha amizade entre eles, nunca imaginaria a cumplicidade do capitão Charles e o João Fernandes — disse tenente. — Ótimo. E depois você sabe o que acontece, não é?

Ele falou enquanto se aproximava dela, puxando-a para um abraço apertado. Ela retribuiu o abraço, sentindo-se invadida por uma mistura de sentimentos contraditórios.

— Sim, sei o que vem depois. Mas isso é o preço que pago por estar ao seu lado — disse ela.

Os dois se beijaram com paixão, enquanto a cumplicidade entre eles era evidente. Sabiam que estavam arriscando tudo e que a traição era um jogo perigoso naquele momento.

Tenente Padilha ergue a cabeça dizendo:

— Preciso saber onde os amotinados estão se encontrando e acabar com essa conspiração, levar a todos para forca.

Bernadete se afasta e com um olhar de medo vai até o menino, que brinca na cama. O Tenente Padilha pega um saco de moedas e tira três, deixando em cima da mesa.

— Me traz alguma informação dos rebeldes e de agora em diante descobre alguma coisa sobre João Fernandes e o capitão Charles. Fiquei encucado com essa aproximação dos dois.

O Tenente Padilha sai, monta no seu cavalo e sai trotando.

Logo em seguida, mais uma vez, ela partiu em direção ao perigo, consciente de que estava sendo usada como um peão no jogo.

O capitão Charles cavalgava com destemor pelo caminho de terra batida, com seu cavalo galopando em direção ao engenho da jovem viúva Ana Paes. O sol matinal tingia o céu de tons dourados, iluminando a paisagem rural ao redor. A poeira levantada pelas patas do cavalo formava uma nuvem alaranjada atrás deles, enquanto o capitão se mantinha firme no selim, com as rédeas firmemente seguras em suas mãos.

Ao longe, avistava-se o engenho da jovem viúva, uma imponente construção de pedra. Era a mais bela e segura da região, e todos conheciam como Casa Forte, cercada por vastos campos de cana-de-açúcar. O capitão acelerava ainda mais o cavalo, ansioso por chegar ao destino e auxiliar sua amiga. Seu coração batia forte no peito, misturando-se com a adrenalina da corrida e a preocupação com a situação da mulher. Ao alcançar finalmente o pátio, o capitão freou bruscamente o cavalo, fazendo-o relinchar em protesto. Desmontou agilmente e procurou pela jovem viúva. Encontrou-a debaixo de uma árvore. A jovem viúva estava sentada embaixo de um arbusto, perdida em seus pensamentos; e ao seu lado, Marta e Maria, as crianças escravas compradas no mercado. Ela olhava para o nada, até que foi interrompida pela chegada do capitão Charles. Ele se aproximou com um olhar solidário, oferecendo sua ajuda e apoio incondicional.

— Venho para saber no que mais posso te ajudar.

Ana Paes, jovem viúva, agradeceu a gentileza:

— Que bom que o senhor veio! — exclamou ela. E o convidou para entrar em sua casa. Juntos, eles caminharam para casa. Na sala aconchegante, a jovem viúva se sentiu em paz pela presença dele, que estava ali para apoiá-la naquele momento.

— Deixa eu lhe dar uma boa notícia.

Naquele momento, as covinhas nas suas bochechas delicadas apareceram, e um singelo sorriso saiu dos seus lábios.

Logo, a escrava Francisca entra na sala com uma bandeja trazendo bule e as xícaras de porcelana com chá, e pousa na mesa.

— Então, ele já está juntando os valores para te entregar.

Em breve, você poderá quitar essa dívida.

Por um momento, caiu o semblante de Ana Paes.

— Dentro de pouco tempo também vence a promissória.

O capitão percebe a decepção no rosto dela:

— Ei, não fica assim. Vai dar certo!

Capitão Charles se inclina para frente, estica os braços e segura as pontas dos dedos dela.

— É que às vezes a gente acha que não vai dar — lamentou-se.

— Vou falar com ele. Se consegui antecipar, ei, quero te vê na festa. Lá já teremos uma solução, e a gente se fala.

Capitão Charles se ergue e a puxa. Ela se levanta e os seus olhos encontram os dele por alguns segundos, até que ele anda em direção à porta e ela o acompanha. Ele continua, monta em seu cavalo e sai trotando.

No silêncio suave do quarto, a linda mulher Lia, em um giro e outro, admirava-se diante do espelho, com um vestido novo que a envolvia em elegância e esplendor. Seus longos cabelos loiros caíam em cascata pelos ombros, enquadrando um rosto suave e delicado, adornado por olhos que brilhavam como estrelas. O tecido do vestido, ricamente adornado com rendas e bordados, moldava suas curvas com graça e leveza, revelando a feminilidade e a sofisticação da mulher. Ela sorria para si mesma, encantada com a imagem refletida no espelho, sentindo-se como uma rainha em seu próprio reino. O quarto era decorado com tapeçarias e móveis requintados, banhados pela luz suave que entrava pelas janelas entreabertas. Sobre a cama, colares de ouro branco com pedras de rubi, colar de esmeralda e colar em diamante com detalhes em safira. Ela os pousava no pescoço um a um, vendo qual que combinava com o vestido novo. O perfume do jasmim pairava no ar, envolvendo a mulher em um aroma doce e delicado, que combinava perfeitamente com a atmosfera de encanto e admiração que a envolvia naquele momento. E assim, na tranquilidade de seu quarto, a linda mulher se deleitava em sua própria beleza, sentindo-se imersa em um mundo de sonho e fantasia, onde a moda e a elegância se fundiam em perfeita harmonia, até que o silêncio é quebrado por um grito de Dom Augusto:

— Lia, venha cá!

Por um instante, ela continua se contemplando diante do espelho, até que o segundo grito rompe o silêncio do quarto:

— Liaaa!

— Já estou descendo, meu pai!

A jovem mulher desce a escada, e Dom Augusto, sentado em uma bela poltrona com um copo de licor na mão, toma um gole com os olhos fitos nela. Ao se senta diante dele.

— Filha, logo iremos tomar posse do engenho de Ana Paes, e preciso que você case com capitão Charles! — disse ele com firmeza.

— Sim, meu pai! Quero me casar com ele! — assentiu Lia.

— Então marque logo a data! Estamos esperando o quê? — insistiu arqueando as sobrancelhas.

— Amanhã, na festa, vou pedir que ele marque o nosso casamento.

Dom Augusto levanta-se e anda de um lado a outro enquanto diz:

— Isso! Vocês se casam e moram no Engenho Casa Forte, por enquanto, até que organizamos tudo, lá.

Entre um gole e outro, vai à adega, completa o copo e volta a sentar na poltrona, Lia assentiu com um brilho nos olhos e um leve sorriso.

Na escuridão densa da noite, quando todos os sons da senzala se reduziram a sussurros e murmúrios abafados, Babu se aproxima de Nego em um canto sombrio e discreto. A lua mal iluminava o ambiente, lançando sombras longas e distorcidas sobre os rostos tensos dos homens.

Babu, com uma sabedoria marcada por anos de sofrimento silencioso, entregou cautelosamente um prego pego anteriormente envolto em pano áspero. Nego pegou o embrulho e cuidadosamente desembrulhou, sentindo o peso do destino nas suas mãos.

Babu sussurra:

— Vê se consegue abrir.

O objeto era simples, uma peça rudimentar de metal, mas sua importância transcendia qualquer valor material. Era a chave para a liberdade, uma chance fugaz de escapar das amarras que os aprisionavam naquela vida de servidão. A quietude ao redor era opressiva, como se o próprio ar temesse interferir naquela conspiração noturna. Os escravos trocaram olhares rápidos e silenciosos, compreendendo-se mutuamente.

Com mãos hábeis e gestos discretos, Nego vira o objeto de um lado para outro. Depois de algumas tentativas, abriu o primeiro cadeado e mais um, enquanto seu companheiro Babu lançava olhares nervosos ao redor, atento a qualquer sinal de perigo iminente. Nego termina de abrir os quatro. No instante que tirara as algemas presas às correntes, Babu exclama:

— Não! Amanhã terá a festa na cidade. Diminuirá o número de vigias. Teremos mais chance.

— Você vai comigo?! — sussurra Nego.

— Vou! — assentiu com a cabeça Babu.

Nego aponta o dedo para a fresta entre as tábuas no telhado.

— Sairemos por lá.

Babu vira o rosto acompanhado o braço de Nego, até ver a fresta no telhado, e balança a cabeça positivamente. Em seguida, retorna à sua esteira. Nego recoloca as algemas e torna a esteira de palhas, e os pensamentos vagueavam. O segredo daquele pequeno instrumento brilhava nos olhos de Nego, como uma promessa de esperança. Era um fragmento de resistência contra a escuridão da opressão, um lembrete silencioso de que, mesmo na mais profunda das noites, a chama da liberdade ainda podia arder.

O DIA DA FESTA

À medida que os primeiros raios do sol despontavam no horizonte, um grupo de escravos se alinhava em silêncio, formando uma fila irregular e pesada sob os olhares vigilantes dos capatazes. Seus corpos curvados e marcados pelo trabalho árduo refletiam anos de labuta nos canaviais, enquanto seus passos arrastavam-se pelo chão de terra batida.

Entre eles, Nego sentia o peso das correntes não apenas em seus tornozelos e pulsos, mas também em sua alma. Seus olhos varriam nervosamente o ambiente, capturando cada detalhe do cenário que se estendia diante deles: os campos de cana se estendendo até o horizonte; o sol, que agora se elevava lentamente no céu, prometendo outro dia de trabalho opressivo. Enquanto marchavam em direção ao canavial, Nego sentia o coração pulsar com uma mistura de medo e determinação. Ele sabia que cada passo os aproximava não apenas da cana a ser cortada, mas também do momento crucial em que tentariam escapar das garras da escravidão.

Os capatazes, com seus chicotes prontos e olhos penetrantes, vigiavam cada movimento, mas a luz do sol começava a ceder ao crepúsculo que se aproxima. Era o sinal aguardado, o momento em que as sombras se alongavam e a senzala começava a se envolver em uma penumbra protetora.

E então, na quietude tensa que se seguia à partida dos capatazes, o escravo deu o primeiro passo rumo à liberdade. Cada movimento era uma aposta contra o destino, uma tentativa ousada de desafiar o sistema que os mantinha acorrentados. Naquele momento fugaz, ele escolheu não apenas escapar, mas também reivindicar sua humanidade em um mundo que tentava negá-la.

Enquanto o engenho se preparava para o fim de mais um dia de trabalho árduo, a azáfama dos preparativos para a festa da colheita no palácio do governador tomava conta de todos. O som de vozes e passos apressados ecoava pelos corredores, uns circulavam com toalhas, outros com bandejas e adornos para as mesas.

No Engenho Novo Horizonte, Juraci, altiva senhora, observava tudo com um olhar atento. Seus olhos se estreitaram ao avistar Sabina, a jovem escrava de beleza singular, cujos traços delicados e pele marrom contrastavam com as roupas simples e gastas que vestia.

Juraci caminhou até Sabina, que terminava de lavar a última pilha de roupas. Seus braços finos e ágeis moviam-se com precisão e cansaço evidente.

— Sabina! — a voz de Juraci soou firme e imperativa, interrompendo o ritmo do trabalho.

— Hoje à noite, você servirá na festa da colheita no palácio do governador. Quero que esteja impecável. Termine seus afazeres e vá imediatamente à casa de banhos. Quero que se lave bem e se prepare.

Sabina ergueu os olhos. A surpresa e a preocupação estavam visíveis em seu rosto. Com um leve aceno de cabeça, respondeu:

— Sim, senhora — seus olhos voltaram ao chão.

Sem mais uma palavra, Juraci virou-se e saiu, deixando Sabina com um misto de ansiedade e resignação. Ela sabia que a festa no palácio era um evento grandioso, mas também um espaço onde a escravidão, mesmo vestida de luxo, ainda era evidente. Suspirando, Sabina terminou seus últimos afazeres com a pressa que a ordem exigia.

Minutos depois, dirigiu-se à casa de banhos, uma construção simples de madeira que abrigava um grande barril de água. Sabina retirou suas roupas gastas, sentindo o alívio ao derramar a água contra a pele cansada e suja. Pegou uma barra de sabão e começou a se lavar, esfregando cada parte do corpo com cuidado, tentando remover não só a sujeira, mas também a sensação de servidão que a acompanhava.

A água escorria, levando consigo o pó e o cansaço do dia, enquanto Sabina tentava se preparar mentalmente para a noite que viria. Enxugou-se com um pano limpo, observando seu reflexo na superfície da água. Sua beleza, tantas vezes ignorada em meio à dureza do trabalho diário, agora era uma arma que Juraci pretendia usar para impressionar os convidados.

Vestiu o vestido branco deixado para ela, simples, mas limpo e novo. Arrumou os cabelos com cuidado, deixando-os cair sobre os ombros. O vestido, embora modesto, realçava sua figura esbelta e elegante. Quando terminou, sentiu-se quase como outra pessoa, alguém que poderia, por um instante, trazer à memória seu grande amor, Nego.

Ao sair, encontrou Juraci esperando do lado de fora. A senhora do engenho examinou Sabina de cima a baixo, com seus olhos avaliando cada detalhe. Finalmente, com um leve aceno de cabeça, indicou aprovação.

— Vamos, Sabina. A festa não pode esperar.

Sabina seguiu sua senhora. Seu coração batia rápido. Estava prestes a entrar em um mundo que não lhe pertencia, um lugar onde sua beleza seria admirada; mas sua condição, jamais esquecida. Era uma noite de festa, mas para Sabina era apenas mais um lembrete da vida que levava, mesmo quando coberta de aparente esplendor.

O TEMPO SE ARRASTA

O ar estava carregado com a ansiedade silenciosa dos escravos. Nego contava cada um dos minutos até que a escuridão os envolvesse novamente. Era nesse momento efêmero, quando a noite chegasse, que seu plano de fuga seria posto em prática. Um plano concebido em segredos sussurrados nas noites sem luar, longe dos ouvidos atentos dos capatazes e de algum escravo que poderia pôr tudo a perder.

O tempo se arrastava como se o sol relutasse em ceder seu domínio à noite, mas ele sabia que seu destino estava entrelaçado com as sombras que cobririam em breve a senzala.

Cada passo era calculado, cada movimento era estudado em silêncio. Ele trocava olhares rápidos com seu cúmplice, Babu, compartilhando uma determinação muda e um entendimento profundo da importância do momento. E quando, finalmente, o sol mergulhar abaixo do horizonte e a penumbra da noite se estender sobre a senzala, ele saberá que é a hora de agir.

Os pensamentos de Nego na jornada de volta à senzala diziam em seu íntimo: "É a última vez".

À luz tênue das velas que balançavam fracamente, Nego atravessou o limiar da senzala pela última vez. Cada passo ecoava com um peso silencioso de despedida. As paredes de barro e palha, que haviam sido seu lar, seu cárcere por tanto tempo, pareciam agora observá-lo com uma melancolia resignada.

Seus olhos varriam o espaço, registrando cada detalhe com uma mistura de nostalgia e alívio. Os raios fracos da lua que se filtravam pelas frestas estreitas iluminavam os rostos dos escravos de infortúnio que ainda dormiam, alheios ao drama silencioso que se desenrolava naquela noite.

Ele ajustou discretamente o tecido áspero que envolvia o objeto simples, sua única esperança de libertação. Cada som que vinha de fora — o murmúrio distante da vida noturna na plantação, o farfalhar das folhas nas árvores — era um lembrete constante de que o tempo estava se esgotando, e que a oportunidade de escapar daquele ciclo interminável de sofrimento estava ao alcance das mãos.

A CHEGADA NO PALÁCIO

No Palácio, as últimas preparações estavam sendo feitas para a grande festa que estava prestes a começar. O entorno do palácio estava enfeitado de lanternas brilhantes, criando um ambiente festivo e acolhedor. Pelos salões e corredores, os servos corriam de um lado para o outro, carregando bandejas repletas de iguarias e bebidas finas. Os donos de engenho mais poderosos da região já começavam a chegar com suas charretes, trajando suas roupas de gala, e suas respectivas mulheres ostentavam seus belos vestidos, colares de ouro e pedras preciosas. No interior, o salão principal estava decorado com flores exóticas e velas perfumadas, criando uma atmosfera de luxo e exclusividade. Decorado com requinte e opulência, todos os poderosos donos de engenho e suas respeitadas esposas se reúnem para celebrar a festa da colheita. O salão principal do palácio, com suas altas colunas e lustres cintilantes, é decorado com arranjos florais exuberantes e tapeçarias ricamente bordadas. O ar está impregnado com o aroma das flores e das especiarias que emanam das diversas mesas espalhadas pela sala, repletas de iguarias e guloseimas. Ao fundo, mesas longas e elegantemente postas se estendiam de um lado a outro, cobertas por toalhas de linho e adornadas com frutas, carnes assadas e vinhos finos. Os convidados, impecavelmente vestidos com roupas refinadas e exóticas, conversam animadamente, dando vida ao ambiente com seu burburinho entusiasmado. O som suave e harmonioso de músicos habilidosos, tocando melodias alegres, fazem os presentes não conseguirem resistir a movimentar seus corpos em ritmo de dança. As damas, com seus vestidos luxuosos e joias reluzentes, exibem toda a sua elegância e refinamento, enquanto os donos de engenhos, com suas roupas adornadas com tecidos caros e detalhes intrincados, demonstram sua autoridade e robustez. Todos parecem estar imbuídos de um sentimento de triunfo, tanto pelo sucesso da colheita quanto por sua própria posição social elevada.

A lua cheia brilhava no céu, derramando uma luz prateada sobre o palácio do governador, que se erguia majestoso. As janelas iluminadas revelavam a animação que tomava conta do interior, onde a festa da colheita estava em pleno andamento.

As velas acesas lançavam um brilho cálido, realçando o brilho dos metais preciosos e das joias dos convidados. Os donos de engenhos, homens de poder e influência, estavam reunidos em pequenos grupos, conversando em tons animados e gesticulando com entusiasmo e opulência. Cada um trazia no semblante a satisfação de uma colheita farta, reflexo de suas fortunas crescentes.

Ana Paes corta o corredor discretamente passando pelos convidados de cabeça baixa, rápida como o vento. Ela não é notada pelos convidados e entra no escritório. Uma jovem viúva sentava-se em uma das cadeiras diante da grande mesa de mogno. Seu semblante, marcado pela incerteza, revelava uma determinação inabalável misturada com a vulnerabilidade. Seus olhos vagueiam pelo escritório mostrando-lhe uma imponente grandeza, com paredes revestidas em madeira escura e decoradas com mapas e tapeçarias que contavam histórias de conquista e exploração. As velas dispostas em castiçais de bronze lançavam um brilho suave e trêmulo, criando um ambiente ao mesmo tempo austero e acolhedor. Vestida elegante com seu vestido claro, enquanto seus olhos refletiam tanto tristeza quanto esperança. A porta se abriu com um ranger suave, e o capitão Charles entrou com olhos que mostravam tanto a dureza de um soldado quanto a gentileza de um homem compassivo. Porém, havia algo mais em seu olhar quando ele se dirigia a Ana Paes, algo que transcendia o mero dever.

— Boa noite, Ana Paes — cumprimentou, com uma leve inclinação da cabeça. — Como te disse, eu te daria uma resposta.

— Boa noite, capitão — respondeu, com sua voz carregada de gratidão e cansaço. — Agradeço tão prontamente. Estou precisando de toda ajuda que possa obter.

Capitão sentou-se diante dela.

— João Fernandes me disse que só consegue um pouco para frente. Não perca a esperança — disse ele com firmeza. — Seu engenho é um legado valioso, e vamos encontrar uma forma de mantê-lo. Acredite, tempos difíceis não duram para sempre.

Ana Paes ergueu os olhos encontrando o olhar sincero do capitão Charles.

— Às vezes, parece que estou lutando contra um oceano de dificuldades. Mas suas palavras, capitão... Suas palavras me dão forças — disse ela. Um silêncio carregado de significado se instalou entre eles. O ambiente formal do escritório parecia se dissolver, dando lugar a uma atmosfera de confidência e proximidade. Capitão Charles, notando a tensão nos ombros de Ana Paes, inclinou-se ligeiramente.

— Ana Paes — ele murmurou —, sei que minha ajuda pode parecer limitada agora, mas quero que saiba que não está sozinha. Estou aqui para apoiá-la, não só como um aliado, mas como um amigo.

Ela sorriu pela primeira vez naquela noite, um sorriso tímido, mas que iluminava seu rosto.

— Obrigada, Charles. Suas palavras são mais valiosas do que pode imaginar. Ela, por um instante, tira as formalidades despercebidas.

O capitão estendeu a mão, hesitante, mas decidido. Quando Ana Paes colocou a mão na dele, o toque era quente e reconfortante. A faísca de algo mais profundo cintilava no ar, um sentimento que ambos reconheciam, mas que ainda não ousavam expressar plenamente.

— Se precisar de qualquer coisa, não hesite em me procurar. Estamos juntos nesta luta — disse capitão Charles suavemente.

Ana Paes apertou a mão dele, sentindo uma onda de alívio e uma inesperada emoção que fazia seu coração bater mais rápido.

— Vou me lembrar disso, capitão Charles. Obrigada por tudo.

O capitão Charles lentamente a puxa pelas mãos e os seus olhos encontram os dela, e os seus corpos vão se aproximando. Uma onda de calor abrasador sobe pelas suas pernas e os seus lábios se encontram em um beijo apaixonado. O escritório do palácio, com toda a sua grandiosidade, tornou-se testemunha de um momento de conexão, em que duas almas encontraram o conforto do amor.

O grande salão do palácio estava repleto de vozes animadas e risadas estrondosas, ecoando pelas paredes decoradas com tapeçarias coloridas e candelabros cintilantes. Era a festa da colheita, um evento anual que celebrava a abundância dos campos e a generosidade da terra. Os convidados, donos de engenhos e aristocratas locais, reuniam-se ao redor de mesas longas cobertas com toalhas finas e repletas de iguarias, frutas frescas, carnes assadas e doces variados.

Lia entrou no salão de festa. O coração estava acelerado com a expectativa de encontrar o capitão Charles, porém seria o dia de anunciar seu casamento diante de todos os convidados. As luzes suaves dos candelabros pendurados no teto criavam um brilho dourado, refletido nas faces sorridentes dos convidados. O som da música e do riso preenchia o ar, mas Lia sentia-se alheia a tudo isso, com seu olhar varrendo a multidão em busca de um único rosto. Porém, ele não estava ali. Com uma sensação de inquietação crescendo dentro dela, Lia saiu do salão. Seus passos ecoavam pelo chão de mármore enquanto ela caminhava pelo longo corredor que levava ao escritório. Ela chegou à porta do escritório e hesitou por um momento antes de abri-la lentamente. O que viu fez seu coração parar por um instante. Lá estava o capitão Charles, seu amado, sentado em uma poltrona de couro escuro, em uma conversa animada com Ana Paes, uma mulher conhecida por sua beleza estonteante e pelo fato de dever uma soma considerável à família de Lia. Ana inclinava-se para ele com um sorriso encantador e seus olhos brilhando à luz das velas. A proximidade entre eles, a familiaridade nos gestos, despertou imediatamente a desconfiança em Lia. Charles olhou para cima, surpreendido, ao perceber a presença de Lia na porta. O sorriso desapareceu de seu rosto, substituído por uma expressão de culpa que confirmou os piores temores de Lia. Ana, por sua vez, lançou um olhar desdenhoso em direção a Lia, como se soubesse exatamente o impacto de sua presença ali. Lia ficou ali, paralisada, incapaz de falar ou se mover, enquanto o mundo ao seu redor parecia desmoronar. A cena diante dela, carregada de tensão e segredos, parecia um golpe traiçoeiro em seu coração, já tão cheio de esperança de sair daquela festa com a data marcada do seu casamento.

Lia, contudo, respirou fundo, decidida a não ceder à insegurança. Com uma postura confiante, ela atravessou o escritório com graça e determinação, e seus olhos fixos em capitão Charles. Sem dizer uma palavra, ela se sentou no colo dele e o beijou apaixonadamente, com sua mão acariciando suavemente o rosto dele. O beijo era um gesto de possessão e desafio, uma afirmação de seu lugar ao lado dele. Quando ela finalmente se afastou, os olhos do capitão Charles estavam arregalados de surpresa, enquanto Ana observava a cena com uma mistura de choque e desprezo. Lia manteve sua expressão serena e, com uma voz firme, disse:

— Querido, vamos marcar a data do nosso casamento nesta noite — sua declaração cortou o ar como uma lâmina afiada, os pegando de surpresa. O escritório ficou em silêncio por um momento. A surpresa estava estampada nos rostos deles. Lia manteve sua expressão tranquila, desafiando qualquer um a contestar sua declaração.

Charles, ainda surpreso, não sabe para quem olhar, se para Ana ou para Lia, antes de acenar finalmente com a cabeça.

— Sim! Não Lia! — disse ele, arqueando as sobrancelhas e sua voz tremendo levemente. — Precisamos conversar para marcar a data.

O choque na face de Ana era evidente, e Lia sentiu uma onda de triunfo. Ela não apenas reivindicara seu lugar ao lado de Charles, mas também deixara claro que não seria facilmente intimidada.

Havia tensão no escritório, entretanto, Lia se manteve firme, segura de sua posição e do amor que compartilhava com Charles. Naquela noite, ela havia mostrado a todos, inclusive a si mesma, que a força e a profundidade de seu desejo de possessão são visíveis.

Ana Paes se levanta e sai com dúvidas das reais intenções do capitão Charles, e, do mesmo jeito que passou pelo salão, saiu sem ser notada.

Entre os presentes, quase invisíveis, os escravos se moviam silenciosamente, executando suas tarefas com precisão e discrição. Seus passos eram leves, quase inaudíveis, e seus olhares mantinham-se baixos, evitando contato visual com os senhores. As bandejas que carregavam eram pesadas, porém eles as sustentavam com destreza, como se fossem extensões de seus próprios corpos. Mas havia uma escrava que não passava despercebida. Sabina, com sua beleza exótica, destacava-se entre os outros. Sua pele era de um tom marrom profundo; seus olhos grandes e brilhantes, como duas pérolas negras; e seus cabelos, longos e negros como a noite, caíam em ondas suaves sobre seus ombros. Cada movimento seu era gracioso, e cada gesto era carregado de uma elegância natural que parecia hipnotizar todos ao seu redor. Os olhares dos donos de engenho foram atraídos para ela como ímãs. Murmúrios surgiram entre eles, discussões veladas sobre a posse daquela que parecia mais uma joia rara do que uma escrava comum. A disputa silenciosa e cheia de tensão pairava no ar, enquanto Sabina, alheia, ou talvez apenas fingindo estar, continuava a desempenhar suas funções com a mesma serenidade imperturbável, servindo as damas no salão. As mulheres dos senhores de engenhos conversavam entre si em grupos distintos. Uma delas, incomodada com a beleza da Sabina, procurou saber de quem ela era escrava, percebendo que os homens estavam entusiasmados com a notada beleza.

Norma franze a testa e pergunta no grupo:

— De quem é essa escrava?

— Não sei — respondeu Maria, uma das mulheres do grupo.

Outras duas assentiram com um gesto de cabeça, enquanto Sabina se aproxima para servi-las. Norma a segura pelo braço.

— De quem você é escrava?

Sabina, com o olhar baixo, responde:

— Dona Juraci, senhora.

Maria solta o braço de Sabina das mãos de Norma e diz:

— Pode continuar o seu serviço.

Joana, entre os escravos que estão servindo, aproxima-se de Norma, com o queixo abaixado, para servi-la.

— Essa daí é assanhada. Tenho que estar sempre disciplinando, colocando em seu devido lugar — disse Norma asperamente porque seu marido Emiliano se deitava com a escrava.

— Ela é sua? — uma das mulheres perguntou.

— Sim — disse com os olhos arregalados, como se por um momento tivesse sido possuída de grande raiva.

Maria, com sua expressão desaprovadora da atitude de Norma, balança a cabeça negativamente.

Sabina se aproxima do grupo de homens para servir. Um dos senhores, Emiliano, mais ousado, aproximou-se estendendo a mão para tocá-la, mas foi interrompido por Afonso, que agarrou seu braço e sussurrou algo em seu ouvido:

— Ela é minha escrava. Tire as mãos dela!

A tensão crescia, e os demais observavam a cena com interesse crescente, curiosos para ver até onde aquela disputa iria.

Senhor Silva interveio:

— Ela estará no leilão daqui a pouco, meu jovem. Você sabe o que acontece. Passou por aquele portão, qualquer escravo ou escrava não tem dono certo. Pode estar no leilão e pertencer a outro por dois dias. Então se controle ou arremate.

Afonso sai descontrolado, vai até Sr. Costa e o puxa asperamente, sussurrando em seu ouvido:

— Por que o senhor a trouxe para cá?

— Foi sua mãe que insistiu — murmurou ele.

Sabina continuava seu trabalho, e seus olhos brevemente encontraram os de um jovem escravo ao seu lado, que lhe ofereceu um sorriso encorajador. Ela retribuiu com um leve aceno de cabeça, sabendo que, apesar de tudo, a festa da colheita não era apenas sobre celebrar a terra, mas também sobre sobrevivência e resistência silenciosa.

Lia e o capitão Charles chegam ao salão. Ela, com um sorriso no rosto, e ele, sério, procurando Ana Paes com seu olhar e não a encontrando.

No centro do salão, Dom Augusto, um homem de porte altivo e olhar penetrante, estava rodeado por alguns dos mais influentes senhores de engenho da redondeza. Sua presença dominava o salão, e todos os olhares se voltavam para ele com uma mistura de respeito e ambição. Ele levantou sua taça de vinho, chamando a atenção dos presentes para um brinde.

— Senhores! — disse ele, com sua voz ecoando pelo salão. — Celebramos hoje não apenas a abundância de nossas colheitas, mas também a força e a perseverança de nossa gente. Que este ano seja apenas o primeiro de muitos de prosperidade e crescimento.

As taças foram erguidas, e um coro de vozes respondeu em uníssono:

— À prosperidade.

À medida que a noite avançava, a música começou a tocar, e alguns convidados tomaram a pista de dança, movendo-se com graça ao som dos violinos e flautas. As damas, em seus vestidos de cores vibrantes e enfeitadas com joias brilhantes, acompanhavam os cavalheiros em elegantes passos de dança, com suas risadas se misturando à melodia.

Em um canto mais reservado do salão, um grupo de donos de engenho discutia negócios e estratégias. Entre eles, Bartolomeu, um homem de meia-idade com olhos astutos, destacava-se. Ele falava com paixão sobre as novas técnicas agrícolas que planejava implementar, gesticulando com as mãos enquanto os outros ouviam com atenção.

— Penso que, se introduzirmos novos métodos de irrigação, poderemos dobrar nossa produção no próximo ano — dizia Bartolomeu. Seus olhos brilhavam com a perspectiva de maiores lucros.

— É um investimento significativo, mas os benefícios serão imensos.

Sr. Gonçalves, outro senhor de engenho, mais velho e de expressão cética, respondeu:

— No entanto, isso não exigirá um aumento na mão de obra? Onde encontraremos escravos suficientes para tal empreendimento? E dinheiro? Os juros que a companhia cobra são exorbitantes.

Bartolomeu sorriu, com sua confiança inabalável:

— Com o sucesso deste ano, nossos recursos são vastos. Podemos nos dar ao luxo de investir agora para colher os frutos no futuro.

A discussão prosseguia, enquanto ao redor deles a festa continuava, uma celebração do presente e uma promessa de um futuro ainda mais grandioso. A noite avançava, e o palácio do governador tornava-se um microcosmo do mundo em que viviam: um lugar de opulência, poder e ambições sem limites, tudo sustentado pelas mãos invisíveis daqueles que realmente trabalhavam na terra.

Cada senhor de engenho foi se retirando, um a um, e no salão ficavam somente as mulheres. Uma delas pergunta:

— Para onde eles vão?

Maria fita uma jovem senhora holandesa de vinte e seis anos desgarrada no salão e se aproxima:

— Você é nova aqui, né?

— Sim — disse Heidi, com sotaque holandês forte.

— Qual seu nome? — perguntou Maria.

— Heidi.

Maria responde com um sorriso malicioso:

— Agora é a hora de eles acenderem um charuto e falarem dos empréstimos com juros altos e os lucros, dos quais a companhia leva metade. E beberem até não aguentarem mais.

Os homens do salão vão se retirando um a um para uma sala à parte, no interior do palácio.

A FUGA

Na senzala, o ar parecia carregado de expectativa silenciosa, como se os próprios deuses estivessem sussurrando palavras de encorajamento e despedida. Ele trocou olhares furtivos com aqueles que compartilhavam seu segredo, aqueles que haviam concordado em ajudar na busca pela liberdade. Nego pega o objeto guardado anteriormente e, retorcendo de um lado para outro, abre cada cadeado que o prende às correntes em algum instante após ser livre delas permaneceu no seu catre de palha.

À medida que a noite avançava, ele se levantou furtivo e decidido, cada movimento sendo um passo mais perto da linha tênue entre a escravidão e a liberdade. Cada batida de coração era um eco de coragem e desafio, uma afirmação silenciosa de sua determinação inquebrantável.

O silêncio da noite era cortado apenas pelo canto distante dos grilos e pelo sussurro do vento que balançava as folhas das árvores. Na escuridão da senzala, todos pareciam dormir profundamente, ainda assim Nego estava alerta, com o coração acelerado e os sentidos aguçados. Era o momento que ele havia esperado por tanto tempo.

Sem fazer barulho, ele se aproximou e tocou no seu companheiro de fuga e trocou um olhar rápido com Babu. Os dois sabiam que não podiam fazer um som sequer; qualquer ruído poderia despertar os outros escravos ou, pior, alertar os feitores. Com movimentos furtivos, eles se dirigiram ao canto mais escuro da senzala, onde uma fresta no telhado deixava passar um fio de luz pálida.

O plano fora meticulosamente elaborado e mantido em segredo absoluto. Durante alguns dias, eles haviam afrouxado as telhas cuidadosamente, uma por uma, até que finalmente houvesse uma abertura grande o suficiente para que passassem. Esta era a noite perfeita, sem lua e com uma leve brisa, mas não o suficiente para alguns escravos perceberem o que está acontecendo. Olhos se abrem para presenciar a fuga.

Nego, sendo o mais ágil, subiu primeiro. Seus dedos se agarraram firmemente nas telhas soltas, que cederam sob seu peso, mas ele as segurou com habilidade para evitar que caíssem. Com um último esforço, ele deslizou pelo buraco e estendeu a mão para ajudar Babu, que subia logo atrás.

Ambos estavam agora no telhado, com a sensação de liberdade cada vez mais palpável. Respirando fundo, eles olharam em volta. O engenho dormia, mas eles sabiam que não tinham muito tempo antes do amanhecer. O próximo passo seria descer pelo lado menos vigiado da casa-grande e correr para a mata. Porém, viram que dois vigias se aproximavam em passadas lentas com os mosquetes em punho e uma tocha iluminando a sua volta. Estava claro que ouviram alguma coisa, quem sabe um barulho sutil ou era mesmo rotina.

Com a adrenalina correndo em suas veias, Nego e Babu começaram a se mover, cada um consciente da importância de cada passo. Cada detalhe havia sido planejado, mas agora tudo dependia da execução perfeita. Eles sabiam que, se conseguissem chegar à mata, estariam um passo mais perto da liberdade.

Nesse momento, precisaria de passar pelos vigias sem chamar a atenção de outros.

Os corações de Nego e Babu batiam acelerados enquanto se moviam rapidamente pela escuridão, sentindo o chão úmido e frio sob seus pés descalços. Eles haviam conseguido descer do telhado da senzala e estavam a poucos passos da liberdade quando ouviram um som que gelou seu sangue. O estalar de galhos sob pés pesados.

— Quem está aí? — uma voz áspera perguntou, seguida pelo brilho de uma tocha que iluminou o pátio à frente. Dois vigias, armados com mosquetes e facões, estavam patrulhando o perímetro. Nego e Babu trocaram um olhar rápido e determinado; sabiam que não poderiam fugir sem serem vistos.

Com a habilidade que o trabalho árduo havia dado a eles, se agacharam nas sombras, usando a senzala como cobertura. A lua ainda estava escondida atrás das nuvens, e a escuridão era sua aliada. Os vigias se aproximavam. As lâminas de seus facões reluziam à luz da tocha.

Nego fez um sinal quase imperceptível para Babu. Eles já haviam discutido essa possibilidade. Sem tempo para hesitar, Nego pegou uma pedra do chão e a atirou longe, fazendo um som distante. Os vigias se voltaram para o ruído, distraídos por um momento crucial.

Aproveitando a oportunidade, Nego e Babu se lançaram sobre os homens. Nego, mais forte e ágil, derrubou o primeiro vigia com um golpe preciso na nuca, usando a lateral de uma madeira como um bastão que desceu do teto da senzala. O homem caiu com um grunhido abafado e com o mosquete deslizando de suas mãos.

Babu, menor, mas igualmente determinado, atacou o segundo vigia, segurando seu braço armado. Ambos caem no chão, rolando em luta corporal até que, Nego, agora de posse do mosquete caído que pegou do primeiro vigia, usou a coronha da arma para golpear a cabeça do vigia que lutava bravamente com Babu, garantindo que ele ficasse inconsciente.

Com os vigias neutralizados, Nego apanha o punhal, facão e pistola do vigia que ele derrubou com o golpe da madeira, e Babu revista o que foi derrubado com a coronhada e pega o mosquete, punhal e o facão.

Ofegantes e com os corações ainda acelerados, eles arrastaram os corpos inconscientes para a vegetação densa, cobrindo-os com folhas e galhos para ganhar tempo. A adrenalina corria em suas veias, contudo sabiam que não poderiam parar. Cada segundo contava.

Sem trocar palavras, os dois se levantaram e continuaram sua fuga, movendo-se com a precisão e a urgência de homens que tinham tudo a perder e uma chance ínfima de sucesso. A mata fechada era seu próximo destino, e a esperança de liberdade, seu guia.

Os dois escravos se lançaram novamente em direção à mata. Seus corações batiam como tambores de guerra, com a adrenalina correndo em suas veias. Cada passo os levava mais longe. Entretanto, os latidos dos cães passaram a ser ouvidos ao longe, e o pesadelo do retorno a escravidão estava mais perto do que o som da esperança de liberdade. O som dos latidos dos cães ficava cada vez mais próximo, e seis homens com tochas e fortemente armados em sua perseguição. Os olhares de Nego e Babu miram a mata, e, antes que pudessem ser alcançados pelos cães, infiltraram-se na escuridão da noite que envolvia a floresta, transformando cada árvore e arbusto em sombras ameaçadoras. Nego e Babu corriam com o coração acelerado, com os pés descalços maltratados pelo terreno irregular. O ar noturno era fresco, mas a tensão e o medo faziam o suor escorrer por seus rostos. Cada passo que davam era um risco calculado, pois sabiam que os capatazes e os cães estavam logo atrás.

Os latidos dos quatro cachorros ecoavam na escuridão, intercalados pelos gritos dos seis capatazes que, com tochas em mãos, tentavam iluminar o caminho e seguir o rastro dos fugitivos. A luz trêmula das tochas lançava sombras dançantes, criando uma atmosfera ainda mais assustadora. O som da água quebrando nas pedras anunciava um pequeno riacho serpenteando pela floresta.

Com os olhos aguçados, Nego e Babu, entre as pedras, no riacho, descobriram uma pequena gruta de pedra parcialmente submersa na água. Era um esconderijo perfeito, mas também perigoso. Sem hesitar, entraram na gruta, deitando-se na água fria. A gruta era estreita, e eles precisaram se acomodar com as bocas do lado de fora da água para respirar.

A respiração era controlada, quase silenciosa, enquanto os sons dos perseguidores se aproximavam. O farfalhar das folhas e o barulho dos passos firmes dos capatazes misturavam-se ao som constante da água corrente. Os cães farejadores chegaram à beira do riacho. Suas patas revolviam a lama enquanto farejavam o ar, inquietos.

Os capatazes se espalharam ao longo das margens, iluminando o riacho com suas tochas. A luz refletida na água criou um espetáculo de brilhos ondulantes, mas não revelou o esconderijo dos fugitivos. Nego e Babu permaneciam imóveis, sentindo a água gelada cobrindo seus corpos, enquanto a adrenalina pulsava em suas veias.

Um dos capatazes se aproximou da gruta, iluminando as pedras meio que submersas com sua tocha. A luz passou perto dos rostos parcialmente submersos, mas não revelou nada além de pedras e sombras. Os cães, confusos pelo cheiro dissipado na água, continuavam a farejar em círculos, sem encontrar uma pista concreta.

Os capatazes discutiam entre si, frustrados com a busca infrutífera. Um deles, visivelmente irritado, chutou uma pedra no riacho, fazendo a água espirrar. Nego e Babu mantiveram-se firmes, com a respiração controlada, torcendo para que seus corações acelerados não fossem ouvidos.

Após um tempo que pareceu uma eternidade, os capatazes decidiram seguir rio abaixo, acreditando que os fugitivos poderiam ter continuado por ali. Os latidos dos cães e os gritos dos homens foram se distanciando lentamente, até que o som da água corrente voltou a dominar o ambiente.

Nego e Babu esperaram mais alguns minutos, garantindo estarem realmente sozinhos. Com cuidado, emergiram da água, ofegantes, mas aliviados. A noite ainda era sua aliada, oferecendo a escuridão como manto protetor. Com a determinação renovada, continuaram sua fuga, sabendo que a cada passo estavam mais próximos da liberdade.

No interior, uma sala do palácio resplandecia sob a luz bruxuleante dos candelabros de cristal, refletindo-se nas cortinas de veludo vermelho e nas tapeçarias luxuosas que adornavam as paredes. Os senhores de engenho agrupavam-se em pequenos círculos, desfrutando de drinques preparados com destilados finos e fumando charutos de aromas intensos.

As conversas fervilhavam sobre os desafios cotidianos das plantações, os altos juros cobrados pela Companhia e as constantes manobras políticas para manter seus privilégios.

O ambiente estava repleto de uma opulência abafada pelo cheiro de tabaco e álcool, e as vozes dos homens, misturadas ao som da música suave que vinha de um canto do salão, criavam um murmúrio constante. A tensão era palpável, uma mistura de camaradagem e competição que permeava cada troca de palavras e olhares.

BELEZA EXÓTICA

De repente, as portas duplas de madeira maciça se abriram com um ranger audível, chamando a atenção de todos. Um capataz de olhar severo e postura rígida entrou no salão, conduzindo duas jovens escravas, Sabina e Joana, acompanhadas do leiloeiro. As conversas cessaram quase instantaneamente, e todos os olhares se voltaram para o centro da sala, onde o capataz posicionou as mulheres.

— Senhores, teremos agora um leilão especial — anunciou o leiloeiro com voz melosa. — Estas escravas estão à disposição para serem arrematadas pelos senhores. Dada a admiração que elas despertaram nos senhores, o vencedor terá direito a duas noites com a escolhida.

João Fernandes frange a testa e diz:

— Capitão Charles, você programou isso?

— Não! — disse arqueando as sobrancelhas.

Capitão Charles vai até o meio do salão, toma a frente do leiloeiro e com uma voz firme diz:

— Senhores, não precisamos disso. Nossas festas são para comemorarmos um ano de grandes colheitas e prosperidades nos nossos engenhos. Peço que se encerre esse leilão.

Emiliano vai à frente:

— O Capitão, se o senhor Sr. Costa quer nos presentear com essa negrinha exótica, que mal tem?

Sr. Gonçalves assentiu:

— Capitão Charles, estamos nos divertindo.

Afonso lançava um olhar de raiva e desaprovação para eles, por alimentar um desejo por Sabina.

Um burburinho de excitação percorreu a sala. Dom Augusto, um homem corpulento com bigodes espessos e ar autoritário, foi o primeiro a fazer a oferta:

— Quinhentos réis!

Emiliano em seguida:

— Quinhentos e cinquenta réis!

Capitão Charles olhou a sua volta, levanta um dos braços e balança a cabeça negativamente. E voltou ao lado de João Fernandes.

Afonso aumentou rapidamente o lance, claramente desejando Sabina, uma das escravas, com fervor.

— Um conto de réis!

Emiliano, conhecido por sua astúcia e serenidade, observava a disputa com um olhar calculista.

— Um conto e cinquenta réis! — disse Emiliano.

Os lances foram subindo em um ritmo frenético. Dom Augusto lançava suas apostas com confiança, enquanto Afonso, bufando de raiva, aumentava os valores com determinação. Seu desejo ardente refletia-se em cada palavra. Emiliano, por sua vez, jogava seus números com uma calma imperturbável, analisando cada reação de seus concorrentes.

O clima no salão se tornava cada vez mais tenso. Os outros senhores de engenho observavam a disputa com interesse crescente, comentando em voz baixa e trocando olhares significativos. A cada novo lance, a competição se intensificava, e Afonso, especialmente, parecia à beira de perder o controle, com sua frustração e desejo tornando-se cada vez mais evidentes.

As portas se abrem com um ranger agudo, e o capataz da fazenda de Dom Augusto entra e se aproxima. Os lances subiam a um ritmo frenético, e a tensão no ar era palpável. Dom Augusto lançou um olhar de desafio para seus concorrentes, especialmente Afonso, cujo rosto transpirava frustração. Em meio a esse embate, Dom Augusto sentiu um leve puxão em sua manga. Era seu capataz, um homem de expressão grave e preocupada:

— Senhor — sussurrou o capataz no seu ouvido, tentando ser discreto. — Temo que tenha más notícias. Dois de seus escravos fugiram esta noite.

O rosto de Dom Augusto se contorceu de raiva e surpresa. Por um momento, ele ficou imóvel, com seus olhos cravados no capataz, incapaz de acreditar no que ouvira. A notícia era um golpe devastador em meio a uma disputa já intensa. Sua mente fervilhava com a indignação e o choque, e a sala ao seu redor parecia desvanecer enquanto ele processava a informação.

Dom Augusto se vira para todos e tenso diz:

— Gostaria de continuar, mas, após receber uma notícia que dois escravos fugiram, preciso me retirar e ir atrás desses fujões, e quando eu os encontrar, receberão a paga que eles merecem.

João Fernandes se aproximou oferecendo-se para capturá-los:

— Quer minha ajuda?

— Não! — exclamou Dom Augusto.

Ao sair, para diante do capitão Charles:

— Preciso falar contigo urgente essa semana. Vai lá.

Enquanto os outros voltavam às suas conversas e drinques, ele já planejava os passos seguintes para recapturar os fugitivos e restaurar a ordem em seu engenho. Ao sair, Dom Augusto bate no ombro do capitão Charles e continua saindo. A festa continuava, mas para Dom Augusto a verdadeira batalha estava apenas começando.

Emiliano levanta a voz:

— Senhores, preciso me retirar.

Vira-se para Afonso com um sorriso sarcástico:

— Você ganhou. Faça um bom proveito.

Afonso respira tranquilo e sente uma sensação de triunfo.

CUMPLICIDADE

O sol da manhã ainda estava baixo no horizonte, lançando raios dourados sobre o riacho que serpenteava tranquilamente pela floresta. A água límpida refletia o brilho suave do amanhecer, e havia uma agitação que se passava nas margens. Nego e Babu, exaustos de uma noite inteira de fuga, ajoelhavam-se à beira do riacho, lavando os rostos suados. As costas de Nego estavam com as marcas das chibatadas em carne viva, e ele tentava recuperar o fôlego.

Babu, de olhar decidido, observava o fluxo constante da água enquanto falava.

— Vou para o Quilombo dos Palmares — disse ele, com voz firme. — Lá encontrarei segurança e poderei ajudar na luta por nossa liberdade.

Nego meneou a cabeça em desacordo.

— Eu entendo, Babu. Mas eu não posso ir para Palmares agora. Sabina continua lá. E não só ela, há muitos outros que precisam de nossa ajuda. Meu coração me diz que devo voltar e libertá-los — disse Nego franzindo as sobrancelhas com seu tom de voz aumentando. — Eu, não escapei para ser um escravo fugitivo, me entranhar por dentro do mato, não.

Se não for para viver do lado da Sabina, eu prefiro a morte. Se não for para libertar todos os meus irmão, eu prefiro a morte. Para isso me libertei, sou livre.

Babu suspirou, olhando para o amigo com uma mistura de preocupação e respeito, relembrou de sua mulher e filhos que estão escravizados em algum engenho.

— É uma missão arriscada, Nego. Voltar é quase uma sentença de morte. Mas você sempre teve esse espírito de luta, de querer ajudar os outros. Eu não posso te deixar ir sozinho. Babu estava dividido entre libertar os irmãos e desfrutar de sua liberdade.

Nego, com a determinação brilhando em seus olhos, respondeu:

— Sei dos riscos, mas não posso ignorar a dor dos que ficaram para trás. Sabina precisa de mim. Todos eles precisam.

Os dois homens permaneceram em silêncio por um momento, ouvindo apenas o som suave do riacho e os cantos distantes dos pássaros. Babu estava dividido. O Quilombo dos Palmares representava segurança e uma chance real de liberdade, mas o chamado de Nego tocava fundo em seu coração. Finalmente, Babu respirou fundo e falou, com uma decisão renovada:

— Você tem razão, Nego. Não podemos abandonar nossos irmãos. Se libertar os escravos e resgatar Sabina é o que precisa ser feito, então estou com você. Aonde tu fores, irei contigo. Se for para morrer, morrerei ao seu lado. Minha vida agora tem um propósito: viver livre e libertar meus irmãos. Estamos juntos.

Nego olhou para o irmão aliviado e grato:

— Obrigado, Babu. Juntos, teremos mais chances de sucesso. Vamos planejar bem nossos passos. A liberdade deles é a nossa luta, para isso estamos aqui.

Com o plano decidido, os dois homens se levantaram, sentindo uma nova força e propósito. A jornada seria perigosa, cheia de incertezas, mas juntos eles estavam decididos a enfrentar qualquer obstáculo. Na margem, eles pegam os mosquetes, facões e os punhais, cortam da árvore uma tira de cipó e fazem uma cinta para carregá-los. Nego escolhe cuidadosamente tiras de cipó para fazer um arco e galhos para fazer flecha. O riacho continuava a fluir, testemunhando o início de uma nova fase em suas vidas, marcada pela coragem e pelo desejo inabalável de liberdade.

Dom Augusto reuniu seus homens de confiança no pátio do engenho. O céu tingia-se de um laranja pálido, enquanto a névoa da madrugada ainda pairava sobre os campos de cana. O som dos cascos dos cavalos ecoava suavemente no ar úmido, acompanhando o farfalhar das folhas e os murmúrios abafados dos homens. Montado em seu cavalo, Dom Augusto observava os oito homens escolhidos para a busca. Capatazes e vigias, todos experientes e de olhares resolutos, encontravam-se montados em seus cavalos, prontos para partir. Dois deles, mais ágeis a pé, conduziam os quatro cachorros de caça, segurando firmemente as coleiras dos animais que farejavam inquietos o ar, já ansiosos pela perseguição.

— Nego e Babu foram para o quilombo, e eu os quero de volta, nem que sejam só os corpos deles — anunciou Dom Augusto. Sua voz ressoava com autoridade e frieza.

— Não permitiremos que a desordem se instale. Vamos trazê-los de volta, seja como for. A determinação em suas palavras era clara, e seus homens sabiam o que estava em jogo.

Os preparativos foram rápidos. Os homens checaram suas armas, mosquetes, facões, chicotes e pistola enquanto os cachorros, com olhos brilhantes e corpos tensos, esperavam o comando. A atmosfera era carregada de expectativa, cada um ciente da urgência e do desafio que os aguardava na mata. A partida foi marcada por um silêncio determinado. O grupo avançou em direção à floresta, os cavalos trotando com segurança pelo caminho conhecido, enquanto os homens a pé seguiam com os cachorros à frente. As árvores altas e densas da mata formavam um dossel fechado, mergulhando o grupo em sombras e sussurros. A trilha sinuosa logo se tornaria um labirinto de folhas e galhos, mas os homens estavam prontos para enfrentar qualquer obstáculo. Os cães farejavam o chão, puxando as coleiras com vigor, guiados por um instinto afiado. Os cavalos avançavam com cautela, com seus cascos abafados pelo solo macio da floresta. O cheiro de terra molhada e vegetação dominava o ar, misturado ao suor dos homens e ao odor dos animais. Dom Augusto liderava o grupo. Seus olhos varriam o ambiente com atenção aguçada. Cada estalido, cada movimento nas sombras poderia ser uma pista dos fugitivos. A caçada havia começado, e a selva, com sua imensidão verde e misteriosa, seria o palco de uma busca implacável.

O sol estava a pino, lançando seus raios implacáveis sobre o vasto canavial, fazendo o ar tremer de calor. Entre as fileiras densas e verdes de cana-de-açúcar, Nego e Babu se mantinham agachados, ocultos pelas altas folhagens. Suas peles queimavam, mas seus olhos estavam fixos e atentos, observando cada movimento ao longe. Eles podiam ver os outros escravos trabalhando sob o olhar severo dos capatazes. O som dos facões cortando a cana misturava-se com os gritos de ordens e os gemidos de cansaço angustiante que ecoava pelo campo. De repente, entre os trabalhadores, Nego reconheceu uma figura familiar. Gamba Zumba, seu irmão de tribo, estava ali, com seus músculos pulsando a cada golpe que desferia contra a cana. Mesmo a distância, Nego podia ver a determinação nos olhos de Gamba Zumba, uma chama de resistência que se recusava a ser apagada pelo sofrimento. Nego tocou levemente o braço de Babu, sinalizando a compreensão mútua de que aquele não era o momento certo. O sol forte e a vigilância constante dos capatazes tornavam qualquer tentativa de libertação durante o dia fracassada. Eles precisariam da escuridão da noite para agir com segurança. Nego e Babu continuaram observando, anotando mentalmente os padrões de movimento dos capatazes e os pontos de maior vulnerabilidade. A cada minuto que passava, a urgência crescia dentro deles, mas também crescia a certeza de que a noite traria a oportunidade que precisavam.

O sol estava sobre suas cabeças quando Dom Augusto chegou ao quilombo em ruínas. As antigas construções de barro e palha estavam parcialmente desmoronadas, testemunhas silenciosas de tempos de resistência e esperança. As sombras das árvores altas se estendiam sobre o lugar, conferindo um ar ainda mais sombrio e desolado. Dom Augusto desceu do cavalo com um movimento brusco, a expressão de frustração estampada em seu rosto. Atrás dele, os homens, capatazes e vigias, também desmontaram, mantendo-se em alerta. Dois deles seguravam firmemente as coleiras de cães ferozes, que rosnavam e farejavam o ar, inquietos e ansiosos.

— Espalhem-se e procurem por qualquer sinal deles! — ordenou Dom Augusto, com sua voz carregada de impaciência e raiva. — Eles não podem ter ido longe.

Os homens obedeceram prontamente, movendo-se rapidamente pelas ruínas, chutando portas de cabanas e revistando os escombros em busca de alguma pista. Os cães puxavam as coleiras, farejando o chão e emitindo latidos que ecoavam pelo lugar abandonado. Dom Augusto caminhou pelo quilombo, observando as ruínas com um misto de desdém e desconfiança. Ele sabia que aquele lugar havia sido um refúgio de liberdade para muitos escravos, e a mera ideia de que Nego e Babu poderiam ter encontrado abrigo ali o enfurecia. Após vários minutos de busca infrutífera, um dos capatazes se aproximou, sacudindo a cabeça em negativa.

— Nada, senhor. Nenhum sinal deles.

Dom Augusto cerrava os punhos, com os nós dos dedos ficando brancos:

— Eles não podem ter desaparecido. Continuem procurando! Eles estão por aqui em algum lugar.

Mas enquanto seus homens vasculhavam o lugar, a realidade tornava-se evidente. O quilombo estava deserto, sem qualquer indício recente de vida. O silêncio era quebrado apenas pelo som dos cães farejando e dos passos dos homens sobre os destroços.

A frustração era palpável no ar, pois nenhum sinal de Nego e Babu havia sido encontrado.

— Continuem procurando ao redor — ordenou Dom Augusto, com sua voz carregada de raiva contida. — Eles não podem estar longe.

Os homens se espalharam pelo perímetro do quilombo. Seus passos ecoavam no silêncio opressivo. Foi então que um dos capatazes, um homem robusto e de rosto endurecido, gritou chamando a atenção de todos:

— Senhor! Encontrei um aqui!

Todos se dirigiram rapidamente até o capataz, que segurava firmemente um escravo desnutrido e trêmulo. O homem mal conseguia ficar de pé. Seus olhos estavam arregalados de medo, e o corpo magro, marcado por cicatrizes e sujeira. Ele implorava pela sua vida. Suas palavras eram entrecortadas por soluços e desespero:

— Por favor, senhor... Não sei nada sobre os fugitivos... Por favor, tenha piedade! — ele choramingava, caindo de joelhos diante de Dom Augusto.

Dom Augusto olhou para o escravo com desdém. Ele se aproximou lentamente. Seus olhos frios analisavam cada movimento do homem em pânico. Sem dizer uma palavra, ele gesticulou para que o capataz o levantasse. O escravo foi arrastado para ficar de pé, ainda suplicando.

— Onde estão Nego e Babu, infeliz?! — Dom Augusto perguntou com uma calma ameaçadora. — Fale, e sua vida será poupada.

O escravo balançou a cabeça desesperadamente.

— Eu não sei, senhor! Juro que não sei!

Dom Augusto manteve o olhar fixo no homem por alguns instantes. O silêncio era pesado como uma pedra. Então, sem aviso, ele sacou sua pistola e, sem demonstrar nenhuma piedade, disparou um tiro na testa do escravo. O som do disparo ecoou pelo quilombo, e o corpo do homem desabou no chão.

Os homens ao redor permaneceram em silêncio, alguns desviando o olhar, outros simplesmente acostumados à brutalidade. Dom Augusto guardou a arma com um movimento firme e impassível.

— Vamos — disse ele, com sua voz cortando o ar como uma lâmina. — A busca continua amanhã. Nego e Babu não escaparão de mim.

Dom Augusto olha à sua volta e exclama:

— Atirem fogo em tudo que está de pé!

Dom Augusto, finalmente, teve que aceitar a verdade amarga. Nego e Babu haviam escapado, deixando para trás apenas as ruínas de um sonho de liberdade. Ele olhou para o horizonte, onde a última luz do dia estava chegando ao fim, e sentiu a raiva fervilhar dentro de si. A busca continuaria, mas naquele momento o quilombo em chamas era um lembrete sombrio de sua falha.

Dom Augusto desceu do cavalo com um movimento brusco, com seu rosto desfigurado de raiva. A perseguição frustrada de Nego e Babu ainda queimava em sua mente, uma afronta que não podia ser ignorada. Ele caminhou até o pelourinho, próximo à senzala, onde o tronco se erguia como um símbolo sinistro de punição.

— Tragam-nos! — ordenou, com sua voz ecoando pelo pátio. Os guardas se apressaram em cumprir a ordem, trazendo cinco mulheres e cinco homens, todos com olhos arregalados e corpos tremendo. A visão do tronco aumentava o terror que já sentiam. As mulheres foram as primeiras a serem amarradas, com suas costas expostas e vulneráveis sob o cair da tarde. Dom Augusto observava com olhos frios, sem um traço de compaixão.

— Dez chibatadas para cada uma — decretou, com a voz implacável.

O chicote estalou no ar, seguido pelo grito estridente da primeira mulher. A pele lacerada brilhava com sangue, e cada golpe parecia durar uma eternidade. Os gemidos e súplicas das mulheres se misturavam ao som das chibatadas, criando uma sinfonia macabra de dor. Depois que a última mulher recebeu sua décima chibatada, os guardas passaram aos homens. Dom Augusto ainda estava insatisfeito. A ira queimava em seu olhar.

— Quinze chibatadas para cada um deles — ordenou.

Os homens, apesar de sua constituição mais robusta, não foram poupados. O chicote cortava o ar com uma força brutal, arrancando gritos guturais de dor a cada golpe. As costas dos homens se transformavam em um emaranhado de feridas abertas. O sangue escorria e tingia o chão de terra. Dom Augusto assistia a tudo sem pestanejar. Cada chicotada, um lembrete de seu poder absoluto. Os gritos de dor e o som da carne sendo rasgada pelo chicote pareciam acalmar sua fúria, restaurando a sensação de controle e ordem.

Uma brisa suave balançava as cortinas de linho branco que pendiam das janelas do quarto de Lia. Ela se levantou ao ouvir vozes, lentamente, da cadeira de balanço, onde passara a última hora lendo um romance, e caminhou até a sacada de seu quarto. Do alto, ela tinha uma visão privilegiada do pátio do engenho, onde os escravos se reuniam para suas tarefas diárias. Os gritos e os estalos do chicote cortavam o ar, mas Lia não desviou o olhar. Seu pai, Dom Augusto, estava de pé ao lado do tronco. Os escravos estavam sendo castigados, um a um, com um gesto autoritário; ele ordenava os castigos. Lia observou a cena com olhos frios e distantes, como se assistisse a um espetáculo entediante. Seu rosto permanecia sereno, sem traços de compaixão ou horror. Para ela, aquilo era apenas uma parte rotineira da vida no engenho, algo que ela testemunhara desde a infância e aprendera a aceitar sem questionar. As costas dos escravos já marcadas e sangrando eram uma visão comum, quase banal para ela.

Os gemidos de dor e os olhos implorantes não a tocavam. Ela estava mais preocupada em manter a postura digna e a expressão impassível, como sua mãe lhe ensinara. Em seu mundo, a crueldade era uma necessidade, uma ferramenta de controle e poder. Com um suspiro de tédio, Lia afastou-se da sacada, voltando ao conforto de seu quarto. Pegou o livro novamente, pronta para se perder nas páginas e esquecer, ainda que por um momento, a realidade brutal que se desenrolava lá fora.

Quando a última chibatada foi desferida, o pelourinho caiu em um silêncio opressivo. Os escravos, agora marcados pela dor e pela humilhação, foram desamarrados e arrastados para fora, deixando um rastro de sangue e sofrimento. Dom Augusto inalou profundamente, sentindo que sua autoridade havia sido reafirmada através do tormento alheio.

Nego e Babu sabiam que a escuridão seria sua aliada, encobrindo seus movimentos e oferecendo uma chance real de libertar seus irmãos.

Enquanto esperavam que a noite caísse completamente, o ar esfriando gradualmente, eles planejavam cada detalhe. Suas mentes estavam afiadas, e seus corações, cheios de esperança e determinação. Quando a última luz do dia desapareceu, Nego e Babu estavam prontos. A escuridão, agora completa, seria testemunha de sua coragem e da busca pela liberdade. Na calada da noite, eles moviam-se como sombras pelo engenho. A lua cheia projetava um brilho tênue sobre os campos de cana-de-açúcar, onde cada folha farfalhava como cantigas antigas. O vento era suave, mas carregava consigo um ar de urgência. Os dois homens, com passos leves e furtivos, avançavam pelo canavial, cada um dos seus movimentos calculado para não fazer barulho. O coração de Nego batia forte, não só pelo perigo iminente, mas pela esperança de liberdade que os movia. Babu, com olhos aguçados, varria o terreno à frente, atento a qualquer sinal de perigo. À medida que se aproximavam da senzala, as silhuetas dos três vigias surgiram, recortadas contra o horizonte noturno. Eles estavam fortemente armados, com seus facões e mosquetes brilhando à luz da lua. Os vigias, alerta, faziam a ronda; seus olhos penetrantes escaneavam o ambiente em busca de qualquer movimento suspeito. Nego fez um sinal para Babu, e ambos se agacharam, ocultos pela sombra das altas canas. Eles precisariam desarmar os vigias sem causar alarde. Em um movimento sincronizado, avançaram, usando o terreno a seu favor, deslizando de um ponto escuro a outro. Com a agilidade de um felino, Nego se aproximou do primeiro vigia por trás. Suas mãos fortes e precisas envolveram o pescoço do homem, girando-o para o matar silenciosamente. Enquanto isso, Babu, com um punhal afiado, neutralizou o segundo vigia, dando-lhe duas estocadas. O sangue espirrava do pescoço, sujando a mão e o braço. Desarmou-o com rapidez e pegou suas armas. O terceiro vigia, percebendo a movimentação, tentou alertar os outros, mas foi tarde demais. Nego o atingiu com um golpe preciso de facão, decapitando-o antes que ele pudesse emitir qualquer som. Do pescoço, o sangue saía como um chafariz que respingou em Nego no rosto e torso. Com os três vigias neutralizados, os dois homens se entreolharam, compartilhando um olhar de alívio. A respiração ofegante de Nego e Babu misturava-se com os murmúrios aliviados dos escravos que acompanharam entre as frestas de tábuas a movimentação.

A escuridão da noite era quebrada apenas pelas estrelas distantes, e o ar estava carregado de expectativa e medo. Após uma revista rápida nos vigias caídos, pega um molho de chave ainda em mãos. Nego abriu a pesada porta da senzala, que rangeu em protesto. Os olhares cansados e desolados dos escravos rapidamente se transformaram em esperança ao verem seus libertadores.

Gamba Zumba, o irmão da tribo, emergiu da escuridão, suas correntes tilintando levemente. Nego, com a chave em mãos, abriu as algemas que prendiam Gamba Zumba.

— Vamos, irmão. Hoje é o dia da nossa liberdade — disse Nego, com seu olhar determinado encontrando o de Gamba Zumba. Enquanto isso, Babu ajudava a libertar os outros escravos, e entre eles estavam Efigênia e uma mulher grávida, que se chamava Ivonete.

Nego começou a procurar freneticamente por Sabina, sua amada.

— Sabina! Sabina! — ele chamou em sussurros desesperados, com seus olhos vasculhando cada rosto, cada canto escuro da senzala. Mas Sabina não estava ali.

— Irmão, ela não está aqui! — disse Gamba Zumba.

O vazio no peito de Nego aumentava a cada segundo, mas ele sabia que não podia se desesperar agora. Nem todos os escravos quiseram ser libertos, inclusive Mané que fazia os mandados do seu senhor com diligência. Alguns dos escravos livres, o grupo começou a se mover furtivamente através dos canaviais, guiados por Babu e Gamba Zumba. A tensão e o silêncio eram quebrados apenas pelo farfalhar das folhas sob seus pés. De repente, um som agudo rasgou a noite — o estampido de um tiro. Os escravos congelaram por um instante, e então começaram a correr, movidos pelo pânico. Nego e Babu trocaram olhares alarmados. Em seguida, os latidos ferozes dos cães ecoaram pela plantação, aproximando-se rapidamente.

— Nego, temos que ir! — gritou Babu. — Vamos, vamos, vamos! — disse puxando-o pelo braço. No entanto, Nego estava determinado a levar a mulher grávida.

— Preciso ajudá-la! — disse Nego com urgência nas palavras.

Ivonete, com uma barriga já avantajada, sente que sua testa se enruga e seus olhos se arregalam ao escultar os latidos dos cães e os gritos dos capatazes que se aproximavam. A urgência da situação não deixava margem para hesitação. Nego, por entre o canavial, leva a mulher conduzindo-a pelo braço; os outros não conseguem manter o ritmo. Nego sentiu, em seu coração, um turbilhão de emoções. Ele correu através dos canaviais. Os sons da perseguição ficavam mais nítidos. Mas, a cada passo, sua determinação aumentava. Sabina estava lá fora, em algum lugar, e ele a encontraria. Os tiros e latidos continuavam; entretanto, Nego sabia que não podia parar. Com cada respiração ofegante, ele se movia mais rápido, determinado a salvar não apenas a si, mas o seu povo escravizado.

Os fugitivos sentiam os capatazes cada vez mais próximos, e o barulho dos cavalos ressoava ameaçadoramente. No limiar da mata fechada, a esperança se esvaiu para muitos — os mais idosos, criança e mulheres e debilitados pelos anos de escravidão foram cercados pelos capatazes e os cães. Metade do grupo foi recapturada, e suas esperanças de liberdade, esmagadas mais uma vez sob o peso das mãos dos capatazes.

Os que conseguiram entrar na mata sabiam que a luta estava apenas começando, mas o desejo de liberdade ardia em seus corações, impulsionando-os a seguir em frente, mesmo que o preço fosse alto. A noite na mata fechada era densa e úmida, envolta em um manto de escuridão interrompido apenas pelos pequenos raios de luz que se infiltravam através das copas das árvores. Os sons noturnos da floresta — o canto distante de um pássaro. Nego e Babu lideraram o grupo até uma pequena clareira, onde as sombras das árvores formavam um círculo protetor ao redor deles. As respirações ainda estavam ofegantes, e os olhos, arregalados com a adrenalina da fuga recente. Porém, mesmo em meio à exaustão, havia um brilho de determinação nos olhos de cada um.

— Precisamos pensar no que faremos a seguir — disse Nego em voz baixa, mas firme. Ele olhou ao redor, vendo a expectativa e o medo nos rostos de seus libertos. — Não podemos deixar nossos irmãos e irmãs para trás.

Babu, com seu olhar penetrante e postura resoluta, assentiu:

— Eles continuam lá sofrendo.

Nego, olhando em torno, vê oito homens, seis mulheres, cinco adolescentes e uma menina de nove anos segura por sua mãe, e diz:

— Um grupo precisa chegar ao quilombo.

Seu olhar acha a mulher grávida:

— Ela precisa chegar ao Quilombo dos Palmares — por um instante, houve um silêncio. Então, Nego continuou:

— Tem alguém aqui que conhece o caminho para o Quilombo dos Palmares?

Um homem alto e forte, com olhar penetrante, ergue a mão e diz:

— Eu conheço, e vou guiá-los até lá.

Nego ignora sua fala e novamente pergunta:

— Tem mais alguém.

Outro homem raquítico levanta a mão.

— Também conheço. Fui recapturado lá.

O olhar de Nego se volta para o homem forte e destemido.

— Vamos precisar de você para libertar nossos irmãos.

Sem pestanejar, o homem balança a cabeça negativamente e diz:

— Eu não vou para uma arapuca para ser pego outra vez. E voltar para a escravidão! Somos homens livres agora, e digo mais: quem quiser vir comigo a hora é agora.

Gamba Zumba toma a palavra:

— O nosso povo está lá, precisando de uma chance igual à que tivemos, e não podemos virar as costas e ignorar.

Nego, firme, fita-o, e Gamba Zumba continua:

— Precisamos voltar! Temos irmãos e irmãs lá. Não podemos deixá-los para trás.

A discussão se intensificou. Uns olhavam para Nego, outros para o homem, os rostos expressando a tensão de suas próprias incertezas. O medo do passado recente ainda os assombrava, mas a ideia de liberdade, tão próxima, era tentadora. Um murmúrio de concordância e preocupação se espalhou pelo grupo. Mas nem todos estavam convencidos. O homem, de olhar feroz, retirou-se com um gesto brusco para fora do círculo.

— Quem quiser desfrutar da liberdade no quilombo vem comigo!

Dos oito homens que haviam fugido do engenho, cinco passaram para o outro lado.

Nego olha para as mulheres e adolescente e balança a cabeça para irem com eles dizendo:

— Vocês são livres e podem decidir.

Babu os alerta:

— Saibam que o quilombo é o primeiro lugar que irão procurar, se já não estiverem lá.

Gamba Zumba pergunta para o homem raquítico:

— Você não vai com eles, Dil?

Dil ergue as sobrancelhas e, em poucas palavras, diz:

— Não, meu lugar é onde houver possibilidade de libertar meus irmãos.

Todos olham para Dil.

Nego, Gamba Zumba, Babu e Dil estavam de pé, armados com facões, mosquetes e punhais, prontos para voltar ao engenho e libertar seus irmãos. Nego, com seus olhos penetrantes e postura resoluta, segurava firmemente o mosquete.

— Esta é a nossa chance. Sabemos onde eles estão e como podemos chegar lá sem sermos vistos. Precisamos ser rápidos e silenciosos

— Gamba Zumba ajustou o punhal em seu cinto. — E vamos lutar até o fim — acrescentou, com sua voz grave ecoando na noite.

Babu olhou para os companheiros.

Dil, com um mosquete carregado e um punhal na cintura, acenou com a cabeça positivamente.

— Vamos libertar nossos irmãos e irmãs. Eles merecem essa chance de liberdade tanto quanto nós.

O grupo de escravos que estava seguindo para o quilombo olhava com admiração e preocupação. Maria segurava sua filha. Seus olhos brilhavam com lágrimas não derramadas.

— Vocês são a nossa esperança — disse ela, com sua voz suave, mas cheia de emoção. — Voltem para nós em segurança.

Uma das mulheres colocou uma mão no ombro de Nego e disse:

— Que os espíritos de nossos ancestrais os protejam. Vocês estão fazendo isso por todos nós.

Nego assentiu, com seus olhos encontrando os de cada um de seus companheiros:

— Vamos voltar. E voltaremos com nossos irmãos livres.

Com um último olhar de despedida, Nego, Gamba Zumba, Babu e Dil se dirigiram de volta ao engenho. Seus passos eram silenciosos, mas seus corações batiam com a força de um trovão. Eles sabiam que a jornada seria perigosa, mas a chama ardia intensamente dentro deles, guiando seus movimentos e fortalecendo sua determinação. A noite envolvia a clareira, enquanto a floresta sussurrava segredos de esperança e coragem. O grupo que ia para o quilombo olhou para os quatro que se afastavam, com a promessa silenciosa de que se encontrariam novamente, todos livres.

Entre o corte de um cipó e outro, abrindo caminho entre os galhos e cortando a mata rumo aos destinos incertos.

Os primeiros raios do sol começavam a se romper no horizonte. O facão em suas mãos calejadas cortava com precisão cada tronco e galho que bloqueava seu caminho. O som do aço contra a madeira era abafado pelo canto dos pássaros e pelo sussurro do vento entre as folhas. Cada golpe, porém, era mais do que uma tentativa de abrir passagem; era um grito de resistência, uma promessa de libertação. Seu coração batia forte, não só pelo esforço físico, mas pela esperança que o impulsionava. Ele pensava em cada rosto que havia visto sofrer, nas correntes que pretendia quebrar. Mas, acima de tudo, sua mente retornava sempre a uma imagem: Sabina, seu sorriso era um farol em meio à escuridão da floresta; sua lembrança, uma força que o mantinha em pé. Ele se recordava de seus olhos, profundos e brilhantes, refletindo uma coragem que só encontrava igual em seu próprio peito. Enquanto avançava, o suor escorria por seu rosto, misturando-se às lágrimas que não conseguia conter. Ele lembrava dos momentos roubados juntos, das promessas sussurradas à luz da lua. Sabina, não era apenas sua amada, era seu sonho de liberdade personificado. Cada passo em direção ao desconhecido era, na verdade, um passo em direção a ela. A floresta parecia interminável, mas ele não vacilava. Cada raiz que o fazia tropeçar, cada espinho que feria sua pele, só fortalecia sua determinação. Ele sabia que, em algum lugar além daquela densa vegetação, outros aguardavam por sua chegada, ansiando pela mesma liberdade que ele buscava. E então, entre o emaranhado de árvores, ele ouviu um som distinto. Um murmúrio de vozes, um sinal de vida. Seu coração acelerou ainda mais, não de cansaço, mas de esperança renovada. Ele sabia que estava perto. E com o pensamento fixo em Sabina, ele ergueu o machado uma vez mais, pronto para enfrentar qualquer obstáculo que o separasse de sua amada e de sua missão. Observou um imenso canavial entre as folhagens. O grupo se reúne lado a lado e fica na espreita.

Sr. Gonçalves chega com seus capatazes e vigia ao Engenho Capibaribe.

O sol mal começava a iluminar o céu quando Dom Augusto, de semblante cansado e preocupado, emergiu da casa-grande. A busca pela mata e quilombo havia sido infrutífera no dia anterior, e a sensação de fracasso pesava sobre seus ombros. Nego e Babu, com sua fuga ousada, desafiavam não apenas a autoridade, mas também a segurança de toda a estrutura do engenho. Os capatazes, já em movimento, preparavam-se para mais um dia de busca. Dom Augusto, tentando traçar uma nova estratégia, caminhava de um lado para o outro, com seus pensamentos agitados. O engenho, normalmente em um ritmo tranquilo àquela hora da manhã, estava em alvoroço. De repente, o som de cascos ecoou no ar, anunciando a chegada de visitantes. Dom Augusto virou-se, avistando Sr. Gonçalves e seu grupo de capatazes e vigias. A expressão de Gonçalves era de cão feroz, e ele logo desmontou, aproximando-se de Dom Augusto com passos decididos.

— Augusto, parece que temos um problema em comum — disse Sr. Gonçalves sem preâmbulos, com sua voz firme. — Nego e Babu são uma ameaça que precisamos neutralizar. Eles atacaram o engenho essa noite, dando fuga aos meus escravos.

Dom Augusto, que havia passado a noite em claro pensando em como recuperar os fugitivos, disse:

— Gonçalves, nossos esforços não foram suficientes. Com o grupo maior, iremos capturá-los, e eles receberão a punição.

Sr. Gonçalves assentiu com a cabeça dizendo:

— Tenho certeza de que sim.

Os capatazes de ambos os engenhos se reuniram, discutindo as novas estratégias com fervor. Rotas foram traçadas, e os homens foram organizados em grupos, cada um com uma tarefa específica. O ar estava carregado de uma tensão.

— Vamos nos dividir em três grupos — instruiu Dom Augusto, apontando para a floresta. — Um grupo seguirá pelo rio, o segundo lado direito do rio pela floresta, e o terceiro cuidará das áreas do lado esquerdo. Precisamos fazer uma varredura, vasculhar cada centímetro de mata. Eles devem estar no Quilombo dos Palmares. Quando chegarmos lá, faremos uma busca ao seu arredor e traremos esses negros malditos!

Sr. Gonçalves assentiu, aprovando o plano:

— Certo. E levaremos cães de caça adicionais. Eles serão essenciais para rastrear os fugitivos.

Com as decisões tomadas, os homens montaram em seus cavalos, prontos para partir. A coalizão formada entre Dom Augusto e Sr. Gonçalves representava uma força temível. Os escravos restantes observavam em silêncio, cientes de que a caçada havia atingido um novo nível de seriedade.

Os grupos partiram, com o som dos cavalos se afastando. Nego e Babu, escondidos em algum lugar na vasta paisagem, enfrentariam agora uma perseguição implacável, orquestrada por dois homens determinados a restaurar sua ordem a qualquer custo.

Era uma manhã abafada, e o sol já se erguia alto no céu quando o capitão Charles se aproximou do engenho. As palmeiras balançavam suavemente com a brisa quente, mas o coração de Charles estava pesado com a tarefa que tinha pela frente. Ele sabia que Lia o aguardava com esperança e alegria, e isso tornava sua missão ainda mais dolorosa. Ao chegar à entrada do engenho, foi recebido pelos olhares curiosos dos trabalhadores. Ele desceu do cavalo com um suspiro profundo, ajeitando o chapéu antes de caminhar até a casa principal, onde Lia o esperava. Ela estava radiante. Vestia um vestido de linho branco com sua pele alva contrastava pelo sol do Brasil. Seus olhos brilhavam de expectativa e amor. Quando Charles entrou, ela correu ao seu encontro, jogando-se em seus braços.

— Meu querido Charles, eu sabia que você viria hoje! Tenho tanto para te contar, tantas novidades para compartilhar.

Ela disse com um sorriso que poderia iluminar a sala mais escura. Charles retribuiu o abraço, sentindo o calor e a ternura dela. Mas seu coração estava apertado, e ele sabia que precisava ser firme. Ele se afastou delicadamente, segurando as mãos de Lia nas suas e olhando profundamente em seus olhos.

— Lia — ele começou, com sua voz baixa e séria. — Precisamos conversar.

O sorriso de Lia vacilou ligeiramente, mas ela ainda não percebia a gravidade da situação.

— Claro, meu amor. O que há?

Charles respirou fundo, tentando encontrar as palavras certas.

— Eu... eu não posso continuar com nosso relacionamento.

A expressão de Lia passou de confusa a chocada.

— O quê? Do que você está falando, Charles? Achei que hoje você... que nós...

— Preciso ser honesto com você, Lia. Meu coração não está mais aqui — disse ele. — Nossa relação está desgastada, a culpa não é sua nem minha, o desejo, a paixão, a atração se foram.

— Não acredito no que estou ouvindo... — Lia franziu as sobrancelhas e seus lábios se afinaram, fitou-o nos olhos, soltando suas mãos.

Chales se aproxima e segura suas mãos outra vez.

— Me solta! — ela dá um solavanco, tirando suas mãos das dele. — Você está com outra, quem é ela? Me fala o nome dela!

Ele torna a segurar seus dedos.

— Gostaria que a paixão e o desejo não tivessem acabado, mas acabaram — ele hesita por um instante e continua: — Eu não tenho ninguém, preciso reorganizar minha vida, colocar meus pensamentos no lugar, não quero te prejudicar ou te magoar.

Os olhos de Lia se arregalaram e ela deu um passo para trás, como se tivesse levado um golpe.

— Você está me deixando? Por outra mulher? Quem é ela?

— Não posso mais fazer você perder tempo comigo. O que importa é que eu não posso mais continuar te enganando, e a nós dois. Isso não é justo.

O rosto de Lia se contorceu de raiva e dor. Ela puxou as mãos de volta. Seu corpo tremia de emoção. O mundo de Lia pareceu desabar em um instante. O soar das palavras de Charles reverberava em sua mente, trazendo consigo uma onda avassaladora.

— Você está me deixando por outra mulher? Depois de tudo o que passamos juntos? Onde estão todas as promessas?

Charles tentou se aproximar novamente, mas ela o empurrou, com a raiva fervilhando em seus olhos.

— Como você ousa vir até aqui, na minha casa, e me dizer uma coisa dessa? Você me usou, Charles! Usou meus sentimentos, meu amor!

— Lia, não é assim. Eu nunca quis te machucar — disse ele, mas suas palavras pareciam vazias diante da fúria dela.

A dor deu lugar à fúria. Uma raiva ardente consumia cada fibra de seu ser. Ela se virou bruscamente, dando-lhe as costas, o rosto em uma máscara de gelo.

— Saia daqui! — gritou ela, apontando para a porta. — Saia da minha vida para sempre! Não quero nunca mais ver seu rosto!

O capitão Charles hesitou por um momento, então se virou e saiu. O silêncio preenchia o espaço vazio deixado por sua partida. Lia permaneceu ali, olhando para o nada, sentindo a tempestade se formar em seu interior, as lagrimas começaram a descer dos seus olhos como um rio. Ela não permitiria essa humilhação. Não permitiria que ele a abandonasse por outra. E certamente não permitiria que essa outra vivesse em paz. Lia arquitetava em sua mente os primeiros esboços de um plano vingativo. Iria destruir Charles e sua pretendida, custasse o que custasse. Com passos decididos, ela deixou o salão, com a determinação feroz em seus olhos. Lia sabia que tinha os recursos e a astúcia para fazer seu plano acontecer. E faria. Charles e sua nova amante pagariam caro por essa traição.

O grupo de capitães-do-mato, liderado por Dom Augusto e Sr. Gonçalves, chegou ao Quilombo dos Palmares. A jornada fora longa e árdua, repleta de frustrações e fúria crescente, pois cada pista seguida resultava em nada. Agora, a visão que se apresentava diante deles apenas intensificava sua raiva. O quilombo estava em ruínas, deixado anteriormente. Dom Augusto desceu de seu cavalo, com os olhos faiscando de indignação. Ao seu lado, Sr. Gonçalves observava a cena com a mandíbula cerrada, a mão repousando sobre o cabo do chicote que trazia sempre consigo.

— Malditos! — rosnou Dom Augusto, chutando uma cuia com parte quebrada que rolou até parar aos pés de um de seus homens.

— Nego e Babu — acrescentou. Os nomes dos fugitivos saíam de sua boca como veneno.

Os capitães-do-mato, homens endurecidos pela violência e pela caça implacável, espalharam-se pelos arredores em busca de qualquer sinal dos escravos fugitivos. O cheiro de fumaça ainda pairava no ar, misturado ao perfume adocicado das plantas da mata. Cada ruído na vegetação fazia os homens virarem a cabeça, atentos a qualquer movimento suspeito.

Sr. Gonçalves, com seu temperamento ainda mais irascível, começou a gritar ordens, exigindo eficiência e resultados imediatos:

— Não deixem pedra sobre pedra! Eles não podem estar longe. Procurem nos arbustos, nas margens do rio, em cada canto desta maldita floresta!

Os homens obedeceram prontamente, vasculhando cada palmo de terra, empurrando a folhagem espessa e revolvendo a terra em busca de pistas. A tensão era palpável, um misto de medo e determinação. Cada minuto que passava sem encontrar os fugitivos fazia a frustração aumentar; e com ela, a crueldade das ordens dadas. Entre os ruídos da busca, os nomes de Nego e Babu eram repetidos como um mantra de vingança. Eram os líderes, os responsáveis por inspirar a fuga e desafiar a autoridade dos senhores. Dom Augusto e Sr. Gonçalves não descansariam até vê-los acorrentados novamente, pagando com sangue e dor pela ousadia de terem escapado. Conforme a busca se intensificava, o silêncio do quilombo destruído parecia ecoar com os fantasmas dos que ali viveram. A qualquer momento, o grito de "Achei!" poderia ressoar, marcando o final de mais uma caçada impiedosa, eram suas expectativas até então frustradas. Os homens adentraram a mata fazendo um grande arrastão no perímetro sem nada encontrar, enquanto Dom Augusto e Sr. Gonçalves aguardavam no quilombo.

PESO NOS OMBROS

Ana Paes estava de pé próximo ao canavial, com seus olhos fixos na vastidão dos campos de cana-de-açúcar. O sol sobre o alto da cabeça lançava um brilho dourado sobre as folhas verdes, criando um mar ondulante que se estendia até onde a vista alcançava. Ao seu lado, uma dúzia e meia de escravos trabalhavam incansavelmente, com suas roupas simples empapadas de suor sob o calor abrasador. Enquanto observava o movimento lento e ritmado das mãos que cortavam e empilhavam a cana, uma sensação de inquietude tomava conta de Ana Paes. A colheita era abundante, mas os recursos eram escassos. Cada ferramenta desgastada e cada pedaço de roupa remendado contavam a história de um engenho que lutava para sobreviver. O peso da dívida pendia sobre seus ombros, uma sombra constante que ameaçava engolir seu futuro.

O pensamento de perder o engenho, que pertencia à sua família há gerações, apertava seu coração. Ela sabia que, sem uma boa safra e sem dinheiro para pagar os credores, o sonho de seu pai se desvaneceria. Seu olhar se dirigiu aos escravos, cuja força e resistência eram essenciais para a sobrevivência do engenho. Mas até eles, tão fortes e dedicados, não poderiam mudar o destino sem os recursos necessários. Com um suspiro profundo, Ana Paes voltou-se para a casa e seguiu até a varanda, com a cabeça baixa e seus pensamentos girando em torno de possíveis soluções. Precisava encontrar uma saída, um modo de salvar o que restava de sua herança. A colheita deste ano tinha que ser excepcional, e ela precisava de um milagre para que tudo desse certo. Ela estava sentada no banco de madeira à sombra da varanda, com seus olhos fixos no horizonte distante. A brisa suave balançava levemente os fios soltos de seu cabelo, mas nada parecia aliviar a tempestade de emoções dentro dela. Confiara no capitão Charles, acreditando que ele seria seu aliado, sua salvação. No entanto, a realidade cruel se abateu sobre ela como um golpe traiçoeiro. Sentia-se traída e desamparada, como se um abismo tivesse se aberto sob seus pés. Charles prometera ajuda, segurança, e até uma possibilidade de um relacionamento promissor. Contudo, agora o que restavam, eram promessas vazias e um vazio cortante em seu peito. Seu engenho, a única coisa que lhe restara, estava à beira da ruína, e não havia mais ninguém a quem recorrer. O campo de cana-de-açúcar se estendia diante dela, uma visão que antes trazia orgulho e agora só aumentava sua angústia. Cada planta representava um esforço monumental, um sacrifício diário, e o pensamento de perder tudo isso a fazia estremecer. As dívidas acumulavam-se, os credores batiam à porta, e sem o apoio que Charles prometera, o futuro parecia mais incerto do que nunca.

 Ana apertou os punhos, sentindo a força emergir em meio à dor. Não podia se dar ao luxo de desistir. Ainda havia uma faísca de esperança dentro dela, uma chama que se recusava a apagar. Precisava encontrar um novo caminho, uma nova forma de salvar seu engenho e seu legado.

 O calor passou a envolver a varanda, mas ela não sentia nada além do gelo que apertava seu coração. A traição do capitão Charles ainda ecoava em sua mente, uma dor aguda que lhe tirava o fôlego. Agora, tudo não passava de cinzas. Os campos de cana-de-açúcar, que antes simbolizavam esperança e prosperidade, pareciam distantes e inalcançáveis. As dívidas empilhavam-se, ameaçando engolir tudo o que ela conhecia e amava. Ana sentiu uma onda de desespero, uma sensação de impotência que quase a fez ceder. Entretanto, ela não podia se permitir fraquejar. Precisava ser forte, mesmo que estivesse sozinha.

O som de cascos de cavalo interrompeu seus pensamentos. Olhando adiante, ela viu Charles se aproximando, seu semblante grave. Seu coração acelerou, não de esperança, mas de raiva e dor. Ele havia prometido ajuda, prometido estar ao seu lado. E agora ousava aparecer diante dela.

Ela desceu as escadas rapidamente, com seus passos firmes e decididos. O vento quente trouxe consigo a poeira do caminho, mas ela permaneceu firme. Charles desmontou do cavalo, com seus olhos buscando os dela, mas Ana não deixou transparecer nada além de frieza.

— Ana, por favor, me escute — começou ele, com a voz carregada de dor. — Eu não queria que as coisas terminassem assim. Há explicações...

— Explicações? — interrompeu ela, com a voz firme e cortante. — Você pensa que palavras podem desfazer o que você fez? Pensa que vou acreditar em qualquer coisa que saia da sua boca agora?

Charles deu um passo em direção a ela, mas Ana levantou a mão, sinalizando para que ele parasse. Bambina se aproximou com os olhos penetrantes e o mosquete em punho, ficando uns cinco metros dele.

— Não se aproxime mais. Você me traiu, Charles. Confiei em você, e você destruiu essa confiança. Não há mais nada a ser dito — ele abriu a boca para protestar, mas ela o cortou novamente: — Saia daqui. Volte de onde você veio, não quero mais te ver. E não volte nunca mais. Esta é a minha propriedade, e você não é bem-vindo.

Charles hesitou por um momento, mas a determinação nos olhos de Ana não deixou espaço para dúvidas. Ele montou novamente em seu cavalo, lançando um último olhar cheio de arrependimento, antes de se virar e partir. Ana ficou ali, observando-o se afastar até que ele desaparecesse na distância. O peso da traição ainda estava presente, mas agora misturado com a certeza de que não precisava dele. Voltou-se para a casa, sentindo uma nova força emergir. Tinha um engenho para salvar, e faria isso sozinha, se fosse necessário. No instante em que o capitão Charles some da sua vista, virou o rosto na direção de Bambina e disse:

— Bambina, prepare os cavalos que vamos sair — disse ela com sua voz suave e firme.

Bambina, com passadas rápidas, logo traz os cavalos.

Ana Paes ajustou firmemente as rédeas em suas mãos, sentindo a energia do cavalo vibrar sob ela. Ao seu lado, o capataz Bambina estava igualmente preparado, com seu olhar determinado refletindo a urgência.

— Vamos, Bambina — disse ela, com sua voz firme, mas cheia de uma firmeza silenciosa.

— Precisamos chegar ao Engenho Alvorada antes que seja tarde demais.

Com um leve toque dos calcanhares, Ana Paes fez o cavalo avançar e logo estavam ambos a galope, deixando a casa-grande e os campos de cana-de-açúcar para trás. O vento chicoteava seus cabelos, e a batida rítmica dos cascos no chão de terra soava como um tambor. Enquanto cavalgavam pela estrada, os pensamentos de Ana estavam focados na conversa que precisava ter com João Fernandes. Ele era sua última esperança de salvar seu engenho, e ela sabia que tinha que convencê-lo a ajudá-la. Sentia o peso da responsabilidade sobre seus ombros, mas a presença de Bambina ao seu lado dava-lhe força. Ele sempre fora um aliado fiel e, juntos, enfrentariam os desafios. As árvores passavam rapidamente, transformando-se em borrões verdes contra o céu dourado. Ana sentia o coração bater acelerado, não só pelo esforço da cavalgada, mas também pela ansiedade do que estava por vir. Precisava de uma solução, precisava de um acordo que garantisse a sobrevivência de sua propriedade. Depois de algum tempo, o contorno do engenho de João Fernandes começou a se formar no horizonte. Ana diminuiu a velocidade, permitindo que o cavalo recuperasse o fôlego enquanto se aproximavam dos portões. Respirou fundo, tentando acalmar a tempestade interna que a consumia.

— Estamos quase lá — murmurou ela, mais para si mesma do que para Bambina. — Tudo vai depender desta conversa.

Com um último olhar para o céu, Ana Paes respirou fundo e entrou nos domínios do Engenho Alvorada, pronta para lutar pelo futuro de sua propriedade. Quando finalmente chegaram, Ana desmontou com agilidade, entregando as rédeas a um dos escravos que se aproximara. Virou-se para Bambina, com seu olhar carregado de uma determinação inabalável, e disse:

— Fique atento, Bambina. Precisamos de todo o apoio que conseguirmos.

Bambina assentiu com sua expressão séria.

— Estarei sempre ao seu lado, senhora Ana.

Bambina, seu capataz, permaneceu ao seu lado. Sua presença sólida era uma fonte de conforto em meio à incerteza. O grande casarão do engenho de João Fernandes erguia-se à sua frente, imponente e acolhedor ao mesmo tempo. Ana respirou fundo, ajeitou os cabelos e avançou com passos firmes em direção à entrada. Sabia que essa conversa definiria o futuro de seu engenho. Ao ser conduzida para dentro, Ana notou os detalhes luxuosos do interior, um contraste gritante com a simplicidade de sua própria casa. João Fernandes a esperava na sala de estar, um homem de meia-idade com olhos perspicazes e uma expressão acolhedora. Ele se levantou ao vê-la, estendendo a mão em saudação.

— Ana Paes, é um prazer vê-la, apesar das circunstâncias — disse ele, indicando uma cadeira para que ela se sentasse.

— Obrigada, João Fernandes. Agradeço por me receber em tão curto prazo — respondeu Ana, sentando-se e ajeitando o vestido.

João Fernandes fez um gesto para um criado trazer refrescos, mas Ana dispensou com um aceno de cabeça, preferindo ir direto ao ponto.

— João, estou aqui porque preciso de sua ajuda. Meu engenho está à beira do colapso, e tenho um credor implacável, Dom Augusto, exigindo pagamento imediato. Se não conseguir o dinheiro, vou perder tudo.

João assentiu. Sua expressão tornou-se mais séria.

— Sei como Dom Augusto pode ser implacável. Diga-me, Ana Paes, capitão Charles não lhe falou?

— Falou o quê? — disse surpresa.

— Sobre o empréstimo — disse João Fernandes.

Ana respirou fundo, sentindo a tensão no ar.

— Me disse, mas pensei que ele estava mentindo.

João Fernandes inclinou-se para frente.

— Por que ele estaria mentindo?

— Achei que, devido ao casamento deles, ele estava mentindo. Mas isso não vem ao caso. As minhas promissórias vencem em breve. Preciso do dinheiro.

— Vou arrumar uma parte para você resgatar as promissórias e a outra parte depois para você trabalhar no engenho. Contudo, falei para o capitão Charles que precisaria de um tempo, mas vou tentar ser o mais breve possível. E a forma de pagamento?

Ana olhou diretamente nos olhos de João, com sua voz firme e determinada.

— Posso oferecer garantias. Parte das colheitas futuras, talvez até uma pequena participação nos lucros do engenho até que a dívida seja saldada. Preciso de tempo e de um voto de confiança.

João ficou em silêncio por um momento, ponderando as palavras de Ana Paes. A tensão no ar era palpável, e Ana podia sentir seu coração batendo acelerado. Finalmente, ele assentiu lentamente:

— Acredito em você, Ana. Farei o empréstimo. Mas quero um contrato claro, com as garantias que mencionou. E se passar o prazo estipulado e eu não receber, eu pego o engenho. E espero que, uma vez superado esse desafio, possamos fortalecer nossa aliança.

Um suspiro de alívio escapou dos lábios de Ana.

— Obrigada, João Fernandes. Não vou decepcioná-lo. Com este dinheiro, conseguirei afastar Dom Augusto e estabilizar o engenho.

João se levantou e estendeu a mão novamente.

— Então, temos um acordo. Vamos preparar os documentos necessários. Estou feliz em poder ajudar.

Ana apertou a mão dele, sentindo uma onda de gratidão e renovada esperança. Saindo da casa de João Fernandes, sentiu o peso da responsabilidade, mas também uma nova esperança. Montou em seu cavalo, com Bambina ao seu lado, pronta para enfrentar o futuro com coragem.

As silhuetas de Nego, Gamba Zumba, Babu e Dil se destacavam na escuridão do canavial. Eles estavam na espreita, observando cada movimento dos vigias no Engenho Favo de Mel. A expectativa de Nego era encontrar Sabina, a quem ele jurara resgatar. Com uma luz pálida e inquietante, o engenho se mostrava com uma vigilância desatenta, as brasas dos cigarros de palha eram visíveis a metros de distância. Com um aceno quase imperceptível, Nego deu o sinal. Os quatro homens se moveram como sombras, armados com facões afiados e mosquetes prontos para disparar. Aproximaram-se das muralhas do engenho, onde os vigias faziam suas rondas. Gamba Zumba foi o primeiro a agir. Ele se esgueirou até um vigia isolado, atacando com a precisão de um predador. Com um golpe rápido e silencioso, ele cortou a garganta do guarda, que caiu sem um som. Babu estava logo atrás. Ele avistou dois vigias conversando perto de um celeiro e fumando seus cigarros. Com passos furtivos, aproximou-se por trás e, em um movimento rápido, desarmou um deles e derrubou o outro com um golpe certeiro no pescoço, deixando-os inconscientes. Dil escalou uma árvore próxima, posicionando-se para dar cobertura com seu arco e flecha. Quando um terceiro vigia apareceu, Dil ajustou sua mira e disparou um tiro preciso, derrubando o guarda antes que ele pudesse soar o alarme. Nego avançou pelo pátio, onde encontrou três vigias patrulhando juntos. Com um pulo feroz, ele se lançou contra eles. Um deles caiu com uma estocada de facão no peito. O segundo tentou reagir, Nego desviou-se do ataque, desarmando-o e derrubando-o com uma coronhada na têmpora. O terceiro vigia tentou fugir, mas ele o alcançou, cortando-o no ombro e derrubando-o. Com os vigias neutralizados, correu até a senzala. Ele abriu a pesada porta de madeira, esperando encontrar Sabina. Mas, ao invés disso, encontrou Gana Zumba, foi ao seu encontro, e Alquatune, em estado deplorável, entre a vida e a morte no canto da senzala. Nego se aproxima dela. Logo, Gamba Zumba chega e a abraça.

— Sabina não está aqui, nem Ninha — disse Alquatune com uma voz fraca, mas firme.

— Mas podemos ajudá-los a encontrá-las.

Gana Zumba, com os olhos lacrimejando, disse:

— Sei onde Sabina e Ninha estão.

Nego sentiu uma onda de frustração, mas não podia deixar de lado a oportunidade de libertar seus irmãos:

— Vamos sair daqui — disse Nego.

Gamba Zumba pega sua mãe no colo e os latidos dos cães penetram seus ouvidos. Enquanto Babu e Dil se aproximavam, o grupo se preparou para a fuga. Nem todos os escravos se atreveram a fugir; a maioria preferiu a segurança precária do engenho a arriscar suas vidas na incerteza da fuga. Babu e Dil carregavam as armas dos homens que haviam neutralizado, prontos para enfrentar qualquer desafio. Com Nego liderando no caminho e a ajuda dos recém-libertos, o grupo se lançou na noite, sabendo que a verdadeira batalha ainda estava por vir.

O silêncio da floresta era quebrado apenas pelo suave farfalhar das folhas e pelo canto distante de um pássaro. Os pés descalços dos libertos faziam pouco ruído enquanto avançavam. Seus olhos estavam arregalados e ouvidos atentos. Alquatune sendo carregada por Gamba Zumba era revezada por Nego. Ela, em estado deplorável, precisava de cuidados urgentes. A noite passara com velocidade e o sol já estava a pino.

Nego liderava o grupo, com seus passos firmes e decididos. Ele e Babu conheciam bem o caminho, tendo guiado outros por ali antes. Ao se aproximarem da clareira, um suspiro coletivo de alívio percorreu o grupo. A visão da clareira aberta, banhada pela luz do sol, era um sinal de que estavam no caminho certo. As marcas no chão e as pedras dispostas em círculo confirmavam que ali, recentemente, outro grupo havia passado e seguido para o quilombo. Nego sabia que aquele era o local de difícil acesso. Era o que os capitães-do-mato não pegariam para ir para o quilombo.

Nego parou na entrada da clareira, levantando a mão para sinalizar ao grupo que era seguro avançar. Babu e Dil deram uma busca rápida nas imediações para não serem pegos de surpresa, disse ele em um tom baixo, mas carregado de convicção. Babu e Dil sinalizaram que o local estava seguro.

— Estamos seguros aqui. Logo estaremos no quilombo, em segurança.

Babu sorriu e assentiu, enquanto Gamba Zumba murmurava uma prece de gratidão. Dil olhou ao redor, sentindo uma mistura de reverência e alívio. Eles estavam cada vez mais próximos de seu destino.

O grupo de vinte e quatro escravos libertos, entre eles homens, mulheres e crianças, adentrou a clareira, sentindo a terra fofa sob os pés e o calor do sol em suas peles. Era um momento de esperança renovada, um passo mais perto da liberdade que tanto almejavam. E, com Nego à frente, sabiam que estavam nas mãos certas, seguindo um líder que os guiaria com sabedoria e coragem até o quilombo.

Nego observou a densa mata à sua frente. O sol escorria por entre as folhas como lágrimas de fogo. Seu irmão, Gamba Zumba, aproximou-se em silêncio, com a preocupação nítida em seus olhos. Nego começou, com sua voz grave e cheia de urgência:

— Nossa mãe precisa chegar ao quilombo. Seu estado é delicado e requer muitos cuidados. Não podemos ir todos para o quilombo. Volto daqui — Nego bate com o dedo indicador três vezes no peito de Gamba Zumba e diz: — Alguém tem que garantir os cuidados dela.

Gamba Zumba assentiu, com sua expressão tensa:

— Entendo, irmão. Vamos preparar algo para carregá-la.

Nego olhou em volta, procurando os homens corpulentos do grupo.

— Vamos precisar de homens para ajudar a carregá-la até o quilombo. Os outros vêm comigo se quiserem. Temos que voltar e salvar mais irmãos.

Os oito homens robustos e dispostos se apresentaram dando um passo à frente — Tico, Queninha, Touro, Pinduca, Akin, Baako, Obi e Nuru — para voltar com Nego. Dois se dispuseram a seguir em frente para o quilombo. Os homens se moveram rapidamente, cortando galhos e amarrando cipós para construir uma maca resistente. Em instantes, a maca estava pronta e cuidadosamente posicionaram a mãe de Gamba Zumba, fazendo o possível para não lhe causar mais desconforto.

Nego se virou para os homens.

— Vocês ficarão com ela. Sejam rápidos, mas cuidadosos. A vida dela depende de vocês.

Os homens assentiram, com brilho em seus olhos. Nego então voltou-se para Gamba Zumba.

— Vou trazer Ninha. Dil conhece o caminho. Vai guiá-los.

Gamba Zumba assentiu.

Gana Zumba, com olhar brilhando, disse:

— Sei onde está Ninha. Posso levá-los.

Nego assentiu, dando voz de comando em seguida:

— Vamos, irmão. Há muitos outros que ainda precisam de nossa ajuda.

Eles, exalando liberdade, adentraram a densa mata que parecia impenetrável, uma muralha de folhas e galhos entrelaçados que desafiava qualquer tentativa de passagem. O sol se esgueirava por entre as copas das árvores, lançando feixes de luz dourada que dançavam sobre o solo úmido e coberto de folhas secas. Nego quebrava cada galho que chicoteava seu rosto. Sua pele escura reluzia com o suor, e seus músculos se contraíam a cada golpe firme do facão, que rasgava a vegetação com precisão implacável. Atrás dele, os outros homens seguiam o ritmo cadenciado. Os facões em suas mãos brilhavam a cada movimento. Um som rítmico de liberdade que parecia ecoar. Eles avançavam devagar, mas com seus corpos formando uma linha de força e resiliência contra a natureza que tentava barrar seu caminho. O cheiro de folhas esmagadas e terra revolvida preenchia o ar, misturando-se ao som de respirações pesadas e murmúrios de encorajamento. Nego parava de tempos em tempos para avaliar o caminho à frente, com seus olhos atentos buscando qualquer sinal de perigo. A mata era traiçoeira, cheia de segredos e armadilhas naturais, mas nada disso parecia diminuir a coragem daquele grupo. Eles tinham um objetivo claro e a vontade de seguir em frente, rompendo as barreiras que antes os aprisionavam. O suor escorria pelos rostos determinados, os olhos brilhavam com a luz da esperança. Cada passo adiante era uma vitória; cada arbusto derrubado, uma conquista. Liderados por Nego, eles continuavam a abrir caminho pela mata fechada em meio à vastidão selvagem.

MERCADO

O mercado estava em plena efervescência, com o burburinho dos compradores. Os mercadores anunciavam suas mercadorias em vozes altas, compradores pechinchavam e o aroma de especiarias e frutas frescas pairava no ar. Maria, Clemilda e Heidi caminhavam com passos lentos entre as barracas, examinando as mercadorias expostas. Pararam diante de uma banca que exibia uma variedade impressionante de mudas de plantas exóticas trazidas de outros continentes. Maria, com os olhos brilhando de interesse, apanhou um jarro delicado que abrigava uma pequena planta de folhas coloridas. Virou-o de um lado para o outro, admirando a beleza da muda. Enquanto isso, Joana, uma escrava de semblante calmo e sabedoria no olhar, aproximou-se com discrição. Com voz suave e respeitosa, começou a dar dicas de cultivo, apontando os cuidados necessários para aquela planta específica.

— Essa planta prefere a sombra parcial e deve ser regada moderadamente — disse Joana, com sua voz baixa, mas firme.

Maria ouviu atentamente, surpresa pela sabedoria de Joana, quando, de repente, uma voz irritada cortou o ar.

Norma, a senhora de Joana, surgiu de repente ao lado da escrava, com seu rosto contorcido de raiva. Interpretando a ajuda de Joana como intromissão indevida na conversa das senhoras, ela não escondeu sua irritação.

— O que você pensa que está fazendo, Joana? — disparou Norma, com a voz cheia de autoridade e desagrado.

— Volte já para o seu lugar e não se intrometa nas conversas das damas.

Joana recuou imediatamente, com a cabeça baixa e as mãos tremendo ligeiramente.

Maria, sentindo-se desconfortável com a situação, sorriu para Joana em agradecimento antes de se voltar para Norma.

— Norma, sua escrava, foi muito gentil ao nos oferecer conselhos valiosos sobre as plantas. Agradeço pela ajuda dela.

Norma bufou, visivelmente insatisfeita, mas não ousou contrariar Maria em público.

Joana, com a cabeça baixa, deu um passo para trás, enquanto as três mulheres olhavam a cena com diferentes graus de surpresa e desconforto. O mercado, alheio à tensão momentânea, continuava com seu ritmo vibrante e caótico.

— Me desculpa mais uma vez — disse Norma para as damas. Virou-se para Joana com seu olhar fumegando. E com passadas largas, da mesma forma que chegou, saiu.

Joana deu uma última olhada para Maria, Clemilda e Heidi antes de se afastar rapidamente, enquanto as três amigas continuavam a explorar as maravilhas do mercado, cada uma refletindo sobre a breve, mas intensa, interação que acabaram de testemunhar.

ENGENHO GIRASSOL

O quarto estava mergulhado em sombras, apenas uma lamparina tremeluzente iluminava o canto, lançando um brilho fraco sobre a figura de Joana. Ela estava ajoelhada, esfregando o chão de pedra fria, quando sentiu a presença de alguém atrás dela. Seu corpo inteiro enrijeceu. Ela não precisava se virar para saber quem era.

— Joana — a voz rouca do senhor Emiliano soou pelo quarto, fazendo-a estremecer. Ela tentou ignorar, continuar com seu trabalho, mas ele avançou, agarrando seu braço com força. — Olhe para mim — ordenou ele, com seu hálito cheirando a rum.

Ela se levantou lentamente, com os olhos fixos no chão.

— Senhor, por favor, eu preciso terminar meu trabalho — murmurou, tentando manter a voz firme.

— Seu trabalho pode esperar — disse ele, puxando-a para mais perto. Seus dedos ásperos roçaram o rosto dela, e ela sentiu o pânico se espalhar pelo seu corpo. — Você é tão bonita, Joana. Por que você me evita tanto?

Joana lutou contra as lágrimas que brotavam.

— Sou apenas uma escrava, senhor — disse ela, com a voz tremendo. — Por favor, deixe-me ir.

Mas ele não a soltou. Ao invés disso, puxou-a para a cama, com seu peso esmagando-a contra o colchão. Joana começou a lutar desesperadamente. Suas mãos tentavam empurrá-lo, mas ele era mais forte.

— Pare de resistir — ele rosnou, tentando forçar suas pernas a se separarem.

Foi nesse momento que a porta do quarto se abriu com um estrondo. Norma, estava ali, com seus olhos arregalados de choque. Por um momento, o quarto ficou em silêncio, apenas com os sons da respiração pesada enchendo o ar.

— Norma, eu... — o senhor Emiliano começou a falar, mas sua voz vacilou.

Os olhos de Norma se estreitaram e uma fúria gelada tomou conta de seu rosto.

— O que você está fazendo, Emiliano? — perguntou ela, com a voz cortante.

Joana, ainda tremendo, tentou se afastar, mas Norma a agarrou pelo braço.

— Você — disse ela, olhando para Joana com desprezo. — Isso é culpa sua. Provocando meu marido!

— Não, senhora, por favor — Joana implorou, com lágrimas escorrendo pelo rosto. — Eu não fiz nada.

— Silêncio! — gritou Norma. — Você vai pagar por isso.

Com uma força surpreendente, Norma puxou Joana para fora do quarto e para o pátio, onde o tronco se erguia ameaçadoramente. O céu estava pesado com nuvens, como se o próprio mundo se recusasse a testemunhar o que estava prestes a acontecer. As outras escravas olharam com horror enquanto Norma levava Joana para o tronco, um lugar de punição cruel.

— Amarrem-na, ordenou ela aos capatazes, que hesitaram apenas por um momento antes de obedecer.

Joana foi amarrada ao tronco, com suas lágrimas caindo livremente. Norma pegou um chicote e, com um olhar de ódio puro, começou a desferir golpes violentos nas costas de Joana.

— Você nunca mais vai esquecer quem manda aqui! — gritava Norma a cada golpe. A raiva crescia a cada estalo do chicote. — Você nunca mais vai se atrever a olhar para meu marido!

Joana gritava, mas Norma não parava. A raiva e o ciúme a cegavam, e ela só parou quando os capatazes intervieram, temendo pela vida de Joana.

Norma largou o chicote, ofegante, e olhou para Joana, que estava caída e inconsciente.

— Levantem-na e a joguem na senzala — ordenou, antes de se virar e sair, ainda com as mãos tremendo de raiva.

A ISCA

O celeiro, oculto pelas árvores espessas e a vegetação cerrada, emergia como uma sombra silenciosa no descampado. Distante da cidade e das vistas curiosas, era o refúgio perfeito para aqueles que tramavam nas sombras. Foi construído com tábuas de madeira envelhecida, e o telhado, de palha trançada, arfava com o vento uivante, que soprava ferozmente entre as árvores altas, fazendo as folhas murmurarem segredos antigos. Exalava uma aura de mistério e perigo. A noite se estendia, profunda e densa, envolvendo o local em um manto de escuridão. As estrelas mal conseguiam perfurar o céu nublado, e a lua, escondida atrás das nuvens, lançava apenas vislumbres tímidos de sua luz pálida. O vento soprava com força entre as árvores, fazendo-as balançar como fantasmas dançantes. As folhas secas no chão, agitadas pelo vento, criavam um som sussurrante, como se a própria floresta estivesse conspirando. No interior do celeiro, a atmosfera era ainda mais opressiva. A luz fraca de um lampião a óleo projetava sombras longas e tremeluzentes nas paredes de madeira. A fumaça espessa do tabaco pairava no ar, misturando-se ao odor da terra úmida e do mofo. Homens de rostos endurecidos e olhares sombrios se reuniam ao redor de uma mesa tosca, com suas vozes sussurrando. A tensão era palpável, cada palavra era carregada de um peso sinistro, cada gesto era marcado pela urgência da revolta iminente. Do lado de fora, o vento continuava seu lamento, como se pressentisse o perigo que se avizinhava. O celeiro, perdido na vastidão da noite, permanecia um bastião de resistência, com seu segredo guardado pelas trevas e pelo vento uivante que o cercava.

No celeiro, Bernadete, permanecendo na sombra, observava os dois homens. Sua mente fervilhava com as implicações do que estava para acontecer. Bernadete abriu a porta do barracão e deslizou para a noite.

Bernadete ajustou o capuz da casaca, certificando-se de que cobria bem seu rosto. Seus passos eram leves e rápidos sobre o chão de terra batida, tentando fazer o mínimo de ruído possível.

Ela olhou para trás uma última vez, vendo a luz fraca de uma lamparina tremeluzir através da pequena janela. O coração de Bernadete batia forte no peito, mas ela sabia que precisava manter a calma. Cada passo que dava a levava para mais perto da liberdade e da segurança.

    Ao se afastar do barracão, Bernadete sentiu o ar fresco da noite em seu rosto. Ela sabia que a missão deles era arriscada, mas a promessa de um Pernambuco livre era um sonho pelo qual valia a pena lutar. As árvores ao redor pareciam mais densas, e as sombras, mais profundas. À medida que ela avançava, começava a sentir o ar misturado com a brisa salgada do mar. O capuz a ajudava a se camuflar na escuridão, mas ela sabia que não podia baixar a guarda. Cada som, cada movimento ao seu redor podia ser um potencial perigo. Finalmente, ela chegou a um ponto onde a trilha se dividia. Para a esquerda, o caminho levava de volta à cidade, onde ela poderia se misturar às sombras e desaparecer na multidão adormecida. Para a direita, o caminho levava às praias desertas, um local ainda mais seguro, mas também mais isolado. Ela escolheu a esquerda, decidida a retornar rapidamente. Ao entrar na cidade, Bernadete manteve-se nas sombras, evitando as poucas lâmpadas a óleo que iluminavam as ruas. Passou por algumas casas, onde podia ouvir os murmúrios distantes das famílias, sem jamais parar. Ela se moveu rapidamente, mantendo-se nas sombras dos edifícios para evitar ser vista. Os becos da cidade eram estreitos e labirínticos, mas ela conhecia cada curva e esquina. O som distante de uma patrulha holandesa a fez parar por um momento. Seu coração quase parou. Ela se pressionou contra a parede, esperando que os soldados passassem sem notar sua presença. Quando os passos finalmente se afastaram, Bernadete continuou seu caminho. Cada passo era uma mistura de medo e vingança. Ela sabia que o futuro da cidade e de seu povo dependia da ajuda. Quando finalmente alcançou sua pequena casa, entrou silenciosamente e fechou a porta atrás de si. O alívio de estar em segurança fez suas pernas tremerem, e ela se apoiou contra a porta. Ela finalmente permitiu-se respirar um pouco mais aliviada. Retirou o capuz e olhou para um porrão, e, ao lado, um copo em cima de uma mesa tosca pequena. Derramou a água e bebeu. "Pelo nosso futuro", repetiu para si mesma, uma promessa silenciosa de que continuaria a lutar.

OS BATEDORES

A noite estava escura e silenciosa, com apenas o som distante das ondas e do vento que uivava nas árvores. Dois batedores holandeses, Hans e Pieter, estavam agachados atrás de uma fileira de arbustos espessos, observando atentamente a tropa portuguesa acampada a uns trezentos metros. O brilho das fogueiras dos portugueses dançava ao longe, criando um espetáculo de luzes e sombras. Hans ajustou a posição do chapéu, tentando manter seu rosto escondido nas sombras.

— Deve ter uns duzentos homens — murmurou ele para Pieter, que estava ao seu lado, com o olhar fixo na cena à frente. — E parece que estão esperando reforços.

Pieter assentiu, com os olhos estreitados em concentração.

— Sim, o tenente mencionou algo sobre um possível ataque à cidade. Eles devem estar planejando algo grande.

Os dois batedores permaneceram imóveis, com cada movimento calculado para evitar chamar a atenção. O vento noturno soprava, trazendo consigo o cheiro de fumaça das fogueiras e o som distante de vozes. Os soldados portugueses estavam relaxando, mas ainda alerta, com suas armas ao alcance das mãos.

— Temos que voltar e avisar — disse Hans, com urgência em sua voz. — Se eles atacarem realmente a cidade com um contingente maior, poderemos estar em sérios apuros.

Pieter concordou.

— Mas temos que ter certeza de que não seremos seguidos. Eles não podem saber que descobrimos.

Com cuidado, os dois começaram a se afastar do acampamento, mantendo-se nas sombras e usando o terreno irregular para se esconder. Cada passo era silencioso, com os sentidos aguçados para qualquer sinal de perigo. Eles sabiam que qualquer deslize poderia custar-lhes a vida.

Após uma boa distância, Hans parou e olhou para Pieter.

— Vamos seguir o rio de volta.

Pieter assentiu e, juntos, eles mudaram de direção, seguindo em silêncio ao longo do curso do rio. O caminho era difícil, e poderiam lhes acrescentar um dia, mas necessário. A água gelada roçava suas botas, mas eles continuaram.

Horas se passaram, e a cidade de Pernambuco ainda estava longe, cerca de dois dias. Eles sabiam que tinham uma longa jornada pela frente, mas a importância de sua mensagem era de vida ou morte.

A LIBERDADE NAS SOMBRAS

O ar era pesado, prenunciando a tempestade que parecia se formar no horizonte. No engenho, cana longa estava em um silêncio tenso, quebrado apenas pelo ocasional cricrilar dos grilos e pelo farfalhar das folhas. O som abafado de passos e sussurros anunciava a chegada dos escravos. Nego, Babu, Gana Zumba e os outros se aproximaram do engenho com a precisão de caçadores. O clima era pesado; a tensão entre os capatazes palpável. Os vigias estavam atentos, entretanto, a escuridão ainda oferecia uma vantagem para os invasores. Os vigias, em constante alerta devido aos ataques recentes, patrulhavam as redondezas da propriedade. Nego levantou a mão, indicando que era hora de se dividir. Em pequenos grupos, eles se espalharam, movendo-se como sombras na noite. O primeiro confronto foi rápido e silencioso. Um vigia, com o mosquete pronto, não teve tempo de gritar antes de Nego, emergindo das sombras, lançar-se sobre ele, derrubando-o com um golpe certeiro no rosto. Com um movimento rápido, Babu pegou o mosquete e, em um giro, usou-o como um bastão para derrubar outro capataz que vinha correndo. De repente, um grito ecoou. Um dos vigias foi abatido. Seu corpo caiu pesadamente no chão e a luta tomou conta do Engenho Cana Longa.

Tico avançou em direção a dois vigias que guardavam a entrada principal. Com a força de um búfalo, ele arremessou um deles contra a parede, enquanto o outro levantava o mosquete para atirar. Antes que pudesse apertar o gatilho, Liquinha agarrou o cano da arma e a puxou com força, fazendo o vigia perder o equilíbrio e cair. Em um movimento fluido, Liquinha usou a coronha do mosquete para desferir um golpe devastador no crânio do capataz, que desmaiou imediatamente.

Enquanto isso, um grupo de três escravos se engajou em uma luta brutal com quatro capatazes no centro do pátio. Um dos escravos, Pinduca, armado com um facão, cortou o braço que segurava o chicote de um dos capatazes antes que ele pudesse usá-lo. Em seguida, desarmou o inimigo com um chute bem direcionado na barriga. Outro escravo, Akin, usando apenas suas mãos, desarmou-os. Lutava corpo a corpo com dois capatazes, esquivando-se dos golpes dos punhais e respondendo com socos rápidos e precisos. Os gritos de combate e o clangor das armas soavam altos na noite, transformando o engenho em um campo de batalha. Um capataz conseguiu disparar seu mosquete, mas a bala passou de raspão pelo ombro de Touro, fazendo escorrer o sangue, que ergueu as sobrancelhas e franziu a testa. Com um grito de dor e raiva, lançou-se sobre o capataz, derrubando-o no chão e o imobilizando com um golpe de cotovelo na garganta. Outro capataz, vendo seu companheiro caído, tentou usar o chicote, mas foi interceptado por Baako, que agarrou o chicote no ar e, em um movimento rápido, puxou o capataz para perto e o derrubou com um soco poderoso no queixo.

Na casa-grande, o pânico se instalou instantaneamente. Os donos, acordados bruscamente pelo tumulto, correram para se armar. Os mosquetes eram carregados com mãos trêmulas, e os tiros começaram a ser disparados a esmo na escuridão, cada estampido ressoando como trovões na noite silenciosa.

— Protejam as mulheres e crianças! — gritou o Sr. Silva, com sua voz estridente, tentando impor ordem no caos. Mas o pânico já havia tomado conta de todos. Os tiros de mosquete eram disparados sem qualquer precisão. As balas perfuravam o ar e se perdiam na escuridão. Uma janela estilhaçou-se com um tiro mal direcionado, espalhando cacos de vidro pelo chão.

Do lado de fora, Babu, ainda empunhando o mosquete como uma clava, enfrentou dois capatazes que tentavam cercá-lo. Ele desviou de um golpe de baioneta e girou o mosquete, acertando um dos capatazes na lateral da cabeça. O outro capataz com o punhal tentou atacá-lo por trás, cortando-lhe o ombro, entretanto Babu, com reflexos rápidos, girou e desferiu um chute no estômago do capataz, seguido por um golpe com a coronha do mosquete no rosto, derrubando-o no chão. Outro pulou no seu pescoço. Babu, com sua força descomunal, arremessou o vigia contra a parede do engenho. O som do impacto ecoou pelo pátio. Nego continuava sua investida, agora enfrentando três capatazes. Ele se esquivava dos golpes com agilidade surpreendente e usava o mosquete como um bastão para manter os capatazes a distância. Quando um deles o atacou com uma faca, Nego desviou e desarmou o capataz com um golpe preciso no pulso, seguido por um soco que o fez cair inconsciente. A luta era feroz e intensa, com gritos de dor e raiva misturando-se ao som de golpes e impactos. Nego lutava como um leão, movido pelo desejo de liberdade e pela necessidade de proteger os irmãos. Cada golpe desferido, cada arma tomada, era um passo a mais.

Gana Zumba abria caminho com Obi e Nuru, e os escravos que os acompanhavam lutavam com uma fúria quase animal. Suas mãos e armas se moviam com uma velocidade letal. Três vigias avançavam com espadas nas mãos com uma fúria infernal. O subir e o descer das espadas cortavam o vento e tintilavam com os choques dos facões de Obi e Nuru, que defendiam os golpes e, num giro, agachando, rodopiando, dando uma rasteira, acertando suas pernas e derrubando os vigias como os molhos de cana. Gana Zumba com flecha esticada na linha do arco, mira, e solta os tiros um atrás do outro, abatendo seu oponente. Ele abre o caminho para a senzala, onde Ninha e Júlio estavam presos. Arrombaram a porta com força bruta, libertando os escravos que aguardavam ansiosamente sua salvação.

Ninha e Júlio, ao verem seus libertadores, sentiram uma onda de esperança e gratidão. Ninha, com os olhos brilhando, agarrou a mão de Gana Zumba e, juntos, começaram a guiar os outros escravos para fora do engenho. O combate continuava feroz do lado de fora. Os capatazes, embora em maior número, estavam desorganizados e surpresos pela ferocidade do ataque. Ninha olhou um dos capatazes, que outrora havia abusado dela, rastejando-se pelo chão. Ela toma o punhal que Gana Zumba segurava, e vai com grito aterrorizante "Ahaaaaa" até o homem e corta-lhe o pescoço. Os escravos lutavam como se cada golpe fosse uma questão de fazer valer o sangue que corre em suas veias, movidos pela promessa de liberdade que os aguardava. Quando a tempestade finalmente estourou, a chuva pesada lavou o sangue e o suor dos corpos cansados. Nego, Babu, Gana Zumba e os outros haviam conseguido o impossível; invadiram o engenho, derrotaram os capatazes e libertaram os escravos. Com a chuva como testemunha.

Finalmente, com os vigias e capatazes caídos ou recuando, Nego, Babu, Gana Zumba e os outros escravos se agruparam, respirando pesadamente, mas vitoriosos. O engenho, agora em silêncio, era testemunha da coragem e da força dos que lutaram. Num instante, tiros a esmo viam da casa-grande fazendo necessária a retirada com urgência dos libertos. Nem todos tinham coragem para seguir. Júlio com um último olhar para o campo de batalha. Os escravos libertos seguiram para a escuridão, prontos para um novo começo. Eles desapareceram na noite.

A clareira na mata surgiu à frente dos libertadores. Seus corpos estavam cansados e encharcados pela tempestade que caía furiosamente. A chuva martelava o solo, criando poças de lama que dificultavam cada passo. Relâmpagos rasgavam o céu, iluminando por breves instantes os rostos exaustos e suados do grupo. Os trovões rugiam, abafando quaisquer sons que pudessem sinalizar perigo próximo. Nego, com os ombros pesados de cansaço, olhou ao redor, contando cada rosto conhecido. Seus olhos se fixaram em Babu, cujo braço ferido sangrava lentamente. A água misturava-se com o sangue e escorria como riachos vermelhos pelo braço.

Gana Zumba, ofegante e coberto de fuligem, sentou-se pesadamente em um tronco caído, tentando recobrar suas forças. Ninha e Júlio caminhavam juntos, ainda atônitos pela recente libertação. Ninha apertava a mão de Júlio com força. Os olhos arregalados refletiam os clarões dos relâmpagos. Júlio, por sua vez, olhava ao redor com uma mistura de alívio e preocupação, sentindo o peso da liberdade recém-conquistada. Júlio e Ninha se aproximam de Gana Zumba se abraçam.

— Conseguimos — murmurou Nego, com sua voz quase inaudível sob o som da chuva e trovões. — Mas não podemos parar agora. Eles vão nos perseguir. Exausto, Nego se assenta em uma pedra.

O grupo assentiu. A adrenalina da batalha ainda pulsava em suas veias. Babu, mesmo ferido, começou a organizar os outros escolhendo quatro homens mais robustos para fazer parte do bando de libertadores. Os irmãos iam descansar por um tempo e depois continuariam para o quilombo. Gana Zumba, com a voz baixa e cansada, disse:

— Que bom estar com vocês — disse para Ninha e Júlio.

A clareira estava imersa em tensão e alívio. A batalha havia sido dura. Agora, o desafio era manter a liberdade recém-adquirida. Cada rosto ali contava uma história de sofrimento e bravura, de um desejo inquebrantável de viver além das correntes e grilhões. Nego se levantou, trazendo um senso de segurança ao grupo.

— Vamos, irmãos — disse ele, com sua voz forte e clara, mesmo com a tempestade. — Chegando lá, haverá homens para levar vocês a um lugar seguro.

O grupo começou a se mover novamente pela mata rumo ao quilombo, deixando para trás a incerteza de uma vida de escravidão. As árvores altas os acolhiam, prometendo abrigo e a chance de um novo começo, enquanto a tempestade rugia ao seu redor, como um testemunho da força e da perseverança. Em fila única, marcharam por dentro da mata rumo ao quilombo. Nego e seu bando encontraram abrigo em uma gruta e se esconderam da tempestade.

SANGUE LAVADO

Na manhã seguinte à batalha travada sob a escuridão da noite anterior, o sol ainda hesitava em iluminar completamente o Engenho Cana Longa. O ar estava carregado com o cheiro de terra molhada e o lamento distante de pássaros que pareciam reconhecer a gravidade do que ocorrera. Homens do Sr. Silva amontoavam corpos em uma carroça. O capitão Charles, com a expressão marcada pela fadiga e o peso da responsabilidade, caminhava ao lado do Tenente Padilha pelo pátio de pedras irregulares, onde vestígios da luta ainda eram visíveis: algumas marcas de sangue secas e um chapéu rasgado, abandonado ao acaso.

O Sr. Silva, com o olhar cansado e os ombros encurvados pelo fardo da escravidão que geria, esperava ansiosamente por eles. Suas mãos trêmulas seguravam um copo de café que esfumaçava no ar fresco da manhã. A conversa entre os três era tensa, marcada por uma mistura de desespero e determinação.

— Precisamos entender como isso aconteceu — disse Charles, com sua voz firme, mas com um traço de cansaço. — Nunca vi os escravos se organizarem assim. Devemos ser mais cuidadosos.

Padilha assentiu, olhando para os restos da luta, onde os corpos dos capatazes e vigias se misturavam à terra batida. A lembrança da luta lhe assombrava, e ele tentou desviar o olhar.

— Eles eram bem treinados. Isso não foi um ato de desespero, capitão. Eles planejaram.

— E nós falhamos em não prever isso. A frustração em sua voz era palpável, mas antes que pudesse continuar, os ecos de estrondo dos cascos dos cavalos martelando o chão cortaram a conversa.

Dois homens avançavam com rapidez pelo pátio em seus cavalos. O Dom Augusto, com sua postura arrogante, era seguido pelo Sr. Gonçalves, que parecia mais preocupado do que nunca. Ambos estavam acompanhados por uma tropa de trinta homens, uma mistura de capatazes e vigias armados, que avançavam com um semblante de determinação, quase como se buscassem vingança.

— O que aconteceu aqui? — gritou Dom Augusto, com sua voz ressoando como um trovão sobre a calmaria da manhã. Os olhos se fixaram em Charles, com uma mistura de desapontamento e raiva.

— Houve uma invasão — respondeu Charles, tentando manter a calma dos homens. — Os escravos se rebelaram e, com a ajuda de alguns aliados, tomaram o engenho.

Gonçalves, com o rosto pálido, olhou para os restos de um barril que haviam sido derrubados durante a luta.

— Precisamos agir rápido. Eles podem ter planos ainda maiores.

A tensão no ar aumentou, enquanto os homens da tropa tomavam posição, formando um semicírculo ao redor do pátio, prontos para qualquer ordem. A gravidade da situação parecia esmagadora, e a luta da noite anterior reverberava em cada palavra, em cada respiração.

— Se não contivermos isso, tudo pode desmoronar — disse Padilha. Sua voz era quase um sussurro, mas firme o suficiente para que todos ouvissem. Os olhos de todos se voltaram para Charles, que se viu forçado a decidir: agir com a força da tropa ou buscar uma abordagem mais sutil para enfrentar a nova realidade.

Dom Augusto olhava a movimentação dos soldados do capitão Charles rondando o engenho e buscando encontrar alguma pista. Com sua voz firme, disse:

— Mande-os voltarem — ele vira o rosto em direção à mata. — Eles estão por lá em algum lugar. Aqui não vão encontrar nada. Devem estar planejando invadir outro engenho. Seus homens devem se unir a nós para fazermos uma varredura na floresta e encontrá-los antes que outros engenhos sejam atacados.

Todos assentiram. O capitão Charles toma imediatamente a palavra:

— Todos esses homens estão à sua disposição. O sargento irá com os senhores no comando da tropa.

O sargento, homem de cara fechada e alto, balança a cabeça em concordância.

— Essa milícia será de uns sessenta homens e dará uma boa varredura na floresta — disse Tenente Padilha. Poderíamos chamar João Fernandes com seus homens. Eles conhecem cada gruta, cada moita que pode servir de esconderijo.

— Não! Essa quantidade está boa. Nós não iremos só capturar esses rebeldes — proclamou a voz ressoando autoritária de Dom Augusto. — Nego e seu bando precisam ser um exemplo. Vamos mostrar a todos os escravos o que acontece com quem ousa desafiar nossa autoridade.

O Sr. Gonçalves, mais calmo e de postura altiva, assentiu lentamente, concordando com cada palavra. Ele lançou um olhar penetrante para o capitão Charles, que se mantinha firme e impassível.

— Capitão, seus homens são agora parte de nossa milícia. Juntos, formaremos uma força de sessenta homens e iremos acabar com essa ameaça — continuou Dom Augusto.

Charles fez um sinal de concordância com a cabeça, e os soldados começaram a se alinhar, preparando-se para a marcha iminente. A ordem era clara: localizar e capturar Nego e seu bando de escravos fugidos, que haviam se tornado um símbolo de terror na região.

— Tenente Padilha — chamou o capitão, virando-se para o sargento — organize nossos homens.

Padilha assumiu rapidamente o comando, dando ordens precisas e eficientes ao sargento. Enquanto isso, os homens de Dom Augusto e do Sr. Gonçalves também se preparavam, ajustando suas armas e equipamentos.

O Sr. Silva, observando a cena com uma mistura de preocupação, dirigiu-se aos líderes.

— Que esta caçada termine rápido e traga tranquilidade de volta aos nossos engenhos — disse ele.

Com os últimos preparativos feitos, Dom Augusto montou em seu cavalo novamente, erguendo a mão para chamar a atenção de todos.

— Avante! — gritou ele, e o grupo partiu, deixando o Engenho Cana Longa para trás, determinados a caçar Nego e seu bando até o último homem, seguido por Sr. Gonçalves, com Sr. Silva guiando a milícia.

VERDADE DISFARÇADA

Na estrada, nuvens de pó seguiam Lia enquanto guiava a charrete em direção à entrada da cidade. Sua mente estava em tumulto, buscando desesperadamente respostas para o comportamento do capitão Charles. A recente ruptura do noivado a deixara perplexa e com o coração partido. Ao se aproximar da cidade, ela avistou o Tenente Padilha conversando com alguns soldados à sombra de uma árvore. Lia parou a charrete com um movimento brusco e desceu apressadamente, caminhando em direção a ele com passos decididos.

— Tenente Padilha! — chamou ela, com sua voz carregada de urgência e ansiedade. Padilha ergueu o olhar, surpreso ao vê-la ali. Foi ao seu encontro.

— Lia? O que a traz aqui? — perguntou ele, franzindo a testa com preocupação.

— Preciso falar com o capitão Charles. Sabe onde ele está? — perguntou ela, tentando manter a calma apesar da tempestade de emoções em seu peito.

Padilha hesitou, visivelmente desconfortável.

— Lia, talvez seja melhor você voltar para casa. Charles... Ele está envolvido em algo complicado.

Lia franziu o cenho, sentindo a raiva e a ansiedade aumentarem.

— O que você quer dizer com isso? Onde ele está?

— Mais um engenho foi atacado por escravos. Ele está alertando todos os donos de engenho, ele foi para o Engenho Casa Forte.

O tenente respirou fundo, percebendo que não poderia evitar a verdade.

— Ele está com Ana Paes — respondeu, escolhendo cuidadosamente as palavras.

— Ele está tendo um caso com a viúva? Eu os vi no escritório, cheios de intimidade.

— Não! Você não está entendendo. Ele foi avisá-la do perigo que todos estão correndo.

— Me conta a verdade, não me faça de idiota — Lia franze a testa e sobrancelhas se juntam. — Eu sei que é ela.

— Lia, às vezes as coisas saem do nosso controle, você tem que entender e aceitar.

— Foi por isso que ele terminou com você? Se é ela, ou não, eu não sei.

Lia sentiu como se o chão tivesse desaparecido sob seus pés.

— Ana Paes? — repetiu, incrédula. — Ele terminou comigo por causa dela? Aquela viúva desprotegida?

Padilha assentiu, olhando para Lia com uma mistura de compaixão e preocupação.

— Sim. As coisas entre eles... aconteceram de uma forma que Charles não pôde evitar. Sinto muito, Lia. Você tem a oportunidade de recomeçar.

A revelação atingiu Lia como uma onda de fúria e dor. Seus olhos se estreitaram e seu rosto se contorceu em uma máscara de raiva.

— Obrigado, tenente — disse ela com frieza, virando-se abruptamente e caminhando de volta para sua charrete.

— Ei, volta aqui!

Padilha tentou chamá-la de volta, mas Lia não quis ouvir. Subiu na charrete com o rosto rígido e a mente fervilhando. Não havia mais razão para procurar Charles. Ele a havia traído, e isso era tudo que ela precisava saber. Enquanto guiava a charrete de volta pela estrada, o vento chicoteava seu rosto, Lia jurou vingança. E, acima de tudo, prometeu que Ana Paes pagaria caro por roubar o coração de Charles.

DOCE VINGANÇA

Ana Paes trabalhava arduamente ao lado de seus escravos no engenho. Suas mãos estavam sujas de terra, mas seu espírito permanecia forte, comandando com destreza e respeito. O som dos facões cortando a cana-de-açúcar e das rodas do engenho girando preenchia o ar, misturado ao murmúrio das conversas e ao ocasional canto de trabalho dos escravos.

De repente, o ambiente foi interrompido por um ruído distinto de cascos de cavalos se aproximando. Ana ergueu os olhos e viu Lia, montada em seu cavalo, liderando uma tropa de capatazes. O semblante de Lia era uma máscara de amargura e raiva. Seus olhos queimavam com um desejo de vingança.

— Então é aqui que você se esconde, Ana Paes? — Lia gritou, com sua voz carregada de desprezo. — Pensou que poderia roubar meu noivo e escapar impune?

Ana manteve-se firme, com seu coração batendo forte, mas seu exterior mostrava uma calma resoluta. Ela deu um passo à frente, limpando as mãos na saia e encarando Lia sem piscar.

— Eu não roubei ninguém, Lia.

Os capatazes de Lia cercaram o engenho, com suas mãos nas armas, prontos para atacar a qualquer comando. Os escravos de Ana, apreensivos, olharam para sua senhora em busca de orientação.

Bambina moveu-se e logo percebeu os mosquetes apontados para sua direção e dois capatazes se aproximando, então ergueu as mãos, se rendendo, e os outros vigias da casa forte fazem o mesmo.

— Eu não vim aqui para discutir. Vim para destruir o que você mais preza — Lia ameaçou, com seu rosto contorcido de ódio.

Ana respirou fundo, sentindo o peso da situação. Ela sabia que a batalha que se aproximava não seria fácil, mas também sabia que não cederia sem lutar. Ana Paes olha ao redor e percebe que seus vigias e Bambina estão rendidos.

Lia ordena seus homens que levem Ana Paes para o tronco:

— Prendam-na no pelourinho!

Ana Paes não esboça nenhuma reação, ergue o queixo e seu olhar encontra o de Lia. Em seguida, levanta a cabeça, puxa o ar, enchendo seus pulmões. As folhas das palmeiras farfalhavam levemente ao vento, um som quase imperceptível em contraste com o tumulto que se desenrolava abaixo. Ana Paes, uma figura esguia e resoluta, estava sendo arrastada por dois homens robustos, seus rostos marcados pela dureza.

Lia, observando, exibia um sorriso frio. Seus olhos brilhavam com um misto de satisfação e crueldade. A vingança contra Ana era algo que ela aguardava com uma ansiedade mal disfarçada, e agora, finalmente, conseguia realizá-la.

Os passos pesados dos homens ecoavam pelo pátio, enquanto eles avançavam em direção ao tronco, uma estrutura feita de madeira escura e envelhecida. O som dos grilhões e correntes se arrastando pelo chão enviava arrepios pela espinha de qualquer um que estivesse por perto. Ana, apesar da força com que era segurada, mantinha a cabeça erguida. Seus olhos, ardendo de indignação e dor, encontraram os de Lia por um instante, e uma troca silenciosa de hostilidade ocorreu entre elas. O tronco estava à frente, e os homens forçaram Ana a ajoelhar-se. A madeira áspera e gasta pressionava contra sua pele, um presságio do que estava por vir. Eles prenderam seus pulsos com firmeza, as correntes rangendo sob a tensão.

Com passos calculados, cada movimento de Lia era impregnado de uma autoridade implacável. Ela se aproximou de Ana, inclinando-se ligeiramente, sussurrando palavras que apenas Ana podia ouvir:

— Isso é apenas o começo, querida Ana. Você deveria ter ficado no seu lugar.

Com um gesto imperioso, Lia sinalizou para o feitor, que se aproximou com um chicote em mãos. Ela toma-lhe o chicote. O silêncio foi interrompido apenas pelo som do chicote cortando o ar antes de encontrar a carne. Ana cerrou os dentes, recusando-se a dar a Lia a satisfação de um grito. Cada golpe era uma declaração de poder, um lembrete do domínio que Lia acreditava ter sobre todos ao seu redor. E, embora Ana suportasse a dor em silêncio, sua mente fervilhava com pensamentos. Os olhares dos escravos e trabalhadores do engenho, que assistiam à cena em impotente horror, encontraram-se em silêncio. Naquele momento, todos entenderam que a luta entre Ana e Lia estava longe de acabar. E cada golpe do chicote parecia reverberar no silêncio angustiante que envolvia o pátio. Ana Paes, amarrada ao pelourinho, resistia com toda sua força, recusando-se a gritar, mas a dor estava escrita em cada linha de seu rosto.

Lia, com um sorriso de triunfo estampado no rosto, levantava o chicote mais uma vez, saboreando cada momento de sua vingança. Contudo, antes que pudesse desferir o próximo golpe, um som distinto rompeu o silêncio — o som de cascos de cavalo se aproximando rapidamente. Todos os olhares se voltaram para a entrada do engenho, onde uma nuvem de poeira anunciava a chegada de um cavaleiro.

O capitão Charles surgiu através da nuvem de poeira. Seu cavalo a galope vigorosamente. Ele parou bruscamente, saltando do cavalo antes mesmo que ele parasse completamente. Sua expressão era uma máscara de fúria.

— Pare! — sua voz ecoou pelo pátio, carregada de autoridade. — Você está maluca!

Lia hesitou por um momento, surpresa e irritada com a interrupção. Charles avançou a passos largos, com suas botas levantando poeira do chão. Sem dizer uma palavra, ele arrancou o chicote das mãos de Lia, com seu olhar queimando de ira.

— Largue isso — rosnou ele. A proximidade e a intensidade de sua presença forçavam Lia a recuar um passo. Lia tentou recuperar sua postura, mas a surpresa e a fúria misturadas em seu rosto traíam sua insegurança.

— Charles, você não entende — começou ela, mas ele a interrompeu bruscamente.

— Eu entendo perfeitamente — disse ele, com sua voz baixa, mas carregada de uma ameaça velada. — Isso termina agora.

Com um movimento rápido, ele jogou o chicote longe. Seu som se perdeu no chão de terra. Ele se voltou para Ana. A fúria em seus olhos suavizou-se ao ver o estado dela. Com cuidado, começou a soltar as correntes que a prendiam ao tronco. Seus movimentos gentis contrastavam com a raiva que ainda fervilhava sob a superfície.

Ana, embora machucada e exausta, encontrou os olhos dele com uma gratidão silenciosa.

— Obrigada, Charles. Cuide-se, ela é louca — murmurou ela, com sua voz fraca, mas cheia de emoção e preocupação. Charles apenas assentiu, com suas mãos ainda trabalhando para libertá-la. Quando finalmente a soltou, ele a ajudou a se apoiar nele, segurando-a firmemente enquanto ela cambaleava levemente. Morena, a escrava de olhar firme e passos rápidos, correu em direção ao casal. Seus pés descalços mal faziam barulho no chão de terra batida. Atrás dela, Bambina, o capataz, movia-se com igual rapidez.

— Senhor Charles — Morena chamou, com sua voz carregada de preocupação. — Deixe-me ajudar a senhora, Ana.

Charles olhou para ela. Seus olhos refletiam um alívio momentâneo.

— Por favor, Morena. Ela precisa de cuidados imediatos.

Morena se aproximou de Ana com gentileza, segurando-a com cuidado. Charles, sentindo o peso da responsabilidade sobre seus ombros, passou Ana para os braços de Morena, que a acolheu com um olhar de compaixão. Bambina, embora fosse capataz, mostrava uma rara expressão de preocupação.

— Vamos levá-la para dentro — sugeriu Bambina, com sua voz firme, mas gentil. — Ela precisa descansar e receber tratamento.

Com um aceno de cabeça, Charles concordou, observando enquanto Morena e Bambina conduziam Ana para o interior da casa-grande. Ele ficou parado por um momento, com os pensamentos confusos e o coração pesado. A batalha foi apenas uma parte da luta que ainda estava por vir.

— Você não faz mais isso, Lia — disse ele, com sua voz firme e cheia de uma promessa de retribuição. — Ninguém mais será castigado sob suas ordens.

Lia, agora com o rosto pálido de raiva e humilhação, diz:

— Você e ela me pagam — monta em seu cavalo, sai a galope. Os seus homens saem atrás.

A porta da casa-grande se abriu com um estrondo, e a figura frágil de Ana Paes entrou carregada por Morena e Bambina, seus passos curtos com dificuldade. O corredor estreito parecia se estreitar ainda mais à medida que avançavam, e o silêncio opressor da casa-grande pesava sobre todos. Bambina, com seu rosto piedoso e determinado, guiava Morena, que mantinha apoiada Ana firmemente em seus braços. As passadas ecoavam, cada uma um lembrete do sofrimento recente. Chegaram ao quarto de Ana. Morena, com cuidado e gentileza, a deitou na cama de bruços. Ana gemeu baixinho, virando o rosto contra o colchão, procurando algum consolo na maciez que não podia oferecer alívio verdadeiro. Bambina, após um breve olhar de compaixão, retirou-se rapidamente, deixando Morena e a escrava Francisca para cuidar de Ana. Com movimentos delicados, mas urgentes, Morena e a Francisca, começaram a retirar a blusa de Ana, que estava em farrapos, encharcada de suor e sangue que grudava na sua pele, dificultando o trabalho. Conforme removia a blusa, as tiras de tecido rasgadas revelaram a pele alva machucada, com vergões escarlates cruzando suas costas, marcas das chibatadas ainda sangrando. As duas escravas trocaram um olhar de dor compartilhada antes de Morena começar a limpar as feridas com um pano úmido. Morena trabalhou em silêncio, com suas mãos experientes movendo-se com precisão, enquanto Ana lutava para conter os gemidos. As mãos da escrava eram firmes, mas gentis, aplicando unguento e coberturas de folhas medicinais para deter o sangramento. A outra escrava auxiliava, entregando panos limpos e bacia de água. Do lado de fora da casa-grande, Charles esperava por Bambina. Seu olhar era duro, mas havia uma sombra de preocupação nos seus olhos. Quando Bambina se aproximou, ele o parou com um gesto firme.

— Lia não voltará — garantiu Charles, com sua voz baixa, mas carregada de certeza. — Mas quero os vigias em alerta. Não podemos arriscar mais surpresas.

Bambina assentiu, entendendo a gravidade, enquanto se afastava para cumprir as ordens de Charles, que ficou ali observando o movimento ao redor. Em seguida, entrou na casa.

O ambiente cheirava a ervas e unguentos, uma tentativa de aliviar a dor e os ferimentos de Ana. Ela estava deitada de bruços na cama, o corpo frágil e imóvel, exceto pela respiração lenta e irregular. As faixas brancas que cobriam suas costas estavam manchadas de sangue, evidência das cruéis chicotadas que recebera. Charles abriu a porta com cuidado, tentando não fazer barulho. Ao entrar, viu Morena, a fiel criada, ajeitando delicadamente a cabeça de Ana sobre o travesseiro. Morena olhou para ele com uma expressão que misturava cansaço e preocupação, mas nada disse. O capitão deu alguns passos para dentro. O peso de suas botas sobre o assoalho ecoava levemente no silêncio.

— Morena — disse ele com a voz grave, mas baixa, para não acordar Ana —, pode me deixar a sós com ela por um instante?

Morena hesitou. Seus olhos escuros passaram de Charles para Ana, como se estivesse avaliando se deveria obedecer ou não. Havia uma preocupação protetora em seu semblante, mas, por fim, ela assentiu.

— Sim, senhor. Mas não demore. Ela precisa descansar — disse com firmeza, antes de se retirar.

Quando a porta se fechou, o silêncio no quarto ficou ainda mais profundo, quebrado apenas pelo som da respiração de Ana. Charles aproximou-se devagar, cada passo carregando o peso de suas emoções. Sentou-se na beira da cama, com sua postura rígida e cautelosa, como se temesse piorar a situação ao menor movimento.

Ele a observou por um momento. O rosto de Ana estava pálido, com pequenas gotas de suor acumulando-se em sua testa. Embora seus olhos estivessem fechados, o franzir ocasional de suas sobrancelhas denunciava a dor que ela sentia mesmo enquanto repousava. As costas enfaixadas, manchadas de vermelho, eram um lembrete cruel do que ela havia suportado.

— Você não merecia isso — murmurou ele, quase para si mesmo, mas com uma intensidade que parecia carregar o peso de uma promessa.

Ana abriu os olhos lentamente, piscando para focar a visão. Quando o rosto de Charles entrou em foco, ela tentou erguer a cabeça, mas um gemido suave escapou de seus lábios. Ele colocou imediatamente a mão em seu ombro, um gesto suave, mas firme.

— Não se mova — disse ele, com a voz carregada de preocupação. — Você precisa descansar.

— Capitão... — murmurou ela, com sua voz rouca e fraca. — Por que... você me salvou? Eu não sou nada para você.

Charles engoliu em seco. As palavras dela atingiram com força, mas ele manteve o olhar fixo em seus olhos, como se quisesse que ela enxergasse a verdade em sua alma.

— Você é muito mais do que imagina, Ana. Não vou permitir que alguém como Lia tire isso de você.

Ela tentou sorrir, mas a dor tornou o gesto difícil. Uma lágrima solitária escorreu pelo canto de seu olho, misturando-se ao suor. Ele pegou um lenço e, com delicadeza, enxugou o rosto dela. O toque de sua mão era mais gentil do que ela jamais havia esperado.

— Você correu um risco... um grande risco — disse Ana, esforçando-se para manter a voz estável. — Lia não vai perdoá-lo por me defender.

— Que assim seja — respondeu Charles, sem hesitar. — Eu já tomei minha decisão, Ana. Não me importa o que Lia ou qualquer outra pessoa pense. O que me importa agora é que você se recupere.

— Cuide-se, Charles — disse ela.

Os olhos de Ana se fixaram nos dele, buscando algo, talvez consolo, talvez esperança. Charles segurou sua mão, um gesto simples, mas que carregava uma profundidade que nenhum dos dois podia expressar em palavras naquele momento. Ele apertou levemente os dedos dela, transmitindo uma segurança silenciosa.

— A dor vai passar — ele continuou. — E eu estarei aqui. Sempre.

Ana fechou os olhos novamente, não por fraqueza, mas porque sentia algo diferente. A presença de Charles, o tom de sua voz e o calor de sua mão segurando a dela trouxeram uma sensação que ela não sentia há muito tempo: proteção. Ele ficou ali por mais alguns minutos, observando enquanto ela adormecia novamente. Quando se levantou para sair, olhou uma última vez para as costas dela, prometendo a si mesmo que ninguém jamais voltaria a machucá-la enquanto ele estivesse por perto.

A BUSCA CONTINUA

Os cães farejadores puxavam as coleiras, guiados pelo faro aguçado, enquanto os homens moviam-se em formação, seus olhos atentos a qualquer movimento ou som suspeito e nenhuma moita fica de pé. O Sr. Silva, experiente e cauteloso, guiava o grupo com um olhar afiado, enquanto o Sr. Gonçalves, com a mão firme no cabo de sua espada, seguia de perto.

— Verifiquem aquela clareira — ordenou Sr. Silva, apontando para uma área aberta à frente.

Enquanto os homens seguiam as ordens, Nego e seu grupo, ocultos entre as sombras e a vegetação densa, buscavam os cantos mais inusitados para não serem percebidos pelos olhares da milícia e o faro dos cães. Os latidos ficavam mais altos a cada momento. Nego trocou um olhar significativo com Babu, que estava ao seu lado, em uma fenda onde outrora se escondeu no Riacho. A água gelada da cachoeira deixava seus corpos submersos, traçando caminhos finos pela pele negra e arrepiada. Cada lâmina que deslizava parecia um fio de gelo, acariciando os músculos tensos, intensificando o arrepio que se espalhava como uma onda incontrolável. Eles cruzaram os braços, apertando-os contra o peito na tentativa inútil de conter o frio, enquanto pequenos tremores sacudiam seus dedos e faziam seus dentes rangerem levemente. Cada respiração era um sopro curto, entrecortado, e sua pele parecia viva, pulsante, como se cada poro estivesse desperto pela temperatura extrema. Em árvores ocas, Gana Zumba e Liquinha; em uma área alagadiça, Toro, Pinduca, Akin, Zaire e Nuru. Nas raízes expostas de grandes árvores, Baako, Obi e Tico se entranhavam por elas e a folhagem por cima com musgo para inibir os faros dos cães. Em árvores grandes e altas com copas espessas, os escravos Au, Queninha, Siri, Kizua, Ruslan e Nkanga, Dulu e Jamba subiram e ficaram entre as copas.

Os minutos passavam lentamente, e cada som da floresta era amplificado pela tensão. O farfalhar das folhas, o estalar dos galhos sob os pés da milícia, tudo parecia ecoar na mente dos escondidos. Os latidos ocasionais dos cães tornavam a atmosfera ainda mais tensa.

— Não podemos ficar aqui para sempre — murmurou Babu, com sua voz baixa.

— Espere mais um pouco — respondeu Nego, com sua voz firme, porém baixa. — Eles vão se cansar e desistir.

Finalmente, após o que pareceu uma eternidade, a busca começou a diminuir de intensidade. Os homens de Dom Augusto, visivelmente frustrados pela falta de resultados, começaram a recuar lentamente. O Sr. Silva, relutante, deu o sinal para que a milícia retornar.

— Vamos indo até o quilombo nessa pegada. Eles não terão como se esconder. Hoje pegamos o bando — disse ele, com um tom de desapontamento. — Continuaremos a busca amanhã.

Enquanto a milícia se afastava, Nego deu um suspiro silencioso de alívio. O grupo permaneceria escondido até ter certeza de que estavam seguros para se mover novamente.

Zaire, furtivo, e seu olhar em total alerta, percorre a clareira para ter certeza de que estavam livres da milícia e com um gesto chama os companheiros.

— Foi por pouco — disse Nego, dirigindo-se ao seu grupo. — Mas devemos nos preparar para o que está por vir. Eles não desistirão facilmente.

Os escravos libertos assentiram, cientes de que a luta estava longe de terminar. A floresta oferecia um abrigo temporário, mas a verdadeira batalha ainda estava por vir.

A milícia movia-se em silêncio pelas trilhas sinuosas, fazendo uma varredura em uma extensão linear pela principal trilha que levava ao quilombo. Guiados por Dom Augusto, senhor Gonçalves e senhor Silva, eles avançavam com cautela, atentos a cada som e movimento. As expressões em seus rostos eram de tensão.

Dom Augusto, montado em seu cavalo negro, liderava o grupo com uma mão firme nas rédeas e a outra no cabo da espada. Seus olhos perscrutavam a vegetação adiante, buscando qualquer sinal dos escravos fugidos. Ao seu lado, o senhor Gonçalves sussurrava ordens aos homens, orientando-os sobre a formação a ser mantida. O senhor Silva, um pouco mais atrás, gesticulava com impaciência, desejando que a busca trouxesse resultados rápidos. A trilha estreita os levou a um antigo quilombo abandonado, agora engolido pela vegetação. As cabanas de barro e palha estavam em ruínas, algumas já quase desmoronando. Os homens se espalharam pelo local, vasculhando cada canto com meticulosidade. As espadas e mosquetes estavam prontas, e o silêncio era cortado apenas pelo farfalhar das folhas e o estalar de galhos sob seus pés. Dom Augusto desceu de seu cavalo, entregando as rédeas a um dos capatazes. Sr. Gonçalves e Sr. Silva repetiram o mesmo, porém permaneceram no lugar. Dom Augusto caminhou lentamente até o centro do quilombo, os olhos atentos a qualquer indício de presença recente.

— Verifiquem tudo — ordenou, com sua voz baixa, mas autoritária. — Não deixem pedra sobre pedra.

Os homens obedeceram prontamente. Alguns se agacharam para examinar pegadas no chão úmido; outros reviraram as ruínas das cabanas, procurando por sinais de vida. O senhor Gonçalves saiu em busca de pista. Experiente em caçadas, encontrou um pedaço de tecido preso a um arbusto. Levantou o achado para os outros verem, um sorriso satisfeito nos lábios.

— Eles estiveram aqui — afirmou com convicção, indo na direção de Dom Augusto. O senhor Silva, embora impaciente, sabia que era necessário proceder com cautela. Aproximou-se de Dom Augusto e Sr. Gonçalves, discutindo estratégias para a busca.

— Devemos dividir o grupo — sugeriu. — Cobrir mais área de uma vez.

Com a cabeça, Dom Augusto assentiu.

— Façam isso — ordenou. — Não podem estar longe. Alguém sabe se existem outros quilombos na redondeza?

Olhares se cruzaram e com a cabeça um sinal negativo deles. A milícia se dividiu em pequenos grupos, cada um tomando um caminho diferente pela mata. Cada homem está ciente do perigo de uma emboscada. O tempo passava lentamente enquanto eles avançavam.

DESCONFIANÇA

João Fernandes montou em seu cavalo e partiu a galope do Engenho Alvorada. O suor escorria pela testa enquanto ele apertava as rédeas, ansioso para chegar à cidade. A paisagem rural passava rápido, com os campos de cana-de-açúcar se estendendo, seus topos ondulando como um mar verde ao vento. A cavalgada foi rápida. Ao chegar à parte mais isolada da cidade, ele desacelerou, permitindo que seu cavalo recuperasse o fôlego enquanto seus olhos procuravam por Filipe.

Filipe estava encostado em uma árvore, parcialmente oculto pelas sombras. João desmontou, com seus passos soando surdos no solo de terra batida. Quando se aproximou, Filipe saiu da sombra e entregou-lhe um bilhete, mas antes que João pudesse ler, um escravo aproximou-se rapidamente, entregando-lhe outro pedaço de papel.

João desdobrou o bilhete e leu as palavras apressadamente rabiscadas. Seu rosto endurecia à medida que compreendia a mensagem. Filipe permaneceu ao lado, com os olhos fixos em qualquer movimento suspeito ao redor. Mal sabiam eles que, à distância, o Tenente Padilha os observava atentamente, oculto na penumbra de um celeiro abandonado, onde muitos comerciantes de escravos usavam para manter os negros para o leilão. Sua mão descansava sobre a espada enquanto tentava decifrar a natureza daquela reunião clandestina. De repente, o som de cascos de cavalo ressoou na estrada. João virou-se para ver o capitão Charles se aproximando. A expressão grave em seu rosto evidenciava que ele também não confiava na segurança daquele encontro. O cavalo de Charles parou ao lado do de João, e os dois homens trocaram um olhar que dizia mais do que qualquer palavra poderia expressar.

— João, precisamos ser rápidos. As notícias não são boas — disse Charles, com seu tom de voz baixo, quase um sussurro, enquanto seus olhos continuavam a varrer o entorno, atento a qualquer sinal de perigo iminente.

Oculto nas sombras do celeiro, o Tenente Padilha observava cada movimento de João Fernandes, Filipe e do seu próprio superior, o capitão Charles. Seus olhos brilhavam com uma mistura de curiosidade e malícia, enquanto sua mente trabalhava febrilmente, tecendo tramas e narrativas conspiratórias. Padilha mantinha-se imóvel, quase fundido com a escuridão ao seu redor. Sua posição lhe proporcionava uma visão privilegiada da pequena reunião. Cada gesto, cada sussurro era uma peça de um quebra-cabeça que ele ansiava montar. O tenente não conseguia ouvir as palavras trocadas, mas os olhares furtivos e a tensão evidente entre os homens eram suficientes para alimentar sua imaginação.

"Por que Charles estaria aqui, em um lugar tão afastado, com esses homens?", Padilha refletia, com suas mãos apertando o cabo da espada. O que estariam tramando contra o império? E por que manter tudo isso em segredo?

A mente de Padilha fervilhava com teorias. Ele visualizava Charles como um traidor, reunindo-se secretamente com João e Filipe para planejar a queda dos holandeses e a restauração do domínio português. Talvez estivessem discutindo um ataque surpresa, ou, quem sabe, já tivessem uma aliança com os escravos revoltosos que haviam invadido o engenho recentemente.

"O capitão Charles... um traidor", Padilha pensava, sentindo um calafrio percorrer sua espinha. "Isso seria uma jogada ousada e perigosa. Se eu conseguir provar isso, minha vingança e ascensão serão garantidas". Ele podia quase ouvir os aplausos. A imagem de Charles sendo preso, humilhado publicamente, alimentava sua ambição. Cada movimento observado, cada expressão de preocupação nos rostos dos homens reforçava sua convicção de que havia algo mais sombrio acontecendo ali. O tenente decidiu que precisava de provas concretas. Sua mente já tramava maneiras de se aproximar mais, talvez até se infiltrar nas fileiras dos conspiradores, fingindo lealdade enquanto recolhia informações vitais. "Preciso ser astuto", pensava. Um movimento em falso e tudo estará perdido. Enquanto a conversa prosseguia, Padilha mantinha-se atento, seus olhos não perderam um detalhe sequer. Depois de algum tempo espiando, viu os três se despedirem com um aceno discreto. O Tenente Padilha observou-os partir, ajustando seu chapéu antes de também deixar o local. A taverna estava em seu habitual alvoroço. O cheiro de madeira velha e cerveja preenchia o ar, misturado ao murmúrio constante dos frequentadores. O Tenente Padilha entrou. Seu olhar percorria o ambiente até se fixar em Bernadete, que se movia agilmente entre as mesas. Ela notou sua presença e, com um sorriso cordial, aproximou-se, trazendo uma caneca espumante.

— Uma cerveja para o senhor tenente — disse Bernadete, colocando o copo sobre a mesa diante dele.

Padilha inclinou-se para frente e ergueu levemente o queixo, com sua expressão séria.

— Ouvi dizer que alguns homens da cidade têm se reunido em segredo — murmurou, com seus olhos fixos nos dela.

Bernadete hesitou, olhando ao redor antes de responder em sussurros.

— Dizem que planejam algo grande, senhor. Mas não sei muitos detalhes.

— Preciso que você descubra mais, Bernadete — insistiu o tenente, com sua voz baixa, mas firme. — É crucial que eu saiba quem são esses homens. Precisamos agir antes que seja tarde.

Houve tensão entre eles, mas Bernadete assentiu, sabendo que as informações que ela poderia obter seriam vitais. Padilha tomou um gole longo de sua cerveja, sentindo a necessidade urgente de capturar os conspiradores antes que seus planos se concretizassem. Sentado em uma mesa de canto na taverna, o Tenente Padilha observava o movimento do líquido âmbar enquanto enchia sua caneca pela terceira vez. O mundo ao seu redor parecia se dissipar, transformando-se em um murmúrio indistinto de risadas e conversas abafadas. A cada longo gole, sua mente retornava aos pensamentos inquietantes sobre a possível conspiração. As peças do quebra-cabeça giravam em sua cabeça: o capitão Charles, com seu olhar enigmático; João, sempre esquivo em suas respostas; e Filipe, cuja presença constante nas reuniões gerava desconfiança. Padilha não conseguia afastar a ideia de que esses homens poderiam estar envolvidos em algo maior, algo perigoso. Ele apoiou os cotovelos na mesa, com seus dedos traçando círculos invisíveis na madeira desgastada, enquanto sua mente vagueava por cenários de traição e lealdade. A suspeita lançava sombras sobre suas lembranças de conversas passadas, detalhes que antes pareciam insignificantes agora brilhavam com nova importância. Padilha tomou outro gole de sua cerveja, sentindo a amargura do lúpulo misturar-se com a ansiedade crescente em seu peito. O tempo parecia fluir de maneira estranha. Os minutos se esticavam e contraíam à medida que ele afundava mais fundo em seus pensamentos. Lá fora, o céu escurecia, mas dentro da taverna, Padilha estava preso em um *loop* de inquietação, cada caneca esvaziada trazendo consigo mais perguntas do que respostas. As faces de Charles, João e Filipe flutuavam diante dele, parte de um enigma que ele estava determinado a resolver.

Imerso em seus pensamentos, Padilha quase não percebeu a porta da taverna. Foi o olhar curioso dos outros frequentadores que o alertou para a presença do escravo que caminhava em sua direção, com passos rápidos e silenciosos. A quebra do silêncio repentino que o fez erguer os olhos, notando o escravo diante de sua mesa. O homem, de aparência humilde, parou diante de Padilha e estendeu um pedaço de papel dobrado. Seu olhar era furtivo, como se temesse ser observado, e suas mãos tremiam ligeiramente enquanto entregava a mensagem. Padilha, intrigado, pegou o papel e o desdobrou. Suas sobrancelhas franziram enquanto lia as palavras apressadamente rabiscadas. O conteúdo era conciso, mas suficiente para fazer seu coração acelerar: um aviso sobre a conspiração que ele começara a suspeitar, mencionando os nomes de Charles, João e Filipe e marcando um encontro para mais tarde, em um local discreto. A pessoa misteriosa se revelaria. Enquanto isso, Bernadete, que servia uma das mesas próximas, não perdeu o movimento furtivo do escravo e a entrega do bilhete. Seus olhos atentos seguiram o desenrolar da cena com interesse. Sabendo da importância de informações como aquela, ela guardou o detalhe em sua mente, consciente de que poderia ser útil mais tarde. Sem dizer uma palavra, Padilha amassou o papel em sua mão, sentindo a aspereza do material pressionar contra sua palma. Com o mistério do encontro pairando em sua mente, Padilha sentiu o peso das escolhas que precisaria fazer. A informação era vital, e o tempo, escasso. Enquanto a taverna continuava a fervilhar ao seu redor, ele sabia que não podia desperdiçar a oportunidade de finalmente entender os segredos que o cercavam. Bernadete observou enquanto o escravo desaparecia porta afora, sua curiosidade aguçada pelo que acabara de testemunhar.

Com passos calculados, ela se aproximou da mesa de Padilha, trazendo outra caneca de cerveja.

— Mais uma, tenente? — perguntou ela, pousando a caneca suavemente na mesa, com seus olhos fixos nos dele, buscando algum indício de que ele compartilharia o conteúdo do bilhete. Padilha olhou para cima, encontrando o olhar de Bernadete. Ele sabia que ela tinha visto a entrega do papel, e a maneira como ela se aproximara deixava claro que esperava por algum tipo de explicação. Havia uma expectativa silenciosa pairando entre eles, uma dança de intenções e segredos não ditos.

— Obrigado, Bernadete — respondeu Padilha, com a voz firme, mas com uma ponta de cautela. Ele hesitou por um momento, ponderando se deveria ou não mencionar o bilhete. Sabia que Bernadete era uma fonte valiosa de informações, mas também precisava ser cuidadoso com o que revelava.

A presença dela permaneceu por mais alguns segundos, como se esperasse que ele rompesse o silêncio com alguma confidência. Entretanto, Padilha apenas deu um leve sorriso, um sinal de que não estava disposto a falar mais naquele momento. Bernadete inclinou-se levemente, recolhendo a caneca vazia com um aceno discreto.

— Se precisar de mais alguma coisa, estarei por aqui — disse ela, com sua voz carregada de um entendimento tácito. Enquanto ela se afastava, Padilha refletiu sobre a troca silenciosa. Ele sabia que teria que se encontrar com a pessoa misteriosa conforme instruído, mas também estava ciente de que Bernadete poderia ser uma aliada ou uma complicação, dependendo de como escolhesse proceder.

A noite estava envolta em um manto de sombras, com apenas alguns raios de luz da lua escapando das nuvens densas. O Tenente Padilha caminhava com passos silenciosos pela trilha deserta, com o som distante de animais noturnos sendo sua única companhia. Ele havia recebido um bilhete anônimo pedindo para encontrar-se ali, e sua curiosidade foi maior do que a cautela. Ao se aproximar do local combinado, uma clareira parcialmente iluminada por uma lanterna a óleo, Padilha avistou uma figura solitária. O coração dele disparou. Quem poderia ser aquela pessoa misteriosa? Ele manteve a mão próxima à empunhadura de sua espada, pronto para qualquer eventualidade. A figura virou-se lentamente, e a luz tênue revelou o rosto de Lia. Ele hesitou por um momento, surpreso, antes de se aproximar.

— Lia? — perguntou ele, com a voz baixa e cheia de desconfiança.

Ela deu um passo à frente, com o olhar sério.

— Precisamos conversar, Padilha. Há algo que você precisa saber.

Ele ficou em silêncio, esperando que ela continuasse. Lia respirou fundo e começou a falar, com sua voz firme e rancorosa.

— Os senhores de engenho estão furiosos com os juros exorbitantes que a companhia das índias ocidentais tem cobrado. Estão falando sobre a necessidade de trazer de volta o império português.

Padilha franziu a testa, processando a informação.

— E por que você está me contando isso?

— Porque os boatos são verdadeiros. E mais: o capitão Charles, João Fernandes e Filipe estão à frente desse movimento.

A revelação atingiu Padilha como um golpe. Ele sabia que os murmúrios de descontentamento estavam crescendo, mas não imaginava que líderes proeminentes já estivessem envolvidos.

— Se o que você diz é verdade, isso pode mudar tudo — murmurou ele, mais para si do que para ela. — Você está envolvendo o Charles por vingança? — Padilha eleva a voz.

Lia assentiu, com os olhos cheios de convicção.

— Sei que você também tem um pé atrás, Padilha. Precisamos nos unir e agir com cautela para pegar o Charles. O grupo só se move porque está sendo encoberto por ele.

O tenente olhou para ela por um momento, avaliando a sinceridade em seu olhar. Então, ele acenou com a cabeça, decidido a seguir adiante com a nova informação.

— Precisamos ser cuidadosos, Lia. A situação é delicada, e qualquer passo em falso pode ser fatal. Você tem provas?

— Não, é só o que ouço. Você tem que buscar provas.

Com essas palavras, ele se preparou para retornar, ciente de que as noites que se seguiriam seriam decisivas para o destino de todos, quando quatro homens surgiram das sombras. Padilha arregala os olhos assustados, ficando em guarda. Pousa a mão na empunhadura de sua espada.

— Você não achou que eu viria aqui sozinha, né? — disse Lia.

Tenente Padilha se sente aliviado.

A noite havia caído sobre os engenhos como um manto suave e estrelado. As nuvens iam se dissipando e o céu ficando limpo e profundo. Estava salpicado de estrelas que brilhavam intensamente, iluminando a paisagem com um brilho prateado. A lua cheia pendia no horizonte, lançando sua luz diáfana sobre os campos de cana-de-açúcar que se estendiam até onde a vista alcançava.

Apesar da beleza tranquila da noite, o engenho não estava completamente em paz. Os capatazes e vigias, conscientes das ameaças constantes, permaneciam em alerta. Postados em seus pontos de observação, eles ouviam atentamente qualquer som fora do comum, enquanto suas sombras se alongavam sob a luz do luar. O vento suave carregava consigo o sussurro das folhas, criando uma melodia quase hipnótica que se misturava com o canto distante de uma coruja.

O silêncio era quebrado apenas pelo ocasional estalar de um galho ou pelo movimento de algum animal noturno nos arredores. Os homens, embora alerta, sentiam a calma da noite infiltrar-se em seus espíritos, proporcionando um breve alívio da tensão que carregavam durante o dia. A atmosfera estava carregada de expectativa, mas também de uma estranha paz que só a noite era capaz de oferecer.

Enquanto isso, as chamas das tochas dançavam ao vento, lançando sombras ondulantes nas paredes dos galpões e casa do engenho. Sob essa vigília silenciosa, o engenho respirava em seu próprio ritmo, aguardando o nascer do sol e as incertezas que o dia seguinte poderia trazer.

O sol já havia se erguido sobre o Engenho Capibaribe, quando os senhores Augusto, Sr. Gonçalves e Sr. Silva se reuniram no alpendre da casa-grande. Os três homens, com expressões sérias e olhares determinados, formavam um grupo resoluto para busca dos negros.

Dom Augusto olhava para o caminho de terra que serpenteava pelo engenho, como se pudesse vislumbrar o rastro do bando de Nego. Ao seu lado, o Sr. Gonçalves, de postura rígida, olhava o verde da floresta ao longe, estudando os possíveis lugares em que eles poderiam estar. Já o Sr. Silva, com seu andar imponente e voz grave, tomava a palavra:

— Não podemos permitir que continuem nos atacando impunemente — disse Silva, com seu tom firme ressoando no ar da manhã.

Os outros concordaram com acenos de cabeça, e Dom Augusto acrescentou:

— Os homens estão prontos. Vamos.

Eles sabiam que, para proteger suas terras e restabelecer a ordem, precisavam trabalhar juntos e confiar uns nos outros. Gonçalves ajustou seu chapéu.

— Vamos cercá-los. Não terão para onde fugir — afirmou, com sua voz carregada de tensão. Com um último olhar de compreensão mútua, os três senhores se dirigiram aos cavalos, com suas silhuetas firmes contra o céu brilhante. Estavam prontos para enfrentar o desafio, determinados a retomar o controle e a segurança de suas propriedades. E os sessenta homens partiram com seus cães.

VERGÕES NA PELE

Ana Paes estava sentada em uma banqueta diante do espelho que refletia sua imagem despida da cintura para cima. Seus longos cabelos estavam cuidadosamente afastados, revelando as marcas vermelhas e doloridas que serpenteavam por suas costas. A cada movimento, ela sentia um leve ardor, mas sua expressão permanecia serena, como se estivesse acostumada com a dor. Morena movia-se com cuidado e delicadeza. Com mãos habilidosas, ela aplicava uma pomada fresca nos vergões, usando toques suaves para aliviar o desconforto da sua senhora. O silêncio entre as duas era preenchido apenas pelo som suave do tecido roçando a pele e pelos suspiros ocasionais de alívio de Ana.

— A senhora precisa descansar mais — murmurou Morena, com sua voz baixa carregada de preocupação. Ela olhou para Ana com olhos cheios de lealdade e compaixão.

Ana sorriu, um sorriso cansado, mas genuíno, e respondeu:

— Sei que sim, Morena. Mas há tanto a fazer...

— Então vou pôr as ervas e enfaixar para a blusa não grudar.

— Ah, tá bom.

Morena continuou seu trabalho, aplicando o remédio com esmero, enquanto Ana fechava os olhos por um momento, permitindo-se uma breve pausa da realidade. Naquele instante, o quarto era um refúgio onde a dor e o cuidado se entrelaçavam, um espaço onde a confiança e a intimidade entre as duas mulheres se manifestavam em cada gesto atencioso. Morena termina de enfaixar Ana. O silêncio do quarto foi repentinamente despedaçado por tiros vindos do pátio da casa-grande. Ana Paes levantou-se rapidamente, sentindo o coração acelerar, enquanto Morena dava um passo atrás, com a expressão alarmada.

— Fique aqui, Morena — disse Ana com firmeza, enquanto pegava o mosquete encostado ao lado da porta. Deslizando uma camisola leve sobre os ombros, Ana saiu do quarto e desceu o corredor, a madeira fria do chão estalando sob seus pés descalços. Ela chegou à sacada e viu Lia no pátio, cercada por seus capangas, com um sorriso arrogante e ameaçador estampado no rosto.

— Ana Paes! — gritou Lia, com a voz cortando o ar matinal. — Este é seu último aviso aqui! A casa será tomada pela falta de pagamento. Chegou o fim da sua farra!

Ana ergueu o mosquete, com seus olhos fixos em Lia, que estava cheia de raiva e ciúme. Com um movimento decidido, ela disparou um tiro para o ar. O som ecoava como um trovão.

— Não vou me intimidar por você, Lia — respondeu Ana, com sua voz firme e clara. — Esta casa é minha, e você não tem poder aqui.

Os capangas de Lia deram um passo atrás, hesitando ao ver a determinação de Ana. Lia, porém, não recuou, com os olhos brilhando de fúria.

— Você acha que pode simplesmente desafiar a todos, Ana? — Lia retrucou, com sua voz carregada de veneno. — Não sou a única que está farta de suas pretensões. Acha que esse mosquete vai te salvar?

Ana deu um passo à frente na sacada. A luz da manhã iluminava seu rosto com uma aura quase etérea.

— Não é o mosquete que vai me salvar, Lia. É minha coragem. E se você acha que pode tomar algo de mim sem lutar, está muito enganada.

Por um momento, o ar ficou carregado de tensão. As duas mulheres encaravam-se como se o tempo tivesse congelado. Lia cerrou os punhos, sabendo que, apesar de sua fúria, Ana não cederia facilmente.

— Isso não acabou — sibilou Lia, antes de se virar bruscamente, sinalizando para seus homens recuarem.

Ana permaneceu na sacada, observando enquanto Lia se afastava. O silêncio voltou ao pátio, mas dessa vez carregado de promessas de batalhas futuras. Morena apareceu ao seu lado, com os olhos cheios de preocupação, mas também de admiração.

— Você foi corajosa, senhora — disse ela suavemente.

— Não tinha escolha — respondeu Ana, baixando o mosquete. — E não terei até que tudo isso termine.

Com um suspiro profundo, Ana voltou para dentro, determinada a enfrentar o que quer que seguisse.

Ana Paes coloca a blusa e sai da casa apressada, e Morena vai atrás dela.

— O Bambina não está! A senhora não pode sair ainda.

— Está tudo bem. Eu vou resolver logo isso — disse com sua voz firme.

— Dona Ana, espera o Bambina chegar.

Ao chegar ao estábulo, Ana Paes ajustou a sela e subiu em seu cavalo com uma agilidade surpreendente. Seu coração martelava no peito, uma mistura de raiva e frustração. Com um toque leve nos flancos do cavalo, ela partiu a galope. Ana Paes saiu apressada, com a respiração ainda ofegante. O vento açoitava seu rosto e fazia seus cabelos soltos voarem. O cavalo parecia sentir a liberdade da corrida, seus cascos batiam ritmicamente no solo, e as sombras das árvores dançavam suavemente sobre a trilha estreita. Ana estava entregue à velocidade. Porém, algo à frente capturou a atenção do animal, um movimento abrupto entre as árvores, talvez um pássaro ou um pequeno animal, e, de repente, ele relinchou, assustado. Antes que Ana pudesse reagir, o cavalo empinou seus cascos dianteiros, cortando o ar. Ela tentou se segurar, mas o impulso foi forte demais. Em um instante de desespero, a queda livre. O impacto foi rápido e brutal; sua cabeça atingiu uma pedra escondida sob as folhas, e tudo escureceu.

Minutos se passaram até que o som de passos suaves e cautelosos ecoasse pela trilha. O bando de Nego, liderado por figuras cautelosas, surgiu entre as sombras. Eles pararam ao ver o cavalo agitado e, logo adiante, o corpo desacordado de Ana. Nego se aproximou lentamente, com seus olhos fixos na jovem caída. Com cuidado, ele se abaixou ao lado dela pousou a mão no seu pescoço e pulso verificando os sinais vitais. Havia um corte visível em sua testa, mas sua respiração era regular. Com um aceno de cabeça para os outros, ele indicou que deviam ajudá-la. Sem demora, levantaram Ana com delicadeza, conscientes da fragilidade de seu estado. Eles seguiram pela trilha, levando consigo a jovem desconhecida, agora parte de seu destino incerto.

Nego observava Ana Paes em seus braços, a cabeça dela pendendo suavemente enquanto ele a carregava pela trilha. Seus pensamentos estavam tomados por possibilidades. Talvez, pensou ele, essa jovem pudesse ser a solução para a soltura da sua amada. Sabina estava em algum lugar. Ele não tinha a menor ideia de onde ela se encontrava, e Nego sabia que tentar resgatá-la à força significaria confronto e derramamento de sangue. Mas, com uma mulher de posição, talvez ele pudesse negociar. Uma troca simples, sem lutar, parecia uma alternativa mais segura e eficaz. Entretanto Nego ainda não imaginava que Ana Paes era apenas uma moeda de troca sem valor. O destino dela estava entrelaçado com forças que iam além do que ele podia prever. Ainda assim, ele decidiu levá-la ao esconderijo, onde poderiam manter Ana segura até que a noite caísse e tivessem tempo de considerar suas opções.

Ao chegarem ao esconderijo, um refúgio bem oculto entre as árvores densas. Nego e seu bando colocaram Ana em uma cama improvisada de folhas, observando-a com curiosidade e cautela. A noite prometia trazer novas decisões, e Nego precisava estar preparado para o que quer que o futuro trouxesse.

Ana Paes abriu os olhos lentamente, piscando duas vezes para ajustar sua visão ao ambiente estranho e mal iluminado. A luz do sol filtrava-se suavemente através das copas das árvores, criando padrões dançantes de luz e sombra ao seu redor. Sentiu o chão frio e úmido sob o corpo, ao fixar os olhos, viu-se cercada por rostos desconhecidos. Sentia o corpo pesado e a cabeça latejando. A última coisa de que se lembrava era o som de cascos apressados e a súbita perda de controle antes de tudo se apagar.

Agora, cercada por rostos desconhecidos, seu coração acelerou. Tentou se levantar, mas uma mão firme, embora gentil, pousou em seu ombro, mantendo-a no chão.

— Não se levante ainda, senhora — disse Nego, um homem alto, de olhar penetrante. Seu tom era autoritário, mas não hostil. — Está tonta? Encontramos você caída na mata. Seu cavalo estava ao lado.

Ana piscou, tentando processar as palavras. O medo a dominava, mas a dor em sua cabeça era um lembrete mais imediato de sua situação.

— Quem... quem são vocês? — sua voz saiu hesitante.

O homem, que parecia liderar o grupo, cruzou os braços e a observou por um momento antes de responder.

— Sou Nego, e estes são meus companheiros. Somos escravos fugitivos. Mas agora precisamos saber quem você é, e o que fazia por essas terras.

Ana hesitou. As histórias de escravos fugitivos a cercavam com a aura de perigo e rebeldia, mas o tom de Nego era firme, sem animosidade evidente. Respirou fundo, tentando encontrar as palavras certas, consciente de que sua resposta poderia definir seu destino ali. Ana respirou fundo, ainda se sentindo atordoada, mas sabia que precisava responder.

— Sou Ana Paes — começou, com sua voz um pouco hesitante. — Estava cavalgando e... perdi o controle.

Nego assentiu, como se analisasse a situação. Seus companheiros mantinham-se vigilantes, mas não hostis.

— Está segura por enquanto, senhora Ana, mas não estamos em condições de receber visitas — disse ele, com um sorriso de canto. — Vamos cuidar de você até estar pronta para partir — ele descruza os braços e ela percebe um punhal em uma de suas mãos.

Ana assentiu lentamente, ainda assustada, mas reconhecendo a inesperada gentileza nas palavras de Nego. Sabia que precisava de tempo para entender onde estava e, principalmente, qual seria seu próximo passo. Ana, ainda tentando manter a calma, olhou para Nego desconfiada.

— Posso ir embora? — perguntou, com a voz um pouco mais firme, embora a tensão ainda estivesse presente.

Nego ponderou por um momento antes de responder, com seu olhar penetrante, encontrando o dela.

— Pode, senhora, mas isso vai depender — respondeu Nego, passando a ponta da lâmina do punhal por baixo das unhas enquanto falava. — Estamos atrás de Sabina. Pretendo fazer uma troca por ela.

Ana ficou perplexa, sentindo a gravidade da situação aumentar.

— Uma troca? Nenhum senhor de engenho trocará uma escrava por mim — argumentou Ana, com um tom de urgência. Sabia que sua posição era complicada e que os senhores de engenho geralmente eram inflexíveis em relação aos escravos fugitivos.

Nego assentiu, como se já tivesse considerado essa possibilidade.

— Talvez não, mas iremos fazer assim mesmo. Sabina é importante para nós, e a sua segurança também pode ser importante para alguém — respondeu Nego, com sua voz carregada de um misto de esperança e ansiedade de ter sua amada em seus braços outra vez. Ana percebeu que, embora estivesse presa em uma situação difícil, Nego queria buscar uma solução imediata. O que estava em jogo era mais do que apenas sua liberdade; era a vida de Sabina e o futuro daqueles que tinham arriscado tudo por ela.

Ana não conseguiu permanecer junto ao grupo. Cada palavra de Nego ainda ecoava em sua mente, como um sino desafinado, insistente. Ela se afastou alguns passos, longe das conversas e olhares, e parou debaixo de uma árvore. O peito subia e descia num ritmo acelerado, tentando conter a torrente de emoções que ameaçava rompê-la por dentro.

Sem se virar, mas com a voz trêmula e cheia de amargura, ela falou:

— Vocês realmente acham que alguém trocaria uma escrava por mim?

O grupo se calou e um silêncio desconfortável caiu como uma sombra. Ela começou a desabotoar a blusa com dedos vacilantes, como se cada botão fosse um obstáculo maior que o anterior. Então, com um movimento firme, deixou a peça cair pelos ombros, revelando as costas.

Os vergões ainda marcavam a pele como cicatrizes vivas, serpenteando em linhas avermelhadas que pareciam carregar uma história de dor e humilhação.

— Olhem bem — sua voz quebrou, mas ela não se virou. — Isso aqui foi feito por quem? Por um dono de engenho. Vocês acham que eles trocarão alguém... por mim?

Por um instante, ninguém ousou se mexer. A respiração de Nego pesou, mas ele não respondeu. Ana puxou a blusa de volta com gestos rápidos e, sem esperar por uma resposta, se virou e caminhou de volta.

Um silêncio pesado pairava no ar, como se até a natureza tivesse parado para assistir àquele momento.

Gana Zumba deu um passo hesitante para frente, mas seus olhos foram até Nego, buscando uma ordem clara.

— Amarre os punhos dela — a voz de Nego saiu firme, quase inabalável, como se nada do que tinha acabado de ver fosse suficiente para alterar sua determinação.

Ana girou nos calcanhares, com seus olhos faiscando de indignação e dor.

— Amarrar os punhos de quem já foi escravizada, Nego? Vai me punir como eles punem? — Sua voz quebrou no final, mas ela manteve o queixo erguido.

Nego a encarou. Os traços duros de seu rosto eram como uma máscara que escondia qualquer traço de emoção.

— Isso não é sobre você, dona Ana. É sobre o que precisamos fazer para sobreviver.

Ana deu um passo à frente, os punhos cerrados ao lado do corpo.

— Sobreviver? — ela riu, mas a risada era amarga, cortante. — Vocês acham que sabem o que é sobreviver? Eu carrego essas marcas. Cada uma delas foi feita por quem achou que eu não valia nada. E agora você me coloca no mesmo lugar que eles.

Houve um murmúrio de desconforto entre eles, mas ninguém ousou interromper. Gana Zumba olhou de Ana para Nego, o rosto tenso de quem não queria estar ali.

— Faça o que mandei, Gana Zumba — a voz de Nego endureceu.

— Não! — Ana gritou, dando um passo atrás. — Eu não sou deles. E eu não sou sua.

Os olhos de Gana Zumba brilharam com dúvida por um momento, e ele hesitou, o olhar fugindo para o chão.

— Nego... talvez...

— Talvez nada! — Nego cortou, com a paciência começando a falhar. — Se ela não quiser ser parte disso, então que escolha outra coisa. Mas aqui a vontade dela não é maior do que o que estamos tentando construir.

Ana ergueu os punhos, voluntariamente, e estendeu os braços para Gana Zumba.

— Faça, Gana. Mostre que vocês são diferentes deles, ou... que não são.

O ar parecia vibrar com a tensão. Gana Zumba, visivelmente desconfortável, deu outro passo à frente.

O calor do meio-dia filtrava-se pelas copas, lançando sombra no chão coberto de folhas. Adentrando a clareira, Babu e Touro carregavam dois cachos de bananas enormes nos ombros. Gana Zumba e Au traziam feixes de cana-de-açúcar nos braços. O cheiro doce das bananas maduras misturava-se ao aroma fresco da cana-de-açúcar. Enquanto eles se alimentavam em silêncio, Nego leva para Ana Paes seis bananas. Ela ergue os pulsos amarrados e pega. Ana Paes, sentada um pouco afastada, participava da refeição com um sorriso forçado, tentando não demonstrar sua inquietação. Nego, ao perceber seu desconforto, ofereceu-lhe um pedaço de cana com um aceno amigável. Ela aceitou, temendo causar qualquer atrito em um momento tão delicado, mas sua mente estava a quilômetros dali. Enquanto mastigava lentamente, Ana não conseguia afastar o pensamento do que precisava fazer. A responsabilidade de pegar o dinheiro com João a pressionava, uma tarefa urgente para quitar suas promissórias com Dom Augusto. A ansiedade a envolvia como um manto, tornando cada minuto na clareira uma eternidade.

Os sons suaves da floresta pareciam distantes para ela, substituídos por um turbilhão de pensamentos. Ela precisava manter-se calma e focada, mas a incerteza do futuro ameaçava abalar sua serenidade. Ana Paes analisou que, ao chegarem com os alimentos, pelo tempo que levaram para retornar, estavam próximos de algum engenho, e a direção sabia que, se conseguisse fugir, poderia encontrar socorro. Mesmo assim, sabia que não poderia falhar.

ÁGUAS AMARGAS

A milícia de Dom Augusto, senhor Gonçalves e pelo senhor Silva, finalmente chegara ao quilombo escondido nas profundezas da mata. Após dias de busca incessante, a expectativa de encontrar os escravos fugitivos. Mas, ao adentrarem a clareira, a visão que os aguardava era desoladora. O quilombo estava em ruínas. As cabanas de palha e madeira haviam sido destruídas, deixando apenas destroços espalhados pelo chão. Os homens olhavam ao redor, buscando qualquer sinal de vida, mas não encontraram nada além de silêncio e destruição. A frustração era palpável. O senhor Gonçalves, com o rosto contorcido de raiva, chutou uma viga queimada, espalhando as partículas no ar. O senhor Silva, ao seu lado, examinava o chão em busca de pistas, mas era como se o chão tivesse sido varrido por um vento.

— Como é possível terem escapado — murmurou Silva, cerrando os punhos. Ele sentia o gosto amargo da derrota, misturado ao cheiro de fumaça que impregnava o ar.

Os homens da milícia murmuravam entre si, expressando sua decepção e irritação. A sensação de fracasso pesava sobre eles como uma nuvem escura, e a clareira devastada parecia zombar de seus esforços. Dom Augusto, observando a cena com olhos sombrios, sabia que não podiam desistir. A busca deveria continuar, mas a descoberta do quilombo vazio era um duro golpe. Ele inspirou profundamente, tentando acalmar a fúria que ardia dentro dele.

— Reagrupem-se — ordenou com voz firme. — Não podemos deixar que escapem.

Os homens assentiram, ainda furiosos, mas prontos para seguir as ordens. O som dos cavalos sendo preparados e os latidos dos cães ecoou pela clareira, e o grupo partiu, deixando para trás as cinzas.

O sol escaldante de meio-dia fazia o chão do Engenho Capibaribe brilhar com um calor abrasador. O capataz, impaciente e suado, encostou-se a uma árvore, esperando que a jovem escrava trouxesse a água que ele pedira. A menina, com não mais de dez anos, aproximava-se com uma caneca de barro nas mãos, trêmula. Ao alcançá-lo, ela ofereceu a água com um olhar submisso, mas havia algo mais por trás de seus olhos, uma centelha de esperança. O capataz pegou a caneca e deu um longo gole, apenas para cuspir o líquido imediatamente. O gosto amargo e estranho fez sua expressão se contorcer de desagrado.

— Que porcaria é essa? — ele gritou, arremessando a caneca ao chão, onde ela se quebrou em pedaços. — Você quer que eu te chicoteie, sua pestinha?

A menina recuou um passo, mas não demonstrou medo. Em vez disso, ergueu o queixo e o fitou com uma audácia inesperada.

— Nego vai voltar — disse ela, com a voz firme. — E quando encontrar sua amada Sabina, vai libertar todos nós.

O capataz sentiu uma onda de raiva ferver dentro dele. Como ela ousava desafiá-lo assim. Ele ergueu a mão, ameaçando-a com o chicote que segurava. Mas antes que pudesse agir, a menina continuou, com sua voz crescendo em intensidade.

— Ele vai matar todos os capatazes que nos castigam — ela declarou, com os olhos brilhando com uma confiança feroz. — E você será o primeiro, porque eu vou pedir.

O capataz hesitou, surpreendido pela coragem da jovem. Por um instante, o medo passou por seu olhar.

— Você acha que Nego pode me amedrontar? — ele zombou, tentando recuperar o controle. Mas ela não recuou.

— Eu não preciso ter medo de você — disse ela calmamente. — Quando ele voltar, você verá.

O capataz, agora claramente perturbado, percebeu que o poder dele sobre ela estava enfraquecendo. A ameaça do retorno de Nego e a convicção inabalável da menina deixaram-no com um frio na espinha, apesar do calor ao redor. Com um último olhar furioso, ele se afastou, deixando a menina sozinha entre os cacos da caneca quebrada. Mas ela ficou ali, em pé, com a sensação de uma pequena vitória ardendo em seu peito.

Sabina estava na cozinha. A familiaridade dos aromas do almoço ajudava a acalmar seus nervos após uma manhã exaustiva. Ela cortava os ingredientes com precisão. O som ritmado da faca encontrando a tábua de cortar era quase tranquilizante. Mas sua paz foi abruptamente interrompida quando Afonso entrou na cozinha sem aviso. Antes que pudesse reagir, ele a agarrou, puxando-a para mais perto. Sabina se debateu, tentando se desvencilhar de seus braços. Por um momento, ela conseguiu se afastar, mas Afonso foi rápido e a agarrou novamente, dessa vez com mais força. Ele inclinou-se e pressionou os lábios contra o pescoço dela.

— Você não cede nunca? — Afonso murmurou, com sua voz baixa e carregada de frustração.

Sabina o empurrou com força, com seus olhos brilhando de lágrimas, mas sua voz firme.

— Você nunca mais encosta em mim — declarou, com o coração martelando em seu peito. Afonso recuou apenas o suficiente para encará-la, uma expressão desdenhosa no rosto.

— Você é minha. Eu te comprei — ele retrucou.

Ela encontrou seus olhos. O medo foi substituído por uma determinação feroz.

— Eu prefiro a morte... a você encostar em mim de novo.

Nesse momento, a porta da cozinha se abriu com um rangido, e Noemi entrou, ignorando completamente a tensão no ar e a presença de Afonso. Ela olhou para Sabina e disse de maneira prática:

— Minha filha, arruma a mesa para o almoço.

Sabina respirou fundo, tentando recuperar a compostura enquanto se preparava para seguir as instruções de Noemi, com o coração ainda acelerado pela interação anterior.

A TRILHA

O céu estava escuro, encoberto por grossas nuvens que bloqueavam qualquer raio do sol. A mata fechada ao redor do grupo era densa, os galhos baixos das árvores raspando nos rostos e braços dos homens que seguiam em fila única. Nego ia adiante com passos firmes. Seus sentidos estavam aguçados para qualquer som suspeito. Atrás dele, os demais seguiam em um silêncio concentrado, os olhos atentos a cada movimento na escuridão. Ana Paes caminhava no meio do grupo, sentindo-se deslocada e ansiosa. Tentou mais uma vez argumentar. Sua voz era um sussurro urgente para não quebrar o silêncio imposto pela floresta.

— Tenho certeza de que os senhores não trocarão nenhuma escrava por mim. Vocês não entendem. Eles não se importam comigo — mas suas palavras se perderam no ar pesado, ignoradas pelo bando na caminhada. Ninguém sequer virou a cabeça em sua direção. Nego, focado, não demonstrava qualquer sinal de argumentar, e os outros estavam determinados a seguir, confiando que ele sabia o que fazia. A mata parecia fechar-se cada vez mais ao redor deles, o caminho tortuoso apenas reconhecido por aqueles acostumados com aquele tipo de terreno.

As sombras dançavam com a brisa leve, e os sons da floresta, com seus cricris e pios, eram a única resposta às palavras de Ana. Enquanto caminhavam rumo ao engenho, a tensão em seus corações era grande. Cada um dos integrantes do grupo estava ciente dos perigos que os aguardavam e da importância do que estavam prestes a fazer. Para eles, não havia escolha senão seguir em frente.

O BILHETE

A taverna estava movimentada. O burburinho das conversas misturado ao som de canecas tilintando e risadas estridentes. Atrás do balcão da adega, o Sr. Inho observava com atenção enquanto o Tenente Padilha entrava no local, sua presença causando um momento de silêncio entre os frequentadores. Seus olhos percorreram o ambiente até se fixarem em Bernadete, que estava ocupada servindo. Sem perder tempo, o Tenente Padilha avançou na direção dela, seu rosto rígido. Ele agarrou o braço de Bernadete com firmeza, mas sem brutalidade, e a puxou para fora da taverna. O Sr. Inho continuou a observá-los, com sua expressão neutra, mas atento a cada movimento.

Do lado de fora, o Tenente Padilha parou em um ponto afastado, onde não poderiam ser ouvidos, e soltou Bernadete. Seu olhar era penetrante, uma mistura de raiva e urgência.

— Preciso de informações, Bernadete — ele exigiu, com sua voz baixa, mas carregada de autoridade. — Sei que o capitão Charles, João Fernandes e Filipe estão liderando os conspiradores. E eles frequentam esta taverna.

Bernadete, acuada e nervosa, hesitou por um momento. Ela sabia que não poderia esconder nada do tenente. Com um suspiro resignado, tirou um pequeno bilhete do bolso e o entregou a ele.

— Sei que haverá um encontro esta noite do grupo. O endereço está aí, um celeiro abandonado. Mas eu não sei quem são os líderes dos rebeldes. Não tenho nenhum indício para acusá-los. Eu ia te passar essa informação, mas estava esperando ter certeza do encontro e se são constantes.

O Tenente Padilha pegou o bilhete, seu olhar ainda fixo em Bernadete. Ele guardou o papel no bolso e deu um passo para trás, avaliando a sinceridade dela.

— Espero que isso seja verdade — disse ele desconfiado.

— Ei, posso saber quem te passou esses nomes?

Os olhos dele encontram os dela antes de se virar e ir embora. Bernadete ficou ali por um momento, tentando acalmar seus nervos antes de retornar à taverna.

O Tenente Padilha caminhava de um lado para o outro em seu escritório, a mente fervilhando de suspeitas. A luz das velas tremeluzia nas paredes, lançando sombras inquietas que pareciam dançar ao ritmo de seus pensamentos. Ele havia recebido informações sobre a conspiração crescente entre os rebeldes, e o nome do capitão Charles estava no centro de suas preocupações. As informações que ele havia reunido ao longo das últimas horas pesavam em sua mente, como peças de um quebra-cabeça complexo que ainda não se encaixavam completamente. A suspeita de que o capitão Charles estava envolvido com os rebeldes o deixava em estado de alerta constante. Padilha sentou-se à sua mesa, com os olhos fixos em um mapa da região. Se Charles estava realmente envolvido, quem mais poderia estar ao lado dele? Essa pergunta ressoava em seus pensamentos, revisitando a preocupação de que a traição pudesse estar mais próxima do que ele imaginava. Ele sabia que não poderia confiar em ninguém além de um seleto grupo de homens leais. Decidiu que a batida no celeiro deveria ser planejada com extremo sigilo. Qualquer vazamento de informação poderia comprometer a operação e colocar tudo a perder. Durante o dia, Padilha manteve suas suspeitas trancadas a sete chaves. Observava os homens sob seu comando, buscando qualquer sinal de cumplicidade ou hesitação. Guardou segredo sobre seus planos, decidindo que só revelaria o que precisava ser dito no último momento. Quando a tarde finalmente chegou, Padilha chamou discretamente seus homens de confiança. Em um celeiro mal iluminado apenas pela luz vacilante das lamparinas, ele falou em um tom baixo e decidido:

— Hoje, formaremos uma tropa especial para abater os conspiradores. Ninguém, além de vocês, saberá de nossa missão até estarmos prontos para agir, vocês ficarão confinados aqui para se preparar — disse olhando em cada rosto.

Os soldados assentiram, com seus rostos sérios e determinados. Padilha detalhou rapidamente o plano, ciente de que cada segundo contava.

— Precisamos ser rápidos e eficientes. Não podemos deixar espaço para erros.

Quantos dias ficaremos aqui, tenente? — Willem interrompe.

— Um ou dois saberemos quando chegar a hora.

Enquanto Padilha saía do celeiro, olhares dos soldados se encontraram. Ele sabia que a operação seria crucial não somente para capturar os rebeldes, mas também para desmascarar qualquer traidor que pudesse estar entre eles. A responsabilidade pesava em seus ombros, mas ele estava determinado a descobrir a verdade.

O CERCO

Nego e seu bando estavam imóveis na escuridão, como sombras fundidas à noite. O vento carregava sussurros de folhas secas e o cheiro distante da fumaça da casa do engenho. Todos estavam atentos, com os olhos fixos no horizonte, onde a estrutura imponente do engenho se erguia contra o céu noturno, iluminada somente pelas luzes vacilantes dos lampiões dos vigias. Eles estavam em alerta máximo, cientes de que qualquer descuido poderia ser fatal. O engenho havia sido alvo de rumores sobre ataques iminentes, e a possível ameaça do bando de Nego pairava sobre eles como uma sombra constante. Cada vigia estava estrategicamente posicionado ao redor da propriedade, seus olhos varrendo a escuridão com atenção. Conversas em voz baixa eram raras, substituídas por gestos silenciosos e olhares que falavam mais do que palavras. Os lampiões lançavam círculos de luz trêmula, projetando sombras dançantes que testavam a coragem dos homens.

O líder dos vigias, um homem experiente de rosto severo, passava entre eles, assegurando-se de que todos estavam em suas posições e com as armas prontas. Ele sabia que Nego e seu bando não eram amadores; já tinham realizado ataques ousados e bem-sucedidos em outros engenhos, e o próximo alvo poderia ser eles.

A noite estava particularmente silenciosa, exceto pelo ocasional chamado de um animal noturno ou o farfalhar das folhas ao vento. Qualquer ruído inesperado fazia os vigias apertarem o punho em torno de suas armas, seus corações acelerando por um momento.

Os minutos se arrastavam. Cada vigia entendia que estava jogando um jogo perigoso, onde um erro poderia custar não apenas suas vidas, mas também a segurança do engenho. Eles não sabiam quando ou de onde o bando de Nego atacaria, mas estavam preparados quando isso acontecesse.

Ana Paes, agora sua prisioneira, mantinha-se em silêncio ao lado de Nego. A prisioneira demonstrava medo, pois sabia que não haveria troca, então sentia a angústia e seu coração disparado. Os homens ao redor de Nego estavam preparados, cada um segurando firmemente suas armas improvisadas. Entre eles, o clima era de expectativa e solidariedade. Sabiam que não poderiam falhar. A libertação dos escravizados dependia da precisão de seus movimentos e do elemento surpresa.

A escuridão era sua aliada, camuflando-os dos olhares dos vigias e capatazes. Quando Nego sinalizou com um leve aceno de cabeça, todos se posicionaram. Era o momento certo para agir. O ataque seria rápido e decisivo, assim que os vigias fossem distraídos por um som distante, cuidadosamente orquestrado pelo bando. O coração de todos batia em uníssono, um tambor silencioso que ecoava a promessa de liberdade. Eles sabiam que estavam prestes a fazer justiça, e essa certeza os movia com a força de uma tempestade prestes a irromper.

Sabina estava na cozinha, terminando de lavar as louças do jantar. O som suave da água corrente e o tilintar dos pratos criavam um ritmo tranquilizador enquanto ela esfregava os últimos utensílios. O ar estava quente e úmido, e a luz suave da lamparina. De repente, a porta da cozinha se abriu com um estrondo silencioso, e Afonso entrou, movendo-se rapidamente. Antes que Sabina pudesse reagir, ele a agarrou por trás, uma mão forte tapando sua boca, abafando seu grito de surpresa e medo. Sabina tentou se soltar, mas Afonso era forte. Ele a arrastou para fora da cozinha. Seus pés tentavam ganhar tração no chão de pedra. Eles entraram no quarto, onde a luz fraca da lamparina não conseguia iluminar completamente o espaço, mergulhando o ambiente em sombras ameaçadoras. Sentindo o desespero aumentar, Sabina sabia que precisava reagir. Com o coração batendo descontroladamente, ela reuniu toda a força que tinha. Com um movimento rápido, mordeu a mão de Afonso, que tapava sua boca. Ele recuou por um instante, surpreso com sua resistência.

— Me solta! — com a voz firme, disse Sabina.

Aproveitando a oportunidade, Sabina se virou para enfrentá-lo, os olhos brilhando.

— Você não vai me machucar — ela disse, com a voz trêmula, mas firme. Sabina ergueu as mãos, preparada para se defender de qualquer maneira que pudesse, o medo transformado em uma coragem feroz. A pequena chama da lamparina tremeluziu, como se respondesse à intensidade do momento. Sabina precisava manter sua posição, sua vontade de lutar agora era mais forte do que o medo que a havia dominado.

Sabina sentiu o pânico se transformar em coragem enquanto se preparava para enfrentar Afonso. Com a mão trêmula, tateou a escuridão até encontrar um objeto pesado na prateleira ao seu lado. Com um movimento rápido, tentou acertá-lo, mirando em sua cabeça.

Afonso, no entanto, foi ágil e se esquivou do golpe e o objeto passou raspando, caindo com um baque surdo no colchão. Antes que Sabina pudesse reagir novamente, ele a agarrou. Seus dedos se fecharam ao redor de seus braços com força descomunal. Com um impulso, Afonso a jogou na pequena cama no canto do quarto, a mesma que antes havia sido cenário de seu sofrimento. O colchão rangeu sob o impacto, e Sabina lutou para recuperar o fôlego. Sua força não vacilou.

— Você não vai conseguir escapar — Afonso disse, com sua voz baixa e cheia de ameaça.

— Não vai me tocar de novo — Sabina retrucou, com os olhos ardendo com uma fúria que rivalizava com o medo. — Prefiro morrer a deixar você me machucar outra vez!

As palavras dela cortaram o ar como uma lâmina, e Afonso hesitou, surpreso com a força em sua voz. Mas Sabina não recuou. Ela se levantou da cama, o corpo tenso e pronto para lutar até as últimas consequências.

— Você acha que pode me dominar? Ela o desafiou, com a voz trêmula. A tensão no quarto era sufocante, cada segundo passando lentamente enquanto os dois se encaravam. Sabina estava em desvantagem física, mas sua coragem era mais forte do que nunca. Afonso solta da cama e fica entre a porta e Sabina. Ela fita seus olhos e, num impulso, tenta avançar para passar, porém, ele a agarra e ambos caem na cama. A luta entre eles se intensificou, os corpos rolando na cama enquanto Sabina lutava com unhas e dentes para se libertar. Ela chutava e arranhava, cada movimento carregado de desespero.

— Você nunca vai escapar de mim — Afonso retrucou, mas sua confiança começava a vacilar diante da resistência de Sabina.

— Ahaaaa! — o grito de Sabina rasgou o ar do quarto, um som agudo e carregado de terror. Seu coração disparou e, com seus olhos arregalados, sentiu um objeto a suas costas, quase por instinto. Com um gesto rápido e decidido, ela passou a mão, agarrando o objeto sólido. Em um movimento quase reflexo, lançou-o com toda a força que o pânico lhe concedia. O objeto encontrou seu alvo com um som seco, atingindo a testa de Afonso, que cambaleou para trás, surpreso e dolorido. Sem esperar para ver as consequências de sua ação, Sabina virou-se e correu para a porta. Seus pés mal tocavam o chão, guiados pelo puro instinto de sobrevivência. O pânico a impulsionava para longe dali. Seu coração ainda martelava no peito, enquanto deixava o quarto para trás em uma corrida desesperada.

Sabina saiu da casa-grande em um turbilhão de pânico, com o coração martelando em seu peito. Ela cruzou o pátio como uma sombra rápida. Os vigias, tensos e alerta, perceberam sua fuga repentina. Um deles, tomado pelo susto, levantou a arma e disparou. O som estrondoso ecoou pela noite. O segundo vigia, seguindo-o, também apertou o gatilho e sua bala rasgou o ar.

Nego estava agachado na espreita, oculto pelas sombras da noite e pela vegetação ao redor do engenho. Seus olhos varriam o cenário à frente, avaliando cada detalhe antes do ataque. De repente, o silêncio foi quebrado por tiros disparados à distância, o som ecoando pelo campo. Nego se enrijeceu, seu coração acelerando. Ele instintivamente procurou pela origem dos disparos, mas seus olhos captaram algo que o deixou perplexo, Sabina vindo em sua direção.

Atrás de Sabina, a porta da casa-grande se abriu com força, e Afonso surgiu, com uma trilha de sangue escorrendo por seu rosto pálido, trazendo um mosquete na mão. Com a raiva estampada no olhar, ele mirou e atirou.

Ela não deveria estar ali, mas não havia dúvida de que era ela, sua amada, vindo em sua direção. O choque paralisou Nego por um momento, mas antes que pudesse processar o que estava acontecendo, viu Sabina ser atingida. O som seco do disparo se misturou ao seu grito abafado, e ela caiu ao chão, como uma marionete cujos fios foram cortados.

Nego parou por um instante. O mundo ao seu redor se dissolveu em um borrão indistinto. Sua atenção foi completamente capturada pela figura de Sabina, que, em um movimento rápido, caiu ao chão. O tempo pareceu se esticar, e o som da batalha ao redor se tornou um murmúrio distante. Ele não pensou em mais nada. Seu coração acelerou, pulsando em seus ouvidos, enquanto seu corpo agia por instinto puro. A visão de Sabina, tão frágil e vulnerável, desencadeou um impulso visceral em seu peito. Com passos decididos e desesperados, ele correu em direção a ela, cada fibra de seu ser focada em salvá-la. Partiu como um guepardo, seus pés mal tocavam o chão, e seus pulmões ardiam com a corrida frenética. Ao chegar ao lado de Sabina, ele se ajoelhou, ignorando o perigo ao redor.

Seus companheiros revidaram os tiros, e eles estavam no meio do fogo, cruzado.

Suas mãos tremiam levemente enquanto ele a segurava. Os olhos varriam seu rosto em busca de sinais de vida. Tudo que importava naquele momento era ela, e Nego estava determinado a não deixar partir.

Sr. Costa, atordoado pela súbita explosão de violência, apareceu na porta da casa-grande, disparando a esmo. As balas passavam zunindo por toda parte, enquanto Nego estava determinado a salvá-la.

Os olhos de Sabina encontraram os de Nego por um instante, e uma conexão silenciosa se estabeleceu entre eles, uma lembrança do passado que ainda os unia. Nego se inclinou sobre ela, a protegendo dos tiros e prometeu silenciosamente que não a perderia novamente. O caos continuava ao redor deles, mas naquele instante tudo o que importava era a segurança de Sabina. Em meio ao pandemônio da batalha, Nego ergue-se com Sabina em seus braços e corre por entre as sombras das plantações. Os gritos e disparos ecoam pelo engenho, enquanto seus companheiros mantêm a linha de fogo, mirando nos vigias e capatazes que tentam desesperadamente reagir ao ataque inesperado.

O canavial oferece uma proteção parcial, as altas folhas balançando ao vento e dificultando a visão dos perseguidores. Nego avança por dentro do canavial, seus pés conhecem bem todo tipo de terreno, desviando-se habilmente dos buracos e raízes traiçoeiras. Sabina, ainda atordoada, confia na sua força e coragem. Os mosquetes de seus companheiros disparam incessantemente, criando uma cortina de balas que faz os capatazes hesitarem em avançar. O cheiro de pólvora queima o ar, misturando-se ao aroma doce das canas. Alguns dos vigias caem, enquanto outros recuam para buscar cobertura. E vão atrás dele por dentro do canavial. Nego avista a borda do canavial, o limite antes da densa mata que oferece refúgio seguro. Ele sussurra palavras de encorajamento para Sabina:

— Você vai ficar bem — garantindo que logo estarão em segurança.

Os tiros dos perseguidores diminuem, hesitantes diante da escuridão do canavial e da resistência feroz do bando. Os capatazes e vigias se veem encurralados entre a necessidade de avançar e o risco crescente de serem alvejados. Finalmente, ao cruzar a última fileira de canas, Nego e Sabina entram na mata. O ambiente muda abruptamente, a vegetação fechada abafa o som da batalha atrás deles. Ele para pôr um momento, respirando fundo, enquanto seus companheiros rapidamente se reagrupam ao seu redor. Eles continuam a avançar, determinados a escapar, o refúgio das árvores se estendendo à sua frente. Eles adentram a floresta, o som dos disparos diminuindo gradualmente até se perder na distância. O bando para, Babu ligeiro recolhe folhas e galhos e improvisa uma cama. Nego, sem fôlego, repousa Sabina nas folhas no chão da mata, verificando rapidamente se ela está bem. Ana se aproxima, colocando a mão no ombro de Nego, seu olhar firme, mas agradecido.

— Conseguimos? — diz ela, olhando para os rostos exaustos, mas determinados do grupo. — Mas precisamos continuar. Vocês não podem parar agora. Eu posso voltar para minha vida?

Nego olha para ela.

— Pode, sim. Com um aceno de cabeça Ruslan acompanha Ana, até um lugar seguro para voltar para casa.

O grupo retoma a marcha pela mata, sabendo que, embora tenham escapado do perigo imediato, faltava muito para chegar a Palmares.

A VOLTA PARA CASA

Ana Paes entrou em casa com o coração disparado, as batidas quase abafando o som dos seus passos apressados. Sem perder tempo, atravessou a sala e correu até o quarto de seu filho, Miguel. Assim que o viu, uma onda de alívio a inundou. Ela se ajoelhou ao lado da cama, puxando o menino para um abraço apertado. Beijou seus cabelos macios, respirando fundo o cheiro familiar que a acalmava. Miguel, surpreso, mas contente, aninhou-se nos braços da mãe, murmurando uma saudação sonolenta. No entanto, antes que Ana pudesse aproveitar o momento, Morena, sua escrava, apareceu à porta com uma expressão de preocupação.

— Ana, por onde a senhora esteve? Estava preocupada! — Morena questionou, com os olhos estreitos de suspeita. Ana, ainda segurando Miguel, virou-se para Morena.

— Não posso explicar agora, Morena. É complicado — disse ela, com a voz carregada de urgência. — Preciso sair e terminar o que comecei.

Antes que Morena pudesse replicar, Bambina bateu na porta do quarto, ouvindo claramente a conversa.

— Senhora Ana, está tudo bem? O que está acontecendo?

Ana levantou-se rapidamente, colocando Miguel de volta na cama.

— Bambina, por favor, prepare dois cavalos. Precisamos partir imediatamente — o tom dela não deixava espaço para perguntas, e Bambina assentiu, saindo apressado para cumprir as ordens. Morena arregalou os olhos, encarando Ana com preocupação.

— Seja lá o que for, espero que saiba o que está fazendo, senhora.

Ana lançou um último olhar para o filho, prometendo silenciosamente que voltaria logo. Com determinação renovada, seguiu Bambina, deixando para trás a segurança do lar mais uma vez.

AR DE ESPERANÇA

A carruagem de Maria parou com um ruído abafado no pátio de terra batida em frente à casa-grande do Engenho Girassol, o homem negro que guiava desceu para ajudá-la. Quando Maria desceu, ajeitando o vestido impecável, seus olhos cruzaram com os de Joana, que passava carregando uma cacimba de água. Ao ver o olhar firme e avaliador de Maria, Joana abaixou a cabeça e apertou o passo, como se quisesse desaparecer na direção da senzala.

Antes que Maria pudesse dar mais um passo, a figura de Norma surgiu na porta, esguia e altiva, com um sorriso enviesado.

— Ora, Maria, o que te trouxe para fora daquele cantão? — disse Norma, inclinando a cabeça e estudando-a com interesse.

Maria esboçou um sorriso calculado, forçando uma leveza em sua voz.

— Vim buscar sua ajuda, Norma.

Norma ergueu as sobrancelhas, surpresa, mas interessada.

— Entre, entre — disse ela, dando passagem a Maria. — Sabe que aqui sempre temos um café para quem aprecia... e uma boa conversa para quem tem tempo.

Conduzida para a sala, Maria observou os detalhes da casa-grande, tentando absorver o ambiente e encontrar o momento certo para tocar no assunto delicado. Após algumas palavras amenizadoras sobre o engenho e os negócios, ela respirou fundo, planejando o próximo movimento.

— Tenho ouvido muito sobre Joana — comentou ela casualmente, tentando medir a reação de Norma. — Parece ser dedicada.

Norma franziu o cenho. Os olhos estreitavam com ligeira desconfiança, pensou na melhor maneira de despachar um problema.

— Joana é uma de minhas melhores. Por que pergunta?

— Oh, só uma curiosidade. Imaginei que pudesse considerar uma proposta por ela. Mas entendo que pode ser algo complicado. É que estou construindo um jardim e Joana entende de plantas. E, se você não se importar, gostaria de pôr um preço nela.

Norma, agora em alerta, inclinou-se um pouco para frente, cruzando as mãos sobre as pernas.

— Complicado não é bem o termo, Maria. Mas... nada é impossível. É claro, se a proposta for boa e eu puder ajudar uma amiga.

O sorriso de Maria permaneceu intacto, mas, por dentro, sabia que cada palavra a seguir deveria ser escolhida com cautela, pois qualquer passo em falso poderia arruinar a negociação e perder a chance de levar Joana.

Maria endireitou o chapéu e lançou um olhar tranquilo ao redor da sala, como se o assunto não fosse de grande importância.

— É apenas uma curiosidade — começou ela casualmente, escolhendo as palavras como quem manipula um jogo. — Ouvi dizer que Joana tem uma mão excepcional para o jardim, conhece as ervas e cuida bem das plantas. E se não se importar, gostaria de saber se consideraria pôr um preço nela.

Norma se endireitou na poltrona, um brilho perspicaz no olhar. Ela inclinou-se um pouco para frente, os dedos cruzados com firmeza.

— Complicado não é o termo, Maria — murmurou, com suas palavras cuidadosamente medidas. — Mas... nada é impossível, claro, desde que a proposta compense o valor da dedicação que ela tem aqui.

O sorriso de Maria permaneceu fixo, mas, por dentro, ela sentiu a pontada de alerta que sempre surgia em negociações difíceis. Norma era perspicaz. Cada palavra dela era uma armadilha bem armada, e qualquer deslize poderia comprometer sua intenção.

— Compreendo. Afinal, alguém que cuida de seu jardim como Joana deve ser uma joia valiosa. Mas acredito que posso oferecer algo interessante... para ambas, é claro.

Norma a observou em silêncio por um momento, como se estivesse avaliando cada centímetro de seu rosto.

— Maria, então me fale dessa sua oferta. Dependendo do que trouxer para a mesa, talvez possamos conversar.

Maria respirou, escolhendo as palavras. Sabia que Norma era uma adversária implacável, e qualquer deslize poderia custar o que mais desejava. Ajeitando a postura e fixando o olhar, respondeu:

— Vou ser direta: ofereço oitocentos réis para que Joana possa ficar comigo.

Norma arqueou as sobrancelhas, esboçando um sorriso seco enquanto se inclinava para frente. E o silêncio quase audível.

— Você sabe da experiência que ela tem. Oitocentos réis são generosos..., mas não é tão simples assim.

Maria percebeu o jogo. Norma queria mais — não apenas dinheiro, porém, a satisfação de ver Maria dobrada diante dela. Tentando ocultar a inquietação, Maria respondeu calmamente:

— Generoso, sim, mas também justo. Joana terá o respeito e a estabilidade que precisa. E você, Norma, terá uma compensação à altura.

Norma a observou em silêncio por um longo momento, pesando cada palavra. Finalmente, respirou fundo, com seu olhar suavizando levemente.

— Pois bem, Maria. Por oitocentos réis, Joana é sua.

Maria sentiu o peso das palavras e, mesmo sem demonstrar, uma onda de alívio a percorreu. Joana poderia, enfim, estar livre.

O som das rodas da charrete sobre chão de terra batida era intermitente, quase compassado, ecoando em harmonia com o bater dos cascos dos cavalos para diante de Maria. Um homem negro segurava as rédeas com firmeza, mas seus olhos estavam distantes, fixos no horizonte. Naquele momento, ela sabia que sua decisão de comprar Joana ia além do simples trabalho. Era algo que nem ela mesma compreendia por completo, mas a vida tinha um jeito curioso de aproximar as pessoas. Joana caminhava alguns passos atrás, os pés descalços encardidos pela poeira. Sua cabeça baixa revelava mais do que submissão: havia ali um peso invisível que ela carregava consigo.

— Vamos. Suba aqui — disse Maria, estendendo a mão para Joana com um gesto breve e sem rodeios.

Joana hesitou por um momento, como se aquele simples ato carregasse uma decisão mais profunda. Observou a mão de Maria, forte, calejada, mas sem arrogância, e finalmente subiu, sentando-se no canto da charrete. Tentou fazer-se pequena, como se quisesse desaparecer, mas a proximidade da nova dona tornava isso impossível. O silêncio entre as duas era quase ensurdecedor. A estrada de terra serpenteava entre campos de cana-de-açúcar e árvores retorcidas que lançavam sombras irregulares no chão. O céu, agora tingido por tons de dourado e laranja do entardecer, parecia prometer algo novo, mesmo que Joana não conseguisse acreditar nisso. Maria quebrou a calmaria, com sua voz baixa, mas firme:

— Espero que saiba trabalhar bem. Tenho muito o que fazer e pouca gente para ajudar.

Joana assentiu, sem ousar olhar diretamente para Maria. Sentiu a necessidade de responder, mas as palavras pareciam presas em sua garganta.

— Sim, senhora. Farei o meu melhor.

Maria a observou de relance, notando o tom de voz quase apagado. Havia algo em Joana que a intrigava, mas não era mulher de se perder em reflexões demoradas. Preferia as ações às palavras.

— De onde você é, menina?

— De uma aldeia... longe daqui, senhora. Faz tempo que saí de lá.

Joana respondeu sem entrar em detalhes. Não sabia o quanto podia revelar, ou se Maria sequer se importava. A última vez que tentara contar algo de si, recebeu olhares de desprezo e ordens para calar-se. Mas Maria parecia diferente. Havia uma curiosidade contida em sua pergunta, embora disfarçada pelo tom prático.

— Pois agora está aqui. Não sou mulher de maltratar ninguém, mas espero dedicação. Se precisar de algo, diga-me. Não sou de adivinhar pensamentos.

Joana ergueu os olhos por um breve instante, surpresa com aquelas palavras. Não era comum ouvir isso de quem tinha o poder sobre sua vida. Talvez Maria fosse apenas direta, sem rodeios, mas algo no tom de voz parecia sincero. O engenho onde fora vendido já havia sumido atrás da curva, mas o cheiro de suor e especiarias ainda parecia impregnado em suas narinas. Era um cheiro que simbolizava mudanças, partidas e, para ela, um futuro incerto.

O caminho até a propriedade de Maria era longo. Os campos começaram a dar lugar a terrenos mais acidentados, e a vegetação parecia mudar à medida que se aproximavam. Joana observava tudo de forma discreta, tentando gravar cada detalhe. Era seu modo de lidar com o desconhecido: observar, compreender e, acima de tudo, sobreviver.

Maria permaneceu em silêncio na maior parte do trajeto. O som dos pássaros e o farfalhar das folhas ao vento criavam uma calmaria que contrastava com a inquietação de Joana. Quando a casa apareceu no horizonte, Joana sentiu um misto de alívio e apreensão.

Era um engenho modesto, Tabajara, cujo nome deriva da tribo de Maria, de médio porte, a casa-grande com um jardim modesto na frente e algumas árvores que lançavam sombras longas sobre o telhado. Não era luxuosa como outras propriedades que Joana já havia visto, mas havia ali um cuidado evidente. Para alguém acostumado a lugares de opressão e descuido, aquilo parecia quase acolhedor.

O homem parou a charrete em frente à casa e estendeu a mão para ajudar Maria a descer, mas ela recusou educadamente, preferindo descer sozinha. Não era questão de orgulho, mas de hábito. Ela não estava acostumada a gentilezas.

Joana, com a agilidade de quem estava acostumada à vida no engenho, desceu logo.

— Venha, vou lhe mostrar onde vai ficar — disse Maria, caminhando em direção à casa sem esperar resposta.

Maria empurrou a porta de madeira com delicadeza, deixando-a ranger levemente ao se abrir. O aroma de ervas secas e flores silvestres espalhou-se pelo ar, impregnando o ambiente com uma fragrância acolhedora. Joana, que a acompanhava, parou na soleira por um instante, observando o interior da casa com curiosidade e, talvez, um leve espanto.

Joana avançou lentamente, os dedos tocando um colar feito de conchas pendurado na parede.

— A senhora é filha de dois mundos, Maria. Como consegue viver entre eles?

Maria parou, os olhos repousando sobre um crucifixo simples, mas bem polido, que dominava o altar improvisado em um canto da sala. Ela respondeu com uma voz baixa, mas firme:

— Eu não escolhi viver entre eles. Eles vivem dentro de mim.

A luz da tarde filtrava-se pelas frestas das janelas, iluminando o rosto de Maria, que parecia, por um instante, uma pintura viva de contrastes: uma mulher marcada pela ancestralidade de sua tribo e pelos ensinamentos que os jesuítas lhe haviam transmitido. Joana, por sua vez, parecia ainda tentar compreender aquele universo, tão familiar e, ao mesmo tempo, tão distante do seu próprio.

Havia poucos móveis, todos de madeira, com sinais de uso, mas bem cuidados. A luz do fim da tarde entrava pelas janelas, iluminando o chão de tábuas com um brilho dourado. Joana seguiu Maria até um pequeno quarto nos fundos. Não era grande, mas tinha uma cama de madeira com lençóis limpos, uma pequena mesa e uma janela que dava para o jardim.

— É aqui que você vai dormir — disse Maria, gesticulando para o quarto. — Cuide bem do que é seu. E amanhã começaremos cedo.

Joana entrou no quarto e olhou ao redor. Era mais do que esperava. Durante anos, acostumara-se a espaços apertados e sujos, sem qualquer sinal de privacidade ou conforto. Aquilo parecia... quase generoso.

— Obrigada, senhora — disse Joana, com sua voz baixa, mas sincera.

Maria observou-a por um momento, como se tentasse decifrar o que se passava na mente da jovem. Finalmente, deu um breve aceno de cabeça e saiu, deixando Joana sozinha para se acostumar ao novo ambiente.

Sozinha no quarto, Joana sentou-se na beira da cama e olhou pela janela. O céu agora estava tingido de roxo e azul, com as primeiras estrelas começando a surgir. Respirou fundo, sentindo o cheiro da terra úmida e do vento que entrava pela janela. Havia algo de diferente naquele lugar. Não sabia se era o cansaço ou o alívio de estar longe do engenho Gira Sol, mas sentia que, talvez, ali pudesse haver alguma esperança.

Porém, uma dúvida permanecia: quem era Maria? O que queria dela além do trabalho? Joana não sabia as respostas, mas, pela primeira vez em muito tempo, sentiu que o desconhecido não era apenas uma ameaça, poderia ser também uma oportunidade.

TENSÃO SOMBRIA NA FLORESTA

Após horas caminhando por entre a mata densa, Nego e o bando finalmente chegaram ao acampamento improvisado. O cansaço estava estampado nos rostos, mas a determinação de cada um permanecia firme. A luz do crepúsculo da manhã começava a penetrar por entre as copas das árvores, anunciando que logo precisariam se mover novamente.

Sabina estava deitada sobre uma manta fina de folhas, o rosto pálido e a respiração irregular. Embora sua força de vontade fosse inegável, seu corpo dava sinais de fraqueza. Nego, com o semblante preocupado. Nego rasgou uma tira da sua calça com determinação, sentindo o tecido ceder sob seus dedos calejados. Ele se afastou silenciosamente do grupo, ciente de que cada segundo era precioso. O murmúrio suave do riacho próximo o guiou, o som tranquilizante das lâminas de água passando pelas rochas. Ajoelhando-se na margem, ele mergulhou a tira de pano na água fresca. O contato frio trouxe-lhe um momento breve de clareza e foco. Torcendo o pano cuidadosamente, Nego voltou com passos silenciosos, ele se aproximou de Sabina. Com um gesto de amor e gentileza, ele pressionou o pano úmido sobre a testa dela, oferecendo um pouco de alívio.

— Como ela está? — perguntou Babu, ajoelhando-se ao lado de Sabina e olhando para Nego com expectativa.

— A febre não cedeu — respondeu Nego, passando o pano sobre a testa de Sabina com cuidado. — Precisamos de ervas para ajudá-la. Não podemos seguir viagem enquanto ela não melhorar.

Gana Zumba, sempre atento aos arredores, manteve-se de vigia, certificando-se de que o grupo não fosse pego de surpresa. Ele sabia que os engenhos estavam alertados, e qualquer descuido poderia custar-lhes caro.

— Vou procurar algumas plantas na mata — disse Gana Zumba, erguendo-se. — Se tivermos sorte, encontraremos algo que ajude a reduzir a febre.

— Não! — disse Nego, com a voz firme: — Precisamos chegar aos palmares — com seus olhos brilhando, olha para Babu. — Prepara algo para a gente levá-la.

Babu, com destreza e urgência, improvisou uma maca com galhos fortes e cipós, garantindo que fosse firme o suficiente para Sabina sem a machucar ainda mais. Cada movimento era calculado, cada passo, uma decisão entre a rapidez e o cuidado.

Nego caminhava ao seu lado, com os olhos fixos em seu rosto pálido e o coração apertado de preocupação. Uma gota de lágrima surge nos seus olhos e o seu olhar encontra o de Sabina. Ele puxa um sorriso de canto e ela retribui. "Ela ficará bem, ela precisa ficar bem", disse ele para si, repetindo as palavras como se fossem um mantra.

— Precisamos ser rápidos — alertou Gana Zumba, olhando para trás constantemente, atento a qualquer sinal de perseguição. O silêncio era quebrado apenas pelo sussurro do vento nas folhas e o ocasional farfalhar das folhas. Os companheiros avançavam, seus corações pulsando no ritmo da fuga, todos unidos pelo mesmo desejo: a liberdade não era apenas um sonho distante, mas uma realidade que podiam quase tocar. E Sabina, apesar de ferida, era parte desse sonho, mesmo sem saber, foi a motivadora da luta por liberdade. Com um olhar firme, Babu incentivou o grupo:

— Estamos quase lá.

E assim, sob a liderança e o olhar atento de Nego, o grupo seguia em frente, cada um carregando a esperança de um novo dia.

Enquanto avança com passos largos, Liquinha relembra os cânticos que sua mãe costumava cantar ao preparar as refeições. Eram canções de esperança, que falavam sobre terras distantes e tempos melhores. A saudade da família perdida é uma dor constante, mas ela a transforma em força para seguir em frente. Os pensamentos de Toro são dominados pela lembrança das histórias contadas por seu avô, que falava de guerreiros valentes e aldeias livres. Toro promete a si mesmo que será um daqueles guerreiros, que lutará para conquistar a liberdade de seu povo e honrar o legado de seus ancestrais. Pinduca pensa em seus irmãos mais novos, arrancados de seus braços em uma noite fria. A imagem de seus rostos assustados ainda o atormenta. Ele sonha com o dia em que poderá reencontrá-los e lhes contar sobre como nunca desistiu de lutar por eles. O olhar de Akin se perde entre as árvores, e ele se recorda dos campos onde brincava quando criança. Ele se lembra do sorriso de sua irmã mais velha, que lhe ensinou a importância da resistência e da esperança, mesmo nos momentos mais sombrios. Zaire vagueia em seu pensamento, seu pai, que sempre dizia que a liberdade não é um direito dado, entretanto conquistado. Essas palavras ecoam em sua mente como um mantra enquanto ele avança, determinado a fazer valer cada passo de sua jornada. A lembrança do cheiro da cozinha de sua avó aquece o coração de Nuru. Ele relembra dos ensinamentos dela sobre a importância de manter a fé e a união entre os seus, e isso lhe dá forças para continuar ao lado de seus companheiros. Enquanto caminha, Baako reflete sobre as noites em que olhava as estrelas ao lado de sua mãe. Ela sempre dizia que cada estrela representava um desejo de liberdade. Agora, ele se sente guiado por essas estrelas, determinado a realizar seus próprios desejos. Obi se recorda das vezes em que ouvia histórias de reis e rainhas de terras distantes. Ele sonha em um dia ver seu povo livre, vivendo em paz, e se considera um dos responsáveis por tornar esse sonho realidade. Tico: As lembranças de sua juventude são preenchidas pelas risadas de seus amigos. Como eram felizes, mesmo com tão pouco. Ele carrega essas memórias como um lembrete de que a alegria é possível, mesmo nas circunstâncias mais difíceis. Au, reflete sobre o dia em que foi separado de sua família. Ele nunca esqueceu o olhar de sua mãe, que lhe transmitia coragem e amor. Isso se tornou sua âncora, e ele promete que nunca deixará o medo dominá-lo. Seus pensamentos se voltam para os ensinamentos de seu pai sobre a importância da terra e da liberdade. Queninha sente que está caminhando não só por si, mas por todos os que vieram antes dele e por aqueles que ainda virão. Siri trás na memória das manhãs em que corria livre pelos campos ao lado de seus irmãos. Ele se agarra a essas memórias, acreditando que um dia será capaz de revivê-las, agora com a liberdade conquistada. A lembrança dos ensinamentos de sua avó sobre resistência e resiliência ocupa sua mente. Kizua sente que essas lições são mais importantes do que nunca, e se compromete a passá-las adiante, mantendo viva a memória de seu povo.

Nkanga lembra das vezes em que seu pai falava sobre o poder do perdão e da união. Ele entende que, para construir um futuro melhor, será necessário abandonar o passado e unir forças com seus companheiros.

Enquanto caminha, Dulu recorda as histórias de resistência contadas por seus ancestrais. Ele se sente parte de algo maior, determinado a continuar essa tradição de luta e coragem. As lembranças de sua infância são repletas de momentos felizes ao lado de sua família. Jamba se agarra a essas memórias como um lembrete de que, mesmo em meio ao sofrimento, a esperança sempre existiu e sempre existirá.

Horas de caminhada exaustiva pela densa floresta, o grupo começou a sentir o cansaço pesar em seus corpos. O silêncio foi quebrado por um som que arrepiou a espinha de todos: latidos de cães ao longe. Imediatamente, todos ficaram em alerta máximo. A ameaça se aproximava. Nego, com seus sentidos aguçados, sabia que precisava agir rapidamente. Sabina ainda estava muito debilitada. Ele se colocou ao lado dela. Seu olhar varreu o grupo, certificando-se de que todos estavam prontos para a iminente batalha. Babu, percebendo a gravidade da situação, começou a verificar as provisões.

— Temos pólvora para os mosquetes? — perguntou ele, com a voz tensa. Um dos homens balançou a cabeça negativamente.

— Só temos alguns facões e punhais. Os mosquetes só servem como porretes.

Babu franziu a testa. Sabia que seria uma luta difícil, quase impossível, enfrentar uma patrulha de cães e capatazes sem armas de fogo. Olhou para os facões e punhais nas mãos dos companheiros. Cada um parecia determinado, embora ciente do perigo que se aproximava. Os latidos ficavam mais altos, mais próximos. O ar estava carregado de antecipação e medo. Nego apertou o cabo de seu facão, sentindo o suor escorrer pelas palmas das mãos. Sabia que precisava ser forte, não só por Sabina, mas por todos os seus companheiros.

— Preparem-se — sussurrou Nego, com sua voz firme apesar do medo de perder outra vez sua amada. — Vamos mostrar a eles que não somos presas fáceis.

Os outros assentiram, seus olhares determinados refletindo a mesma resolução. Os latidos estavam agora assustadoramente próximos. O som das folhas e galhos sendo quebrados indicava que os perseguidores estavam perto. A floresta, que antes parecia um refúgio, agora se tornava um campo de batalha. Nego sabia que cada segundo contava.

— Fiquem juntos — ordenou, enquanto todos se agrupavam em uma formação defensiva. A batalha seria dura, mas a determinação nos olhos de cada um mostrava que estavam prontos para lutar pela liberdade que tanto almejavam. Nego olhou uma última vez para Sabina, prometendo a si mesmo que a protegeria a qualquer custo. E assim, com os facões e punhais em punho, o grupo se preparou para enfrentar o perigo iminente.

De repente, entre as sombras das árvores, eles avistaram vinte soldados emergindo. O alívio percorreu o grupo; com um número assim, eles tinham uma chance de enfrentá-los. Contudo, a sensação de segurança durou pouco. Logo, mais figuras começaram a surgir entre as árvores: capatazes e vigias, somando suas forças junto aos soldados. E, como se o destino quisesse piorar a situação, os rostos bem conhecidos de Dom Augusto, Sr. Gonçalves e Sr. Silva apareceram, acompanhados de mais homens. O coração de Nego afundou. Olhares tenebrosos foram trocados entre os grupos, carregados de ódio. Os inimigos eram numerosos e bem armados. Cada membro do grupo de Nego sentiu a gravidade da situação apertar como um punho frio ao redor de seus corações. Sabina, ainda sob a proteção de Nego, olhou ao redor com os olhos arregalados, buscando alguma esperança na floresta que antes oferecia abrigo. Babu, ao lado, apertava o cabo do facão, sua mente buscando por estratégias que pudessem lhes dar uma vantagem, mesmo que mínima. Camuflados pela floresta, a milícia não os avistara, mas era questão de tempo devido à proximidade que estavam. Eles precisavam literalmente de um milagre. A milícia parou, os sessenta homens estavam acampados a poucos metros de distância, suas vozes se misturando a cada estalido de galho ou farfalhar de folha parecia amplificado no silêncio. Nego gesticulou para Babu e Gana Zumba, indicando a direção a seguir. Eles se abaixaram ainda mais, quase se arrastando pelo chão, atentos a cada movimento dos milicianos. O bando conhecia a floresta como a palma de suas mãos, e cada árvore e arbusto era um aliado na busca por liberdade.

Os homens da milícia, confiantes em seu número, não imaginavam que os escravos estavam tão perto, ocultos entre as sombras. A brisa soprava a favor do bando e o cheiro dos patos selvagem e das lebres sendo assados confundia o faro dos cães. Nego sentiu seu coração acelerar, mas manteve a calma. A vitória dependia de sua capacidade de permanecer camuflado, e eles não podiam falhar. Com passos calculados e respirações contidas, o bando contornou o acampamento, movendo-se em perfeita sincronia. O perigo estava por toda parte, mas a determinação de Nego era mais forte. Finalmente, quando a última fileira de milicianos ficou para trás, ele permitiu-se relaxar um pouco, sabendo que haviam superado mais um obstáculo em sua jornada.

Nego sentiu um alívio profundo ao perceber que havia superado os milicianos. A adrenalina da fuga ainda pulsava em suas veias, mas, naquele momento, seus olhos encontraram os dela, a salvo em seus braços. Um sorriso suave surgiu nos lábios de Sabina, refletindo um misto de gratidão e esperança.

O momento, no entanto, foi abruptamente interrompido. Dois soldados, que patrulhavam o perímetro, depararam-se com eles. O silêncio foi quebrado pelo som agudo de um apito, disparado por um dos soldados, alertando o acampamento. O coração de Nego disparou mais uma vez, e ele se preparou para lutar.

Entretanto, antes que os soldados pudessem agir, Babu e Akim surgiram das sombras, rápidos e silenciosos como panteras. Em um movimento preciso e letal, Babu acertou o primeiro soldado com o facão, enquanto Akim cuidava do segundo. Os corpos caíram pesados ao chão, silenciando o alarme. Akim rapidamente pega os mosquetes e as espadas.

Nego, ciente do perigo iminente, ordenou:

— Fujam! Vou me esconder com Sabina na floresta — havia firmeza em sua voz, mas também uma determinação inabalável.

Babu hesitou, desejando ficar para lutar ao lado de Nego, mas reconhecendo a sabedoria na ordem do amigo.

— Vai, façam perseguir vocês. Eu e Sabina teremos mais chance.

Babu concordou em fugir. Com um último olhar de compreensão e respeito, Babu desapareceu nas folhagens densas, enquanto Nego e Sabina se embrenhavam na floresta, buscando refúgio entre as árvores.

A floresta parecia engolir os milicianos à medida que eles se embrenhavam cada vez mais fundo em busca do bando de Nego. As árvores antigas, com seus troncos grossos e raízes sinuosas, criavam um labirinto verde e sombrio. A luz do sol mal penetrava a copa densa, lançando sombras inquietas sobre o chão da floresta. Os milicianos moviam-se com cautela, os sentidos aguçados, atentos a qualquer som ou movimento. O silêncio da mata era quebrado apenas pelo estalar ocasional de galhos sob suas botas e o canto distante de pássaros invisíveis. Havia rostos tensos e olhares em busca dos negros causadores da morte dos milicianos, enquanto cada homem mantinha a mão firme na arma, preparado para qualquer eventualidade. Não muito longe dali, Dom Augusto, o Sr. Gonçalves e o Sr. Silva chegaram ao local onde os soldados abatidos jaziam no chão. Era de uma brutalidade silenciosa, os corpos caídos cobertos por folhas úmidas. Dom Augusto olhou para os rostos pálidos dos homens com uma mistura de raiva e desapontamento.

— Olha isso. São uns animais! — disse Sr. Silva transtornado em raiva.

— Temos que esquartejá-los na praça!

— Eles não podem ter ido longe — murmurou o Sr. Gonçalves, com seus olhos varrendo a floresta em busca de qualquer sinal do bando fugitivo.

O Sr. Silva balançou a cabeça em concordância.

— Precisamos ser rápidos. Eles não podem escapar desta vez. Eles conhecem esta floresta melhor do que nós.

Os três homens voltaram-se para os milicianos, dando ordens para intensificar a busca. A caçada estava longe de terminar, e eles sabiam que cada segundo perdido podia significar a diferença entre captura e fuga. De repente, o som agudo de um apito cortou o ar, reverberando entre as árvores. Os soldados da milícia, alertados, entreolharam-se antes de começarem a mover-se rapidamente na direção do som, seguidos de perto por Dom Augusto, Sr. Gonçalves e Sr. Silva. À medida que se aproximavam, os passos cautelosos transformavam-se em uma corrida desenfreada, movidos por uma sensação de urgência. O som do apito era insistente, quase como um grito desesperado ecoando entre os troncos altos e retorcidos. O cheiro de terra úmida e folhas em decomposição preenchia o ar, intensificando a sensação de mistério e perigo iminente. Ao chegarem ao local de origem do som, a visão que os aguardava era sombria. Dois corpos de soldados jaziam entre as raízes emaranhadas. Suas formas inertes contavam uma história de emboscada e violência. O silêncio retornou, pesado e opressor, enquanto os homens trocavam olhares de preocupação e incredulidade. Antes que pudessem investigar mais, outro som de apito surgiu de uma parte distante da floresta, cortando o ar como uma lâmina. Novamente, a milícia e os homens de posição se puseram em movimento. Seus corações estavam disparados e suas mentes, focadas em desvendar o enigma. Ao chegarem ao segundo local, a cena era quase um reflexo da primeira. Dois corpos adicionais foram encontrados, deitados na terra fria, com expressões de espanto congeladas em seus rostos. A floresta, em sua serenidade indiferente, parecia guardar seus segredos, enquanto os homens se davam conta de que estavam lidando com algo ou alguém que brincava com suas percepções e coragem. A mata estava na sua quietude, cada sombra se alongando. Subitamente, o som agudo de um apito ressoou, cortando o silêncio como uma lâmina afiada. Os soldados da milícia ergueram a cabeça, alertados, e sem hesitar, seguiram o chamado com passos rápidos e determinados. Dom Augusto, Sr. Gonçalves e Sr. Silva estavam logo atrás, com a tensão visível em seus rostos enquanto adentravam a densidade das árvores. O caminho era traiçoeiro, coberto de raízes e folhas secas que estalavam sob as botas dos homens. Cada avanço era marcado pela expectativa crescente do que encontrariam adiante. O som do apito os guiava como um farol, embora seu tom insistente aumentasse a inquietação no peito de cada um. Ao chegarem à clareira de onde parecia vir o som, a cena os fez parar abruptamente. Dois corpos de soldados juncavam-se ao solo, suas armas desapareceram, e seus rostos contorcidos em um misto de surpresa e dor. O ar ao redor parecia mais frio, carregado com o peso do desconhecido. Antes que pudessem sequer processar a descoberta, outro apito soou, desta vez de uma direção diferente. O novo chamado era mais urgente, quase uma provocação. E então, como se a floresta estivesse cheia de ecoantes vozes, uma cacofonia de apitos irrompeu, vindos de todas as direções. Os soldados da milícia ficaram paralisados por um momento, com suas mentes lutando para compreender a origem do caos sonoro. Dom Augusto trocou um olhar tenso com Sr. Gonçalves e Sr. Silva, percebendo que o inimigo estava jogando com seus sentidos, espalhando confusão e medo.

— Vamos ser todos mortos — disse um capataz, com sua voz trêmula.

— Está com medinho, seu merda! — disse Dom Augusto, com sua voz firme. O pânico ameaçava tomar conta, mas, com um gesto resoluto, os líderes incitaram seus homens a

avançar novamente; cada passo agora carregado com uma cautela ainda maior. A mata, com seus segredos ocultos, envolvia-os em uma trama de mistério e perigo, e o eco dos apitos parecia zombar de seus ouvidos.

De repente, o som dos apitos cessou, e um silêncio quase sobrenatural tomou conta da floresta. Os milicianos pararam, e seus olhos varriam o ambiente em busca de qualquer sinal de movimento. O ar estava pesado com expectativa, cada respiração contida, como se o mundo estivesse prendendo o fôlego com eles. Então, de maneira abrupta, o canto de um pássaro ecoou entre as árvores, seu som melodioso cortando a quietude com uma nitidez que fez um dos vigias sobressaltar-se, sua mão instintivamente indo para a empunhadura da espada. O riso nervoso do vigia foi abafado rapidamente, substituído pelo som distinto das folhas sendo amassadas sob as botas dos soldados. Cada passo soava alto na mata silenciosa, um lembrete constante da presença deles em um terreno onde qualquer erro poderia ser fatal. Os homens avançavam com cautela, atentos a cada som, seus sentidos aguçados pela quietude que ameaçava ser quebrada a qualquer momento.

ALÍVIO MOMENTÂNEO

Ana e Bambina partiram a galope do Engenho Casa Forte, com a poeira levantando-se sob os cascos dos cavalos enquanto elas se dirigiam para o Engenho Alvorada. O sol estava prestes a se pôr. O vento soprava contra seus rostos, e a determinação de Ana era inabalável.

Ao chegarem ao Engenho Alvorada, os cavalos reduziram a velocidade, com o alazão de Ana trotando impacientemente em círculos. Um escravo, com a postura humilde e os olhos fixos no chão, aproximou-se para segurar as rédeas. Sua presença era discreta. Enquanto Ana descia do cavalo, Bambina continuou montado. Da casa-grande, João Fernandes apareceu com uma sacola de couro na mão. Ele caminhou até ela. Sua expressão era de cansaço e preocupação.

— Aqui está o que consegui, Ana — disse ele, entregando-lhe a sacola de couro com o dinheiro.

— Infelizmente, o dinheiro só é suficiente para quitar as promissórias do engenho. Ana segurou a sacola, tentando esconder sua decepção.

— E quanto à mão de obra? Precisamos dos escravos para a colheita — João assentiu, compreendendo a urgência.

— Em alguns dias, repassarei o dinheiro de que você precisa. Além disso, tenho um navio chegando com novas peças. A prioridade será sua. Ana estende a mão e segura a dele e agradeceu, aliviada por ter alguma garantia de apoio. Sabia que o caminho à frente seria desafiador, mas com esses recursos, tinha uma chance. Montou novamente no cavalo, ela trocou um último olhar com João antes de se preparar para o retorno ao engenho, quando ele diz sua frase final:

— Agradece ao capitão Charles. Ele foi o mediador para isso acontecesse.

Ana vira o rosto e seus olhos brilham. E, com um toque leve com o calcanhar no cavalo, sai a galope acompanhada do Bambina.

A BATIDA

Hans e Pieter chegaram à cidade com passos pesados, com o desgaste da viagem estampado em seus rostos. Suas roupas estavam empoeiradas e amassadas, e as sombras sob seus olhos traíam noites mal dormidas. O suor escorria por seus rostos, misturando-se à poeira que formavam córregos. Seus olhos estavam vidrados, revelando o cansaço extremo e a apreensão que os consumia. Eles mal haviam parado para descansar desde que deixaram o descampado onde a tropa portuguesa estava acampada. Ao avistar o Tenente Padilha, os dois batedores se aproximaram com dificuldade, as pernas trêmulas. Hans, ofegante, foi o primeiro a falar:

— Tenente — Hans ofegou, mal conseguindo respirar entre as palavras.

— Uma tropa... soldados... acampados, esperando reforços para um ataque surpresa. Padilha os observou com uma expressão séria, com seus olhos avaliando rapidamente a situação. Ele inclinou-se para a frente e disse, com a voz baixa e urgente:

— Ninguém pode saber disso. Sigam-me — com um aceno discreto, Padilha os guiou pelas ruelas sinuosas até um celeiro afastado. Suas respirações ofegantes os seguiam com o som abafado de suas botas contra o chão de terra. Ao entrarem, encontraram vinte soldados confinados, todos em alerta, esperando ordens.

O cheiro acre de fumaça impregnava o ar dentro do celeiro. Sob a luz vacilante de um lampião e lamparina pendurados em uma viga, os soldados holandeses esperavam, como sombras inquietas, em meio ao feno espalhado pelo chão. O silêncio era cortado apenas pelo crepitar ocasional de um cigarro de palha e pelo sussurro de conversas dispersas. A missão que aguardavam permanecia envolta em mistério, assim como o destino que ela lhes reservaria.

Hendrick, um jovem com feições severas e um olhar perdido, encostava-se em um canto do celeiro. Segurava um cigarro mal enrolado entre os dedos, tragando-o com uma ansiedade mal disfarçada. O fumo era forte, quase áspero, mas ele não se importava. Cada baforada parecia um ritual para afastar a tensão, embora o efeito fosse pouco eficaz. Ao seu lado, Willem, um soldado mais velho, afiava a ponta de um graveto com sua faca. O ritmo repetitivo da lâmina contra a madeira, somando-se à tensão que pairava como uma nuvem pesada.

— O que acha que vamos fazer desta vez? — perguntou Hendrick, quebrando o silêncio.

Willem ergueu os olhos por um instante, a luz fraca refletindo nas rugas em torno deles.

— Nada provavelmente de bom — respondeu ele, voltando a concentrar-se no graveto. De cabeça baixa, acrescenta:

— Quando o Tenente Padilha demora tanto para aparecer, é porque algo grande está por vir.

No lado oposto do celeiro, um pequeno grupo se reunia em torno de um barril vazio, improvisado como assento. Conversavam em voz baixa, evitando atrair a atenção dos superiores. Um deles, Aiden, contava uma história sobre sua infância nos campos da Zelândia. Ele gesticulava com entusiasmo, tentando arrancar sorrisos dos companheiros, mas suas palavras eram abafadas pelo peso da incerteza.

— Lembro-me de quando meu pai me levava para caçar — dizia Aiden, com um sorriso que parecia forçado. — Não importava o quanto o dia estivesse ruim, ele sempre dizia que a chuva fazia parte da aventura.

Um soldado mais jovem, talvez um recruta recente, riu baixo, mas foi logo silenciado por um olhar reprovador de um soldado mais experiente que passava. Mesmo assim, o recruta não conteve a curiosidade e arriscou uma pergunta.

— Você acha que enfrentaremos os rebeldes portugueses?

A pergunta pairou no ar, deixando todos momentaneamente em silêncio. Willem interrompeu o ritmo de sua faca contra o graveto e respondeu, com a voz grave:

— Se for isso, que Deus tenha piedade de nós. Eles não são apenas camponeses em revolta. São soldados bem organizados e lutam como se o inferno os acompanhasse. Em seguida, soltam uma risada de desdenho e fazem todos rirem.

Do lado de fora, o vento soprava, provocando ranger nas paredes de madeira do celeiro. O som lembrava lamentos distantes, o que não ajudava a aliviar o desconforto dos homens presentes. Alguns deles mexiam em suas armas, verificando a pontaria dos mosquetes ou afivelando cintos de couro desgastados.

Outros apenas olhavam para o chão, perdidos em pensamentos sobre a família deixada para trás ou sobre as promessas de glória que agora pareciam vazias.

Hendrick apagou seu cigarro no chão de terra batida, enquanto Willem olhava profundamente como se estivesse aceitando a inevitabilidade da situação.

Os homens ficaram em silêncio por alguns instantes. Alguns voltaram às suas ocupações, enquanto outros trocavam olhares carregados.

Hendrick finalmente quebrou a calmaria, olhando para Willem:

— Você estava certo. Não é nada bom.

Willem deu de ombros e retomou o trabalho com o graveto.

— Nunca é, garoto. Nunca é — disse Willem.

Lá fora, o vento continuava a soprar, como se antecipasse os eventos que estavam por vir. Dentro do celeiro, a espera continuava, mas a incerteza sobre o que a noite traria permanecia. Cada homem sabia que, em poucas horas, poderia estar lutando por sua vida, ou perdendo-a.

A porta do celeiro rangeu de repente, e todos os olhos se voltaram para ela. A luz do sol entrou por uma fresta, revelando a silhueta de um homem. Era o Tenente Padilha. Seu rosto estava sombrio, e seu andar, decidido, e logo atrás entraram Hans e Pieter. Ao passarem, ele fechou a porta atrás de si com um gesto firme e dirigiu-se ao centro do espaço, onde todos podiam vê-lo.

— Homens — começou ele, com a voz autoritária que fazia ouvir em cada canto do celeiro —, a espera acabou. Temos ordens claras agora, e não há tempo a perder.

Padilha virou-se para encarar Hans e Pieter.

— Agora, contem-me tudo com detalhes. E que todos ouçam.

— Tenente, temos uma mensagem urgente — sua voz estava rouca, quase um sussurro. Padilha, com um olhar preocupado, indicou que continuasse.

— Encontramos uma tropa de soldados portugueses com mais de duzentos homens a dois dias daqui. Eles estão acampados, aguardando reforços para um ataque — completou Pieter com um tom grave.

O Tenente Padilha franziu a testa e olhou ao redor. Os olhares dos soldados se arregalaram.

— Ah, mas ele sabia que essa informação não podia se espalhar — vira para os soldados. — Vocês entenderam por que estamos aqui agora. Ninguém pode saber disso — reforçou Padilha, olhando diretamente nos olhos dos batedores. — Precisamos agir com cautela e estratégia.

Hans e Pieter assentiram, compreendendo a gravidade da situação. Eles sabiam que o destino da cidade dependia da discrição e das decisões que seriam tomadas naquele celeiro.

— Nessa noite, sairemos para ganhar essa batalha. Antes mesmo que comece, Hans e Pieter, vocês não podem sair daqui. Aliás, ninguém pode sair. Daqui a pouco, sairemos para surpreender os rebeldes e teremos essa cidade livre de conspiradores.

O silêncio que se seguiu foi quase ensurdecedor. Cada homem prendeu a respiração, aguardando as palavras que definiriam seu próximo passo.

— Há um contingente rebelde a dois dias de marcha daqui. Nossa incumbência é interceptá-los antes que possam reforçar seus aliados. Mais tarde, teremos outro encargo que será revelado no momento certo.

Um murmúrio atravessou o grupo. Era difícil dizer se era de alívio ou de apreensão.

— Preparem-se — continuou Padilha, com seu olhar fixo em cada um dos soldados. — Essa missão não será fácil. Qualquer erro pode custar suas vidas. Confio em cada um de vocês para cumprir seu dever. Vou buscar algo para vocês comerem. Descansem — Tenente Padilha sai e bate à porta atrás dele.

Com isso, ele se virou e deixou o celeiro, levando consigo a aura de tensão que havia trazido.

ACERTO DE CONTA

Ana Paes chegou ao Engenho Capibaribe com Bambina ao seu lado. O caminho até a casa-grande era ladeado por campos de cana-de-açúcar balançando suavemente ao vento, uma visão que Ana conhecia bem demais. O coração dela batia acelerado; finalmente, teria a chance de quitar seu empréstimo e resgatar as notas promissórias que tanto lhe amedrontavam. Ao aproximar-se da entrada, viu Lia parada na varanda, com o rosto austero e um olhar que cintilava de malícia. Ana respirou fundo e caminhou até ela, mantendo a cabeça erguida.

— Estou aqui para resgatar minhas notas promissórias — anunciou Ana, tentando manter a voz firme.

Lia aprumada mantendo-se firme, com um sorriso desdenhoso curvando seus lábios.

— Não tenho interesse em seu dinheiro, Ana — disse Lia, com a voz impregnada de desprezo. — O acerto é com meu pai, e ele não se encontra.

Ana sentiu um frio percorrer sua espinha, mas não demonstrou fraqueza. Ela sabia que lidar com Lia seria complicado, mas não esperava ser recebida com menos hostilidade.

— Fiz o que foi acordado — insistiu Ana, mantendo a calma. — Tenho o dinheiro aqui.

Lia deu uma risada curta e amarga.

— Você não está em posição de exigir nada. Saia da minha propriedade antes que eu mande os capatazes que tirem vocês à força.

Ana sentiu o sangue ferver, mas sabia que não adiantaria confrontar Lia naquele momento. Virou-se para Bambina, que observava tudo em silêncio, pronto para defender sua senhora se necessário.

— Vamos embora, Bambina — disse Ana, lançando um último olhar desafiador para Lia. — Voltaremos quando o Dom Augusto estiver presente.

Lia deu um passo à frente, com o olhar ameaçador.

— Você não é bem-vinda aqui, Ana. Saia da minha propriedade antes que eu me arrependa de deixá-la partir sem mais consequências. E guarde bem o dinheiro, senão amanhã pode fazer falta.

Ana, percebendo que não adiantaria insistir, deu meia-volta e sentiu a ameaça.

— Isso não vai ficar assim — murmurou Ana, enquanto se afastava com Bambina. A promessa de resolver essa pendência ainda pairava no ar, pesada como as nuvens que começavam a se formar no horizonte. Ana Paes e Bambina cavalgavam rapidamente para longe do engenho. Ana sentia o coração acelerado, ainda ecoando as ameaças que recebera. Ela apertava o saco de couro contra o corpo, ciente da importância do que carregava.

— Precisamos reforçar a segurança esta noite — disse Ana, com a voz firme, apesar da apreensão que sentia. O vento batia em seu rosto, misturando-se com os sons dos cascos dos cavalos golpeando o chão. — Eles podem tentar algo.

Bambina, ao seu lado, assentiu, mantendo os olhos atentos ao redor. A paisagem passava rapidamente, mas sua mente já trabalhava para proteger o Engenho Casa Forte.

— Vou colocar os homens nos pontos mais vulneráveis e aumentar as patrulhas.

Ana olhou para Bambina, confiando em sua lealdade e capacidade. Mas havia também um fio de esperança. Eles tinham enfrentado desafios antes e superado.

— Certifique-se de que todos estejam bem armados e alerta — acrescentou Ana, com sua voz agora mais baixa, quase um sussurro ao vento. Enquanto galopavam pela estrada sinuosa, o peso da responsabilidade pressionava sobre eles, mas também os impulsionava a agir com rapidez e precisão. Sabiam que aquela noite poderia mudar tudo e estavam determinados a não serem pegos desprevenidos. Chegando ao Engenho Casa Forte, Ana Paes saltou agilmente do alazão e correu em direção à casa-grande, com o coração ainda martelando no peito. Atrás dela, Bambina, com o cenho franzido e o olhar atento, reunia os poucos vigias disponíveis, apenas quatro homens, e os posicionava estrategicamente na frente da casa.

Assim que terminou de dar as ordens, Ana Paes, na porta da casa-grande, a expressão séria, mas com um brilho de determinação nos olhos. Ela chamou Bambina com firmeza na voz:

— Bambina, vem comigo!

Sem hesitar, Bambina correu em direção a Ana, com seu coração batendo forte. Juntos, eles adentraram a casa, atravessando rapidamente o salão. A quietude era pesada, quebrado apenas pelo som suave de seus passos ecoando no piso de madeira.

Ao chegarem a uma saleta discreta, Ana parou por um momento. O caminho era estreito, e o ar, frio e úmido. Na parede ao lado, pegou uma lanterna a óleo presa e deu para Bambina carregar.

Ana Paes segurou firme a mão de Bambina enquanto desciam por uma escada estreita e quase invisível, escondida atrás de uma tapeçaria desbotada na parede. O som abafado dos passos ecoava pelas paredes de pedra fria enquanto o ar se tornava mais úmido e denso. Após alguns minutos, Ana empurrou uma porta pesada de madeira que rangeu em protesto, revelando um espaço amplo e escuro. Ao entrarem, Ana acendeu outra tocha presa à parede, e a luz bruxuleante revelou a cena diante de Bambina. Em meio a quietude opressivo do subsolo, estavam dezenas de caixas empilhadas, algumas abertas, expondo fileiras de mosquetes de cano longo e pistolas de pederneira, suas superfícies metálicas brilhando à luz da tocha. Espadas, com lâminas finas e afiadas, estavam dispostas em suportes ao longo das paredes, refletindo o brilho das chamas. No canto mais afastado, oito canhões de mão robustos e imponentes descansavam sobre plataformas de madeira, suas bocas ameaçadoras apontando para o nada alguns barris de pólvora. Bambina ficou paralisado por um instante, com seus olhos arregalados de surpresa e espanto. Ele nunca imaginara que a casa-grande, aparentemente tão comum, pudesse abrigar um arsenal tão vasto e letal. O coração de Bambina batia acelerado, dividido entre o medo do que aquilo poderia significar e a admiração pela engenhosidade por trás daquela descoberta.

— Agora você pode dar mais duas pistolas para cada vigia e pólvora. Se alguém se aproximar, manda fogo. Entende? — disse Ana. Sua voz firme, mas suave, expandia-se pelo subsolo.

— Sim, senhora — Bambina apenas assentiu, sem desviar o olhar das armas à sua frente, a mente fervilhando com as possibilidades e perigos que aquela revelação trazia, e não hesitou em falar: — Senhora, se alguém souber disso, a senhora vai ter problema.

— Sim, mas ninguém vai descobrir. Fica entre nós dois. Ana diz, fitando em seus olhos.

Bambina assentiu, e pegando as pistolas, duas para cada homem e pólvora, subiram as escadas, guardando o arsenal em segredo entre os dois. Atravessando o salão, Ana correu, dirigindo-se ao quarto. Lá, encontrou seu filho dormindo, a respiração suave, um lembrete do que estava em jogo. Morena, sua fiel criada, estava ao seu lado, oferecendo um copo d'água.

— Precisa de um chá para acalmar, senhora? — sugeriu Morena com uma preocupação genuína na voz.

Ana balançou a cabeça, recusando.

— Não agora, Morena. Preciso estar alerta — respondeu, com seus olhos pousando nos três mosquetes encostados na cabeceira da cama. Eram uma garantia precária, mas necessária.

Bambina entrou logo em seguida, com o olhar apreensivo.

— Coloquei os vigias na frente. Ficarei dentro da casa esta noite, de guarda — disse ele, com sua voz firme, embora carregada de uma preocupação silenciosa. Ana assentiu, grata pela presença forte de Bambina ao seu lado.

— Obrigado. Não podemos ser surpreendidos.

Enquanto a noite caía, a quietude no engenho era quebrada somente pelo ocasional estalido dos passos dos vigias do lado de fora. Ana sabia que cada segundo era precioso, e embora o medo estivesse presente, havia também uma resiliência teimosa que a impulsionava a proteger o que lhe era mais querido.

FRUSTRAÇÃO

O Tenente Padilha avançava pela trilha sinuosa da mata, com seus passos silenciosos entre as árvores densas. A tropa o seguia de perto, cada soldado em alerta, os sentidos aguçados pela missão que tinham pela frente. O ar estava pesado com a expectativa, e o quietude da floresta parecia amplificar cada ruído mínimo. À medida que se aproximavam do celeiro escondido entre as árvores, uma luz oscilante chamava a atenção de Padilha. A construção de tábuas de madeira já envelhecida e o telhado, de palha trançada. Ela escapava por uma fresta nas tábuas, iluminando fracamente a escuridão ao redor. A visão daquela luz tremeluzente sugeria a presença de conspiradores no interior, como o bilhete, surgiriam envolvidos em suas atividades clandestinas. Padilha ergueu uma mão, sinalizando para que os soldados parassem.

— Cautela — murmurou, com sua voz quase se misturando ao som do vento entre as folhas. — Vamos surpreendê-los.

Os soldados se posicionaram por entre as árvores, cercando o celeiro com seus mosquetes nas mãos, cada um tomando seu lugar designado, prontos para agir ao menor sinal do tenente. E o coração de Padilha batia em uníssono com a expectativa da tropa. Ele sabia que aquele momento exigia precisão e controle. Com um último olhar para seus homens, Padilha se preparou para dar a ordem final. O silêncio da mata ao redor parecia aguardar o desfecho iminente, enquanto a luz oscilante continuava a lançar sombras inquietas pelo celeiro. Os soldados assentiram, ajustando suas armas e se preparando para o que estava por vir. Cada passo era medido, cada movimento calculado para evitar qualquer ruído desnecessário, os soldados se arrastavam furtivamente. O celeiro estava agora a poucos metros de distância, e a luz lá dentro continuava a tremeluzir, lançando sombras dançantes nas paredes de madeira. Ele ergueu a mão mais uma vez, contando mentalmente até três, antes de fazer o sinal final. Em um movimento rápido e coordenado, a tropa avançou, rompendo a porta com uma batida firme. A surpresa nos rostos dos soldados foi clara, e o Tenente Padilha soube naquele momento que foi enganado. A única coisa que se movia era a lanterna a óleo pendurada no teto. Padilha franziu a testa. O sentimento de decepção crescia em seu peito. O silêncio que envolvia o interior do celeiro era perturbador, quase zombeteiro. Ele passou os olhos pelo ambiente, tentando captar qualquer sinal de vida recente.

— Malditos — murmurou ele, cerrando os punhos. — Fui enganado.

Apesar do revés, Padilha não podia se dar ao luxo de perder tempo.

— Procurem por pistas — ordenou ele aos soldados, com a voz tensa, mas controlada. — Qualquer coisa que nos leve a eles.

Os homens espalharam-se pelo celeiro, vasculhando cada canto. O tenente se aproximou de uma pequena mesa onde uma vela ainda derretia, com a cera formando uma poça no tampo de madeira.

— Procurem em cada canto! — ordenou Padilha. Sua voz quebrava o silêncio na noite. — Não podemos ter vindo até aqui por nada.

Os soldados se espalharam, com suas botas esmagando folhas secas e galhos enquanto vasculhavam a área. O tenente observava atentamente, com seus olhos varrendo cada detalhe. Ele sabia que qualquer coisa poderia ser a pista de que precisavam. Um pedaço de papel, um símbolo gravado, qualquer indício que ligasse à informação que haviam recebido. Fora do celeiro, marcas das pisaduras dos cascos dos cavalos marcando o chão, um dos soldados gritou, chamando a atenção de Padilha. O tenente correu em direção à voz. Ao chegar, viu o soldado apontando para uma pequena tira de linho no chão, parcialmente coberta por folhas. Padilha agachou-se e pegou. Seus olhos examinam com cuidado cada centímetro quadrado daquela tira, em seguida volta seu rosto para o celeiro e caminha de volta. O Tenente Padilha fez uma parada na porta ao adentrar o local. Embora o lugar aparentasse estar deserto, o Tenente Padilha caminhou pelo espaço, com o eco de suas botas reverberando nas paredes vazias. Seus olhos examinavam cada canto, cada sombra, buscando uma conexão, um fio que pudesse ligá-los aos conspiradores. No entanto, a falta de evidências concretas o frustrava. Como poderia ele acusar alguém baseado em meras suposições? Era um dilema que o deixava remoendo possibilidades em sua mente. Enquanto os pensamentos se embaralhavam em sua cabeça, outra questão o atormentava: como descobriram sua batida? Ele tinha sido cuidadoso, meticuloso em seus planos, mas, de alguma forma, os alvos haviam escapado. Será que havia um traidor entre os seus? Ou talvez algum espião mais astuto do que ele não havia previsto? Padilha apertou os punhos, com a sensação de impotência queimando em seu peito. O celeiro, com seus segredos silenciosos, parecia zombar de sua inabilidade em encontrar respostas. Mas ele sabia que não poderia desistir. Havia algo ali, algo que ele ainda não havia percebido, e ele estava determinado a descobrir, custasse o que custasse.

O Tenente Padilha sobe em seu cavalo e ordena:

— Voltem para o celeiro e me aguardem lá — e sai, seguido por outros dois soldados.

Aquela noite estava pesada, envolta em uma escuridão que parecia sufocar até mesmo o brilho pálido das estrelas. O Tenente Padilha ajustou o chapéu, com os passos firmes sobre o terreno seco do descampado. Ele ainda sentia a tensão da batida no celeiro abandonado. A descoberta de que os rebeldes haviam fugido antes de sua chegada corroía sua paciência. Agora, carregava a frustração consigo, como um peso que não podia simplesmente abandonar.

Avistou Lia à frente, de pé, com um manto leve que dançava ao sabor do vento. Sua postura era firme, mas seu olhar carregava uma mistura de espera e incógnita. Era sempre assim com Lia: ela nunca entregava todos os seus pensamentos de uma vez. Padilha se aproximou devagar, os olhos estudando cada detalhe do rosto dela, a curvatura dos lábios, o leve franzir das sobrancelhas, a maneira como segurava as mãos diante do corpo.

— Lia — ele a cumprimentou, com a voz baixa, quase rouca.

Ela virou-se para ele, erguendo ligeiramente o queixo.

— Vejo que a noite não foi como você esperava, tenente — comentou, com um sorriso breve, mais uma provocação do que um gesto de simpatia.

Padilha soltou um suspiro, passando a mão pelos cabelos desalinhados.

— Fomos traídos. Alguém avisou os rebeldes. O celeiro estava vazio quando chegamos — a amargura em sua voz era evidente, uma frustração que o consumia.

Lia deu um passo em sua direção, com a expressão suavizando um pouco.

— E o capitão Charles? Alguma pista dele? — havia uma pressa disfarçada em sua pergunta, algo que não passou despercebido por Padilha.

— Nada — ele balançou a cabeça, com a mão pousando no punho da espada. — Se estava lá, fugiu com o resto. Temos espiões trabalhando, mas ainda não há nada concreto.

O vento soprou com mais força, fazendo Lia apertar o manto contra o corpo. Ela se aproximou ainda mais, agora perto o suficiente para que Padilha pudesse sentir o perfume sutil que ela usava.

— É frustrante, não é? Sempre tão perto, mas nunca o suficiente. Talvez você esteja subestimando Charles e seu bando. Eles não são amadores.

Padilha estreitou os olhos, encarando-a.

— Do que está falando, Lia? Sua voz era um sussurro, mas carregava uma intensidade.

Lia hesitou por um instante, como se pesasse suas próprias palavras antes de soltá-las ao vento.

— Estou dizendo que às vezes, na sua busca cega por lealdade e justiça, você esquece de olhar para os lados. Charles não é apenas um inimigo. Ele tem aliados, recursos. Talvez mais do que você imagina.

Padilha segurou o braço dela, firme, mas não agressivo. O toque era mais um pedido silencioso de explicação do que uma imposição de força.

— Lia, se você sabe de algo, precisa me dizer.

Ela soltou um suspiro longo e desviou o olhar para o horizonte escuro. Por um momento, o silêncio entre eles foi preenchido apenas pelo som do vento e o farfalhar distante das árvores. Finalmente, ela falou, com a voz quase inaudível:

— Eu não sei de nada. Apenas queria que você tivesse cuidado. Nem tudo é o que parece.

Ele a soltou, mas permaneceu encarando-a, como se tentasse decifrar o que ela não dizia. Havia algo nos olhos de Lia, um brilho que parecia guardar segredos. Ele não sabia se podia confiar nela completamente, mas também não conseguia afastá-la.

— Eu recebi seu bilhete — disse ele. — Você queria que eu prendesse Charles?

— Não só por causa disso.

O sorriso de Lia retornou, dessa vez mais doce, mas também mais enigmático.

— Talvez eu goste da companhia de um tenente frustrado e um pouco perdido.

Padilha riu, uma risada curta, mas genuína. Apesar de tudo, Lia tinha o dom de desarmá-lo. Ele deu um passo para trás, observando-a por um momento mais.

— Você é um mistério, Lia. Um que eu ainda não decidi se quero desvendar ou evitar.

Ela inclinou a cabeça para o lado, com os lábios se curvando em um sorriso que não era exatamente feliz.

— Talvez seja melhor deixar o mistério onde ele está. Algumas verdades não precisam ser descobertas, Padilha.

O som da chegada dos cavalos fez com que ambos se virassem em alerta. Padilha levou a mão às armas instintivamente. Enquanto Lia deu um passo para trás, as mãos puxavam o manto com mais firmeza.

— Você está sendo seguido? — perguntou ela, com a voz subitamente mais séria.

— Não que eu saiba — respondeu ele, mas seus olhos estavam fixos na direção do som.

Logo puderam ver as silhuetas de dois cavaleiros se aproximando. Padilha reconheceu os homens de sua tropa. Eles pararam os cavalos a poucos metros de distância e desmontaram rapidamente.

— Tenente, precisamos falar com o senhor. É urgente — disse um dos homens, ofegante.

Padilha assentiu e virou-se para Lia.

— Isso não acabou. Preciso ir, mas vou encontrar você novamente.

Lia apenas acenou com a cabeça, com o rosto agora completamente indecifrável. Enquanto ele montava em seu cavalo e partia com os homens, ela permaneceu ali, uma figura solitária no meio do descampado. O vento continuava a soprar, levando consigo os ecos de um encontro que deixava mais perguntas do que respostas.

ENGENHO ALVORADA

O piar da coruja e o chirriar dos grilos traziam presságios incertos. João Fernandes estava diante da janela da sala de estar, com seus olhos penetrando a escuridão lá fora, onde apenas algumas lanternas a óleo davam à luz tremeluzente e as sombras das árvores se moviam com a brisa suave. O charuto em sua mão esquerda queimava lentamente. O brilho da ponta do charuto destacava-se na penumbra, liberando volutas de fumaça que flutuavam até o teto. Enquanto ele inalava profundamente, como se a fumaça pudesse dissipar os pensamentos sombrios que lhe afligiam, sua expressão era grave, marcada pela apreensão que o consumia. Sabia que os encontros da resistência estavam em perigo de serem descobertos. A qualquer momento, os rumores poderiam se tornar realidade, e o cerco se fecharia sobre eles. Com um movimento lento, quase relutante, João abaixou a cabeça, com os ombros curvados sob o peso das preocupações. Em suas mãos, um pedaço de papel, já amassado pelo manuseio frequente, esperava para ser lido mais uma vez. Ele o desdobrou, com os olhos fixando-se nas palavras que traziam tanto esperança quanto perigo. Depois de alguns instantes, levantou o olhar, voltando-se para a janela. O exterior parecia tranquilo, mas a sensação de que algo estava prestes a acontecer não o deixava. Com uma baforada longa, ele soltou a fumaça para o ar, observando-a se dispersar na sala como seus pensamentos inquietos. Sabia que o tempo estava se esgotando, e a única certeza que tinha era a de que os dias que seguiriam seriam decisivos. João Fernandes permanecia imóvel, com o rosto parcialmente iluminado pelo bruxulear tímido de uma lamparina próxima. Seus olhos, profundos e inquietos, fixavam-se na escuridão do lado de fora, como se procurassem algo que insistia em não se revelar. O silêncio ao redor era opressivo, quebrado apenas pelo ocasional estalo da madeira velha da casa. E João, fumando lentamente um charuto, exalava a fumaça com movimentos controlados, mas seu olhar permanecia atento, quase desesperado, como se esperasse um sinal, um movimento, uma sombra que pudesse emergir da noite silenciosa.

    Do lado de fora, começou a se ouvir o trotar firme de um cavalo, cortando o silêncio como um sussurro. A figura encapuzada, envolta em uma capa que dançava ao vento, aproximava-se da casa-grande, a silhueta indistinta. João Fernandes, de pé à porta, sentiu o coração acelerar. Ele observava a sombra que se tornava mais nítida a cada passo, até que, finalmente, o cavalo parou em frente a ele. O eco dos cascos no chão de terra parecia ressoar em sua mente, enquanto ele se preparava para abrir a porta e foi ao seu encontro. Quando a figura desceu do animal, o capuz se afastou, revelando uma jovem de beleza estonteante. Os olhos de João brilharam ao reconhecer Bernadete; um sorriso involuntário surgiu em seu rosto. Ele estendeu as mãos para segurar as rédeas, ajudando-a a descer com um gesto suave, como se quisesse proteger aquele momento precioso. Ao tocar o chão, Bernadete olhou para João e o mundo ao redor deles desapareceu. Em um impulso, ele a puxou para si. Seus lábios se encontraram em um beijo apaixonado como se houvesse sido esperado há décadas, enquanto a brisa noturna sussurrava ao seu redor. Era um instante único, como se o tempo tivesse parado, e eles fossem apenas um, unidos na sombra da noite. Após o beijo, eles se afastaram lentamente, mas suas mãos permaneceram entrelaçadas. Juntos, caminharam em direção à casa-grande, um novo capítulo começando sob o manto da escuridão, iluminado apenas pela luz tênue que emanava das janelas, como um farol para suas almas entrelaçadas.

PALÁCIO

O silêncio que envolvia o palácio era quebrado apenas pelo som distante do vento que soprava e movimentava suavemente as cortinas da janela do aposento do capitão Charles. De repente, esse silêncio foi rasgado por batidas pesadas na porta. Ele, que até então repousava na penumbra, ergueu-se rapidamente da cama, os sentidos em alerta. Vestido apenas com um calção, atravessou o quarto até a porta, sentindo o frio da madeira sob os pés descalços. Ao abrir a porta, deparou-se com o Tenente Padilha, cujos punhos ainda estavam erguidos, prontos para mais uma série de murros. Atrás dele, os batedores Hans e Pieter estavam à espreita, com suas expressões indecifráveis, entretanto, era o rosto do tenente que capturava toda a atenção de Charles. Havia nele uma mistura de preocupação e frustração, emoções que transpareciam nas rugas que se aprofundavam em sua testa e no aperto tenso de sua mandíbula.

— O que aconteceu, Padilha? — Charles perguntou, com a voz firme, mas com um ligeiro tom de apreensão, ao notar o semblante carregado do tenente.

Padilha respirou fundo, tentando conter a frustração que queimava em seu interior.

— Capitão, a batida no celeiro foi um fracasso. Mas há algo pior. Os batedores trouxeram informações urgentes: o império português está há dois dias de distância, esperando reforços para nos atacar.

Capitão Charles, franziu o cenho e disse:

— Que batida é essa em celeiro abandonado? Não estou sabendo de nada.

Charles observava-o atentamente, aguardando a explicação que justificaria.

Padilha começou a falar, com a voz grave e medida:

— Capitão, recebi um bilhete misterioso na taverna. Ele indicou um celeiro abandonado como o possível ponto de encontro dos rebeldes.

Charles permaneceu em silêncio, com os olhos fixos no tenente, enquanto Padilha continuava.

— Reuni os homens mais discretos no final da tarde e aguardamos o anoitecer, conforme indicado no bilhete. Tudo parecia estar conforme o planejado, e, no momento certo, fizemos a batida — Padilha fez uma pausa. O desapontamento era evidente em sua expressão. — Contudo, algo deu errado. Alguém os avisou. Quando invadimos o celeiro, os rebeldes já haviam fugido, abandonando apenas os vestígios de sua presença. No entanto, tudo foi comprovado. O celeiro tem sido usado para encontros secretos.

Charles franziu o cenho, absorvendo as informações.

— Por que você não me informou do bilhete? — disse capitão Charles.

— Eu queria ter certeza de que se tratava de informações verdadeiras. No entanto, além de mim, não havia outra pessoa que sabia que eu ia fazer abatida.

O fracasso da operação pesava na mente do Tenente Padilha.

— Precisamos agir com ainda mais cautela — Charles disse com a voz baixa e firme.

Padilha assentiu, ciente de que o próximo passo seria crucial para desmantelar a resistência antes que ela ganhasse mais força.

— E esses dois? O que fazem aqui? — perguntou capitão Charles.

— Agora, capitão, os portugueses têm cerca de trezentos homens próximo à costa leste, mais ou menos a mil metros na mata, esperando reforços.

— Então, o tempo é curto. Precisamos agir urgentemente.

— Exato — continuou Padilha, com sua voz baixa, mas firme.

— Precisamos atacá-los rapidamente. Se os portugueses receberem os reforços, será difícil contê-los. Uma investida imediata é nossa melhor chance, antes que algum espião leve a informação e nossos planos sejam arruinados. A mente de Charles trabalhava a mil por hora, pesando as opções.

Capitão Charles ergue as sobrancelhas e ordena:

— Tenente Padilha! — disse a voz firme de Charles.

Padilha, que já estava em prontidão, diz:

— O que há, capitão?

— Estamos sob o risco de um ataque dos portugueses. Quero que mande duas galeões para patrulhar a costa imediatamente.

— E prepare os homens. Todos. Eles devem estar prontos para o combate. Vamos invadi-los.

Padilha assentiu, com o suor escorrendo pela testa, apesar do vento frio.

— Sim, senhor. E os homens no acampamento?

— Quero que estejam em formação em menos de uma hora. Nada de espera. Diga-lhes que o inimigo está mais próximo do que imaginam.

Tenente Padilha prestou continência e se retirou do palácio.

O vento soprava forte, trazendo o cheiro salgado do mar até o acampamento. O capitão Charles caminhava a passos largos pelo pátio improvisado, com seu semblante grave, enquanto os estandartes tremulavam ao longe. Seus olhos fixaram-se no horizonte, onde as nuvens escuras prenunciavam não só uma tempestade, mas uma ameaça iminente.

Tenente Padilha se aproxima do capitão Charles e diz com sua voz firme:

— Capitão, estão zarpando.

Charles assentiu, pausou por um momento, com seus olhos penetrantes analisando cada movimento ao redor.

Padilha deu meia-volta, marchando em direção aos barracões, enquanto Charles se virou para o mar novamente. As ondas batiam violentamente nas rochas, refletindo o tumulto que estava por vir. Cada segundo era crucial, e a noite parecia prestes a explodir em caos.

O acampamento rapidamente se encheu de movimento. Soldados, antes descansando ao redor de fogueiras, levantaram-se com pressa, ajustando suas armas e armaduras. Havia sons metálicos de espadas sendo desembainhadas, e as fileiras de soldados se formavam aguardando ordens.

ENGENHO CAPIBARIBE

As lanternas lançavam uma luz pálida sobre o pátio de terra batida do Engenho Capibaribe. Entretanto, os sons dos cascos dos cavalos ecoavam. Dom Augusto puxou as rédeas, fazendo seu cavalo parar com um relincho abafado. Seus homens, desanimados e com os ombros caídos, seguiram o exemplo, descendo de suas montarias com passos pesados e rostos marcados pela exaustão. A caçada, que prometia ser uma vitória, havia se revelado um completo fracasso, e a frustração pesava no ar denso e abafado. Dom Augusto desceu do cavalo com uma rigidez que traía sua ira contida. Ele observou em silêncio enquanto seus homens se dispersavam pelo pátio; alguns levavam os cavalos para o estábulo, onde o cheiro de feno e suor equino impregnava o ar, enquanto outros conduziam os cães de caça, cujas orelhas baixas e caudas murchas refletiam o desânimo geral para o canil. Sem dizer uma palavra, Dom Augusto caminhou em direção à casa-grande, com suas botas ecoando sobre o chão de pedras frias. As portas se abriram antes de sua chegada, revelando as escravas que aguardavam sua entrada com expressões tensas e olhares baixos. O silêncio que pairava no ar era quase sufocante, e as escravas trocavam olhares furtivos, conscientes de que a ira do senhor estava prestes a transbordar. Ao cruzar o limiar da porta, Dom Augusto lançou um olhar breve e cortante ao redor, como se cada sombra no salão estivesse sob julgamento. Olhares furtivos se cruzaram outra vez, e um silêncio constrangedor pairou entre as paredes de pedra. Sem trocar palavras, caminhou com passos pesados pelo salão, com a frustração o acompanhando como uma sombra. Dom Augusto parou no meio do salão, cerrou os punhos com força e, sem uma palavra, lançou um olhar gelado para o vazio à sua frente. A caçada havia sido um fiasco, e a frustração mordia sua alma como uma fera enjaulada. Ele seguiu para seus aposentos, abandonando a tensão acumulada que reverberava nas paredes do engenho como um trovão distante, pronto para eclodir.

A luz suave da manhã iluminava o caminho de terra enquanto Ana Paes cavalgava em direção ao Engenho Capibaribe. O vento fresco soprava levemente, balançando suas roupas simples, mas elegantes. Sobre o ombro, uma bolsa de couro pesada descansava, cheia de esperança, e o peso da responsabilidade que ela carregava. Ao seu lado, Bambina cavalgava silencioso, mantendo-se atento a tudo ao redor e logo atrás outros três vigias. Ana olhava para frente com o semblante sério, os pensamentos fixos no que a aguardava no engenho. Sabia que Dom Augusto era um homem traiçoeiro, e o pagamento precisava ser feito com precisão. Não havia espaço para erros. A bolsa em sua cintura parecia mais pesada a cada quilômetro, como se os olhares invisíveis da obrigação a pressionassem.

— Está preparada, senhora? — perguntou Bambina, com sua voz firme quebrando o silêncio. Ela manteve o olhar alerta ao redor, como quem desconfia de cada árvore e curva no caminho. Ana assentiu levemente, sem desviar os olhos do horizonte.

— Sim. Temos de ser rápidos, cumprir o acordo e voltar antes que mais alguém tome conhecimento.

O Engenho Capibaribe já era visível ao longe, uma estrutura imponente cercada por campos que se estendiam até onde a vista alcançava. A fumaça subia de uma das chaminés, anunciando que os trabalhos já haviam começado. Ana ajeitou a bolsa de couro em sua cintura e apertou as rédeas do cavalo, acelerando o passo.

Enquanto se aproximavam do portão de entrada, o som do ferro e dos gritos de ordens dos capatazes ecoava, contrastando com a tranquilidade da viagem. A presença de Dom Augusto se fazia sentir mesmo antes de vê-lo. Ana inspirou profundamente. Chegava a hora de enfrentar o que devia ser feito.

Ao chegar, puxou as rédeas com um movimento brusco e desceu com agilidade. A quietude, quebrado apenas pelo resfolegar do cavalo e o farfalhar distante das folhas.

À sua frente, os escravos esperavam com os olhares baixos, evitando encará-la diretamente. A expressão de submissão estampada em seus rostos não escondia o medo. Eles sabiam que aquele dia definiria o destino do engenho, e os passos contidos acompanhavam Ana enquanto ela caminhava em direção à casa-grande. Cada um deles mantinha uma distância respeitosa.

Ao atravessar o pátio, Ana sentia os olhos invisíveis de Dom Augusto à espreita. O homem, impiedoso e cheio de inveja, estava à espera do momento em que o destino do engenho escaparia das mãos de Ana. Ela sabia que aquele pagamento era a única coisa entre ela e a perda do que seus pais construíram com sangue e suor.

Com a cabeça erguida, mas o coração acelerado, Ana entrou na casa-grande, onde os olhos de Dom Augusto já brilhavam com uma antecipação perversa.

Adentrar a sala de estar com a cabeça erguida, contudo, as batidas no peito soavam na sua cabeça. O som firme de seus passos batia nas tábuas de madeira enquanto seus olhos percorreram o ambiente, luxuoso, mas dominado por uma opulência imposta. No centro da sala, Dom Augusto a esperava, sentado com as pernas cruzadas em uma poltrona de couro escuro, o olhar frio e calculista fixo nela.

— Veio se despedir do seu engenho? — perguntou ele, com o canto dos lábios se curvando em um sorriso malicioso.

Ana respirou fundo, ignorando a provocação. Com um movimento resoluto, ela retirou a bolsa pesada que cruzava seu peito e a depositou sobre a mesa à sua frente. As moedas de ouro, prata que estavam acompanhadas das moedas florins e soldos, que, embrulhadas em couro, tilintaram baixinho.

— Aqui está o pagamento, conforme o combinado — disse Ana, mantendo a voz firme, mesmo que cada palavra fosse um esforço para conter o desprezo que sentia.

Dom Augusto descruzou as pernas devagar, levantando-se com um ar de insatisfação que ele não se preocupou em esconder. Seus dedos gordos deslizaram pelo pacote, lentamente. O tilintar das moedas de ouro e prata preencheu a sala, e os olhos de Augusto brilharam por um instante. Ele desejava que Ana tivesse falhado, que o engenho estivesse em suas mãos.

— Parece que você teve sorte — disse ele com desdém, mas sua frustração era visível. Ele não esperava ser pago.

Ana não respondeu, apenas o encarou com firmeza, sabendo que ele odiava o que via: uma mulher forte que não se curvava diante dele. Dom Augusto, visivelmente contrariado, balançou a cabeça, forçado a aceitar a derrota silenciosa. Ele recolheu a bolsa e a abriu, vasculhando como se quisesse encontrar algum erro, uma falha que lhe permitisse tomar o engenho. Quando terminou, Augusto olhou para Ana mais uma vez, agora com uma expressão amarga.

— Considere-se livre da dívida — disse, com as palavras cuspidas como se fosse veneno. — Por enquanto.

Ana Paes fitou Dom Augusto com frieza. Ao se posicionar diante dele, ergueu as sobrancelhas e franziu a testa com firmeza, deixando claro que não havia espaço para hesitação.

— Minhas notas promissórias? — perguntou, com sua voz firme e cortante como uma lâmina.

Dom Augusto a encarou por um instante. O brilho nos olhos carregava um misto de irritação e descontentamento. Sem dizer uma palavra, caminhou lentamente até o móvel no canto da sala. Seus passos rangiam sobre as tábuas do piso pelo ambiente silencioso. Com movimentos vagarosos, abriu uma gaveta e, de dentro, tirou um envelope amarelado. A formalidade dos gestos mal conseguia esconder sua frustração. Ele se aproximou de Ana com o envelope nas mãos, os lábios apertados, como se cada passo em direção a ela custasse uma derrota silenciosa. Estendendo o envelope, segurou-o por um segundo a mais, como se resistisse a entregá-lo.

Ana, sem pestanejar, puxou o envelope de sua mão com firmeza. Seus olhos não deixaram os dele, impondo sua presença, antes de voltar sua atenção ao documento que selava sua vitória.

Ela abre o envelope e conferiu os documentos.

Ana virou-se para sair, com o alívio já começando a encher seu peito. Mas ela sabia que aquilo não era o fim. Dom Augusto não esqueceria essa humilhação tão cedo.

Ana Paes saiu da casa-grande com passos firmes. O som das botas ressoava no chão de pedras. O sol tocava seu rosto, enquanto sua mente regozijava após o pagamento feito. Ao atravessar o pátio, notou uma figura familiar encostada em uma das colunas da varanda. Era Lia. Os olhos da mulher estavam cheios de desprezo, e sua postura rígida revelava uma tensão perigosa.

Lia avançou alguns passos, parando bem na frente de Ana.

— Você acha que pode escapar ilesa? Não se esqueça de quem eu sou — sibilou com a voz carregada de ameaça. Ana, sem se abalar, ergueu o queixo e a ignorou completamente, continuando a caminhar na direção de seu cavalo. De repente, sentiu uma mão fria agarrando seu braço com força, era os dedos de Lia cravando-se em sua pele como garras. Ana parou, com os olhos se estreitando de raiva, porém controlada. Com um movimento rápido e decidido, deu um solavanco no braço, livrando-se do aperto. O impacto do gesto fez Lia cambalear levemente para trás, com seus olhos arregalados de surpresa e fúria. Sem dizer uma palavra, Ana subiu agilmente em seu cavalo, puxando as rédeas com firmeza. Os escravos ao redor presenciaram a cena em silêncio, com os olhares fixos no chão. Lia, ainda parada no pátio, observava-a partir. Sua expressão era um misto de raiva impotente e ressentimento. Ana cavalgou em direção ao portão, com o vento batendo contra seu rosto, sem olhar para trás.

ESPADACHIM

Ao redor do acampamento da tropa portuguesa era vasto e desolado, apenas com algumas árvores e colinas distantes que se erguiam como sombras contra o céu cinzento do entardecer. O acampamento dos trezentos soldados portugueses estava montado em um círculo defensivo, com tendas de lonas alvas, porém simples, dispostas em fileiras ordenadas, reforçadas com estacas de madeira e cordas amarradas firmemente ao chão duro. O brasão real a meio mastro de Portugal flamulava levemente na brisa fria do campo.

Os homens, cansados de dias de incerteza, ocupavam-se de forma disciplinarmente, ainda que o desgaste fosse visível em seus rostos. Alguns se sentavam ao redor de fogueiras apagadas, afiando espadas ou limpando mosquetes, enquanto outros dividiam um pão ralo, o olhar perdido em direção ao horizonte. O som metálico de armas sendo ajustadas e o murmúrio grave das conversas formavam o pano de fundo, cortado ocasionalmente pelo grito de uma sentinela ou pelo galope de um cavalo ao longe.

Ao centro, os sargentos e o tenente discutiam em voz baixa ao redor de uma mesa improvisada, sobre a qual repousava um mapa manchado de suor e terra. Estavam há dias aguardando os reforços prometidos, sabendo que, se não chegassem a tempo, seriam forçados a enfrentar o inimigo com inferioridade numérica. O tenente-mor, um homem alto e de olhar atento, mantinha-se de pé, observando o horizonte com um misto de preocupação e ansiedade.

Filipe, infiltrado entre os portugueses, observava nervosamente a tranquilidade do lugar. Sua mente fervilhava com planos de fuga, e ele trotava com seu cavalo de um lado para outro, e dizia para o tenente-mor:

— Estamos aqui há muito tempo. Onde estão os reforços? Os holandeses podem nos invadir a qualquer momento.

— Estão chegando, meu amigo. A última notícia que chegou foi que a batalha está acirrada na Bahia — disse o tenente-mor.

Com o cenho fechado, disse Filipe:

— Você não está entendendo! Isso aqui não é um forte. Estão todos ao relento neste descampado exposto.

— Meu amigo, estamos cercados de sentinelas. Não passa por aqui nem um mosquito sem ser notado — falou o homem, com sua voz grave refletindo a tensão que pairava no ar. Mal terminara a frase, quando um mosquito pousou silenciosamente em sua testa, atraído pelo calor e pelo suor que escorria.

Ele sentiu a ferroada sutil e, sem pensar duas vezes, deu um tapa forte na própria testa. O estalo chamou a atenção dos soldados próximos, e quando retirou a mão, o pequeno corpo esmagado do mosquito estava cravado em sua palma, e o sangue, manchando a testa. Com um sorriso amargo, levantou a mão para mostrar o inseto morto a Filipe, que trotava em círculo ao seu lado em cima do cavalo.

— Até esses desgraçados não escapam.

Filipe olhou rapidamente para o mosquito morto, sem alterar a expressão, e continuou a cavalgar.

— Bom saber que temos olhos por todos os lados — respondeu ele secamente, com seus olhos atentos ao redor. Enquanto isso, a testa do homem ficava marcada por um pequeno borrão de sangue, o vestígio de uma batalha ínfima em meio a uma guerra muito maior.

No limite do acampamento, os sentinelas estavam atentos, com suas silhuetas destacadas contra o céu escuro, que começava a ser pontilhado por estrelas. O vento trazia com ele o cheiro de terra seca e o silêncio do campo, interrompido apenas pelo som de passos pesados e o ocasional relinchar dos cavalos amarrados. Era uma noite inquieta, onde a incerteza do amanhã pairava sobre todos como uma nuvem carregada, prestes a desabar. Os soldados sabiam que o confronto era inevitável. Suas mãos calejadas e olhos cansados, porém, carregavam a esperança de que os reforços chegariam a tempo para virar a maré da guerra. Até lá, eles esperavam, não com medo, mas com a resignação de quem conhecia bem o campo de batalha.

A noite escura, sem lua, o acampamento estava em uma quietude, exceto pelo sussurro do vento nas árvores e o ocasional estalar de um galho. O farfalhar leve das folhas balançadas pela brisa rompia o silêncio profundo do descampado. Os soldados holandeses avançavam como sombras, movendo-se lentamente entre a vegetação baixa, cada passo calculado, cada respiração controlada. À frente, os soldados portugueses, nos seus postos de sentinela, vigiavam o acampamento, confiando na quietude da noite.

O sargento dos batedores, com um gesto quase imperceptível da mão, indicou o primeiro alvo. Um soldado holandês deslizou para frente, com os olhos fixos no ataláia português que se mantinha de pé perto de uma árvore. A lâmina do punhal brilhou brevemente. Um movimento rápido e o soldado estava a poucos metros do inimigo. O holandês avançou silenciosamente por trás, segurando o punhal com firmeza. O sentinela sequer teve tempo de reagir. Um braço envolveu seu pescoço, puxando-o para trás, enquanto o punhal era cravado em sua lateral, atravessando a pele e o músculo com precisão mortal. Nenhum som foi emitido. O corpo do sentinela desabou, sendo depositado no chão com cuidado, sem ruído.

Sem hesitar, outro soldado designado avançou, agachado, com o punhal firme na mão. Seus passos eram como os de um predador, lentos e calculados, cada movimento preciso para evitar qualquer som que alertasse os sentinelas. Ao se aproximar, os olhos do soldado se estreitaram, fixando-se na nuca do inimigo à sua frente. Num instante, o holandês agarrou o vigia português por trás, tampando-lhe a boca com força enquanto o punhal atravessava sua garganta de maneira silenciosa e fatal. O corpo do vigia se retesou por um breve segundo antes de desabar, sem som algum, no chão úmido. Mais adiante, a vegetação densa o envolvia, outro sentinela que lutava para enxergar algo na escuridão. Ele abria e fechava os olhos, forçando a visão a se ajustar à noite, enquanto seus ouvidos captavam ruídos ao redor, sutis, quase imperceptíveis, mas o suficiente para deixá-lo em alerta. Havia algo lá fora, mas ele não conseguia distinguir com clareza o que era. Por um instante, hesitou e, antes que pudesse reagir, duas flechas cortaram o ar. Uma cravou-se violentamente em seu olho, arrancando-lhe o grito que nunca veio, enquanto a segunda perfurava sua garganta, silenciando-o para sempre. O corpo caiu sem vida, engolido pela escuridão. O sangue fluiu silenciosamente. Os batedores continuavam seu avanço meticuloso, eliminando um por um dos sentinelas portugueses. A coordenação era impecável. Nenhum som, nenhum alarde. Cada ataque era tão rápido quanto preciso. Os punhais encontravam suas gargantas, deixando marcas com uma letalidade silenciosa.

A tropa portuguesa permanecia alheia ao perigo iminente, com seus sentinela sendo eliminados sem que qualquer sinal de alerta fosse dado.

À medida que a última sentinela tombava, o sargento holandês fez um sinal para o restante da tropa que aguardava nas sombras. O caminho estava limpo. Nenhum som de alerta havia sido emitido, e o ataque à tropa portuguesa estava prestes a começar.

De repente, um som abafado de galhos quebrando ao longe despertou os sentidos dos portugueses. Em segundos, o silêncio da madrugada foi rompido pelo estrondo ensurdecedor de mosquetes disparando ao mesmo tempo. Os holandeses, em uma emboscada meticulosamente planejada, desceram sobre os portugueses como uma tempestade de aço e fogo.

A voz do capitão Charles ecoou no descampado.

— Atacar, atacar!

Os soldados portugueses, pegos de surpresa, lutaram para se organizar. O caos se espalhou rapidamente, com ordens sendo gritadas e contraordens se chocando. O capitão Charles, liderando os seiscentos soldados holandeses com uma eficiência mortal, avançava pela linha de frente, com sua espada brilhando à luz das tochas. Ao seu lado, o Tenente Padilha, olhos ardendo com determinação, comandava as tropas com precisão.

— Vamos! Vamos! — gritava o Tenente Padilha.

— Não deixem nenhum escapar! — gritou Charles, com sua voz ressoando acima do tumulto.

Os portugueses resistiam bravamente, mas a surpresa e o número superior dos holandeses os colocavam em desvantagem. Filipe, no meio da confusão, viu sua oportunidade. Com um movimento rápido, ele se esgueirou entre os combatentes. Sua única intenção era a fuga. Os gritos dos soldados, o clangor das espadas e o rugido dos mosquetes formaram um concerto caótico enquanto Filipe galopava, desviando dos corpos e dos destroços da batalha.

A linha de defesa portuguesa começou a se fragmentar. Soldados caíam, alguns lutando até o fim, outros tentando desesperadamente recuar. Os holandeses, com sua vantagem tática, pressionavam sem piedade. A batalha se tornava cada vez mais um massacre, com os portugueses empurrados para trás, sua formação desmoronando sob a pressão implacável dos holandeses.

Charles, com os olhos fixos no campo de batalha, notou a fuga de um homem, entre outros. Esse trazia as características de alguém conhecido, mas de longe não tinha como precisar quem realmente era.

— Padilha, aquele homem não pode escapar! — capitão Charles apontou para o homem em seu cavalo somente como uma sombra galopando em direção à floresta.

Um soldado português avançou em sua direção com passadas longas e bufando com a espada erguida. No mesmo instante, a espada desceu bruscamente, cortando o ar. O capitão Charles ergueu sua espada firme com a mão direita, parando-a; com a outra mão, deu-lhe um soco que o fez recuar um pouco.

O capitão Charles, com a espada em punho, encara o soldado português à sua frente. Ambos estavam cobertos de suor e poeira, e os músculos tensos como cordas prestes a se romper.

Sem aviso, o soldado avançou, brandindo sua espada em um arco rápido, mirando o flanco de Charles. O capitão desviou por pouco, girando o corpo em um movimento fluido e contra-atacando com um golpe certeiro, bloqueado pelo soldado. As lâminas chocaram-se com um som metálico, enquanto os dois homens faziam suas espadas se chocarem violentamente.

Charles recuou um passo, ofegante, enquanto o soldado português apertava os dentes, avançando de novo, agora com um grito de raiva. As espadas se encontraram mais uma vez. O impacto ecoou pelo campo. O português, experiente e forte, forçou o capitão para trás, mas Charles, ágil como uma serpente, esquivou-se, deixando a lâmina oponente cortar o vazio.

Num instante, o capitão encontrou uma abertura. Com um movimento rápido e preciso, ele desferiu um golpe ascendente. A espada atravessou o ar e, antes que o soldado pudesse reagir, transpassou seu peito. Um gemido rouco escapou dos lábios do português, e seus olhos se arregalaram de surpresa e dor.

O corpo do soldado ficou imóvel por um segundo. A lâmina brilhava enquanto seu sangue escorria pela empunhadura. Charles, ofegante, retirou a espada em um puxão seco. O soldado caiu de joelhos. Os dedos tremiam ao tentar alcançar o ferimento, antes de desabar no chão com um baque surdo.

Charles permaneceu em pé, com a respiração pesada, observando o corpo caído diante de si.

Padilha, com um aceno de cabeça, mobilizou um grupo de soldados em perseguição. Entretanto, a confusão e o tumulto dificultavam a perseguição, e Filipe, movido pelo puro instinto de sobrevivência, desapareceu na escuridão da floresta.

O som do metal ecoava pelo descampado enquanto o capitão Charles se depara com o tenente-mor, que acabara de enfiar a espada em um holandês, matando-o, e os alhares se cruzaram. Um invadiu o outro. Eles trocavam golpes ferozes. Suas espadas se cruzavam com uma força devastadora. O olhar de Charles era frio e determinado, mas ele sabia que o homem à sua frente não era qualquer oponente. O tenente-mor era habilidoso, com anos de combate nas costas. Cada movimento que ele fazia era calculado, preciso com os pés quando recuava e mesmo quando avançava. O som das lâminas cortando o ar era como um trovão, e o choque dos metais dançava na luz da manhã.

Charles deu um passo para trás, evitando por pouco um golpe que teria rasgado seu ombro. Seus olhos seguiram cada movimento do tenente-mor, que avançava com uma série de estocadas rápidas, tentando forçar o capitão a ceder.

Charles bloqueou cada ataque com maestria, mas o esforço começava a cobrar seu preço. Seu braço doía, seus músculos se contraíam, e o suor escorria por sua testa.

Por um momento, parecia que o tenente-mor levaria vantagem. Ele girou a espada, tentando desarmar Charles com um movimento rápido e devastador. Charles, no entanto, percebeu o ataque no último segundo. Em um golpe de pura habilidade e precisão, ele se esquivou, girou sobre os calcanhares e contra-atacou com uma série de golpes rápidos e certeiros. A luta mudou de ritmo. Agora era Charles quem pressionava. Suas investidas implacáveis forçavam o tenente-mor a recuar.

O tenente-mor tentou mais uma vez recuperar o controle, mas Charles já havia lido seus movimentos. Em um golpe final, ele fez a espada oponente voar para longe. Sem perder tempo, Charles o imobilizou com um movimento firme, pressionando a ponta de sua lâmina contra o pescoço do tenente-mor, que caiu de joelhos, ofegante.

O silêncio tomou o campo enquanto Charles mantinha a espada no alto e os olhos fixos no homem derrotado à sua frente.

— Você lutou bem — disse Charles, com a voz controlada. — Mas agora você é meu prisioneiro.

Dois soldados holandeses se aproximam e amarram suas mãos.

A batalha continuou ferozmente, mas a sorte dos portugueses já estava selada. Os holandeses, liderados por Charles e Padilha, esmagaram as defesas restantes. A vitória estava clara em suas mãos. O sol começava a subir no horizonte, iluminando um campo de batalha coberto de corpos e sangue, testemunha silenciosa de uma emboscada perfeitamente executada.

Dois soldados trazem o tenente-mor rendido para o capitão Charles.

Capitão Charles ordena:

— Quero todos os capturados aqui no centro.

O sol acendia o descampado. Suas rajadas de luz implacáveis faziam o suor escorrer pelos rostos dos soldados derrotados. No centro do descampado, os oitenta homens capturados estavam sentados em fileiras desalinhadas; as roupas, rasgadas e sujas; e as expressões, exaustas e sombrias.

O capitão Charles caminhava lentamente em torno dos prisioneiros. Suas botas afundavam ligeiramente na relva, e seu olhar estava fixo nos soldados abatidos. Seus homens, de olhar firme e armas em punho, começaram a amarrar as mãos dos prisioneiros às suas costas, apertando as cordas com precisão militar. Não havia pressa, mas cada movimento era feito com uma frieza controlada.

No centro daquele grupo, estava o tenente-mor, com a postura rígida, mas o semblante endurecido pela derrota. Ele mantinha a cabeça erguida, apesar da humilhação, com os olhos fitando Charles com uma mistura de ódio e resignação. As cordas eram passadas em torno de seus pulsos, e ele não resistiu. Somente um leve ranger de dentes demonstrava sua raiva contida. O contraste entre o comando que ele outrora exercia sobre os homens ao seu redor e a situação atual era dolorosamente evidente.

Charles parou em frente ao tenente-mor, com a espada repousando em sua cintura, e o encarou por um instante que pareceu se estender. Os dois líderes, agora em lados opostos, sabiam que aquela era a culminação de suas batalhas. Sem palavras, Charles deu um leve aceno para seus homens, que continuaram o trabalho de amarrar os prisioneiros.

As cordas ásperas marcavam os pulsos dos soldados, que olhavam para o chão, esgotados demais para resistir. Alguns ainda sussurravam entre si, talvez lembrando amigos perdidos ou a coragem que demonstraram em combate. Porém, a verdade agora era implacável: estavam à mercê de seu captor.

O capitão Charles continuou a rondar o grupo, avaliando cada prisioneiro com um olhar frio e calculista. Ele sabia o que seguiria, por mais que seu semblante estivesse calmo.

Com um movimento firme, ele voltou-se para o Tenente Padilha, que aguardava suas ordens com uma expressão de expectativa e preocupação.

— Tenente, leve os prisioneiros para o forte. Quero que os mantenha sob vigilância rigorosa e aguarde minha chegada para as interrogações. Além disso, coloque as tropas em alerta máximo. Não podemos correr riscos.

O Tenente Padilha franziu a testa, visivelmente surpreso com as instruções. Era incomum que o capitão não liderasse pessoalmente uma movimentação tão importante.

— Capitão, o senhor não vem conosco? — perguntou. A hesitação evidente em sua voz.

Charles manteve-se firme, mas havia um breve lampejo de conflito em seus olhos antes de responder:

— Não. Há algo urgente que preciso resolver primeiro.

Padilha hesitou, claramente dividido entre seguir a ordem e questioná-la. Ele conhecia bem o capitão para perceber que havia algo a mais acontecendo.

— Com todo respeito, senhor, se for algo que envolva perigo, talvez seja prudente levar ao menos um pequeno destacamento.

Charles balançou a cabeça, recusando a sugestão com um gesto breve. Seu tom tornou-se mais grave:

— Não é necessário, tenente. Essa é uma questão pessoal. Confio em você para manter tudo sob controle até meu retorno.

Padilha endireitou-se, embora a preocupação ainda pairasse sobre ele.

— Sim, senhor. As ordens serão cumpridas.

Enquanto o tenente se afastava para reunir os homens, Charles permaneceu imóvel por um momento, observando a movimentação ao seu redor. Ele respirou fundo, ajustando o chapéu enquanto seus pensamentos pesavam como chumbo. Sabia que a escolha que fizera era arriscada, mas não havia outra opção.

Mesmo com a batalha vencida, a mente do Tenente Padilha não encontrava descanso. Ele observava os homens recolhendo as armas e tratando dos feridos no campo, mas sua atenção estava em outra coisa. A vitória havia sido rápida demais, quase fácil, e, para alguém tão experiente quanto ele, isso era um motivo de desconfiança.

Os olhos de Padilha, sombreados pela fadiga, buscaram o capitão Charles à distância. Lá estava ele, com a postura firme e o olhar penetrante, como se já previsse o que estava por vir. Padilha conhecia aquele semblante reservado; era o mesmo que Charles assumia quando algo o incomodava profundamente. "Será que ele também sente isso?", pensou o tenente, enquanto uma pontada de dúvida atravessava seu peito. A vitória parecia sólida, mas algo dentro de Padilha sussurrava que o verdadeiro golpe ainda estava por vir.

Seu olhar voltou para os soldados que estavam se preparando para a volta. O cenário de calma aparente era quase uma ironia diante da inquietação que o consumia. Ele apertou o cabo de sua espada, como se o ato pudesse lhe dar clareza.

— Capitão Charles não costuma errar, mas... — murmurou para si, sem completar a frase. Havia respeito na sua voz, mas também uma pitada de preocupação. Ele sabia que confiar cegamente, mesmo no melhor dos líderes, poderia ser um erro fatal.

As palavras do capitão martelaram em sua mente: "Coloque as tropas em alerta máximo". Não podemos correr riscos. Mas era exatamente isso que incomodava Padilha. A vitória deveria ter trazido alívio, mas tudo o que ele sentia era um prenúncio de que o pior ainda estava por vir.

O tenente respirou fundo, tentando dissipar o peso em seu peito. "Talvez seja somente o cansaço falando", pensou, mas a dúvida persistia como uma sombra que se recusava a desaparecer.

Ele decidiu permanecer vigilante, mesmo que isso significasse questionar o que parecia ser uma vitória. No campo de batalha, desconfiança era tão valiosa quanto uma espada afiada.

Antes de montar em seu cavalo, capitão Charles lançou um último olhar para a tropa. Era um homem de dever, mas, naquele momento, o dever chamava em outra direção.

Montado em seu cavalo castanho, ele galopou, deixando o caos e as vozes que ainda ecoaram no ar. Cada batida dos cascos parecia refletir o tumulto de seus próprios pensamentos, enquanto o vento cortante levava embora os últimos vestígios de poeira e fumaça.

Ele só parou ao alcançar a areia branca da praia, onde o som das ondas quebrando suavemente o envolveu como um manto de silêncio. Descendo do cavalo com um movimento ágil, ele ficou parado por um momento, os olhos fixos no horizonte. O mar estava agitado, como se ecoasse a inquietação dentro dele.

O cheiro de sal era intenso, e a brisa marítima bagunçava seus cabelos, trazendo um frio que ele mal sentia. Por um instante, Charles fechou os olhos, tentando encontrar uma centelha de clareza na vastidão azul do oceano. Aqui, na solidão da praia, parecia que o mundo havia parado, dando-lhe um momento de trégua para reorganizar seus pensamentos.

"Que ironia... fugir da batalha para encarar outra dentro de mim mesmo", pensou, enquanto o cavalo pastava calmamente na areia, alheio à tormenta que seu dono enfrentava.

O capitão Charles fitava o horizonte. O vento suave carregava o aroma da terra molhada e balançava a aba de seu chapéu arriado nas costas, mas sua mente estava longe dali, perdida em memórias que insistiam em tomar forma.

Ele se lembrava do som suave da risada de Ana Paes, como o tilintar de sinos distantes. Recordava-se do toque breve e hesitante quando ela lhe deu um beijo, seus dedos roçando os dele por um instante que pareceu eternidade. E, por fim, aquele olhar... um olhar que parecia desnudar sua alma, desafiando-o a enxergar além das aparências, a tocar a vulnerabilidade escondida por trás de sua própria couraça.

Charles soltou um suspiro pesado, sentindo o peso de sua armadura emocional. Por anos, ele fora um homem de certezas, guiado pela espada e pelo dever, mas agora o rosto de Ana aparecia em sua mente como uma promessa silenciosa de algo que ele jamais ousara buscar: paz.

A brisa trouxe consigo o eco de suas palavras simples, mas carregadas de uma sinceridade que ele ainda não compreendia plenamente. "Cuide-se, Charles", ela dissera na última vez que se viram, o tom de sua voz tão firme quanto gentil. E ali, sob o céu que escurecia, ele se perguntava se poderia encontrar coragem para retribuir aquela gentileza com algo mais. Algo que ele nem sabia se ainda tinha para oferecer.

O cavalo relinchou suavemente, trazendo-o de volta à realidade. Charles inclinou-se para acariciar a crina do animal, como se buscasse conforto em um gesto automático. Então, ergueu a cabeça, com os olhos ainda fixos no horizonte, como se pudesse encontrar respostas naquela vastidão azul interminável.

Contudo, as respostas não vinham. Apenas o nome dela, sussurrado por seu coração inquieto: "Ana".

Ele inspirou profundamente, com o peito apertado pela saudade e pelo desejo de corrigir seus erros. O sol começava a se pôr, tingindo as ondas com tons de fogo, como se o próprio céu lhe ordenasse que não perdesse mais tempo. Com um salto, montou em seu cavalo.

Charles deu um leve toque no pescoço de seu cavalo.

— Vamos, amigo. É hora de reencontrá-la.

Com um estalo de rédeas, o cavalo castanho obedeceu, partindo em um galope firme e decidido. O som dos cascos ressoava como batidas de um coração ansioso, enquanto o vento jogava seu chapéu para trás. Ele cavalgava não apenas em direção a Ana, mas em direção à esperança de um amor reatado, às promessas que ainda poderiam ser feitas e às lembranças que poderiam ser transformadas em novos começos.

A cada passada do cavalo, a certeza crescia em seu peito: ele não permitiria que o destino o afastasse novamente dela.

Ana estava com sua roupa surrada por um dia de trabalho na lavoura e os pés marcando o chão em passos firmes. O sol se punha ao longe, dando seus últimos raios sobre os campos de cana-de-açúcar. Ao lado dela, seis escravos da lavoura seguiam em silêncio, cansados, mas atentos aos ruídos ao redor.

De repente, o som de cascos galopando quebrou o silêncio. Ana parou, virando-se na direção do ruído. Seus olhos encontraram o capitão

Charles, montado em seu cavalo castanho. Ele diminuiu o passo ao se aproximar, até que o cavalo parou em frente a ela com um movimento firme.

Por um momento, tudo ao redor pareceu suspenso no tempo. O olhar de Charles encontrou o de Ana, e nela ele viu uma mistura de surpresa, hesitação e algo mais profundo: uma faísca de esperança.

Ele desceu do cavalo em um movimento ágil, pousando os pés no chão. Sem hesitar, avançou na direção dela. Ana mal teve tempo de reagir antes de sentir as mãos dele em sua cintura, firmes e calorosas. Ele a puxou contra si, e o mundo inteiro desapareceu ao redor.

Quando seus lábios se encontraram, foi como se todo o peso do passado fosse varrido por aquele beijo. O calor do toque dele misturava-se como ao frescor da brisa noturna, e o coração de Ana batia descompassado, como se tentasse acompanhar o ritmo daquele momento.

— Eu vou cuidar de você — sussurrou ele com a voz rouca, os lábios ainda próximos ao ouvido dela, enquanto os olhos de ambos brilhavam com uma promessa que ia além das palavras.

Os escravos que os acompanhavam ficaram imóveis, trocando olhares discretos, como se testemunhassem algo maior que eles mesmos: o encontro de dois destinos que se entrelaçavam novamente, sob a luz dourada do crepúsculo.

QUILOMBO DOS PALMARES

Nego avançava pela trilha sinuosa com Sabina nos braços, os passos firmes, mas carregados de tensão. O corpo dela, ainda fraco, mal conseguia apoiar o braço no pescoço dele. Seus olhos, semicerrados de cansaço, encontraram os de Nego por um breve instante e, naquele cruzar de olhares, havia uma alegria oculta e uma preocupação silenciosa. Ele sabia que cada passo era uma vitória, mas a saúde frágil de Sabina lhe pesava na alma.

Ao atravessar uma fileira de árvores densas, a vista se abriu. Nego parou por um momento. As taperas em ruínas do Quilombo dos Palmares, o lugar tão esperado, estavam ali diante deles, cobertas de cinzas. O solo marcado pela destruição, mas aquele cenário desolador não apagou o brilho em seus olhos. Ele sentia que, apesar das perdas, aquele era o lugar onde o futuro deles começaria.

— Olha, meu amor. O nosso lar — disse Nego, com a voz suave. Suas bochechas fizeram duas covinhas, enquanto um sorriso nascia em seu rosto.

Sabina, apesar da fraqueza, contorceu-se ligeiramente nos braços dele, forçando-se a olhar. Seus olhos, por um momento apagados pela dor, agora brilhavam de esperança. O sorriso que ela deu, embora tênue, iluminou seu rosto como um raio de sol nas cinzas. Ali, entre as ruínas e a devastação, algo mais forte do que o passado os unia: a promessa de reconstruir juntos uma família.

Nego entrou no quilombo e, em meio aos destroços com Sabina em seus braços, um sorriso radiante iluminou seu rosto. Ele começou a rodopiar. Seu coração pulsava em uníssono com a alegria que transbordava ao redor. Enquanto girava, seus olhares exploravam cada detalhe do lugar no qual havia sonhado em chegar: mesmo com as taperas destruídas, as árvores estavam frondosas.

À medida que giravam, os olhares de Nego e Sabina se encontraram, e um entendimento profundo passou entre eles, um reconhecimento do que haviam lutado para conquistar. Então, como se a música da liberdade tivesse sido tocada, homens, mulheres e crianças começaram a emergir das vegetações ao redor. Cada um deles, livre dos açoites, trazia em seus rostos a luz da emancipação.

Logo, uma multidão rodeou o casal, formando uma grande roda vibrante. Homens batendo palmas e mulheres erguendo as mãos para o céu, todos dançando em uma coreografia espontânea, celebrando o reencontro e a liberdade. Nego continuou a girar no centro, segurando Sabina com firmeza e amor, enquanto o ritmo das palmas e os sorrisos largos se entrelaçavam em uma sinfonia de alegria.

As risadas ecoavam, e a energia pulsante daquele momento criava uma atmosfera mágica. Nego e Sabina rodopiavam, envolvidos por uma onda de amor e celebração, enquanto os rostos ao seu redor refletiam a esperança e a renovação que aquele quilombo representava. Ali, naquele círculo de dança e liberdade, eles eram parte de algo muito maior. Uma comunidade unida, determinada a erguer suas vozes em uníssono canto de liberdade.

Fim